텍스트와
콘텍스트,
혹은
한국 소설의
현상과 맥락

텍스트와
콘텍스트,
혹은
한국 소설의
현상과 맥락

손 정 수   평 론 집

자음과모음

현상과 맥락 사이의
틈을 바라보며

책을 내면서 머리말을 쓸 때마다 평소의 글을 쓸 때와는 또 다른 어려움을 느낀다. 소설 텍스트를 분석하는 글쓰기가 이리저리 엉킨 덤불을 헤쳐가며 힘겹게 산을 오르는 일에 비유될 수 있다면, 머리말을 쓰는 것은 잠시 그 길에서 벗어나 언덕 위에 올라서서 그동안 지나온 길과 앞으로 가야 할 길을 바라보는 일이라 할 수 있을지도 모르겠다.

문제는 그 전망을 위한 언덕 위에 서면 세차게 불어오는 변화의 바람을 새삼 실감하는 데다 그런 변덕스러운 기후 탓에 앞으로 가야 할 길이 잘 보이지 않는다는 데 있다. 어떻게 여기까지 왔는지 지나온 길의 흔적마저 아득하기만 하다. 이번에도 역시 막막한 심정이 되어 머리말을 쓰고 있다. 이 책은 특히 40대가 되어 발표한 것들 가운데 주제론에 해당되는 글들을 모아 엮은 것이다. 그래서 그런지 지금은 이제까지 넘었던 고개보다도 더 가파르고 높은 한고비를 넘어가는 기분이다.

이 책에는 열세 편의 글이 2부로 나뉘어 담겨 있다. 1부에는 현실의 중력으로부터 벗어나면서 새로운 미학적 특징을 구축해나가는 한국 소설의 경향에 대한 분석이 담겨 있다. 이 책은 그 진화의 양상과 내적 문법의 변화를 구체적으로 확인하기 위해 주제나 사건과 같은 내용의 차원보다 주로 형식에 나타난 차이와 변화에 주목했다. 2부는 현실 변화의 인력에 반응하는 한국 소설의 새로운 방식들에 대한 분석을 시도한 글들로 이루어져 있다. 텍스트에 나타난 의미 차원의 양상과 더불어 그것이 콘텍스트의 차원에서 갖는 수행적 맥락을 아울러 살펴보고자 했다.

현상이 맥락을 이루고 맥락을 통해 현상이 드러나는 법일 테지만, 어느 시점 이후 한국 소설에서는 현상과 맥락이 어긋나는 경우가 빈번해졌다. 텍스트에 담긴 이념과 실험이 그 바깥의 콘텍스트와 연결되지 못하고 그 내부의 폐쇄된 회로에서만 작동하는 양상이 드러나고 있는 것이다. 그렇기 때문에 그 둘을 섣불리 통일시키려고 하기보다 그 어긋나고 교차하는 실상을 그대로 들여다볼 필요가 있었고, 이 책은 그처럼 매끄럽게 정리된 모습은 아니지만 좀 더 입체적인 한국 소설의 지형도를 그려보려 했던 시도의 결과라고 할 수 있을 것 같다.

최근으로 올수록 문학과 비평을 둘러싼 상황의 변화를 민감하게 느끼게 되고, 그에 비례하여 나 자신이 쓰고 있는 글에 대한 자의식도 예민해지는 것을 확인하고는 한다. 그렇지만 어떻게 생각하면 그와 같은 위기감은 비평적인 의식이라면 피할 수 없는 숙명일지도 모르겠다. 그 길을 함께 가고 있는 사람들을 생각하며 나 역시 내게 주어진 몫의 위기의식과 마주해야 하지 않을까 싶다. 네 번째 평론집이 될 이 책을 내며 잠시 길을 멈추고 생각해보니 희망도 절망도 아닌, 낙관도 비관도 아닌 그런 마음이 된다.

2016년 4월
손정수

차례

제1부
한국 소설의 진화와
내적 문법의 변화

제2부

현실에 반응하는
새로운 소설적 방식들

한국 소설의 진화와
내적 문법의 변화

변형되고 생성되는
최근 한국 소설의 문법들

머리말—비유가 아닌 실제로서의 소설 문법

소설을 소설답게 만들어주는 가장 뚜렷한 요소일 소설의 새로움은 그 것을 새롭게 설명하는 방법과 더불어 발견되고 온전히 설명된다. 그렇지 않을 때 그 새로움이란 기껏해야 기왕의 구도 속에서의 새로움일 것이고 그러하기에 거기에서 발견되는 것은 미래의 징후가 아니라 과거의 권위에 지나지 않을 것이다. 새로움에 모든 것을 거는 비평가들의 도박에는 응당 그에 합당한 판돈이 있는 법이다.

　1990년대 이후 진행된 한국 소설의 변화는 주로 현실로부터의 이탈이라는 측면에서 설명되어왔다. 이러한 논의는 여러 차례 반복되어왔고 충분히 그 타당성을 입증했다. 그렇다. 최근 한국 소설을 한마디로 정리해서 말해야 한다면 그것은 재현에 대한 믿음이 무너진 시대의 이야기라고 할 수 있을 것이다. 어느 시점 이후 소설은 작가의 삶이나 기억, 사회적 현실 등으로부터 발원하지 않고 앞서 존재했던 텍스트들을 재전유하는 방식으로 재생산되고 있는 듯하다. 그것은 투명한 현실의 재현이 아니라 상징적 상상이거나 혹은 상상적 상징일 것이다. 말하자면 그 상징적 상상과 상상적 상징의 다양한 조합으로부터 새로운 소설적 현실이 생성되고 있는 것이다.

그런데 그 변화가 상당히 지속되어 새로운 소설적 패러다임의 윤곽이 어느 정도 선명해진 현재의 시점에서는 다른 각도에서, 좀 더 세부적으로 그 성격을 짚어볼 필요가 있는 것 같다. 이 글에서는 소설적 문법의 변화라는 측면에 집중해서 논의해보고자 한다. 새로움에 대한 객관적인 인식이 이루어지기 위해서는 최근의 한국 소설이 기존의 그것과 어떻게 다른지에 대한 좀 더 구체적인 탐색이 이루어질 필요가 있기 때문이다. 그동안 비유적으로 사용해온 소설 문법이라는 표현을 고지식하게 해석하여 최근 한국 소설의 새로운 경향에 곧이곧대로 적용해본 동기 또한 거기에 있다.

1. 주어(Subject)

우선 주어의 문제부터 살펴보면, 이 경우 가장 두드러진 현상으로 어느 시점 이후 한국 소설이 지식인의 시선을 벗어나기 시작했다는 사실을 들 수 있을 것 같다. 최근 소설의 탈지식인성을 가장 명료한 상징으로 보여주는 사례가 바로 박민규의 '산수'가 아닐까 싶다.

인간에겐 누구나 자신만의 산수가 있다. 그리고 언젠가는 그것을 발견하게 마련이다. 물론 세상엔 수학(數學) 정도가 필요한 인생도 있겠지만, 대부분은 산수에서 끝장이다. 즉 높은 가지의 잎을 따먹듯 ─ 균등하고 소소한 돈을 가까스로 더하고 빼다 보면, 어느새 삶은 저물기 마련이다, 디 엔드다. 어쩌면 그날 나는 '아버지의 산수'를 목격했거나, 그 연산(演算)의 답을 보았거나, 혹 그것을 고스란히 물려받았는지도 모를 일이다. 즉 그런 셈이었다. 도시락을 건네주고, 산수를 받는다. 도시락을 건네주고, 산수를 받았다. 그리고 느낌만으로 "아버지 돈 좀 줘"와 같은 말을 두 번 다시 하지 않는 인간이 되었다.

참으로, 나의 산수란.[1]

복잡한 사회적 함수들로 이루어진 방정식을 전제로 하는 수학으로서의 소설이 산수로서의 그것으로 대체되는 일종의 선언이라 할 만한 계기가 앞의 대목에 담겨 있다. 수학 혹은 연산과 같은 단어에 (數學)이나 (演算)처럼 굳이 괄호에 한자를 넣어 병기하는 방식 역시 산수로서의 소설의 문법과 관련된다. 인문과학 혹은 사회과학의 학문적 인식에 의존했던 과거의 지식인 스타일의 소설과 달리, 박민규를 위시한 최근 한국 소설의 한 경향은 그런 담론에 의존함 없이, 그런 담론적 인식에 의해 가려져 있던 삶의 실상을, 거칠지만 거부하기 어려운 실감과 함께 드러낸다. 소설은 점점 더 가벼워지고 있지만 그럼에도 불구하고 진실성이라 할 만한 계기를 다른 방식으로 내포하고 있고, 또 점점 더 난순

---

1 박민규, 「그렇습니까? 기린입니다」, 『창작과비평』, 2004년 가을호, 236쪽.

해지고 있는 것도 사실이지만 그럼에도 거기에는 현실에 대한 새로운 사유가 기존과는 다른 방식으로 드러나 있다. 이러한 현상을 들뢰즈의 논법으로 말한다면, 깊이의 아이러니가 표면의 유머로 대체되는 흐름이라 할 수 있을 것이다.

이 미끄러짐이 복수의 주어를 생산해낸다. 그러면서 자아의 관념은 약화되고 서술의 초점은 분산된다. 서사에서 여성 주어의 비중이 점증하는 현상과도 밀접한 관련을 맺고 있을 이 특징적 양상은 점점 더 두드러져가는 경향이 있다. 자아와 세계의 갈등 구도를 전제로 하고 자신의 영혼을 증명하기 위해 고독한 여행을 떠나는 주인공들이 근대소설의 전형적인 인물이었다면, 최근 우리 소설의 인물에서 그와 같은 강박적인 승인 욕망은 급격하게 옅어졌다. 넓은 각도에서 보자면 소설적 시선이 편집증적인 것으로부터 분열증적인 것으로 이행하는 징후라고 할 수 있을 이 경향을 대표하는 사례로 윤성희의 소설을 꼽을 수 있다. 그의 이전 소설들에서처럼 「어쩌면」(『세계의 문학』, 2007년 가을호)에서도 수학여행 도중 사망한 네 명의 여고생 귀신들이 등장한다. 정지아의 「봄날 오후, 과부 셋」(『한국문학』, 2008년 여름호)은 서로 다른 삶의 길을 걸어온 세 동창생의 이야기로 이루어져 있다. 은희경의 「중국식 룰렛」(『현대문학』, 2008년 7월호) 역시 술집에 모인 네 명의 인물이 저마다의 삶의 이야기를 풀어놓는 방식으로 구성되어 있다. 뿐만 아니라 자아의 경계가 점점 더 옅어져감에 따라 소설적 시선이 때로 현실적 인간의 그것 너머로 확장되는 빈도도 늘어나고 있다. 바야흐로 한국 소설에는 동물과 사물, 유령과 좀비, 사이보그와 합성인간 등등 새로운 주어들이 넘쳐나기 시작했다.

차이들은 변증법적 지양을 통해 개념화되지 않고 시뮬라크르의 차원을 반복한다. 이 반복은 새로운 서사에 전통적인 남성 서사의 선조성으로부터 이탈하는 계기를 제공한다. 출발과 결말이 선명한 이야기 구조 대신 결말이 불분명한, 계속하자면 한없이 이어질 수도 있을 서사가 등장하기 시작한다. 김진규의 장편 『달을 먹다』(문학동네, 2007)의 서사 운용 방식이 그 한 가지 사례가 될 수 있다. 여러 등장인물의 이야기는 날줄과 씨줄로 서로 얽혀 병치되고 또 반복된다. 전반적으로 소설의 새로운 화자는 모험의 항해를 떠났다가 되돌아오는 오디세우스보다 옷감을 짰다가 풀었다가를 반복하는 페넬로페 쪽에 더 가까워지고 있다.

2. 태(Voice)

목적어(세계)에 대한 주어(자아)의 관계 또한 변화했다. 가령 카프카의 「변신」에서 그레고르 잠자가 세계와 대면한 자아의 불안을 그 자신이 벌레로 변하는 방식으로 드러냈다면, 최근 한국의 젊은 작가들은 아버지를 기린으로(박민규, 「그렇습니까? 기린입니다」), 모자로(황정은, 「모자」, 『문예중앙』, 2006년 가을호) 변신시켜버린다. 자신이 아버지의 집으로부터 뛰쳐나가 방황하는 대신 아버지를 상상 속에서 달리게 만든다(김애란, 「달려라, 아비」, 『한국문학』, 2004년 겨울호). '나'와 함께 살고 있는 동거인이 오뚝이로 변하거나(황정은, 「오뚝이와 지빠귀」, 『문학과사회』, 2007년 가을호) '나'가 아닌 아내가 토끼로 변하는(박형서, 「토끼를 기르기 전에 알아누어야 할 것들」, 『현대문학』, 2000년 6월호) 현상들 역시 같은 맥락에서 말할 수 있다. 말하자면 우리는 카프카적인 것에서 (자신이 아니라 세계를 이상한 것으로 뒤바꾸는) 루이스 캐럴적인 것으로의 이행 현상을 목도하고 있는 중이다.

이러한 현상은 전체적으로 대타자의 담론이 약화되고 자아 담론이 강화되는 흐름의 반영이라고 할 수 있다. 이 소설들에서 아버지는 억압적인 존재가 아니라 무기력하고 때로는 성가신 존재로 등장하는데 그것은 오늘날의 상징의 운명을 그대로 보여주는 사건이기도 하다. 아버지의 부재 역시 상실이라기보다는 약간의 불편에 지나지 않는다. 이러한 현상은 자아의 담론 내부에서 상징과 상상의 비중 관계가 역전되었다는 사실을 말해주고 있다.

상징의 억압으로부터 벗어나 상상의 유희로 이동해온 최근의 서사는 과거와 달리 긍정적인 결말을 자주 보여주곤 한다. 이 역시 패배를 통해 세계에 고독하게 맞서고 있는 자아의 존재를 증명하고자 했던 근대소설의 관습적인 결말로부터 이탈하는 징후로 볼 수 있다. 윤성희, 서하진, 구경미, 김애란의 소설에서 확인할 수 있는 긍정적 결말의 소설은 상상을 통해 세계를 재편함으로써 세계(상징)와의 직접적 대립을 무화시켜버리는 방식을 취하고 있다.

여기서 한발 더 나아가면 세계에 대한 자아의 갈등이라는 근대소설의 기본 구도가 더 이상 작동하지 않는 별종들과 만나게 된다. 정이현, 서유미, 백영옥 등의 이른바 칙릿 소설들에 등장하는 인물들에게 자본주의적 욕망의 승인은 그들이 태생할 수 있었던 전제라고 할 수 있다. 그것은 그 소설들 자체의 욕망이기도 하다. 그 소설들은 그 욕망을 굳이 숨기지 않는데, 그것은 근대소설의 문법을 변화시킨 매우 강력한 변수이기도 하다.

3. 법(Mood)

자연스러우면서도 선명한 논리적 흐름의 실에 의해 일관되게 꿰어진 단어의 구슬들은 좋은 소설 문장을 구성하는 기본적 요건이었다. 문장과 문장 사이에서도 그런 유기성은 요구되었다. 환유적 연상의 단계적 수순에 의해 안정되고 차분한 서술이 마련될 수 있다는 생각은 좀처럼 회의되기 어려웠다. 그런데 최근에 올수록 그와 같은 통념은 점점 더 자주 위반되는 경향이 있다.

> 모든 것은 눈앞에 있어, 우리는 손만 뻗으면 돼, 라고 메이비가 말한다. 그 목소리가 귓속에 울려 퍼지면 그해 겨울이 생각나고, 그해 겨울을 생각하면 라디오가 떠오른다. 라디오를 생각하면 눈앞으로 다시 메이비의 얼굴이 지나간다. 그러니까 메이비와 그해 겨울과 라디오는 일종의 삼각주인 셈이다. 강이 운반해 온 모래가 바닷가 어귀에 쌓여 널찍한 삼각주가 되듯, 메이비와 그해 겨울과 라디오는 내 머리 속의 삼각주가 되어 모래사장처럼 편평한 기억의 평지를 만들어놓는 것이다. 모래사장에 누군가 흘리고 간, 반짝이는 동전 하나를 줍는 기분으로, 쌓여 있는 기억을 헤집으면서 나는 생각한다. 그렇지, 바로 그해 겨울이었지. 그해 겨울 메이비와 나는 라디오를 듣고 있었다.[2]

메이비를 떠올리면 그해 겨울과 라디오가 자동적으로 연상되어 떠오른다. 그 셋이 이루는 삼각 구도가 삼각주라는 비유로 이어진다. 그

---

2 김중혁, 「무용지물 박물관」, 『한국문학』, 2004년 겨울호, 42쪽.

렇게 해서 떠오른 삼각주라는 비유는 환유를 통해 모래사장이라는 새로운 연상을 낳는다. 모래사장은 기억의 평지라는 비유로 연결된다. 모래사장에서 동전을 줍는 행위는 기억을 헤집는 일의 은유로서 삽입된다. 그래서 다시 그해 겨울 메이비와 라디오로 얽힌 기억에 대한 이야기, 그러니까 원점으로 되돌아왔다. 그동안 서사는 한 걸음도 진행되지 않고 있었다. 이러한 방식으로 구성되는 서사에서는 문장들로 구성된 이야기가 아니라 문장 자체가, 그러니까 다양한 방식으로 연상되는 그 문장들이 새로운 스타일의 서술법을 만들어가는 과정 자체가 독서의 대상이 된다.

"지난주부터 희망을 이야기하는 법, 의심을 나타내는 법, 가정하는 법 등을 배우고 있"[3]는 한유주 소설의 인물 역시 이 통사의 '법'에 유독 민감한 존재이다.

> 그는 고향으로 텅 빈 엽서를 보냈다. 고향의 긴, 기나긴 해변을 생각하지 않았다. 적도는 멀리 있었다. 손톱을 잘라야겠다고 생각했다. 그는 검은 손등을 내려다보지 않았다. 동양인 서넛이 타오르는 에펠탑을 배경으로 사진을 찍고 있었다. 아무도 그에게 기념품을 사라고 권하지 않았다. 사람들이 집단으로 산란하고 있었다. 그는 그들을 헤치며 앞으로 나아갔다. 불꽃이 먹물처럼 번지지 않았다. 그는 수묵화를 본 적이 없다. 문이 열린 공중 화장실 안에서 두 남녀가 입을 맞추고 있었다. 그는 그들을 보지 않았다. 폭죽이 그의 눈동자를 하얗게 찢고 있었다. 물, 강, 강물, 불, 꽃, 바람, 불꽃, 축제의 연기.[4]

---

3 한유주, 「재의 수요일」, 『세계의 문학』, 2008년 여름호, 156쪽.

자연스럽고 통상적인 연상과 그에 기반한 서법의 진행을 이 소설은 의도적으로 거스르고 있다. 그래서 그가 고향으로 텅 빈 엽서를 보내고 난 뒤 '고향의 긴 해변을 생각했다'라고 적었을 법한 대목에 그 부정의 표현을 대치시킨다. 그렇다고 그것이 부정의 의도를 적극적으로 표현하는 것은 아니다. 다만 통념적인 생각의 고리들을 조금 뒤틀어놓는 것이다. 긍정과 부정의 서법이 엇갈리는 방식으로 배치되면서 기묘한 균형과 긴장을 불러일으킨다. 그리하여 그것은 독특하고도 낯선 시적 질감을 불러일으킨다. 바야흐로 한국 소설은 새로운 통사의 법을 실험하고 있는 중이다.

4. 시제(Tense)

은유적 연상의 방식을 통해, 그리고 부정형을 낯선 자리에 배치시키는 독특한 통사의 방식에서 기존 소설의 환유적 속성에서 멀어지고 있는 최근 소설의 한 경향을 확인해보았다. 야콥슨의 지적처럼 언어예술은 환유나 은유 한쪽으로 치우치는 경향이 있다. 최근 소설의 은유적 경향은, 그 자체 내에서는 환유의 경향을 약화시키지만, 다른 한편으로는 환유적 경향이 강한 소설에 대한 요구를 더 거세게 일으키는 동인이 되기도 한다.

　이러한 맥락에서 최근 소설에는 환유적 세계를 향한 서사의 욕망 역시 강화되는 현상이 나타나고 있다. 표면적으로는 과거로의 회귀처

4　같은 글, 161쪽.

럼 보이는 이 현상은 사실은 더욱 복잡해진 소설사적 메커니즘에 의해 야기된 현재로부터의 요구에 반응한 결과라고 볼 수 있다. 한 탈북 여성이 겪어온 인생유전의 한 단면이라 할 수 있는 정도상의 「얼룩말」(『ASIA』, 2008년 봄호), 학교 내에서의 제도적 모순에 저항하는 교사가 주인공으로 등장하는 최인석의 「볼리비아의 밀림에서」(『ASIA』, 2008년 여름호), 사회로부터 버림받은 한 인물이 펼칠 수밖에 없었던 복수의 살인극으로 결말을 맺고 있는 정찬의 「새 울음소리」(『현대문학』, 2008년 6월호) 등은 '새로운 신경향파'라고 할 만한 특징을 공유하고 있다.

이 이야기들이 현실을 투명하게 재현하고 있는 것은 아니다. 그것은 상징이라기보다는 상징적 상상에 가깝다. 김재영의 「앵초」(『창작과비평』, 2008년 여름호)는 9·11 사건 때 사망한 민욱의 남은 식구와 친구 우창의 이야기를 인물들이 돌아가면서 진술하는 시점을 취하고 있다. 그런데 이 복수의 시점 가운데 하나는 죽은 민욱의 시점이다. 그와 같은 비현실적 장치로부터 사회적 현실에 밀착된 이야기라 해도 사실 혹은 상징의 기율이 더 이상 엄격하지 않은 최근 소설의 한 양상을 확인할 수 있다. 김숨의 「모일, 저녁」(『창작과비평』, 2008년 여름호)은 또 다른 방식으로 상징과 상상을 결합하고 있다. 모처럼 귀향한 '나'가 부모님과 보내는 저녁 시간을 사실적으로 기술하는 것처럼 진행되던 이야기는 결말에 이를수록 김숨 특유의 그로테스크한 환상으로 전환되고 있다.

상징으로부터 상상으로의 일방적인 이행처럼 보였던 소설사의 양상은 어느 시점 이후 복잡하게 뒤얽힌다. 그 과정에서 소설 구성의 차원에서의 선조성(線條性)뿐만 아니라 근대소설사의 선조성 역시 해체되고 있다는 사실을 확인할 수 있다. 과거와 현재, 그리고 미래 사이의 시간적 위계는 더 이상 예전처럼 절대적이지 않게 되었다.

「고백의 제왕」(『창작과비평』, 2008년 여름호)을 포함한 이장욱의 소설들은 최근 한국 소설의 문법에 부합한다기보다 오히려 서양 고전소설의 문법에 더 가까운 면이 있다. 박민규의 「별」(『현대문학』, 2008년 1월호)이 알퐁스 도데의 「별」에 대한 포스트모던 스타일의 패러디라는 것은 그 제목이 잘 보여주고 있다. 손홍규의 「재수 좋은 날」(『문학수첩』, 2008년 여름호)의 제목 역시 이 소설이 현진건의 「운수 좋은 날」(1924)과 모종의 관련을 가지고 있다는 것을 암시한다. 사랑니를 뽑으러 간 주인공이 그것이 사랑니가 아니라 공룡의 화석이라는 진단을 받는 염승숙의 「거인이 온다」(『문학 판』, 2006년 봄호)에서는 이범선의 「오발탄」(1959)의 그림자를, 자해공갈단의 이야기인 이기호의 「당신이 잠든 밤에」(『세계의 문학』, 2004년 겨울호)에서는 최인호의 「기묘한 직업」(1975)의 흔적을 엿볼 수 있다.

이는 근대적 시간관의 구조로부터 벗어나고 있는 한국 소설의 새로운 국면을 보여주는 현상이라고 할 수 있다. 서사는 그 진화의 직선적 경로가 교란되고 굴절되면서 이종교배된 새로운 종자들을 잉태하기에 이른 것이다.

5. 기타 표준어, 맞춤법, 외래어 표기법 규정 등

새로운 소설의 공간 속에서 미적 규범은 선조적인 진화를 통해 지속적으로 과거가 미래로 대체되는 과정이 아니라 여러 계통으로 발전해온 요소들이 공존하는 유동적인 질서가 된다. 그 한편에 고전적인 소설적 규범의 안정적인 전통이 있다면 그 반대편에 그것에 대한 극단적인 해체의 기운이 있다.

소설적 규범의 재생산은 무엇보다도 제도적 차원 혹은 사적 차원의 문학 창작 교육을 통해 이루어진다. 이 방향에서 소설의 기술화·객관화가 진전된다. 그렇지만 이 진전은 교육 과정에만 국한되지는 않는다. 그 교육의 주체들(교사와 학생) 역시 문학 생산의 한 부분을 담당하고 있기 때문이다. 그것은 규범적인 서사의 틀이 안정적으로 재생산되는 제도적 조건이라고 할 수 있다.

그 반대편에 전통적인 소설 규범으로부터의 이탈을 통해 낯선 미학을 추구하는 전위적 실험의 경향이 놓여 있다. 그 경향은 전통적 소설 규범의 도구인 사회방언(sociolect) 대신 개인방언(idiolect)을 미적 수단으로 선택한다.

나는 노래를 부르기 시작한다. 낮고 불안하게 시작된 노래는 점차 커져 창고 안의 어둠을 밀어낸다. 그가 화를 낸다. 텔레비전 리모컨을 집어 던지고 나를 향해 다가온다. 나는 노래를 멈추지 않고 창고 안을 도망 다닌다. 파랑 빨강 보라 노랑 검정 빛 어둠 사진 사전 사정 사건 사고 사교 교사 교수 교살 교수 미수 매수 마수 술수 나는 노래를 부르면서 창고 안을 뛰어다닌다. (……) 키움 비움 지움 미움 미음 마음 모음 자음 수음 간음 신음 신실 실신 시신 사신 서신 소신 송신 수신 수사 서사 시사 사사 사자 나는 계속해서 노래를 부른다.[5]

유괴당한 아이가 불안과 공포에 몰려 노래를 부르기 시작한다. 단어

---

5 한유주, 「흑백사진사」, 『작가세계』, 2007년 여름호, 236쪽.

들은 일관된 맥락과 계통 없이, 그러나 끊임없이 이어진다. 여기에서 언어는 현실을 재현하는 도구가 아니라 그것을 필사적으로 회피하기 위한 기제이다. 그리하여 그것은 현실이 아니라 현실이 강요한 의식, 혹은 무의식을 비재현적인 방식으로 드러낸다.

"여자의 특정 부위만 탐닉하는 변태들처럼 특정언어도착(倒錯)자가 되어가고 있"[6]는 김태용의 개인 사전 또한 독특한 것이다.

> 우습게도 아이 앞에서는 시큰둥했지만 아이가 돌아가고 나면 틈틈이 글공부를 했다. 장롱 깊숙이 숨겨둔 사탕을 몰래 꺼내 먹는 어린아이처럼 언어들을 조금씩 핥고 깨물어 삼켰다. 채 소화되지 못한 언어들이 뱃속에서 제멋대로 결합하거나 형태를 뒤틀었다. 몇 가지 언어 법칙으로 무수한 문장들이 탄생한다는 것에 일종의 황홀감에 빠지기까지 했다. 나는 언어의 포주가 되어가고 있었다. 지금에 와서 그것이 언어의 포로가 될 줄은 몰랐다.[7]

구청에 등록된 한 독거노인이 자원봉사 명목으로 찾아온 아이로부터 글을 배우기 시작한다. 그 말들은 정규적인 방식으로 습득된 것들이 아니다. 하지만 기존의 언어들을 '제멋대로 결합하거나 형태를 뒤틀'어버리는 자의적인 법칙들은 그를 '언어의 포주이자 포로'로 만드는 근거가 된다.

이처럼 한유주와 김태용의 인물들이 지니고 있는 개인 사전에는 비

---

6 김태용, 「포주 이야기」, 『현대문학』, 2007년 11월호, 113쪽.
7 같은 글, 104쪽.

규범적인 방식으로 생성, 배양된 개인방언들이 등록되어 있다. 그것들은 상징적 질서에 맞서고 있는 이른바 '기호적(semiotic)'인 세계의 언어들을 담고 있는 콘사이스이다.

　최근 소설의 한 경향은 객관적 세계의 문법이 아니라 개개인의 삶의 상황 속에서의 리듬을 강조하고 부각시킨다. 그리고 그것은 내용의 차원뿐만 아니라 형식의 차원에서도 드러난다. 황정은과 김태용의 소설에 등장하는 독특한 표기법은 그것을 극단화하여 보여준다.

　돼지에게도 언어가 있을까. 언젠가 풀밭에 누워 그녀에게 물어본 적이 있다. 그녀는 아무런 대답도 하지 않고 피시시, 바람 빠지는 소리를 내며 웃었다. 나는 장난삼아 퀠퀠퀠 퀠퀠, 이라고 돼지 소리를 내보았다. 퀠퀠퀠퀠. 그녀도 나의 농을 받아치며 말했다. 퀠퀠. 퀠. 퀠퀠퀠퀠퀠퀠. 퀠퀠퀠 퀠퀠. 퀠퀠퀠퀠. 퀠. 퀠퀠퀠 퀠퀠 퀠. 퀠퀠퀠. 퀠 퀠퀠퀠퀠퀠 퀠. 퀠퀠. 퀠. 퀘에에퀠. 우리는 한동안 돼지처럼 퀠퀠거리며 대화를 했다. 대화의 끝에서 나는 말했다. 퀠퀠 퀠퀠 퀠퀠퀠 퀠퀠퀠퀠.(내가 먼저 죽거든 돼지랑 이야기해.) 그녀도 내 말을 알아들었는지 다음과 같이 대답했다. 퀠.[8]

　책. 저 사람들은 피를 흘리지 않고, 눈물을 흘리지도 않고 싸운다. 그런 다툼이 무슨 재미가 있을까. 책. 책. 책. 책. 책. 어라. 책. 책. 방금 그것과 비슷한 말을 거울 나라의 앨리스에서 읽은 것 같은데. 이상한 나라의 앨리스인가. 책. 책. 책. 책. 책. 책. 어느 쪽이든, 앨리스니까. 그림도

8　김태용, 「풀밭 위의 돼지」, 『문학들』, 2006년 가을호, 209쪽.

대사도 없는 책을 뭐하려고 읽는담. 이렇게 말하자면, 피도 눈물도 없는 싸움을 뭐하려고 읽는담. 책. 책. 책. 책. 책. 책. 책. 책. 책. 책. 그런데 너무 조용하다. 책. 책. 책. 책. 책. 책. 책. 책.[9]

김태용과 황정은의 소설에서 타이포그래피들은 궁극적으로 활자 세계가 재현할 수 있는 임계선 바깥의 세계를 드러내기 위한 장치이다. 박민규나 윤이형 소설에서의 폰트, 김이은 소설에서의 비주얼 그래픽 역시 그러할 것이다. 그것은 변화한 언어 현실에 대응되는 새로운 이야기 형식을 위한 도구들이라고 할 수 있다. 이와 같은 새로운 표기법들은 앞서 제시한 항목들과 더불어 한국 소설의 문법을 새롭게 구축해가고 있다.

---

9   황정은, 「야행」, 『창작과비평』, 2008년 봄호, 273쪽.

반복되는 기표들,
혹은 단편 형식의 진화

1. 단편들 사이의 유기적 연관이 증대하는 최근 소설의 현상

다양한 서양의 단어가 우리에게는 '소설'로 번역, 분류되고 있다. 대략 우리의 장편에 대응되는 'novel'도, 허구에 상응하는 'fiction'도 대체로 '소설'로 번역되고 있는데, 그 과정에서 주로 단편을 중심으로 장편까지 아우르는 우리의 '소설' 개념으로 굴절되면서 의미의 낙차를 그 안에 품게 된다. 물론 이러한 현상은 단순히 개념의 차원에만 머무르는 것은 아니다. 거기에는 이야기를 생산하고 소비하는 문화 공동체의 역사와 전통이 그 맥락을 규정하고 있다. 최근에 한국 소설에 나타나고 있는 장편 형식으로의 이행은 고유한 맥락의 연속성을 추구하기보다 의식적으로 우리 바깥의 문화적 맥락과 호환이 용이한 표준적 형식을 지향하는 움직임으로 이해된다. 그 흐름은 시장 중심으로 급속하게 재편되고 있는 사회적, 그리고 문학의 제도적 상황의 요구와도 무관하지 않은 듯하다.

　최근 출간되고 있는 소설집에는 거기에 묶인 단편들 사이의 유기적 연관성이 증가하고 있는 현상이 확인되는데, 이러한 현상 역시 그와 같은 변화의 흐름을 배경으로 성립된 반응이라고 볼 수 있지 않을까 싶다. 우선 단편소설로서의 개별성을 유지하면서도 그 소설들 사이의 내용상의, 혹은 스타일상의 통일성은 이전에 비해 증가하는 추세를 발견할 수 있다. 가령 수록된 소설 가운데 하나를 표제작으로 설정하지 않은 김애란의 세 번째 소설집 『비행운』(문학과지성사, 2012)에서 제목 '비행운'은 어느 국제공항 미화원의 신산한 삶을 그린 「하루의 축」에 나오는 단어 '비행운(飛行雲)'으로부터 가져온 것이지만 소설집에 실린 인물들에게 공통되는 요소라고 할 수 있을 '비행운(非幸運)'이라는 상징성을 동시에 내포하고 있다. 이전 소설집의 '음악'(『악기들의 도서관』) 대신 이번에는 '도시'라는 키워드로 그 통일성을 표방하면서 독자들에게 접근하고 있는 김중혁의 세 번째 소설집 『1F/B1』(문학동네, 2012)의 해설과 광고 문구에도 그와 같은 맥락이 반영되어 있는 듯하다.

　『일곱 가지 색깔로 내리는 비』(열림원, 2011), 『서울, 밤의 산책자들』(강, 2011), 『사랑해 눈』(열림원, 2011), 『30 Thirty』(작가정신, 2011), 『남의 속도 모르면서』(문학사상사, 2011), 『망상 해수욕장 유실물 보관소』(뿔, 2011), 『난 아프지 않아』(북멘토, 2012), 『이브들의 아찔한 수다』(문학사상사, 2012) 등 최근 들어 테마소설집이 유행적으로 출간되고 있는 현상 역시 단편과 장편 사이의 괴리를 그 나름으로 극복해보려는 출판계의 시도라고 볼 수 있다. 물론 테마소설집의 출간은 그 이전에도 간헐적으로 있었지만, 최근과 같은 유행 현상의 이면에는 특정 시기의 현실로부터 유래하는 요구가 놓여 있다고 봐도 좋을 것이다.

최제훈의『일곱 개의 고양이눈』(자음과모음, 2011)이나 듀나의『제저벨』(자음과모음, 2012)을 비롯한 이른바 픽스업(fix-up)이라는 형식 또한 계간지 연재라는 현실적 조건과 장편 서사의 총체적 구성이라는 요구 사이의 결합을 위해 장르 소설에서 발전된 구성 형식을 차용한 사례라고 할 수 있다.

대체로 이러한 현상들은 여전히 단편 형식의 한국적 특성을 포기하지 않으면서도 시장 상황의 변화에 전략적으로 대응하는 시도로 이해될 수 있는데, 최근 단편에서는 시장의 요구를 초과하여 그 자체의 형질 변화를 추구하고 있는 형식 변화의 새로운 조짐이 징후적으로 나타나고 있어 보인다. 이 글은 최근 출간된 대표적인 소설집들을 통해 그 징후의 특징과 의미를 검토해보기 위한 목적으로 씌었다.

2. 최근 소설에 나타나는 반복의 세 양상

힐리스 밀러의『소설과 반복』은 제목 그대로 소설에 나타난 반복을 그 해석의 중요한 근거로 설정하고, 빅토리아 시대 이후 대표적인 영국 소설에 나타난 반복의 양상을 분석함으로써 그 소설들에 대한 새로운 해석을 보여주고 있다. 그가 설정하고 있는 반복은 한 작품 내에서 구조를 구성하는 차원뿐만 아니라 작가의 사유나 전기적 사실, 그 작가의 다른 작품들, 신화나 전설적인 과거의 모티프들, 과거로부터 전해져온 캐릭터나 선조들로부터의 요소들, 그리고 그 책이 쓰이기 이전부터 발생해온 사건들 등 그 바깥에 있는 요소와의 복합적인 관계를 결정하는 차원까지 포괄적으로 포함하고 있다.

힐리스 밀러는 들뢰즈의 논의를 검토하면서 그 반복을 바라보는 두 가지 태도에 대해 설명하고 있다. 그것은 플라톤적 반복과 니체적 반복으로 대비된다. 유사성이나 동일성에 근거하여 차이를 생각하는 것이 전자라면, 근본적인 차이의 산물로서 유사성이나 동일성을 사고하는 것이 후자이다. 원본의 모사나 재현이라는 시각이 전자의 태도를 규정한다면, 후자에는 그런 위계가 존재하지 않고 다만 시뮬라크르들이 있을 따름이다.[1] 여기에서 들뢰즈의 논의를 조금 더 참고하면, 전자에서는 둘 사이의 차이가 큰가 작은가가 중요하다. 거기에서는 규범적인 것으로부터의 거리가 그것의 가치를 결정하기 때문이다. 하지만 후자에서는 어떤 표준적 동일성에 입각하지 않고 차이 자체를 주목하는 것으로 충분하다.[2]

힐리스 밀러가 거론한 반복의 양상 가운데 이 글의 맥락에서 중요한 의미를 갖는 요소는 주로 한 작가의 다른 작품들 사이에서 나타나는 반복의 양상이다. 그 반복은 동일한 대상의 반복일 수도 있고, 동일하지는 않지만 어떤 유사한 대상의 반복일 수도 있다. 중요한 것은 그 반복에 나타나는 유사성의 정도가 아니라, 그 반복되는 대상들이 텍스트 사이를 떠돌아다니면서 의미 있는 차이를 생산해내고 있다는 사실이다. 들뢰즈의 논법으로 이야기하자면, 개념의 차원으로 지양되는 것이 아니라 시뮬라크르의 차원을 반복하고 있는 것이다. 그런 관점에서 최근 소설에 나타난 세 가지 반복의 양상을 살펴보기로 한다.

---

1 Hillis Miller, *Fiction and Repetition — Seven English Novels*, Cambridge: Harvard University Press, 1982, pp. 5~6.
2 질 들뢰즈, 『의미의 논리』, 이정우 옮김, 한길사, 1999, 416~417쪽.

(1) 파편화된 현실에 대응되는 사건들의 모자이크—박성원

박성원의 다섯 번째 소설집 『하루』(문학과지성사, 2012)의 표제작 「하루」에는 제목 그대로 하루 동안 여러 인물이 겪는 사건들이 교차하고 있다. 그 중심에는 은행 문을 닫기 직전 다급한 마음에 아이를 차에 놓아둔 채 송금을 하러 들어간 '여자'가 있다. 견인차 기사가 전봇대에 고지서를 붙이고 떠나자 난독증에 걸린 '소년'이 그것을 뜯어내 읽다가 뛰어오던 '여자'와 부딪힌다. 그사이 사라져버린 차. 눈앞이 온통 얼룩으로 덮여 아무것도 보이지 않을 정도로 당황한 '여자'는 '남편'에게 전화를 걸어 아기가 없어졌다는 사실을 알린다. 아이의 약봉투를 손에 꼭 쥔 채. '남편'은 오늘 낮에 직장 동료와 점심을 함께 먹으면서 '그'의 해고 사실을 통보한 터라 신경이 예민해져 있다. 부부는 수소문 끝에 차가 견인된 사실을 알게 되고 견인차 보관소로 달려가지만 아이는 병원으로 옮겨졌고 다시 병원으로 가니 아이는 이미 사망한 후다. 부부가 그 일들을 겪는 사이, 오늘 낮 자신이 해고된 사실을 통지받은 '그'는 집으로 돌아오는 길에 난독증에 걸린 아들에게 줄 장난감 견인차를 산다. '그'는 자신의 아파트 뒷산에서 잠들어 다음 날 아침 동사한 채 발견된다. 이처럼 이 소설은 서술의 초점을 이동해가며 등장인물 각자의 삶을 담담하게 비출 뿐인데, 그렇지만 결과적으로는 표면상 관련이 없어 보이는 '여자', '남편', '소년', '그', '견인 기사' 등의 인물들이 서로의 운명에 깊숙이 개입하고 있으며 그들의 삶이 복잡하게 얽혀 있다는 사실을 드러내고 있다.

이와 같은 「하루」의 모자이크적 방식의 구성은 소설집 『하루』에 실린 소설들을 전체적으로 연결하는 원리이기도 하다. 우선 「하루」에 등장했던 아이를 잃은 부부의 후일담으로 읽힐 수 있는 「얼룩」은 스토리의 차원에서 「하루」와 서로 연결되고 있다. 그리하여 「얼룩」에서는 아이를 잃은 정신적 외상에서 비롯한 '여자'의 병리적 증상이, 그리고 그 때문에 생긴 부부의 갈등이 주된 내용을 이루고 있다. '여자'는 아이를 잃었던 날을 기억하지 못하고 오히려 '남편'을 위한 깜짝 생일 파티를 연다. '남편'은 '여자'를 결국 정신과 의사에게 데려가고, '여자'의 절망감은 더 깊어진다. 어느 날 집을 나선 '여자'는 충동에 이끌려 갖고 있는 돈으로 가장 멀리 갈 수 있는 버스표를 끊어 차에 오른다. '여자'가 마지막에 도착한 곳은 한쪽 벽이 책으로 가득 찬 '울란바토르'라는 이름의 카페. 그런데 이 이름은 박성원의 이전 소설을 읽었던 독자라면 친숙한 기표가 아닐 수 없다. 이 기표를 통해 「하루」와 「얼룩」은 작가의 이전 소설집 『도시는 무엇으로 이루어지는가』(문학동네, 2009)에 실린 「캠핑카를 타고 울란바토르까지」 연작, 「도시는 무엇으로 이루어지는가」 연작과 연결되면서 더 커다란 하나의 세계를 이루고 있다.

한편 이 소설집에 실린 「어느 맑은 가을 아침 갑자기」, 「분노와 복종 사이에서 그녀를 찾아줘」, 「저녁의 아침」 등 세 편에는 '망원경을 든 소녀'가 공통으로 등장한다. 조금씩 모습과 성격을 달리하는 이 소녀는 세 이야기를 엮어주는 고리 역할을 하고 있다. 그런데 이 소녀 역시 박성원의 소설에서는 낯선 존재가 아니다. 우리는 그 소녀를 이미 「도시는 무엇으로 이루어지는가」 연작에서 만난 적이 있기 때문이다. 잊을 만하면 또다시 반복해서 출몰하는 그 기표는 우리 내부에 자리 잡고 있으되 기꺼이 들여다보고자 하지 않았던, 낯설면서도 친숙한 의식의 어떤 지대를 자꾸만 자극하는 효과를 만들어내고 있다.

되돌아보면 박성원 소설에서 이런 방식으로 단편들이 서로 얽히면서 일으키는 소용돌이가 비롯된 것은 더 이전에 『우리는 달려간다』(문학과지성사, 2005)에 실린 세 편의 소설에서였던 듯하다. 「인타라망—우리는 달려간다 이상한 나라로 5」에서 69일 만에 의식을 찾은 주인공에게 떠오르는 기억 속의 장면들은 「긴급피난—우리는 달려간다 이상한 나라로 2」 속의 사건들과 겹쳐지고 있다. 자신도 모르는 사이 살인자로 몰린 인물이 자신의 결백을 위해 결국 살아남은 사람들을 살해하게 되는 이 이야기 속의 주인공이 다른 소설 「꿈 조정사」에서는 닥터 김의 환자 가운데 한 사람으로 다음처럼 다시 등장한다.

> 허 참, 김 씨라고 왜 눈이 쪽 째지고, 꼭 포대처럼 생긴 사람 있잖아요. 그 사람이 누군지 아세요? 외딴집에 강도질하러 들어가서는 한 가족을 죽이고 증거를 없애려고 집에 불을 질러 몰살시킨 사람이잖아요……[3]

마치 오즈 야스지로(小津安二郎)의 영화에서 배역을 바꾸어가며 반복해서 등장하는 배우들처럼 박성원 소설의 인물들은 조금씩 모습을 달리하면서 새로운 이야기 속에 계속 다시 등장하고 있다. 그리고 마치 로버트 알트만의 영화 〈숏컷(Short Cuts)〉에서처럼 박성원 소설에서도 서로 다른 상황 속의 인물들은 이런저런 고리들로 이어져 하나의 세계를 이루고 있다. 박성원 소설에 등장하는 단어 가운데 이런 모자이크와도 같은 세계를 지칭하는 용어를 고른다면, 말할 것도 없이 '인타라망'일 것이다.

그리고 남자는 책을 읽기 시작했다. 나는 남자에게 무슨 책이냐고 물

---

3 박성원, 「꿈 조정사」, 『우리는 달려간다』, 문학과지성사, 2005, 102쪽.

었다. 그러자 남자는 밤새울 때 읽는 책이라고 했다. 어떤 내용인지 묻자 남자는 '인타라망'이라는 제목의 소설책인데 재미없는 소설이라고 말했다. 내가 인타라망이 무슨 뜻인지 묻자, 남자는 스탠드 너머 어둠 속에서 천천히 말을 했다.

　─"인타라망(因陀羅網)은 무한히 큰 그물인데, 이 책은 인타라망이라는 거대한 그물을 빌려 세상살이가 그물처럼 서로 촘촘히 엮여 있다는 것"을 말하고 있어요.[4]

　말하자면 '그물처럼 서로 촘촘히 엮여 있는' 세상살이의 단면을 보여주기 위한 장치가 바로 이야기들을 모자이크처럼 연결시키는 구성일 것인데, 「아내 이야기 ─ 우리는 달려간다 이상한 나라로 4」에 다시 등장하고 있는[5] 이 '인타라망'이라는 용어는, 이 구성의 기획이 어느 순간 자각적인 것으로 진화되었음을 말해주고 있다.

　이처럼 박성원의 소설 세계에서 기표들의 상호 침투는 비단 한 권의 소설집에 국한되는 사태가 아니다. 그것이 멀리는 『우리는 달려간다』에서 비롯해서 현재까지 이어지고 있다는 사실을 우리는 「침수」(『현대문학』, 2012년 11월호)에서 새삼 확인해볼 수 있다. 이 소설에는 아들의 기타 연주회를 보러 길을 떠난 노부부가 등장한다. 그런데 운전해서 길을 가는 도중에 갑자기 끼어든 트럭에 바로 앞서 가던 오토바이 운전수가 치여 사망하는 사건이 발생한다. 하지만 트럭은 사라져버렸고 남편이 엉겁결에 과실치사 혐의를 받게 된다. 그 과정에서 노부부는 사망한 오

4　박성원, 「인타라망」, 『우리는 달려간다』, 178쪽.
5　박성원, 『도시는 무엇으로 이루어지는가』, 문학동네, 2009, 230쪽.

토바이 운전수의 아내와 아이를 경찰서에서 만나게 되는데, 그 아내의 입을 통해 남편의 사연이 다음처럼 진술된다.

"제 남편은 여기 고향까지 내려오기 전까지 견인차 운전사였어요. 하루는, 눈이 아주 많이 오던 날이었어요. 은행 앞에 불법주차되어 있는 자동차를 견인하라는 구청의 출동명령을 받았어요. 남편은 골목 입구에 서 있던 자동차를 견인했지요. 견인고지서를 붙이고 규정대로 차를 끌어올리고. 그런데 견인한 차 안에 갓난아기가 있었나 봐요. 차창엔 눈도 달라붙어 있었고 또 너무나 검게 코팅되어 있어 정말 아무것도 보이지 않았대요. 보관소까지 넘겨주었는데 차 안에 있던 아이가 죽었어요. 부검까지 했다던데 저체온에 의한 폐경색이라고 하더군요. 남편은 과실치사로 기소되었어요. 집행유예를 받고 풀려났지만 남편은 그 기억 때문에 아무 일도 할 수 없었어요. 자다가도 기억 때문에 소스라치게 일어나곤 했어요."[6]

아내의 남편, 그러니까 사고로 사망한 남자가 전직 견인차 운전사였다는 사실이 앞에 밝혀져 있는데, 그가 겪었던 사건이 자세히 서술될수록 그와 「하루」에 잠깐 등장했던 그 '견인 기사'가 점점 겹쳐지는 문제적 상황이 발생하고 있다.

박성원 소설 속의 인물들은 주로 현대적 도시 공간 속에서의 삶을 영위하고 있으며 시간에 대한 강박 의식을 자주 드러내곤 하는데, 그런 점을 종합적으로 고려해보면, 그가 2000년대 중반 무렵부터 벌써 몇

---

6 박성원, 「침수」, 『현대문학』, 2012년 11월호, 107쪽.

년에 걸쳐 지속적으로 시도해오고 있는 이 모자이크적 구성의 방식은 파편화된 현대적 삶의 상황을 담아내기 위한 전략적인 형식처럼 느껴지기도 한다. 그 점에서 보면 오히려 장편보다 더 효율적인 형식을 단편의 연결을 통해 만들어내고 있다고도 할 수 있지 않을까 싶다.

(2) 의식의 심층으로부터 파생된 상호텍스트의 기표들—황정은

황정은 소설에는 다양한 차원의 반복이 등장하는데, 그 반복의 기능 가운데 하나는 단어와 구절을 반복하면서 리듬을 동반하는 독특한 서사적 스타일을 만들어내는 것이며, 또 그것을 통해 문법적 규범에서 벗어나는 비약과 무의미를 숙명적으로 내포할 수밖에 없는 우리 삶의 리얼리티를 담아내는 면모도 뚜렷하지만, 이 글의 맥락에서는 더 중요한 측면이 따로 있다.

우선 황정은의 두 번째 소설집 『파씨의 입문』(창비, 2012)에 실린 「대니 드비토」와 「낙하하다」를 비교해보면서 그 문제에 대한 검토를 시작해보기로 하자. 이 두 편의 소설을 연결해주는 것은 죽음 이후의 존재와 세계를 형상화하는 독특한 분위기의 공유라고 할 수 있지만, 더 직접적으로는 특수한 명제가 두 소설에서 반복되고 있는 현상에서 찾아볼 수 있다. 우선 「낙하하다」의 한 대목부터 보자.

떨어지고 있다.

어딘가에 부딪히는 일 없고 닿는 일도 없다. 소리도 기척도 없이 떨어지고 떨어진다. 이대로 계속 떨어지다 보면 언젠가는 바닥에든 무엇에든 충돌할 거라고 생각했지만 벌써 삼 년째나 떨어져 내리고 보니 조금 회의적이 되었다. 밑도 끝도 없다. 줄곧 떨어지다가 어디든 닿기 전에 결국 희미해질지도 모를 일이다. 공허한 마찰을 거듭하다가 나달나달해져 이윽고 사라져버리는 순간이 올지도 모르겠다. 그렇게 생각하면 두렵다. 외롭고 두렵다. 세 개의 점이 하나의 직선 위에 있지 않고 면을 이루는 평면은 하나 존재하고 유일하다. 그런 것을 외운다. 세 개의 점이 하나의 직선 위에 있지 않고 면을 이루는 평면은 하나 존재하고 유일하다. 어째서 이런 것을 아직까지 기억하고 있는지 모르겠다. 세 개의 점이 하나의 직선 위에 있지 않고 면을 이루는 평면은 하나 존재하고 유일하다. 말하고 말해도 의미를 알 수 없다. 세 개의 점이 하나의 직선 위에 있지 않고 면을 이루는 평면은 하나 존재하고 유일하다. 이 문장은 어딘가 꼬였다. 미묘하게 꼬여서 애매하다. 어디가 애매할까 생각하면 역시 두 번이나 반복되는 하나라는 부분이 재수 없는 거라는 생각이 들다가도 평면은 결국 어디에, 라는 생각으로 아득해진다.[7]

이 이야기를 진술하는 주체는 삼 년째 계속 떨어져 내리고 있는 존재이다. 이유도 의미도 찾을 수 없는 일종의 상상 속의 사건인데, 이처럼 동일한 행위를 무한히 반복하는 일의 아득함, 두려움은 황정은 소설에서 여러 차례 변주되고 있는 독특한 상황의 이미지이다.[8] 문제는 여기에서 "세 개의 점이 하나의 직선 위에 있지 않고 면을 이루는 평면은 하나 존재하고 유일하다"는 평면의 정의를 담은 문장이 일종의 리듬을

---

7 황정은, 「낙하하다」, 『파씨의 입문』, 창비, 2012, 65~66쪽. 강조는 인용자. 이하 동일.
8 가령 이 소설에는 아무리 찾아봐도 바깥과 연결된 통로가 없는, 심지어는 개수 구멍조차도 없는 진공에 갇힌 방을 떠올리는 장면이 있는데, 소설 속에서 그와 같은 상황은 '지옥적'이라고 표현되고 있기도 하다(같은 글, 69쪽). 더 거슬러 올라가면 「오뚝이와 지빠귀」에는 아무리 헤엄쳐도 결국 제자리로 돌아오는 행위를 상상하는 대목이 있는데 그 역시 같은 맥락을 이루는 상황이라고 하겠다. 황정은, 『일곱시 삼십이분 코끼리열차』, 문학동네, 2008, 196~198쪽.

발생시키면서 수차례 반복되고 있다는 점이다. 그 평면에 대한 정의의 내용이 소설에서 갖는 구체적인 의미는 발견하기 어렵다. 어떤 의미에서 그것은 발화의 주체조차, 혹은 이 이야기의 생산자조차 의식하지 못한 채 발생하는, 일종의 기표적 차원에서 이루어지는 언어적 사건일지도 모른다. 그런데 그 평면의 정의를 담은 명제는 앞서 발표되었던 「대니 드비토」에서 이미 동일한 형태로 나타난 적이 있다.

세 개의 점이 하나의 직선 위에 있지 않고 면을 이루는 평면은 하나 존재하고 유일하다.
세 개의 점이 하나의 직선 위에 있지 않고 면을 이루는 평면은 하나 존재하고 유일하다, 라고 중얼거리는 원령이 들어왔다. 부스러기 같은 것이었다. 어디에서 어떻게 흘러들어왔는지는 모르겠지만, 어느 날 현관에서 심상치 않은 기색으로 부스러져 있는 것을 내가 발견했다. 세 개의 점이 하나의 직선 위에 있지 않고 면을 이루는 평면은 하나 존재하고 유일하다. 그게 뭐냐고 묻자, 평면의 정의입니다, 라는 답이 돌아왔다. 그런 걸 어째서 외우고 있느냐고 묻자 더욱 심상치 않은 기색을 띠고 모였다가 다시 부스러지면서, 모르겠습니다, 라고 답했다. 이것 말고 다른 것은 생각나지 않습니다, 그러니까 외웁니다, 세 개의 점이 하나의 직선 위에 있지 않고 면을 이루는 평면은 하나 존재하고 유일하다. 그 뒤로는 무엇을 물어도 같은 말을 되풀이했다.[9]

「대니 드비토」에서는 그 동일한 명제를 발화하는 주체가 서술자인

---

9 황정은, 「대니 드비토」, 『파씨의 입문』, 52~53쪽.

'나'가 아니라 그가 우연히 조우한 부스러기 원령이다. 그렇다면 「대니 드비토」의 부스러기 원령이 「낙하하다」에서 무한히 떨어지고 있는 '나' 일까. 그렇게 볼 수도 있지만, 여기에서 그런 구분이 큰 의미를 갖는다 고 생각되지는 않는다. 그렇다고 해서, 그 명제가 이야기 속에 등장해 야 하는 필연적인 이유가 해명되는 것도 아니다. 오히려 동일한 명제가 한 이야기의 경계를 넘어 다른 상황에서 또다시 반복되고 있는 사태 자 체가 여기에서는 중요한데, 왜냐하면 그 반복의 사태는 그와 같은 강박 을 초래한 더 심층에 놓인 심리적 근원을 지시하는 효과를 발생시키고 있기 때문이다. 그와 관련하여, 우리는 이와 유사한 사건을 황정은 소 설의 좀 더 앞선 단계에서 경험한 바 있다.

체셔의 머릿속에는 세 개의 점이 있었다.

첫 번째 점. 거품이 솟아올랐다.

두 번째 점. 큰일이 일어날 것 같다는 확신이 있었다.

세 번째 점. 그것에 대해 이야기할 수 있는 기회가 있었는데, 하지 않 았다.

체셔는 이렇게 세 개의 점을 찍어놓고 점과 점 사이를 잇는 작업을 되풀이 했다. 그것은 거대한 삼각형이 되었다. 체셔는 언제까지나 중심으로 들어 가지 못한 채, 점점 두꺼워지는 삼각형의 변에 자꾸 두께를 보탰다. 점에서 점으로 다시 점으로 이동하다가, 이따금씩 멈추면 중얼거렸다.

상황이 달라질 수 있었다.

그것은 고통스러운 확신이 되었다. 현실적으로 따져보았을 때 크게 달라질 것이 없었다는 걸 알면서도, '그렇게' 생각하자 그것은 틀림없이 '그렇게' 되고 말았을 사실이 되었다.

삼각형은 점점 더 두꺼워지고, 어두워지고, 거대해져가고 있었다.[10]

세 개의 점이 이루는 삼각형의 평면 속에 체셔의 의식이 갇혀 있다는 사실을 앞에서 확인할 수 있다. 여기에서는 앞서 제시된 명제가 덜 추상적인 형태로, 그러니까 좀 더 이해 가능한 형식으로 나타나 있는 것으로 보인다. 「모기씨」에서 체셔의 의식을 압박하고 있는 고민, 그리고 그것의 도상적 이해의 방식은 「대니 드비토」와 「낙하하다」에서 원령들이 보여주는 특정 명제에 대한 집착을 우회적으로 이해할 수 있는 근거를 제공하고 있다. 이처럼 황정은 소설에서 반복되는 기표들은 의식과 무의식, 환상과 현실의 스펙트럼 위의 서로 다른 지점에 대응되면서 상호텍스트적 연관을 이루고 있다. 다음 두 대목을 비교해보자.

(A) 눈을 쏘는 듯한 찬바람이 분지를 넘어 그를 향해 불어왔다. 그는 손을 외투 주머니에 넣고 대문을 향해 돌아섰다. 집 뒤로 완만하게 솟은 언덕을 제외하고는 사방이 말라죽은 풀로 가득한 벌판에 그 집과 이웃집, 단둘이었다. 이웃집은 대문도 담도 없이 마당이 노출된 구조라서 옛날식 부엌과 낡은 마루와 단열재를 감아둔 수도가 들여다보였다. 대문이 있을 만한 자리엔 개장이 있었다. 커다란 개들이 개장 속을 오가며 맹렬히 짖었다. 다섯 마리의 입에서 탁하게 입김이 부풀었다. 애완용이나 번견으로 사육되는 것은 아닌 듯 보였고 고기로 팔려나갈 개들인 듯했다.[11]

---

10 황정은, 「모기씨」, 『일곱시 삼십이분 코끼리열차』, 133~134쪽.
11 황정은, 「뼈 도둑」, 『파씨의 입문』, 78쪽.

(B) ……, 그랬는데 말입니다, 제수씨, 정곡, 정곡, 정곡, 그 집이 말입니다, 북쪽엔 강이요, 사방 오백 미터 반경에 집이라고는 나란히 딱 두 채, 우리하고 옆집, 이랬는데 말입니다, 바로 그 옆집에서 대문 밖에 커다란 개장을 놓고 개를 십여 마리 기르고 있었습니다, 개장이 쩍쩍 얼어붙는 계절에, 인기척에 익숙하지 않고, 식용으로 아무렇게나 사육되던 개들은 작은 기척만 들어도 악을 쓰듯 짖었습니다, ……[12]

(A)는 「뼈 도둑」, 그리고 (B)는 「야행」의 일부이다. 「뼈 도둑」은 동성 연인을 잃고 시외의 외딴집에 이사한 한 남자의 이야기이다. 인용된 부분은 그가 중개업자와 집을 보러 갔을 때 옆집의 개장을 바라보고 있는 장면이다. 이야기의 후반부에서 그는 수도권의 기온이 영하 37도까지 내려가는 가상적 상황에서 허기를 해결하기 위해 옆집의 개장에 접근한다. 한편 「야행」은 한씨와 고씨 부부 그리고 그들의 아이들인 곰과 밈 일행이 백씨와 박씨 부부네를 찾아가서 겪는 일을 담은 방문기 형식의 이야기이다. 그 방문은 두 부부 사이에서 빚어진 갈등 때문이었는데, 그 갈등의 대화 속에 한때 형제처럼 지냈던 과거의 기억이 회상의 형태로 드러나 있다. 그 기억 속의 한 장면에 개장이 이끌려 나와 있다. 아마도 후자의 장면이 체험적 기억으로부터 더 가까운 지점에 위치한 이미지라고 추측된다. 이 이미지는 좀 더 사회적인 주제를 환상과 결합시켜 제시하고 있는 새로운 이야기 「뼈 도둑」에서 변형된 형태로 다시 등장하고 있다. 그런 의미에서 두 장면은 실재와 마주한 무의식으로부터 그 지점에서 파생되어 뻗어나간 환상에 이르는 스펙트럼 위의 서로 다른

---

12 황정은, 「야행」, 『파씨의 입문』, 28~29쪽.

지점에 위치하고 있다고 할 수 있다. 그리고 그 이미지들은 그 이후에 발표된 소설 「야만적인 앨리스씨」 속의 다음 장면과도 상호텍스트적 연관을 맺고 있어 보인다.

> 앨리시어는 개가 움직이는 소리를 듣는다.
> 개는 개장 속에 있다. 언제까지고 개는 그 속에 산다. 개는 개다. 이름이 없다. 앨리시어의 부모는 개에게 이름을 붙여주지 않았다. 당장 껍질을 까서 먹을 귤이나 달걀에 철수나 기춘이라고 이름 붙이는 일이 없는 것과 같다. 개는 하루 종일 개장 속에서 움직인다. 검은 발은 언제나 배설물로 젖어 있다. 개는 짖지도 않는다. 고모리에 사는 것 가운데 가장 크고 생생한 눈을 가진 생물이다. 앨리시어의 늙은 아버지는 봄에 기름기가 흐르는 수컷 개를 빌려 와서 개장에 넣고 흘레붙인 뒤 이웃들과 술을 마신다. 개가 새끼를 배고 낳으면 적당한 크기로 자랄 때까지 인간이 먹고 남긴 것으로 새끼를 먹이다가 여름이나 늦가을에 정성껏 불에 구워 이웃들과 나눠 먹는다.
> 올해 인간들은 새끼를 먹지 않고 남겨두었으므로 개장 속의 개는 네 마리다.[13]

이 새로운 이야기에서 개장의 이미지는 앞서 두 경우와 비교해볼 때, 좀 더 기능적으로 서사에 활용되고 있는 듯 보이는데, 그와 같은 변화에는 경험적 외상에 기원을 두고 발생했던 이미지가 그 반복의 과정에서 거기에 실려 있는 심리적 부하가 걷히면서 순화되는 과정이 잠재

---

13 황정은, 「야만적인 앨리스씨」, 『문학동네』, 2012년 봄호, 319~320쪽.

해 있을 것으로 짐작된다.

황정은 소설에서는 이런 방식으로 등장하는 상호텍스트적 기표들이 적지 않다. 가령 「옹기전」, 「묘씨생」, 「뼈 도둑」, 「上行」(『문학과사회』, 2012년 봄호) 등에 반복해서 출몰하는 '항아리', 「낙하하다」와 「뼈 도둑」에 반복해서 등장하는 '개수 구멍이 없는 개수대', 「파씨의 입문」, 「옹기전」, 「上行」에서 반복되는 '토끼'의 이미지, 「옹기전」, 「묘씨생」, 『백의 그림자』에서 반복적으로 변주되고 있는 '구타당하거나 먹히는 입'의 이미지, 그리고 「일곱시 삼십이분 코끼리열차」, 「곡도와 살고 있다」, 「파씨의 입문」 등에서 여러 번 등장하는 '파씨', 「곡도와 살고 있다」와 「옹기전」에서 반복되고 있는 '서쪽에 다섯 개가 있어'라는 목소리 등이 그런 기표들이다. 또한 황정은 소설에서 주요한 사건들이 '냉장고' 주위에서 일어나는 이유도 「파씨의 입문」에서 부모와 함께 다른 사람이 버린 냉장고를 싣고 오는 사건과 무의식적 연관을 맺고 있어 보인다.

이처럼 반복을 통해 생산되는 상호텍스트적 기표들 사이의 관계는 황정은 소설 속의 한 대목에서 다음과 같이 형상화되어 있다.

그는 꿈을 꾸고 있었다. 장과 함께 버스를 타고 어디론가 가는 길이었다. 장과 그는 뒷자리에 앉아서 사람들의 선명한 뒷모습을 바라보고 있었다. 쿵, 하고 그들의 버스가 어딘가에 충돌했다. 천장으로 창으로 많은 양의 모래가 쏟아져 들어왔다. 매우 많은 양의 모래. 그는 모래에 쓸려 구르고 뒹굴다가 목전에서 연인의 노란 얼굴을 발견했다. 그 얼굴은 그와 다름없이 모래에 묻혀가는 중이었다. 눈을 감고 있었고 입을 벌리고 있었다. 양쪽 귀는 가망 없이 묻혔고 이제 입을 향해 모래가 닥쳐오고 있었다. 그는 장을 불렀다. 장, 장, 입이 없으면 숨을 쉬지 못한다, 이

미 숨을 쉬지 않는 듯한 연인의 얼굴을 덮어가는 모래를 쓸어내고 쓸어
내며 흐느꼈다.

　　꿈에서 틀림없이 장이라고 믿었던 그 얼굴은 틀림없는 장의 얼굴이
었을까. 그 얼굴은 실제 장의 얼굴과 얼마나 같았을까. 따지고 보면 같
지 않았다. 전혀 달랐다. 일단 장은 그렇게 죽지 않았다. 비탈, 모터사이
클, 트럭, 간격 그리고 어쩌면 겨울 같은 것들이 장의 죽음과 조금 더 관
련 있었다. 실제로 죽는 순간 장이 어땠는지 그는 알 수 없었다. 마지막
으로 보았을 때는 이미 죽어 있었다. 오후에 연락을 받았고 장례식장에
서 뭔지 모를 상태로 이틀을 보낸 뒤 염을 할 때 비로소 장을 보았다.[14]

　「뼈 도둑」에서 '그'(조)는 죽은 동성 연인 '장'이 등장하는 꿈을 꾼다.
꿈속에서 '장'과 '조'는 버스 뒷자리에 타고 있다. 그들이 바라보는 사
람들의 뒷모습은 꿈속인데도 '선명하다'고 되어 있다. 그러다가 버스가
충돌하고 모래가 쏟아져 들어와 '장'의 얼굴을 뒤덮는다. 하지만 꿈속
에서 '장'이 숨을 거두는 순간의 장면은 사실 현실에서 '조'가 경험하지
못한 것이다. 더구나 꿈속에서 봤던 '장'의 얼굴은 실제 그의 얼굴과 '전
혀 달랐다'는 것이다. 그렇다면 꿈에서 본 '장'의 얼굴은 다만 환상이고
그래서 허구에 지나지 않는 것일까. 실제의 '장'의 죽는 순간의 모습을
알 수도 없었던 안타까움을 가진 '나'의 의식 속의 문제라면 그렇게 간
단하게 부정해버리기는 어려울 것이다. 그것은 진위(眞僞)의 문제라기
보다는 강도(強度)의 문제이지 않을까. 그런 의미에서 실제 '조'가 경험

14 황정은, 「뼈 도둑」, 190쪽.

한 '장'의 죽음과 꿈속에서 바라본 '장'의 죽음의 장면, 그 둘 사이의 관계는 바로 황정은 소설에서 반복되고 있는 상호텍스트적 이미지들 사이의 관계에 대응되는 것이라고 볼 수 있다.

이상의 논의를 통해 생각해보건대, 황정은 소설에서의 반복은 구성된 것이라기보다 무의식적으로 발생된 것에 더 가까워 보인다. 그것은 의식에 의해 소화되기 이전에 이야기의 발생과 더불어 일어나는 일종의 언어적 사건이다. 다음 대목은 그와 같은 상호텍스트적 상황의 발생 과정을 보여주는 한 가지 사례라고 할 수 있을 것 같다.

봄이었을 것이다.

일찍 일을 마친 그는 장을 바깥에서 만나 영화 한 편을 보았다. 형으로부터 전보를 받은 노인이 잔디 깎는 기계를 타고 대륙을 가로질러 형을 만나러 간다는 이야기였다. 장은 만족한 것처럼 보였다. 돌아오는 길에 편의점에 들러 맥주를 한 잔씩 마셨고 맞잡은 손을 비비며 집으로 가는 오르막을 올라갔다. 맞은편에서 비틀거리며 비탈을 내려오던 중년 남자가 그들을 유심히 불렀다.[15]

술에 취한 중년 남자는 '장'과 같은 교회를 다니던 사람이었는데, '장'이 '조'와 연출하는 동성애의 분위기가 못마땅한 나머지 '장'에게 시비를 건다. '장'을 '형제'라고 부르면서. 다툼 끝에 남자는 제풀에 넘어져 부상을 입고 '장'은 가해자로 경찰서에 연행된다. 그 이후 '장'과 '조'의 동성애 관계가 교회에 알려지고 그들은 목사로부터 더 이상 나오지

---

15 같은 글, 197쪽.

말아달라는 연락을 받는다.

여기에서 '장'과 '조'가 중년 남자를 만나기 전에 함께 있는 상황을 연출하기 위해 같이 영화를 보고 나온다는 설정은 서사에서 필요한 사건이라고 할 수 있다. 그렇지만 그 영화가 어떤 영화인지 내용을 구체적으로 기술하는 것은 서사에 반드시 필요하다고 보기는 어렵다. 그럼에도 이 소설에는 그 영화가 어떤 영화인지 짐작할 수 있을 만큼 구체적으로 내용을 적고 있다.[16] 그런데 그 영화에서 형을 찾아가는 동생의 여정은 '장'의 유골함을 찾아가는 '조'의 모습, 혹은 다른 작품인「上行」에서의 유사한 행로를 떠올리게 만들기도 한다. 영화의 내용은 인용된 바로 그 장면 주변이 아니라 오히려 황정은 소설의 다른 장면들과 상호텍스트적 연관을 맺고 있는 것이다. 이러한 상황은 이야기의 생산 이전에 전의식의 단계에서 인접해 있던 기표들이 언어화되는 과정에서 서로의 흔적을 내포하게 되었기 때문이라고 이해해볼 수 있다. 말하자면 그 영화로부터 파생된 기표는 서사의 보다 근원적인 발생 지점에서 반복의 기능을 수행하고 있었던 것이다.

(3) 종결과 더불어 다시 시작되는 게임 같은 현실의 반복―손보미

손보미의 근작「애드벌룬」(『세계의 문학』, 2012년 가을호)은 '여덟 살'에 어머니를 잃은 '그'와 '그'의 아버지의 이야기로 시작된다. 부자는 장례식을 마치고 여행을 떠났는데 그것은 그들이 함께했던 처음이자 마지막 여행이었다. 어머니의 부재에도 '그'는 조용하고 평범한 아이로 자랐다. 고등학교 2학년 봄에 어떤 사건에 휘말려 아버지를 곤란하게 만

---

16 데이비드 린치 감독의 영화 〈스트레이트 스토리〉(1999)와 스토리가 유사해 보인다.

들기 전까지는. 아버지가 화를 낼 거라는 '그'의 예상과 달리 그의 비행은 오히려 아버지에게 일종의 죄책감을 불러일으켰다.

아버지는 그에게 선물을 주었다. 그건 그가 중학생 시절 좋아했던 파셀이라는 록 밴드의 내한 공연 티켓이었다. 그는 고개를 갸웃거렸다. 이제 파셀은 거의 끝물이었다. 예전에 열성적으로 좋아하긴 했지만 이젠 아니었다. 그는 이제 파셀에 아무런 관심도 없었다. 도대체 이제 와서 파셀이 내한 공연을 왜 하는지도 의문이었다. 게다가 왜 두 장이지? "한 장은 내 표란다." 그리고 아버지는 이렇게 덧붙였다. "그동안 아버지가 미안하구나." 왜 그랬는지 모르겠는데 그때 그는 웃음이 났다. 그렇게 그들은 함께 파셀의 야외 스탠딩 공연에 갔다. 그의 아버지는 그를 위해 갈색 담요를 준비해 왔다. 그는 별로 춥지 않았고, 그런 걸 걸친다는 게 영 싫었지만 아버지의 성의를 생각해서 어깨에 걸쳤다.[17]

한 소년의 성장기처럼 보이던 이야기는 앞의 대목에서 손보미 소설의 독자들에게 어떤 기시감을 유발한다. '파셀'이라는 밴드의 이름, 그리고 '담요' 같은 기표로 말미암아 일어나는 작용일 텐데, 왜냐하면 이 사건은 손보미의 신춘문예 등단작 「담요」(2011년 『동아일보』 신춘문예 당선작)에 등장했던 장면을 떠올리게 만들기 때문이다. 「담요」에서 작가인 '나'는 친구 '한'이 근무하던 파출소 소장이었던 '장'의 사연을 책 『난 리즈도 떠날 거야』로 써서 출간하여 돈과 명성을 얻지만 타인의 인생을 훔쳤다는 이유로 '한'으로부터 절교를 당한다. 거기에서 '장'은 아이

---

17 손보미, 「애드벌룬」, 『세계의 문학』, 2012년 가을호, 289쪽.

가 '일곱 살' 되는 때에 아내를 병으로 잃고 아이가 열다섯 살 되는 해에 아이와 함께 록 밴드 파셀의 공연에 갔다가 사고로 아이까지 잃고 만다. 그렇다면 「애드벌룬」은 「담요」의 후일담인가? 「애드벌룬」에서도 역시 그 공연에서 사고가 발생하는데, 하지만 그 결과는 「담요」에서와는 달리 다음과 같다.

그 사건으로 인해 앞쪽에 서 있던 관객 세 사람이 즉사했다. 물론 그들은 파셀의 열성 팬이었다. 그리고 관객 열세 명이 중경상을 입었다. 즉사한 세 명은 모두 그들 부자 근처에 서 있던 사람이었고, 그의 아버지는 중경상을 입은 열세 명 중 한 사람이었다. 그날 입은 부상의 여파로 그의 아버지는 죽을 때까지 지팡이를 쥐고 살아야만 했다. 아버지 바로 옆에 서 있었던 그는, 멀쩡했다. 털끝 하나 다치지 않았다. 몇 주 후 아버지가 퇴원하던 날, 그는 아버지가 절뚝거리는 모습을 처음 보았다. 그제야 그는 콘서트장에서 아버지가 자신에게 덮어주었던 담요를 잃어버렸다는 사실을 깨닫게 되었다.[18]

「담요」에서 사망했던 아들에 대응되는 인물인 '나'가 「애드벌룬」에서는 멀쩡하게 살아남았다. 오히려 '장'에 대응되는 인물인 아버지가 부상을 입었다. 「담요」에서는 아들의 유품으로 '장'이 소중하게 간직했던, 그래서 소설의 후반부에서 우연히 만난 어린 부부에게 선물로 주게 되는 그 '담요'가 「애드벌룬」에서는 그냥 분실된 것으로 처리되어 있다. 만일 연작이라면 두 이야기 사이의 불일치는, 비록 그것이 사소할

---

18 같은 글, 290쪽.

지라도 서사의 결함으로 남을 수밖에 없을 것이다. 그러나 「애드벌룬」과 「담요」 사이에서 나타나는 유사하면서도 어긋나는 차이는 오히려 의식적으로 고안된 것으로 보인다. 그와 같은 차이를 통해 「애드벌룬」에서는 「담요」와 인물과 사건을 공유하지만 그들의 운명은 전혀 다른 세계에 속한 일종의 '평행우주'를 만들어내고 있다.

그런데 그렇다고 그 두 이야기가 각자 서로 다른 길을 독립적으로 가고 있는 것은 아니다. 두 이야기 사이에는 다음에서처럼 어떤 인력이 작용하고 있기 때문이다.

그는 최대한 조용히 방문을 닫고 나와서 현관 쪽으로 걸어갔다. 그리고 아무런 망설임도 없이 현관문을 열고 계단을 천천히 걸어 내려가기 시작했다. 맨발이었고, 차가운 땅의 감촉이 느껴졌지만, 오히려 그게 좋았다. 저게 나를 다른 세상으로 데려가줄 거야. 그는 생각했다. 다른 세상에서 나는 그런 식으로 사랑하는 사람들을 잃지 않을 거야. 어머니는 아직까지 살아 계시겠지. 아버지가 다리병신이 되지도 않을 테고, 그 세상에서…… 나는 담요를 잃어버리지도 않을 거야. 그 세상에는 「과학자의 사랑」이니, 『난, 리즈도 떠날 거야』 같은 거지 같은 글이 존재하지도 않을 거야. 분명히, 그 세상에서 베이브 루스는 벙어리가 되지 않을 거야. 그래, 분명히, 그는 야구 선수로 일생을 살아갈 거야. 정말 위대한 야구 선수 말이야. 그리고…… 그는 생각했다.

그 세상에서 나는 파셸의 콘서트에서 이미 죽었을 거다.

나는 그때 죽었어야 해.[19]

---

[19] 같은 글, 306쪽.

「애드벌룬」의 세계 때문에 「담요」의 세계는 상대화된다. 상대화될 뿐만 아니라 두 세계는 뫼비우스의 띠처럼 서로 복잡하게 얽히게 된다. 「담요」에서 『난 리즈도 떠날 거야』는 '한'이 '장'의 사연을 바탕으로 쓴 책으로 나온다. 「애드벌룬」에서는 '나'가 번역하는 한국 소설이다. 「담요」에서 아들이 사망하고 난 뒤에 출간된 책이기 때문에, 원리상 두 책은 같을 수가 없다. 고유명이 두 세계를 연결해주고 있지만 결정적인 대목에서는 두 세계를 단절시키고 있는 것이다. 이와 같은 관계는 그 허구의 세계들과 그것을 읽고 있는 지금-이곳의 세계 사이에도 같은 방식으로 적용된다. 베이브 루스가 야구 선수로 되어 있는 이 세계가 진짜일까. 이곳의 베이브 루스와 그 세계의 베이브 루스는 동일한 것일까. 이처럼 손보미 소설에서 차이를 생산하면서 반복되는 시뮬라크르의 세계는 그것을 바라보는 지금-이곳의 세계를 상대화하는 효과를 발생시킨다.

이것은 비단 「담요」와 「애드벌룬」 사이에서만 일어나는 일이 아니다. 가령 손보미의 전작 「과학자의 사랑」은 「애드벌룬」에서 '나'가 번역하는 산문집에 실린 글 가운데 한 편으로 등장한다. 한 논자는 「애드벌룬」을 「담요」를 다시 쓴 일종의 연작으로 파악하면서 형식 실험의 의미보다 "다른 세상이 사실 이 세상과 다르기는 쉽지 않다는 사실"을 일깨우기 위한 전략을, 그러니까 그 주제적 차원을 더 강조하고 있다.[20] 물론 손보미의 소설은 소설적 실험의 차원을 염두에 두지 않고 읽더라도 현실을 환기하고 공감을 불러일으키는 힘을 느낄 수 있는 면이 있기에 그와 같은 기의의 측면을 무시할 수 없다. 그럼에도 불구하고 이 글

----

20 조연정, 「이야기를 통해서만 말해질 수 있는 삶의 진실」, 『웹진 문지』, 2012년 11월 12일자.

의 맥락에서는 그 기표들의 반복과 차이가 만들어내는 현란한 유희를 그냥 지나치기가 더 어렵다.

앞서 박성원 소설에 나타난 반복에서는 주로 서사의 주변부에 연결고리가 되는 인물이나 사건이 배치되어 있다. 따라서 그 인물이나 사건의 부분적인 불일치가 서사 자체에는 큰 영향을 미치지 않고, 다만 서사의 경계를 완전하게 봉합하는 것이 아니라 그것을 희미하게 처리함으로써 단편적인 이야기들 자체의 독립성과 그것들이 결합되어 이루는 세계 전체의 통일성 사이에 일종의 점이지대를 마련하고 있다.

그에 반해 손보미의 「애드벌룬」에서는 서사의 중심에 놓인 인물의 삶이 새롭게 고쳐 써지고 있다. 그리하여 이 경우에는 새롭게 구성된 이야기와 직간접적으로 연관을 맺고 있는 이전의 이야기들 전체가 모두 리셋(reset)되는 장면을 연출하고 있다. 이 결정적인 한 번의 리셋으로 말미암아 지금까지 상호텍스트의 관계를 통해 손보미 소설에서 전개되어오던 '게임적 리얼리즘'의 계기는 순식간에 전면화되고 있다.[21]

3. 최근 단편 형식의 변화에서 반복이 갖는 의미

이상에서 살펴본 바와 같이, 최근 한국 소설에서 단편들 사이의 연관은 이전 시기의 연작 형식과는 그 성격이 다르다. 연작 형식이 동일한 인물 혹은 사건을 고리로 이야기들을 연결하고 있다면, 박성원, 황정은,

---

21 손보미, 이상우 소설에 나타난 '게임적 리얼리즘'(아즈마 히로키)적 특성에 대한 분석은 이 책의 1부에 수록된 「허구 속의 허구, 꿈 속의 꿈」 참조.

손보미의 소설에서는 그와 달리 반복을 통한 차이의 생산이 더 중요한 기능을 수행하고 있다. 전자에서는 이야기들의 연결이 구성의 방향으로만 진행되고 있다면, 후자에서는 구성과 해체의 작업이 동시에 일어나고 있는 것이다. 그리고 그와 같은 형식을 통해 기존의 소설적 시선이 미처 드러내지 못했던 우리의 의식과 현실의 새로운 지대에 대한 탐사가 이루어지고 있다. 이와 같은 단편 형식의 진화는 단편 중심으로 진행되어온 한국 소설의 고유한 맥락과 더 큰 이야기를 요구하는 새로운 문학적 상황의 만남이 성립시킨 흥미로운 사건이라고 할 만하다.

『2010년대 한국 소설의 은하를 여행하는 히치하이커를 위한 안내서』를 위한 보고서

1. 별들의 진화

바야흐로 2010년대에 접어들어 지난 2000년대를 되돌아보면, 알 수 없는 곳으로부터 빠른 속도로 떨어져 내려오는 듯 보였던 새로운 유성들이 이제는 저 뒤편에서 규칙적인 형상의 별자리를 이루며 그 문학적 성좌에 자리를 잡아가고 있는 것처럼 느껴진다. 물론 여전히 점멸을 반복하고 있는 그 별들은 진화―그 진화는 내적인 운동의 소산이기도 하면서, 동시에 변화한 우주(현실)의 압력으로부터 야기된 것이기도 한데―를 계속하면서 성좌의 형상을 바꿔나가고 있는 중이지만, 그럼에도 그 진화의 가속도는 어느 정도 진정의 기미를 보이고 있다. 지난 세기의 말과 새로운 세기의 초입에서 우리는 그때까지 비교적 순차적인 진화를 이어왔던 문학적 유전의 과정이 급격하게 교란되는 양상을 경험한 바 있었는데, 시간이 지나면서 그 충격은 흡수되어 이제는 그 진동의 여운만 우리 몸에 남아 있다. 처음에는 생판 처음 보는 듯 낯설기만 했던 문학적 돌연변이들도 어느새 눈에 익어 그들 사이의 유사성을 근거로 가계도를 그려볼 수 있는 정도는 된 것 같다. 그 어렴풋하게나마 윤곽이 드러난 진화의 계보를 들여다보면 불규칙하게만 여겨졌던 그 발생과 변이의 운동과 궤적이 좀 더 뚜렷하게 감지될지도 모르겠다. 그 과정을 조감하면서 우리가 통과하고 있는 변화를 부분적으로라도 객관화해보고자 하는 시도가 이 글의 동기이다.

2. 포스트모던의 천체에 나타난 새로운 풍경들

이야기를 이루고 있는 요소만을 보자면, 2000년대 소설의 형질이 그 이전과 그렇게 달라 보이지는 않을 수도 있다. 그 역시 이전의 문학적 종(種)들로부터 유전되고 파생된 것들임에 분명하기 때문이다. 하지만 그 형질은 그것을 감싸고 있는 환경이 빠른 속도로 변화하는 맥락 속에서 연관의 서열이 재구성되었고, 그렇기 때문에 표면상의 유사성 이면에는 밖에서는 보이지 않는 어떤 단절이 가로놓여 있다.[1]

---

1 프레드릭 제임슨이 모더니즘과 포스트모더니즘 사이의 관계를 설명할 때의 맥락도 이와 유사하다. 제임슨은 「포스트모더니즘—후기자본주의의 문화논리」(1984)에서 모더니즘과 포스트모더니즘이 동일한 특성을 공유하며 연속적이라고 해도 경제체제가 달라졌고 문화 영역이 변질되있기 때문에 두 현상은 의미와 기능에서 완전히 구별된다고 적고 있다(『포스트모더니즘론』, 강내희 옮김, 터, 1989, 145쪽). 우리 역시 2000년대를 경과하면서 이론을 통해 먼저 접한 변화를 문학적 현실 속에서 점점 더 전면적으로 실감해가고 있는 듯하다.

(1) 희미해져가는 '진정성'의 별빛

우선 우리는 2000년대를 지나는 동안 1990년대 소설의 가장 강력한 인자였다고 할 수 있는 '진정성(Authenticity)'의 요소가 시간이 가면 갈수록 점점 더 희미해져가는 과정을 겪어왔다.[2] 그런 현실의 변화는 소설의 어느 부분을 어떤 방식으로 바꿔놓았을까? 한 가지 사례를 통해 이 물음부터 살펴보면서 논의를 시작해보고자 한다.

그래, 그냥 해본 소리다. 나는 금지된 장난이 영화관에선 육십 년대 근처에 딱 한 번 상영된 걸로 알고 있었거든. 그때라면 네가 태어나기도 전 아니냐. 그런데 네가 본 영화가 금지된 장난이라고 씌어져 있으니까 갑자기 내 개인적으로 읽는 맥이 끊기지 않냐. 다른 소설에 그랬다면 안 그랬지. 뭐라고 설명은 할 수 없다만 지금 네가 쓰는 외딴 방에선 말이다 그러지 않는 게 좋을 것 같아서 그래서…… 그냥 본 대로 그대로 쓰라고…… 그렇다고 내가 너한테 리얼리티를 요구하고 있다고는 생각 마라. 무슨 말인지 알지?[3]

『외딴 방』(1995)이 1990년대를 대표하는 소설이라고 말할 수 있는

---

2 이 과정을 김홍중은 '진정성의 레짐'의 해체와 '스노비즘 체제'의 구축이라는 구도로서 설명한 바 있다(「진정성의 기원과 구조」, 『마음의 사회학』, 문학동네, 2009). 이러한 현상은 물론 우리 고유의 특수성을 가지고 전개되었지만, 기본적으로는 세계의 보편적 흐름이 시차를 두고 구현된 것으로 볼 수 있다. 가령 문화적 현상을 통해 일본 사회를 분석하면서 1970년까지를 '이상의 시대'로, 그 이후 1995년까지를 '허구의 시대'로, 그리고 1995년 이후를 '동물의 시대'로 구분하고 있는 아즈마 히로키의 구도 역시 그에 대응되는 것으로 볼 수 있고(아즈마 히로키, 『동물화하는 포스트모던』, 문학동네, 2007, 155쪽), 더 큰 틀에서는 그들 모두 리얼리즘-모더니즘-포스트모더니즘의 구도에 기반을 둔 변형태라고 할 수 있다.
3 신경숙, 『외딴 방』 개정판, 문학동네, 1999, 243쪽.

것은, 그 내용의 차원(큰 이야기→작은 이야기)에서도 혹은 그 창작 주체의 차원(남성→여성)에서도 가능하다. 그런데 앞의 인용은 그보다 더 결정적인 차원이 있다는 것을 생각해보게 만드는 대목이다.

　연재 중인 '나'의 소설을 읽은 선배가 전화를 해왔고 그 통화의 내용이 다시 소설 텍스트 속으로 들어온다. 주로 내용이나 문체의 측면에서 그 가치가 거론되어왔지만, 『외딴 방』을 비롯한 신경숙의 초기 소설에서는 사실 상당히 급진적인 형식상의 실험이 매번 시도되고 있었다. 텍스트 내부와 외부가 넘나드는 이 장면 역시 그런 실험에 해당된다. 그리고 이 텍스트의 외부(더 정확히는 외부와 내부의 경계)가 늘 그 내부의 이야기를 긴장시키고 있다는 점은 어떤 의미에서 신경숙 소설, 더 나아가 1990년대 소설에서 간과할 수 없는 중요한 항목이라고도 할 수 있다. 그렇기 때문에 앞의 장면은 선배와 후배가 사적으로 나누는 대화가 결코 아니다. 그것은 신경숙 소설에서, 그리고 1990년대 소설에서 자전적인 영역이 결코 신변적인 것으로 절하되어서는 안 되는 것과 같은 맥락이다. 〈부메랑〉 대신 〈금지된 장난〉으로 써서는 안 되는 것은 단지 사실주의적인 기율의 문제가 아니다. 오히려 그것은 어떤 면에서 사실주의적 기율과 배치되는, '리얼리티'를 초월하는 문제이다. 이 리얼리티라는 소설의 보편적 요구와 배치되는, 그것을 초월하는 지점에 '다른 소설'과 구별되는 1990년대 문학의 특수성이 놓여 있다. 동시대의 공기를 호흡한 두 사람은 그것이 '무슨 말인지' 알고 있다.

　이 통화에 이어진 화자의 반응은 다음과 같다.

　…… 내 아무리 집착해도 소설은 삶의 자취를 따라갈 뿐이라는, 글쓰기로서는 삶을 앞서나갈 수도, 아니 삶과 나란히 걸어갈 수조차 없다는

내 빠른 체념을 그는 지적하고 있었다. 체념의 자리를 메워주던 장식과 연출과 과장들을.[4]

선배와의 통화는 화자에게 한 가지 사실을 새삼 일깨운다. 삶과 글쓰기를 일치시키기 위한 노력을 체념해서는 안 된다는 당위적 명제가 그것인데, 바로 이 체념하지 않는 인간적 고투에 진정성과 윤리가 깃든다. 그렇지만 삶과 글쓰기를 일치시킨다는 것은 불가능한 일, 그러하기에 그 글쓰기는 근본적으로 말할 수 없는 것을, 그럼에도 불구하고 말해야 한다는 역설을 근거로 해서 성립되는 것이다. 1990년대 소설에서 문체라는 것은 단지 수사학의 문제가 아니라 이 역설의 표현 형식이며, 매번 좌절되는 글쓰기는 패배의 진정성이 서사의 형태로 구현된 것이라고 할 수 있다. 이 '진정성'으로 말해지는 윤리성이, 시대적 변화 속에서 해소되어가는 이전 시대의 사회적 차원의 이념성을 보존/대체하는 방식을 두고 우리는 그것을 '1990년대 소설'이라고 불렀다.

이 진정성은 소설 밖의 현실이 신자유주의로 이행하는 흐름 속에서도 소설로 하여금 현실과의 비판적 거리를 유지할 수 있도록 해주는 역할을 했다. 그렇기 때문에 소설은 현실로부터 거부되거나 혹은 현실을 자발적으로 거부하기를 선택한 욕망이 흘러들어 서식할 수 있는 피난처의 기능을 할 수 있었다. 진정성이 소설과 현실 사이에 놓여 있어 외부로부터 소설을 보호하는 마개 역할을 했고, 그 과정에서 1990년대 소설은 이전 시대 소설에 구현되었던 사회적 차원의 이념성의 핵심을 보존하면서 한정된 시기 동안 상징적 가치와 교환가치를 동시에 보유

---

4 앞의 글, 243쪽.

할 수 있었다. 세속화의 경향이 강화될수록 그 반대편으로 투여되는 리비도도 동시에 강화되었기에, 애도와 향락 사이에서 분열된 과도기적 의식(무의식)은 소설과 일상으로 나누어 흘러들었고, 그로 인해 유지된 심리적인 균형은 자아 내부의 분열을 잠정적으로 은폐할 수 있었다.

이런 사정과 맞물려 한국 소설은 세계적 흐름에서 벗어나 여전히 특수한 지대에 계속 머물 수 있었지만, 거기에는 세계 전반의 현실적 흐름으로부터 지체되는 대가가 요구되었다. 그러다가 그 외부의 흐름의 압력이 거부할 수 없는 단계에 이르러 그 '마개'가 뽑히자 그 물살이 거세게 흘러들어 내부에 소용돌이를 일으키는 상황을 두고 우리는 그것을 '2000년대 소설'이라고 불렀다. 그러면서 소설은 비현실적 내용을 담기 시작했는데 역설적으로 그것은 후기자본주의 소설의 현실적 성격을 뒤늦게야, 그렇지만 분명하게 보여주는 것이기도 했다.

소설을 둘러싼 상황이 변화하면서 소설 자체의 면모도 크게 바뀌었지만, 문제는, 앞서 언급한 것처럼, 표면상 1990년대 소설과 유사한 외양을 갖추고 있는 소설의 경우에도 그 위상과 성격은 이전과 같지 않다는 점이다. 『외딴 방』과 『엄마를 부탁해』(2008)를 그런 관점에서 비교해 읽어볼 수 있다.

엄마는 평상에 누워 있었다. 엄마! 불렀으나 대답이 없었다. 신발을 고쳐 신고 엄마를 바라보며 헛간 쪽으로 걸어갔다. 헛간에선 마당을 내다볼 수 있었다. 오래전 그곳에서 엄마는 누룩을 빚곤 했다. 헛간 옆의 돼지막을 터놓아서 헛간은 제법 쓸모 있게 변했다. 벽에 선반을 달아 이제 사용하지 않는 부엌살림을 쌓아놓았고 그 아랜 엄마가 담근 것들이 유리병에 담겨 놓여 있었다. 오래된 평상을 헛간에 옮겨놓은 건 엄마였다. 옛집이 허물리고 양옥집이 지어지면서 입식부엌에서는 편하게 하지 못하는 부엌일들을 그곳에서 하곤 했다.[5]

『엄마를 부탁해』에도 신경숙의 자전적인 요소들이 삽입된 부분이 적지 않다는 것을, 이전의 그의 소설을 읽어온 독자라면 알 수 있다. 어떤 의미에서는 이전의 소설적 모티프들로 재구성한 실험적 서사라고도 할 수 있을 만큼, 이 소설에는 이전의 신경숙 소설에 등장했던 모티프들이 자주 반복해서 등장하고 있다. 이 측면에 주목해서『엄마를 부탁해』를 읽으면, 그 모성의 서사가 선사하는 감동이나 그것이 환기하는 강렬한 윤리 의식[6]을 부정하지 않으면서도, 그와는 다른 문제의 차원을 살펴볼 수 있다. 이 문제는『엄마를 부탁해』에서 유사하게 반복되는 모티프들이 이전 소설에서와는 다소 어긋나 있다는 사실에서 더 미묘해진다. 앞의 장면이 이전의 다른 소설에서는 다음과 같이 유사하지만 약간 다른 방식으로 그려져 있었다.

집에 도착했을 때 아버지는 헛간 안 평상에 홀로 앉아 있었다. 무슨 생각을 하는지 내가 대문에 들어서는 것도 모른 채로. 나는 대문가에 서서 평상에 홀로 걸터앉아 있는 아버지를 잠깐 물끄러미 바라보았다. (……) 바깥에 나갔다 오면 방에 들어가는 게 아니라 마루에 걸터앉아 잠시 숨을 돌리곤 하던 부모의 습관은 그대로 남아 옆마당을 내다보고

---

5 신경숙,『엄마를 부탁해』, 창비, 2008, 29~30쪽.
6 이때의 윤리는 앞서 제시했던 1990년대 소설의 진정성에 내포된 윤리와는 다른 차원의 것이다. 진정성으로서의 윤리가 단독자적 지향성을 추구하는 자아의 영역에 속한다면, 여기에서의 윤리는 관계로부터 발생하는 책임감 혹은 도덕적 감정에 가깝다.

있는 헛간 안에 평상을 들여놓고 그곳을 마루 대신 쓰는 모양이었다.[7]

  아버지가 앉아 있던 평상에 어머니가 누워 있다. 이 두 장면은 현실 속에서 작가가 포착한 어떤 장면에 대응되는 것일 터이다. 「달의 물」의 경우에도 『외딴 방』을 비롯한 신경숙의 초기 서사를 팽팽하게 긴장시키고 있던 진실성에 대한 강박은, 적어도 서사의 표면에는 드러나지 않는다. 어떤 쪽이 작가의 실제 경험에 더 가까운지 우리로서는 알 수가 없지만, 다만 「달의 물」에 비해 『엄마를 부탁해』 쪽이 더 리얼리티를 염두에 둔 묘사와 진술로 이루어져 있다는 것을 말해볼 수는 있다. 그것은 동일한 모티프가 소설적 상황에 맞게 변형되고 가공된 흔적으로 읽힌다.
  시대적 변화에 즉각적으로 반응하여 등장한 이야기들에 비해 여기에서 사례로 든 신경숙의 소설은 그런 흐름과 무관하게 독자적인 길을 묵묵하게 걸어온 경우이다. 여전히 그의 소설은 우리가 현실의 흐름을 좇느라 돌보지 않은 우리 삶의 영역을 감동적으로 환기시킨다. 그럼에도 시간 바깥에 삶은 존재하지 않는다. 거기에서도 '진정성'으로부터 '리얼리티'로 옮아가는 조용한 이동을 확인해볼 수 있다. 그와 같은 미세한 변화는 2000년대를 경과하면서 한국 소설이 윤리적 차원에서 미학의 차원으로 이동해왔다는 것을 보여준다. 이 과정을 거치면서 우리 소설은, 파스칼 카사노바의 표현을 빌려 말하자면, '문학의 그리니치 자오선'[8]을 통과하여 '세계문학 공화국'이라는 보편적 장에 본격적으로 편입되기 시작한다. 소설이 네이션 사이의 소통에서나 혹은 양식과

---

7 신경숙, 「달의 물」, 『종소리』, 문학동네, 2003, 134~135쪽.
8 파스칼 카사노바, 「세계로서의 문학」, 『오늘의 문예비평』, 차동호 옮김, 2009년 가을호, 120쪽.

장르의 전환에서 점점 더 호환 가능한 성격을 갖추게 된 것 역시 그와 같은 문턱을 넘어서면서 일어났던 일이다.

(2) 궤도를 이탈한 '시간성'의 유성

진정성이라는 문학적 유전자가 2000년대를 경과하면서 어떻게 그 위상과 성격이 달라져왔는지 확인해보았는데, 그와 같은 변화는 개인의 삶과 기억에서뿐만 아니라 공동체의 기억, 그러니까 역사라는 단위에서도 유사한 방식으로 나타나고 있다. 다음 대목은 우리의 현실 속에서 실재로서의 역사에 대한 태도가 1990년대 후반까지 여전히 강력했음을 말해주고 있다.

지금껏 나는 한 번도 이 작품을 오롯이 '내 것'이라고 생각해본 적이 없다. 나는 다만 수많은 원혼들의 육성을 대신 전해주는 '무당'의 역할을 맡았을 뿐이라는 자기암시에 한사코 매달렸다. 그러지 않고서는 참혹하게 죽어간 망자들과 팔십만 시민들의 그 엄청난 분노와 슬픔을 혼자서 감당할 만한 힘도 용기도 도저히 내겐 없었기 때문이다. 그래도 힘이 달려서, 언젠가는 술에 취한 채 한밤중에 망월동을 찾아가 '제발 나 좀 도와주시오. 너무 지쳐서 더는 못 하겠소' 하고 징징 울면서 무덤 사이를 헤매기도 했다. 나는 신내림을 원했던 모양이다. 그렇다면 이 소설은 결국 하나의 '푸닥거리' 같은 것인지도 모른다.

나는 도저히 용납할 수가 없었다. 그 엄청난 폭력과 집단 살육을 음모하고 저지른 자들에 대해서. 무엇보다 그것이 이렇듯 쉽사리 잊혀지고 정략적으로 정리되어가는 현실에 대해서. 그리고 광주 시민들에겐 여전히 피눈물 솟구치는 '현실'이 타인들에겐 이미 정리되어진 한낱 '과

거'일 뿐이어야 하는 이 비정한 세태에 대해서 말이다.[9]

1980년 5월의 '광주'에 대한 진정한 애도에 바쳐진 소설 『봄날』이 쓰이기까지의 내력을 담고 있는 이 자전적 형식의 이야기는 읽는 사람을 숙연하게 만든다. 그 감정은 직접적으로는 서원(誓願)의 실현을 위한 작가의 필사적인 고투에 기인하지만, 근본적으로는 '광주'라는 역사적 사건의 무게로부터 말미암은 것이기도 하다. 여기에서 '역사'는 그것을 기술하는 주체보다 더 근원적인 층위에서 서사를 규정하고 있다. 그렇기 때문에 이때의 '역사'는 '과거'가 아니라 '현실'이다. 아니, 사실은 그 이상이다. 이 경우 역사는 한 인간이나 집단의 과거와 현재와 미래의 시간적 차원을 초월하여 존재하는, 일종의 초자아적 지위를 점유하고 있다. 그것은 현실의 법에 저항하는 반대편의 대극을 형성하고 있는데, 그렇지만, 아니 그렇기 때문에 자아의 심리 구도에서 차지하는 위상은 법과 동일하다. 달리 말해, 법을 들어내고 그 자리를 역사가 차지한다. 이 압도적인 무게가 개인과 집단에 부과되어 있던 상황에서 역사에 대한 물신화는 좀처럼 회의되거나 반성되기 어려웠던 것이 사실이다.

하지만 2000년대에 들어서면서부터 그와 같은 역사에 대한 태도가 급격히 변화하는 상황을 확인할 수 있다. 역사의 진실을 복원한다는 관념이 희미해짐에 따라 2000년대 소설에서의 역사는 일종의 허구적 유희의 대상으로 절하된 듯하다. 이 점에 대해서는 '팩션' 개념을 둘러싸고 이미 앞서 많은 논의가 이루어진 상황이기에 여기에서는 생략하거니와, 역사의 빈틈을 공략하면서 조심스럽게 시도되었던 역사의 절대

---

9 임철우, 「낙서, 길에 대하여」, 『문학동네』, 1998년 봄호, 60~61쪽.

성의 해체는 2000년대 후반부로 갈수록 전면화되었고, 조심성을 잃고 뻔뻔해졌고, 결국 무차별화되었다.[10]

이와 같은 시간성의 소거라는 이야기 유전자는 소설에서도 검출되지만, 영화나 드라마 등의 장르에서 보다 두드러지게 나타나고 있다. 예컨대 우리는 프레드릭 제임슨이 '노스탤지어 양식(the nostalgia mode)'이라고 불렀던,[11] 과거의 역사를 소비를 위한 취향의 차원에서 동원하는 경향을 역사적 사건을 소재로 삼은 영화나 드라마에서 자주 접하고 있다. 현재와의 연관성이 약한 지대에 주로 한정되어 진행되던 역사 유희의 작업은 이제 현재의 턱밑까지 치고 올라오는 지경에 이르렀다. 〈화려한 휴가〉(2007)처럼 정치적으로 민감했던 최근의 역사적 사건을 취급하는 경우, 그 사건에 직접적으로 연루된 세대에게 이런 새로운 매개는 그들의 역사의식이 유지, 보존된다는 느낌보다 새로운 시대의 유행에 의해 미학적으로 합병당한 듯한 기분을 '선사'한다. 이런 방식으로 공동체의 집단적 기억은, 그리고 그와 연루된 한 개인의 실존적 기억은 보다 투명하고 보편적인 이미지들에 자리를 내주게 된다. 유머와 감동과 스펙터클이 적당히 배치되어 상품성을 갖춘 영화에서 역사적 사건의 단독성은 증발되어버리고, 여러 영화 장르로부터 차용한 문법으로 구성된 스토리만이 남는다. 이 경우 역사는, 아즈마 히로키의 분석을 염두에 두고 이야기하자면, 시뮬라크르를 생산하는 데이터베이스 차원에 놓인다.[12] 이런 특성이 본격화되기도 전에 백민석은 그러한

---

10 이런 상황에서 1991년 5월이라는 단독성의 세계와 마주하고 있는 김연수의 『네가 누구든 얼마나 외롭든』(문학동네, 2007)은 예외적인 경우에 속한다. 그런데 여기에서도 주제화된 것은 사건 자체라기보다도, 크게 보면, 그 존재성에 대한 회의라고 할 수 있다.
11 프레드릭 제임슨, 앞의 글, 157~168쪽.
12 아즈마 히로키, 앞의 책, 2장 참조.

상황을 다음과 같이 징후적으로 형상화한 바 있다.

> "난 흰소리를 하는 게 아니에요." 내가 흥분해서 외쳤다. "믿거나말거나박물지의 그런 비(秘)공장 가운덴, 콩나물을 키우듯 살인들을 키우는 공장이 있다니까요. 80년 5월 18일에 준공식을 비밀리에 치르곤, 그날부터 살인들을 생산해냈다더군요.
> "살인자가 아니라?" 여점원이 콧방귀를 뀌었다. "살인들을?"
> "그럼요. 무동기 무작위 대량 학살이, 살인들의 주성분이에요. 생산해낼 때 무동기 65%, 무작위 22%, 대량 학살 10%, 기타 성분이 3%, 이런 식으로 표시를 해둔답니다. 성분은 얼마든지 조절할 수 있어요. 임무의 성격에 따라 달라지죠. 마치 캔 음료수 같아요. 일에 적당한 성분이 포함된 살인 완제품을 냉장고에서 꺼내 깡통 뚜껑을 따곤, 거기에다 흩뿌리는 거예요."
> 내가 뭔가에 홀린 듯이 잘라 말했다. "그럼 그 거리에선, 살인들이 일어나는 거예요!"[13]

'학살'과 '진압'과 '항거'와 '폭도' 등의 개념이 부딪히는 단독성으로서의 사건이 '살인'이라는 개별성에 자리를 내주게 된다. 그렇게 해서 만들어진 '살인' 사건은 여러 성분으로 분할될 수 있으며, '임무'에 따라 재조립될 수 있는, '마치 캔 음료수 같'은 '완제품'과도 같다. 이 '놀라운' 발견에 여점원은 다음과 같이 시큰둥하게 반응한다.

---

13 백민석, 「그분」, 『16믿거나말거나박물지』, 문학과지성사, 1997, 72쪽.

여점원은 완전히 흥미를 잃어버린 듯했다. "너무 식상한 얘기라 듣기 지겨워요." 여점원은 다시 몇 개의 비디오를 꺼내 들었다. "너무 식상한 얘기예요. 그건 클라이브 바커, 라는 소설가의 주테마의 변종 같군요. 〈헬레이저〉 시리즈나, 〈캔디맨〉 시리즈, 혹은 〈일루전〉 같은 비디오가 벌써 나와 있지요. 그런 건 공포영화 장르의 영원한 테마라구요."

"젠장," 내가 답답해서 중얼거렸다. "없는 게 없군."

"그럼요. 우리가 상상할 수 있는 모든 것들뿐만 아니라, 상상할 수 없는 모든 것들까지 다 비디오 가게에 있죠."[14]

이야기가 현실로부터 발원하여 성립되는 것이 아니라 다른 이야기들의 조합에서 비롯되어 '주테마의 변종'을 거치고 '장르의 테마'를 차용하면서 2차 이야기로 파생되는 생산방식이, 그리고 그 방식이 그 숭고한 역사적 사건에까지 적용되는 상황에 대한 불길한 예감이 앞의 대화에 담겨 있다. 그와 같은 현상은 『시뮬라크르와 시뮬라시옹』(1981)에서 장 보드리야르가 분석했듯, 과잉생산의 지점을 지나쳐버린 포스트모던적 상황에 기인한다. 소설 속에서의 '믿거나말거나박물지'는 곧 포스트모더니티에 대한 알레고리인 셈인데, 이야기가 생산되고 소비되는 현실만 두고 보더라도 우리는 어느새 그 알레고리 속으로 들어와 있다. 그렇다면 아닌 게 아니라 소설 속의 인물들은 '흰소리'를 한 것이 결코 아니었다.

---

14 같은 글, 73쪽.

(3) 상호텍스트의 인공 성좌

이렇듯 시간 구조에 근거한 역사의식이 시뮬라크르의 공간 논리로 대체되는 동안 이야기를 생산하는 방식과 이야기 그 자체의 성격도 변했다. 「포스트모더니즘, 혹은 후기자본주의의 문화적 논리」를 쓸 당시의 프레드릭 제임슨이라면, 패러디에서 패스티시로의 이행이라고 설명했을 법한 변화를 우리도 2000년대를 건너오는 동안 급진적인 방식으로 경험해온 것이다. 이런 변화를 잘 보여주고 있는 사례의 하나로 김경욱의『황금사과』(2002)를 들어볼 수 있다. 그는 그 소설의 제사(題詞)에서 "당연히, 이것은 작품(work)이 아니라 텍스트(text)다"라고 선언하고 있는데, 말할 것도 없이 이 선언에는 하나의 이야기가 동시대의 현실이 아니라 다른 이야기로부터 파생되는 상호텍스트적 상황에 있음에 대한 인식이 담겨 있다.『황금사과』에서는 움베르트 에코의『장미의 이름』(1980)과 김경욱의 소설이 원본 대 복사본의 구도로 마주 보고 있는 형태지만, 이 이자 대립 구도는 즉각 더 무한하게 복잡한 텍스트의 그물망으로 퍼져나갈 운명을 이미 내포하고 있다.『장미의 이름』역시 중세에 관한 다른 텍스트들을 참조한 파생물이기 때문이다. 포스트모던의 초창기 국면에서는『황금사과』처럼 원본에 대한 의도적인 패러디로서의 복사본의 제작이 이루어지지만, 그 진행이 더 본격화된 상황에서는 원본과 복사본을 구분해줄 수 있는 안정적인 심급조차 발견할 수 없게 된다.

여자들이 모두 불임이 되어 아이들이 더 이상 태어나지 않게 된 세계에 관한 짧은 이야기를 구상해서 세부 설정까지 끝내놓았는데, 우연히 웹서핑을 하다가 부지런한 알폰소 쿠아론 감독이 그런 이야기를 벌써 영화로 만들었다는 사실을 알게 됐다. 제목은 〈칠드런 오브 맨〉. 줄거리를 훑어보니 내가 생각해놓은 이야기와 매우 흡사했다. 많은 호평을 받은 P. D. 제임스의 동명 원작 소설도 있었다. 게다가 장편이었다. 나는 새벽에 물 한 잔을 떠다놓고 깨갱, 깨갱, 하고 잠시 울었다.[15]

아마도 단편 「마지막 아이들의 도시」(『작가세계』, 2007년 가을호)를 쓸 무렵의 작가의 경험으로 추측이 되는데, 여기에서 문제는 이 같은 윤이형의 경험이 우연히 일어난 것도, 알폰소 쿠아론 감독이 부지런해서 일어난 것도 아니라는 점에 있다. '태양 아래 새로운 것은 없다'는 성경(전도서 1:9) 구절의 전언과는 또 다른 맥락에서, 그러니까 아즈마 히로키의 설명에 따르면 이야기의 데이터베이스로부터 시뮬라크르들이 성립되는 포스트모던적 상황에서 이런 경험은 모든 글쓰기의 상황에 편재한다. 그러한 상황에 대한 자의식을 드러내는 단계(패러디)에서 벗어나면, 패스티시적 상황이 도래한다. 패스티시로 나아가는 대신, 그 형식을 빌려 자의식을 간접적으로 투영하고 있다는 점에서 윤이형의 이야기는 아직 '소설'의 유전자를 보유하고 있는 것 같다. 그럼에도 불구하고 앞의 에세이가 증언하듯이, 상호텍스트의 그물망은 우리의 글쓰기에 점점 더 깊이 개입하고 있다.

이런 상황에서 소설은 현실과의 싸움 대신 '양식의 내전(stylistic infighting)'[16]이 펼쳐지는 스타일의 장이 되는 경향을 보인다. 특히 언어와 형식의 실험을 본령으로 삼는 모더니즘적 경향의 텍스트들이 이러

---

15 윤이형, 「뼈 — 이건 1900년에 누구누구가 먼저 썼음」, 『문장 웹진』, 2008년 1월호.
16 Suzi Gablik, *Has Modernism Failed?*, 2nd Edition, Thames & Hudson, 2004, p. 38.

한 경쟁을 주도하고 있다. 2000년대 시에서 이른바 '미래파'적 경향이 대표적으로 그렇고, 소설에서도, 특히 단편의 경우, 통시적·공시적인 연관 속에서 독창적인 스타일의 여지를 발견하고 그 영토를 확장·발전시켜나가는 형태로 텍스트의 생산이 이루어지는 경향을 볼 수 있다. 윤성희, 편혜영, 김중혁, 한유주, 김태용 등의 소설들을 그 대표적인 예로 들 수 있다. 이들의 소설에서 텍스트가 모방하거나 패러디하는 것은 텍스트 바깥의 현실이라기보다 작가 자신이 앞서 생산한 선행 텍스트와 그 스타일이다. 여기에서는 양식 사이의 선후 관계나 영향 관계가 실제 현실과의 대응 관계보다도 더 중요한 의미를 띠는 것이 일반적이다.

여전히 모더니즘의 이론적 패러다임을 근거로 삼은 비평적 시각에서, 이러한 스타일의 확산과 경쟁은 다원성을 환기하는 알레고리로 독해되는 경향이 있지만, 일상적 독서의 차원에서도 그와 같은 비평적 분석에서 제시하고 있는 효과가 발생하는지는 의문이다.[17] 해석이 아닌 취향의 애호라는 측면에서는, 비평가들 또한 이런 경향의 텍스트를 읽을 때 문장과 텍스트의 질감과 텍스트의 부분들을 배치하는 구성의 변형과 변주를 음미하는 경향이 있다. 마니아들의 독서에서도 역시 텍스트를 매개로 그 너머의 현실을 바라보는 것이 아니라, 텍스트와 연관된 다른 텍스트들을 떠올리며 그 관련과 차이를 감상하는 태도를 엿볼 수 있다. 이런 인정의 구도 속에서, 근거리에서 들여다보지 않으면 구분하

---

17 김홍중 역시 미래파 담론에서 시와 비평 사이의 불일치 현상을 지적하고 있는데, 그는 이러한 분열을 대체적으로 생산적인 관점에서 해석한다(김홍중, 「실재에의 열정에 대한 열정」, 『마음의 사회학』, 419~420쪽). 그런 해석도 가능하겠지만, 그리고 시와 비평은 각각 다른 계열을 이루고 있어 반드시 일대일로 대응되는 것은 아니지만, 그럼에도 그와 같은 불일치의 간격이 크다면 그 비평적 분석의 문제점을 반성적으로 점검해보지 않을 수 없다.

기 어려운 스타일의 차이를 추구하는 경향은 오히려 강화되고, 다시 그 차이는 비평가들을 비롯한 취향의 공동체에서만 소비되는 폐쇄적인 순환의 회로가 형성되는 것이다.[18]

이런 현실 속에서 2000년대 후반에는 소설과 대중의 소통의 문제가 새삼 제기되고 장편 활성화에 대한 요구가 출판 산업을 중심으로 급속히 확산된 바 있다. 그 와중에 최근에는 단편 유전자를 장편에 이식하여 단기간에 육성시키는 상업적 유전공학이 성행하고 있다. 그런 흐름 속에서 예술 행위에 대한 사회적 인식과 경제적 보상에도 변화가 일어났고, 그러한 변화는 다시 창작 주체의 사회적 지위와 역할을 새롭게 재조정했으며, 더 나아가 그 창작의 내용과 성격에까지 변화를 가져오고 있다.

(4) 따뜻한 긍정으로 빛나는 새로운 별들

과거에 예술과 상품의 구분이 명백해 보이는 시기가 있었지만, 현재에도 과연 그와 같은 구분과 위계가 작동하고 있는가 묻는다면 쉽게 긍정적으로 답변하기 어려운 상황이 되었다. 리얼리즘의 사회성과 모더니즘의 전위성은 텍스트의 차원에서는 여전히 존재하지만, 콘텍스트의 차원에서는 더 이상 유효하지 않다. 리얼리즘의 사회적 메시지는 더 이상 불온하지 않고, 모더니즘의 실험은 더 이상 충격적이거나 불

---

[18] 이 특정 계층으로 구성된 취향의 순환 회로가 모더니즘 예술에 미적 권위를 부여할 뿐만 아니라 시장에서의 그것의 가치까지 결정한다. 이미 이 단계에서 모더니즘은 더 이상 현실에 대한 부정성을 함축하지 못하고, 오히려 시장 질서의 일부가 된다. 수지 개블릭은 미술의 영역에서 판매상-수집가-비평가-큐레이터로 구성된 단일 회로를 다른 다양한 네트워크들로 대체하는 것이 시장 중심의 대안이 될 수 있다고 주장하는데, 미술 분야에서의 이러한 사정은 최근의 문학의 상황에도 암시하는 바가 있다. Suzi Gablik, 앞의 책, p. 150.

편하지 않다. 리얼리즘과 모더니즘이 운동으로서 전개되었을 당시 제기되었던, 텍스트 외부의 사회적 현실과의 결합이라는 애초의 목적은 희미해졌고, 결국 그것이 벗어나고자 했던 자율성으로 복귀하는 결과가 초래되었다. 텍스트 내부에서는 자유로운 비판과 실험이 허용되지만 그것은 현실로부터 분리된 채 현실을 긴장시킬 수 있는 힘을 잃었다. 예전과 달리, 현실의 중심은 텍스트 범위 내에서 수행되는 주변부의 부정에 큰 관심이 없다. 텍스트와 현실 사이에서 작동하던 정치성이나 윤리성이 소거되면서, 텍스트가 내포하고 있는 정치적·윤리적 모티프들은 그 소설적 문법을 진화시키는 미적인 차원의 문제 구도 속에 놓이게 되었다. 관념 속에서의 관성과 실제 현실에서의 효과가, 달리 말해 텍스트와 콘텍스트의 차원이 불일치하는 현상이 발생하고 있는 것이다.

이 관념과 현실 사이에 비어 있는 공간을 상업적 환경이 빠르게 채워나가고 있다. 포스트모던의 상황에서는 점점 더 산만하고 분산된 독해가 이루어지고 있다. 소설 텍스트는 TV, 광고, 이미지와 더불어 읽히고, 특히 소설을 원작으로 한 영화나 드라마 같은 2차 저작물이 있을 경우 그 텍스트의 자율성은 희미해진다. 작가들 역시 텍스트를 창작하면서 동시에 낭독회나 이벤트 행사처럼 그것이 수용될 수 있는 콘텍스트의 생산에 함께 참여하는 경향이 있다. 이런 상황에서, 하나의 텍스트가 현실 속에서 갖는 의미를 총체적으로 파악하기 위해서는 콘텍스트에 대한 인식이 병행되어야 하고, 그 콘텍스트 속에서 텍스트를 읽어야 할 필요가 있다. 그리고 그와 같은 문학 환경을 개선하고자 한다면 텍스트의 내용을 개선하는 것뿐만 아니라 텍스트를 둘러싸고 있는 콘텍스트를 재구성해야 한다.

"왜 사람들은 미술가를 특별하다고 생각하는가? 이는 하나의 직업일 따름이다"[19]라고 앤디 워홀은 말한 바 있다. 모더니즘이 상품이 되지 않으려는 예술의 방식이라고 할 수 있다면, 워홀의 발언은 그것이 더 이상 의미를 갖지 못하게 된 상황을 지적하고 있다. 모더니즘의 태도와 달리 오히려 그는 적극적으로 상품이 되는 경로를 통해 예술에 대한 새로운 개념을 창안했다. 그러면서 그는 원본과 복사본, 상품과 예술, 그리고 예술과 비예술의 경계를 상징적으로 소거시켰다. 그러한 태도는 표면상으로는 상업적인 것처럼 보이지만, 궁극적으로는 정치적이라고 봐야 한다.

우리의 현실 속에서도 글을 쓰는 행위에 대한 태도가 이전과는 사뭇 달라진 면이 있다. 작가에게서 지사나 예술가의 이미지는 거의 걷혔다고 할 수 있다. 이와 같은 변화는 넓게 보아 현실로부터의 영향을 받아들인 결과라고 할 수 있지만, 그것을 상품화라고만 단순히 평가할 문제는 아니라고 생각된다.

그래서 나는 이 글을 쓰게 되었다. 알려야만 하는 것이다. 아마도 내가 모든 수속을 마치고 여길 떠나 있을 때 이 글은 출판되어 있을 것이다. 내 입으로 이런 말을 하긴 다소 민망하긴 하지만, 책이란 반드시, 예술과 상품이라는 이분법적 구분으로만 판단할 수 없다는 걸, 내가 증명해 보일 줄은 미처 몰랐다.[20]

---

19 같은 책, p. 71에서 재인용.
20 김윤영, 『내 집 마련의 여왕』, 자음과모음, 2009, 332쪽.

김윤영의『내 집 마련의 여왕』은, 제목의 인상과는 달리, 남편이 실종된 이후 실어증에 걸린 아이와 막막한 생활을 하고 있던 한 여성이 어느 독지가(정 사장)의 의뢰로 집이 필요한 사람들에게 그들의 형편에 맞는 집을 구해주는 이야기이다. 그러니까 여기에서의 집은 단순히 부동산이 아니라 집다운 집, 가정다운 가정, 소설 속의 표현을 빌려 말하자면 '소울 하우스'라고 할 수 있는 것이다. 이 소설은 지금까지의 한국 소설의 문법과는 다른 점을 보여주고 있는데, 그것은 무엇보다도 이 소설이 자본주의사회의 현실에 대한 새로운 태도를 의식적으로 취하고 있다는 사실과 관련된다.[21] 작가는 자본주의에서 비롯한 사회적 병폐를 드러내고 이제는 그다지 위험하지 않은 먼 거리로부터 그에 대한 관습적 비판의 돌멩이를 투척하는 대신, 그와 같은 기존 소설의 영토를 벗어나 실제 삶의 현장 속에서 일어나는 사건과 욕망을 취재하여 그 문제에 대한 개선의 메시지를 제시하는 방식을 선택하고 있다. 이 방향에는 "그저 우린, 시스템이 개선되는 걸 기다리기보다, 인간의 주먹구구식의 선의지를 더 믿을 뿐이다"[22]라는 소설 속 화자의 발언에서 보듯, 거창한 관념보다 작더라도 실질적인 실천에 가치를 두는 사고방식이 뒷받침되어 있다. 이러한 방향 조정은 세계경제 구조 속에서 우리가 놓인 자리를, 그리고 우리 사회 속에서 소설가가 놓인 자리를 솔직하게 바라본 결과와 무관하지 않을 것이라고 추측된다.

현실은 자본주의적 삶을 거부할 수 없는 방향으로 전개되고 있지만, 그 속에서의 삶에도 편차가 폭넓게 존재한다. 한계가 있다고 해서 그

---

21 '따뜻한 자본주의'(같은 책, 308쪽)라는 소설 속의 구절이 이 방향을 상징적으로 가리키고 있다.
22 같은 책, 331쪽.

한계 내의 여러 가능태의 가치가 일률적으로 부정되어서는 안 된다. 이전 시대에는 그 내부와 외부 가운데 한쪽 편을 선택하는 문제가 중요했다면, 더 이상 그 외부를 점유할 수 없게 된 상황 이후에는 그 내부에 존재하는 여러 방향을 타진하는 일이 실제적인 의미를 띠게 되었다고 말할 수 있을 것이다.

이와 같은 실제적인 방향과 더불어, 소설은 점점 더 사회의 문제보다 개인의 문제에 집중하기 시작하는 경향을 보여준다. 그것은 대체로 소박한 이야기들이지만, 그럼에도 개인들의 삶으로부터 절실하게 우러나오는 것이다.

> "만약에 내가 농장을 가질 수 있다면……"
> 유진은 고개를 기울이고 말판 위의 농장들을 내려다보았다.
> "그곳에서는 세상에서 제일 아름다운 첼로 소리가 들릴 거야. 아침이면 새들이, 저녁이면 물고기들이 그 소리를 듣고 모여들 거야. 모든 사람들이 물처럼 흐르는 음악을 들을 수 있을 거야. 사람들은 문득 눈물을 흘리고, 거기서도 음악이 흘러나오는 걸 깨닫게 될 거야. 그래서 더 이상 슬퍼하는 걸 두려워하지 않게 될 거야."
> 유진은 나지막한 목소리로 말했다.
> "밤이 깊도록 음악은 멈추지 않을 거야. 그리고 누구도 그곳을 떠나고 싶어 하지 않을 거야."[23]

정한아의 소설은 두 가지 상반되는 방향으로 작용하는 에너지가 서

---

23 정한아, 「첼로 농장」, 『나를 위해 웃다』, 문학동네, 2009, 90~91쪽.

사의 과정 속에서 균형을 회복하는 긍정의 서사라는 점에서 새로운 소설 문법을 보여주고 있다.[24] 그리하여 마침내 거기에는 "편안함과 부드러움, 기쁨, 그리고 조금의 슬픔"[25]이 평화롭게 공존한다. 가족의 구성원들은 저마다의 상처로 고통에서 좀처럼 헤어나지 못하지만, 서로에 대한 이해와 동정의 감정을 통해 자아를 버리지 않으면서도 관계를 회복해내고 있다(「댄스 댄스」). 이와 같이 부정에서 긍정으로 전환된 윤리적 태도에서 2010년대 한국 소설의 성좌를 밝히고 있는 새로운 불빛을 발견할 수 있다.

3. 새로운 성좌를 향한 항해

소설과 그를 둘러싼 환경은 이렇듯 변화해왔지만, 문학작품을 해석하고 평가하는 기준은 그만큼 유연하게 변화해오지 못한 것이 실상인 듯하다. 비평적 분석은 여전히 리얼리즘과 모더니즘의 양극으로 이루어진 회로 안에서만 공전하고 있는 듯한 인상이 강하다. 그러는 사이 비평적 분석은 독서의 실감에서 유리되는 한편 문학의 대중적 접촉면은 좁아지거나 시스템의 요구에 수동적으로 적응하는 방향으로 굴절되어왔다. 그와 같은 폐쇄회로에서 벗어나는 현상들이 점증하면 할수록, 기존의 틀을 사수하려는 의지가 오히려 강화되는 경향도 없지 않다. 하지

---

24 물론 정한아가 이 문법의 창시자는 아니다. 그렇지만 윤성희를 비롯한 작가들에 의해 2000년대 중반 이후 실험적으로 시도되었던 이 방향이 정한아 세대에 이르러 자연스러움을 얻고 있다고는 말해볼 수 있다.
25 정한아, 「의자」, 『나를 위해 웃다』, 148쪽.

만 기존의 패러다임을 고수하는 태도는 실제로 문학 생산에 영향을 미치고 있는 관계들의 상호작용을 고려할 수 없게 만드는 이데올로기로 작용할 우려가 있다. 일상에 대한 비판적 거리를 자발적으로 취하기 이전에, 이미 문학은 일상으로부터 고립되어 있는 실정이다. 이제는 오히려 현실을 향해 포복해서 다가가야 하는 상황이 된 것이다. 그러기 위해서는 우선 텍스트에 제한된 비평적 독해가 현실적·문화적 맥락을 포함하는 콘텍스트에 대한 독해로 확장될 필요가 있다. 그와 같은 다원적 독해를 통해 포스트모던의 상황 속의 문학적 현상이 복합적으로 해석되기를 기대해볼 수 있다.

대부분의 논자들은 모더니즘의 문제의식이 포스트모더니즘의 국면에서 크게 왜곡되었으며, 그 거절과 전복의 필요성은 오늘의 상황에서 더 절실하다는 사실을 공통적으로 지적하고 있다. 리얼리즘이 구현했던 사회성의 문제 역시 마찬가지다. 하지만 문제는 리얼리즘과 모더니즘의 국면을 통과해온 포스트모던의 조건 속에서, 그 이전의 다른 정황으로부터 도출된 테제들을 반복하는 것이 아니라, 예술적 전통 속에서 생산된 특징들로 변화한 현실적 맥락에 부합하는 새로운 방향을 구축하는 일일 것이다.[26] 수지 개블릭은 라이언 아이슬러(Riane Eisler)의 개념을 빌려 예술이 '지배자 모델(dominator model)'로부터 '동반자 모델(partnership model)'로 이행할 필요성을 제기한 바 있는데, 그것은 달리 말해, 독백에서 대화로의 전환이고, 시장 논리로부터 사회적 맥락으로

---

26 테리 이글턴은 포스트모더니즘이 이어받은 모더니즘과 아방가르드의 결합 방식이 그와는 다른 조합으로 대체될 필요가 있다고 지적하고 있으며(테리 이글턴, 「자본주의, 모더니즘, 포스트모더니즘」, 강내희 옮김, 『포스트모더니즘론』), 브랜든 테일러가 제시하는 포스트모더니즘에 대한 대안 역시 사회주의 리얼리즘과 모더니즘의 문제의식을 새롭게 결합시키는 것이다(브랜든 테일러, 『모더니즘, 포스트모더니즘, 리얼리즘』, 김수기·김진송 옮김, 시각과언어, 1993).

의 복귀이다.[27] 구체적인 방도에 대해서는 더 논의가 있어야 하겠지만, 새로운 소설의 성좌를 향해 항해해나가기 위해서는 문학의 사회성과 현실 소통력의 차원이 새로운 방식으로 고민될 필요가 있다. 한 번 더 수지 개블릭을 인용하자면, "문제는 다르게 보는 것이 아니라, 다른 것을 보는 것이다."[28]

---

27 "Art and the Future: An Interview with Suzi Gablik by Russ Volckmann," *Integral Review* 5, 2007, p. 272.
28 Suzi Gablik, 앞의 책, p. 138.

허구 속의 허구, 꿈 속의 꿈

1. 이야기 속에서 생성되는 새로운 세계들

어느 시점 이후 우리 소설에서도 현실 모방으로서의 허구를 반성하는 장치가 점점 더 증가해오고 있다. 이야기 속에서 모방된 현실이 차지하고 있던 자리에는 내면과 무의식, 혹은 상상과 환상이 폭넓게 침범해 있고, 현실과 허구의 관계를 전도시키거나 그 둘 사이를 넘나드는 상상력 또한 활발하게 발휘되어왔다. 그런 방식으로 소설 속의 이야기 세계는 확장되고 입체화되고 있다. 이야기 속 세계에 대응되는 현실 공간의 영역도 네이션의 경계 바깥으로 점점 더 멀리 뻗어나가고 있고, 동시에 미디어에 의해 재매개된 복잡한 커뮤니케이션의 네트워크가 현실이라는 전통적 관념을 대체해가고 있기도 하다.

최근 발표된 소설만 보더라도, 다세대주택에 세 들어 사는 태국인 아누차가 등장하는 김금희의 「센티멘털도 하루 이틀」(『창작과비평』, 2012년 여름호)이 우리의 현실 속 다문화 현상의 추세를 사실적으로 보여주고 있다면, 체코 출신의 모델 에바와 한국에서 태어나 영국에 입양된 사진작가 아그네스의 관계를 그려 보이는 김성중의 「에바와 아그네스」(『문예중앙』, 2012년 여름호)는 이야기 세계의 범위를 네이션 너머로 확장하면서 심리적 지대에서 형성되는 새로운 국경을 탐구하고 있다. 태국의 휴양지 끄라비를 환상적 공간으로 변모시킨 박형서의 「끄라비」(『대산문화』, 2012년 여름호)나 현재 우리의 다문화적 현실과 고대 아랍 세계를 병치하면서 그 두 세계를 넘나드는 상상력을 보여주는 조현의 「우리의 약속이 이루어지기를 기도했다」(『문학사상』, 2012년 6월호), 그리고 저명한 흑인 언어학자와 한국 출신 이민 여성 사이에서 태어난 한 혼혈 동성애자가 근무지인 한국에서 2028년의 첫날을 맞이하는 장면으로 종결되는 조해진의 「밤의 한가운데」(『문예중앙』, 2012년 여름호) 등은 그 공간의 확장에 시간을 결합시키거나 환상을 개입시키면서 이야기 세계에 새로운 차원을 도입하고 있다.

이 글에서는 이렇게 여러 맥락에서 연속적으로 진행되고 있는 소설적 변화의 추세를 한발 더 급진적으로 밀고 나가고 있는 사례로서 손보미, 오한기와 이상우의 소설을 살펴보려 한다.

2. 허구 속의 허구 — 손보미, 오한기

"손보미 소설에 대한 강력한 인상 중 하나는 번역된 '외국 소설'의 느낌이 난다는 것"[1]이라는 언급도 있었거니와, 그의 소설을 읽은 사람들과 이야기를 나누어보면 그와 같은 인상이 그들 독후감에 공통분모로 놓여 있다는 사실을 확인하게 된다. 이미 한국 소설이나 영상 매체에서도 지금-이곳의 삶을 의식하지 않는 이야기의 비중이 증가하는 추세이고, 더 직접적으로는 박민규나 천명관의 일부 단편들처럼 외국 소설의 형식을 의도적으로 차용한 경우도 있었다. 그런데 그 경우에는 외국 소설의 형식을 가장하는 자의식이 느껴졌던 것인데, 손보미의 소설에서는 그냥 자연스럽게 쓰고 싶은 소설을 쓴 듯 '영향에 대한 불안'이 거의 느껴지지 않아 이전과는 다른 소설적 감각을 대면하고 있다는 인상을 받았던 것 같다.[2]

그와 같은 소설적 성향과 분위기, 특히 부부 관계를 구조로 한 이야기의 특징은 재등단작인 「담요」 이전부터, 그러니까 알코올중독자 남편(이 캐릭터 자체가 레이먼드 카버를 떠올리기도 하는데)과 포르노 영화를 번역하는 아내가 등장하는 「침묵」(『21세기문학』, 2009년 여름호)이나 미국 여성과 결혼하여 뉴욕에서 생활하던 한 남성이 관계의 파탄을 겪으면서 '고양이 도둑'이 된 사연을 담고 있는 「고양이 도둑」(『21세기문학』, 2010년 가을호)부터 감지되는, 이 작가의 이야기 본능에 닿아 있는 것처럼 보인다. 가령 〈오피스〉에서 마이클 스캇 역을 맡은 스티브 카렐의 대사를 인용하는 것이 아니라, "마이클 스캇은 이렇게 말했다"[3]라고 직

---

1 백지은, 「웰컴」, 『문학동네』, 2011년 겨울호, 435쪽.
2 이 점에 관해 「폭우」(『문학동네』, 2011년 가을호)의 작가 노트에서 작가 자신이 다음과 같이 언급해놓은 바도 있다. "특히 마지막 장면은 레이먼드 챈들러의 마지막 작품 『기나긴 이별』을 내 나름대로 오마주한 것이다. 나는 소설에 이런 오마주 같은 게 들어가도 괜찮다고 생각하지만, 다른 사람들은 의아하게 혹은 나쁘게 생각할지도 모른다. 하지만 나로서는 이게 굉장히 자연스럽게 이루어져서 전혀 특별한 것이 아니었다. 돌이켜봤을 때, 이런 생각은 내가 소설을 대하는 근본적인 태도에서 비롯되는 것 같은데, 그게 무엇인지, 남들과 어떻게 다른 건지는 잘 모르겠다."(「"중력을 넘어서"」, 『2012 제3회 젊은작가상 수상작품집』, 문학동네, 2012, 43쪽. 강조는 인용자).

접 이야기하는 감각이 이미 그때부터 작동하고 있는 것이다.

신작 「과학자의 사랑」(『현대문학』, 2012년 6월호)은 그 경향이 더 진전된 결과로 이루어진 것일 테니, 앞서 보였던 손보미 소설의 특징들이 더 전면화되었으리라 짐작할 수 있다. 제목만 봐서는 평범한 소설일 것 같지만, 문제는 '과학자의 사랑'이라는 이 소설의 제목이 지시하는 것이 소설의 내용만은 아니라는 사실에 있다.

* 이 글은 브라이언 그린 박사가 『파퓰러 사이언스』에 2012년 1월에 기고한 「고든 굴드 ─ 과학자의 사랑」을 번역·정리한 것이다. 브라이언 그린 박사는 2011년 10월, 캔자스에 있는 굴드 트라이앵글 박물관에서 같은 제목의 강연을 한 바 있다. 번역과 정리는 설치미술가이자 린디합퍼인 손보미 씨가 수고해주셨다.[4]

그러니까 이 손보미의 소설 제목 '과학자의 사랑'은 브라이언 그린의 글 「고든 굴드 ─ 과학자의 사랑」의 제목으로부터, 더 거슬러 올라가면 같은 제목의 강연에 기원을 둔 것이라고 제시되어 있다. 다만 그것을 '설치미술가이자 린디합퍼인 손보미 씨'[5]가 '번역·정리한 것'일 따름이라고 본격적인 이야기의 시작에 앞서 밝히고 있다.

이렇게 여러 겹의 「과학자의 사랑」을 설정하는 이유는 무엇이고, 그로써 얻는 소설적 효과는 어떤 것인가. 이 물음 속에 손보미 소설을 포함한, 최근 소설의 한 경향의 특징이 담겨 있다고 판단되는데, 그런 의

---

3 「창작 노트(육인용 식탁)」, 『문장 웹진』, 2011년 8월호.
4 손보미, 「과학자의 사랑」, 『현대문학』, 2012년 6월호, 85쪽.
5 이 대목에서 전작 「그들에게 린디합을」(『현대문학』, 2011년 4월호)과 능청스럽게 연결되고 있다.

미에서 그 물음은 정작 이 소설의 내용보다 더 중요한 의미를 띠고 있다고 할 수도 있을 듯하다.

'고든 굴드'라는 한 미국의 과학자와 그의 연상의 아내 비비안 굴드(스턴우드),[6] 그리고 한때 그들의 가정부였던 에밀리 로즈 사이의 관계를 탐색한 기사 형식으로 서술되고 있는 이 소설은, 물론 허구이다. 손보미의 다른 소설들이 대부분 그런 것처럼, 이 소설 역시 어떤 오해 때문에 부부 사이에 발생한 갈등을 다루고 있는데, 역시 다른 소설들과 마찬가지로 이 소설에서도 그 오해의 진위 여부는 분명하게 밝혀지지 않은 채 이야기가 종료된다. 어떻게 보면 손보미의 소설들은 부부 사이의 오해와 갈등이라는 동일한 모티프를 다만 다른 방식으로 이야기하는 것처럼도 느껴진다.

오히려 이 소설에서 특이한 사실은 이 기사 형식으로 기술된 허구가 근거하고 있는 것이 또 다른 허구라는 점에서 찾을 수 있다. 앞서 인용한 내용에서 보듯, 이 허구는 브라이언 그린이라는 허구적 인물이 『파퓰러 사이언스』라는 역시 허구의 학술지에 기고한 허구에 근거하고 있고, 그 「고든 굴드 ― 과학자의 사랑」은 다시 고든 굴드의 아내로 제시된, 역시 허구의 인물인 비비안 굴드의 회고록 『위로와 정복』(당연히 이 역시 허구이다)과 또 다른 허구적 인물들의 증언과 기록에 기초하고 있다.[7]

---

6 소설 속에도 나오듯이 비비안 스턴우드라는 이름은 레이먼드 챈들러의 소설에서 가져온 것인데(역자 주의 형식으로 챈들러가 그녀와의 관계를 강력히 부인했다고도 적고 있다), 18세 연상의 아내와 결혼한 적이 있는 레이먼드 챈들러의 모습 또한 고든 굴드라는 캐릭터와 그 부부 관계에 얼마간 영향을 미치고 있어 보인다. 고든 굴드라는 이름에서는 피아니스트 글렌 굴드를 떠올리기 쉽지만 그 둘은 특별한 관계가 없는데, 이런 식으로 이 소설을 비롯한 손보미의 소설들은 고유명의 음운적 특성을 매개로 하는 특이한 방식으로 현실을 난반사(亂反射)하고 있다.

이런 이야기의 성격은 다음처럼 소설의 문체에도 직접적인 영향을 미치고 있다.

공교롭게도, 그때 굴드 박사가 교통사고를 당해 병원에 있다는 사실을 알았던 단 한 명의 사람은 굴드 부부 집의 "가정부"였다. 이탈리아 출신의 이 마음 약한 여성은 병원에서 걸려온 전화를 받고 약간 겁에 질린 상태였다. 집으로 돌아온 비비안은 훌쩍거리는 가정부로부터 남편의 소식을 전해 들었지만 전혀 당황하거나 허둥대지 않았다. 오히려 그녀는 침착하게 병원에 전화를 건 후, 그때까지도 울고 있는 가정부를 향해 "울지 말아요. 박사님은 아무 문제 없어요"라며 그녀를 달래기까지 했다. 나중에 비비안은 자신의 회고록, 『위로와 정복』에 이렇게 썼다. "고디(역자 주: 고든 굴드의 애칭이다)는 항상 가정부에게 둘러싸인 삶을 살았다. 그의 인생이 실패했다면 바로 이런 이유 때문일 것이다(역자 주: 굴드 박사가 죽은 후 그녀는 두 번째 문장을 삭제했다.)"[8]

소설 속 인물들이 나누는 대화의 실감을 전달하기 위해 그것을 직접 인용하는 것은 근대소설에서 매우 일반화된 방식이다. 그런데 앞에서는 그 직접 인용 형식의 용도가 다소 달라 보인다. "가정부"나 끝부분의

---

7 손보미의 다른 소설 「피코트」(『문학나무』, 2011년 봄호)는 짧은 이야기이지만, 그럼에도 그의 허구 구도를 선명하게 보여준다. '나'는 여자 친구가 들려주는 이야기를 듣는다. 그 이야기는 제과점에서 일하는 남자애와 여자애의 이야기이다. 그 이야기 안에서 여자애는 어떤 연인의 이야기를 남자애에게 들려준다. 그런데 그 이야기는 여자애가 읽은 소설의 내용이다. 그러니까 이야기 안에 이야기가 있고, 그 이야기 안에 또 이야기가 있는데, 그 이야기의 근거는 결국 허구인 것이다.

8 손보미, 「과학자의 사랑」, 86쪽.

"고디는 항상 ~ 때문일 것이다"에서처럼 다른 자료를 직접 인용하는 형식으로 기술된 부분은 「고든 굴드 — 과학자의 사랑」이나 『위로와 정복』과 같은 허구의 차원이 실재화되는 효과를 발생시키고 있다. 또한 인물의 애칭을 마련하거나 허구 차원의 사실관계를 인지하는, 그러니까 허구의 회고록의 판본까지 비교하는 시선을 '역자 주'의 형태로 삽입함으로써 그 위장된 실재감을 강화하고 있기도 하다.

이런 태도는 「담요」에서부터 이미 부분적으로 나타나고 있었고, 「그들에게 린디합을」에서는 보다 본격적으로 시도된 바도 있었다. 「담요」에서 장의 이야기는 '나'가 출간한 『난 리즈도 떠날 거야』라는 소설에 고스란히 담겨 있는 것으로 되어 있는데, 물론 이 소설은 허구 속의 허구이다. 「그들에게 린디합을」에서 '그들에게 린디합을'은 이 소설의 제목이기도 하며 소설 속에 등장하는 영화의 제목이기도 하다. 소설의 내용을 이루고 있는 길광용 감독의 삶과 그의 영화에 관한 이야기들은 『현재의 영화』, 『무비즈』, 『보편적인 영화』 같은 허구의 영화 잡지에 실린 평론들을 인용하면서 구성된, 역시 허구에 근거한 허구이다. 백지은은 "두 편의 영화부터 그와 관련된 모든 인터뷰, 기사, 논평, 회고전, 간담회 등은 모두 다 가공의 사건들, 가공의 담론들"[9]이라고 지적하면서도 주로 이 소설의 다큐멘터리 형식에 초점을 맞춰 논의를 전개한 바 있는데, 이 글의 맥락에서는 오히려 허구에 기초한 허구라는 구조가 더 문제적으로 보인다. 그와 같은 구조로 말미암아 현실 반영이나 알레고리화의 입지가 소거되어버린다는 점이 바로 이 구조의 직접적인 효과라고 할 수 있다.

---

9 백지은, 「배반의 소설론」, 『세계의 문학』, 2011년 여름호, 410쪽.

손보미의 소설이 불러일으키는 낯선 느낌은 외국 소설 스타일의 문체에도 기인하지만, 궁극적으로는 그처럼 이야기가 현실을 지시하지 않음으로써 초래된 해석의 곤경에 있다고 할 수 있다. 강지희는 "이 소설에는 기원이 없다. 기원은 매 순간 발명돼, '마지막 기원'이 된다"[10]고 보면서 이 소설의 구조를 정확히 짚어내면서도, 그 이외에 이 소설에 어떤 의미가 있겠는가 반문하면서 "화려한 퍼레이드를 보며 넋을 놓듯 그렇게 이야기를 즐기다 홀홀 털고 돌아서면 되는 일"이고 "이런 소설 앞에서는 정색하는 자가 지는 것"[11]이라고 결론 맺고 있는데 그런 태도 역시 현실을 지시하지 않고 있는 이 소설의 특징에 대한 반응으로 보인다. 그런데 한발 물러나서 생각해보면, 이 맥락에서는 그처럼 현실을 지시하지 않는다는 것 자체가 (정색하면서 분석해야 할) 소설적 문제라고 할 수 있지 않을까.

이야기의 내용은 결코 어렵지 않다. 하지만 어려움은 바로 그 어렵지 않다는 점으로부터 발생한다. 소설 독서의 과정은 주체로 하여금 자신이 속한 현실로 시선을 던지게 만드는 경향이 강한 법인데 손보미 소설의 경우에는 그와 같은 구조적 특성이 독서의 현실 지향성을 차단하고 있다. 그리하여 허구는 현실로 향하지 않고 중층적으로 구조화된 허구 속의 허구로 흩어진다.

공교롭게도, 이런 방식은 오한기의 「파라솔이 접힌 오후」(『현대문학』, 2012년 6월호)에서도 유사하게 나타나고 있다.

10 강지희, 「정색하면 지는 거다」, 『세계의 문학』, 2011년 여름호, 412쪽.
11 같은 글, 413쪽.

반년 동안 허름한 고서점에 들락거렸지만 사장과 얘기를 나누기 시작한 건 한 달도 채 되지 않았다. 계기는 W였다. 사장은 내게 『파라솔이 접힌 오후』를 권했다. 『파라솔이 접힌 오후』는 W의 평전이다. 6장 구성이며 956페이지에 달한다. 이 기나긴 평전을 집필한 이는 미국의 장르소설가 브라운맨이다. 그는 텍사스를 배경으로 한 서부소설 『방만한 리볼버』의 자료 조사를 위해 경찰서에 드나들던 중 W에게 관심을 갖게 됐다고 서문에 밝혔다. 친한 경관이 W의 자살 사건을 담당한 게 그 계기였다.[12]

앞에서 보듯 '파라솔이 접힌 오후'는 이 소설의 제목이면서 동시에 소설 속에 나오는 컨트리 가수 W의 평전 『파라솔이 접힌 오후』의 제목이기도 하고, 또 이후에는 W의 유일한 앨범의 이름으로 다시 나오기도 한다. 고서점의 사장과 그 직원인 '나'가 구성하는 허구 속의 현실은 허구적 인물인 '미국의 장르소설가 브라운맨'에 의해 이미 허구화되어 있고, 다시 『파라솔이 접힌 오후』를 비롯한 다른 층위의 허구들에 의해 둘러싸여 있다.

이 작가의 다른 소설 「더 웬즈데이」(『문장 웹진』, 2012년 6월호) 역시 같은 구조로 이루어져 있다. 소설의 제목 '더 웬즈데이'는 소설 속에 나오는 잡지 『더 웬즈데이』의 제목이기도 하다.

마르크스 붐은 내가 일하는 볼링장 출입구에도 걸려 있다. 리옹 대회 결승 당시 사진이었다. 전광판에는 마르크스 붐과 앤디 로저의 이름이

---

12 오한기, 「파라솔이 접힌 오후」, 『현대문학』, 2012년 6월호, 238~239쪽.

쓰여 있었다. 마르크스 붐이 전년도 챔피언 앤디 로저와 십 프레임까지 동점을 이루고 있던 순간이었다. 마르크스 붐은 무표정한 얼굴로 레인을 등지고 서 있었다. 레인 위에는 마르크스 붐의 공이 굴러가고 있었다. 원경으로 흐릿하게 보이는 관중들은 환호성을 지르는 것처럼 양손을 치켜들고 있었다. 잠시 후 마르크스 붐은 스트라이크를 기록해 앤디 로저를 역전하게 된다. 승부를 결정짓는 순간이라 흥분할 법도 한데 귀마개를 착용해서 그런지 몰라도 마르크스 붐은 동요하지 않고 있었다. 어쨌거나 지금 우리 볼링장에 드나드는 이들은 아무도 마르크스 붐을 모를 것이다.

나는 손님이 없을 때면 마르크스 붐을 보거나 소설을 구상한다. 지난 삼 년 동안 볼링장에 딸린 햄버거 가게에서 일하며 얻은 습관이다. 퇴근 후에는 집에서 포르노 소설을 쓴다. 세 권의 책을 냈지만 내 소설을 읽은 사람은 드물었다. 불만은 없다. 누가 요새 소설로 욕정을 풀겠는가.[13]

'나'가 볼링장에 딸린 햄버거 가게에서 일하고 있는 허구 속의 현실은 허구적 인물 마르크스 붐이나 허구의 서부소설 『방만한 리볼버』 등에 의해 이미 허구화되어 있고, 그 허구의 차원은 『더 웬즈데이』를 참조하면서 이차적 차원의 허구와 연결된다. 이처럼 허구 자체가 이중화되면서 허구의 두 차원은 서로를 참조하며 자폐적인 순환의 구조를 이루고 있고, 이 구조는 현실 모방과는 매우 다른 성격의 허구를 성립시키고 있다.[14]

텍스트 내부의 사건이 그 외부와 연결되는 경우가 있다고 하더라도,

---

13 오한기, 「더 웬즈데이」, 『문장 웹진』, 2012년 6월호.

그것은 외부 현실 속의 기호나 텍스트로 향하는 것이 아니라 작가의 다른 작품 속의 한 부분을 재귀적으로 지시하고 있다.

　이 편지에서 고든 굴드는 에밀리 로즈와 그의 아들인 스테판 슈워츠가 쉽게 알 수 있도록 중력에 대해 평범한 언어로 설명하고 있다. 그리고 바로 그것이 우리가 학교에서 배운, 중력에 관한 가장 손쉽고도 가장 정확한 설명이다. 하지만 중력에 대한 내용을 제외한 이 편지의 다른 내용은 오랫동안 공개되지 않고 있다. 그런데, 얼마 전 스테판 슈워츠는 이 편지의 가장 마지막 문장을 공개했다. 고든 굴드는 그 편지의 마지막에 이렇게 썼다.

　"당신은 언젠가 중력에 맞서서 날아오를 거요.
　그리고 당신은 음탕한 여자가 아니오."[15]

　앞의 인용 부분은 「과학자의 사랑」의 결말이다. 바로 소설의 서두에 나왔던, 에밀리 로즈에게 보내는 고든 굴드의 마지막 편지이다. 중력은 고든 굴드가 평생을 바쳐 연구한 대상이므로, 그의 편지의 마지막 문장은 그런 맥락에서 유래한 것으로도 볼 수 있다. 하지만 이 마지막 문장

14　가상의 허구 텍스트를 소설적으로 활용하는 방식은 이갑수의 「외계문학 걸작선」(『문학과사회』, 2012년 봄호), 「이해학 개론」(『문장 웹진』, 2012년 3월호), 김의진의 「표지판들」(『한국문학』, 2012년 여름호) 등에서도 나타나고 있는데, 물론 보르헤스나 커트 보네거트 등의 고전적 선례들을 떠올리면 이런 장치 자체가 새롭다고는 할 수 없을지 모른다. 한국 작가들이 그런 실험을 안 해본 것도 아니다. 문제는 그런 경향이 유난히 변화가 신속하고 짧은 주기에도 진폭은 심한 한국 소설에서 하나의 흐름으로 운동성을 발휘하고 있다는 사실에 있다. 물론 그 운동성의 현실적 근거를 따져보는 것이 그와 같은 현상의 지적 이후에 이루어져야 할 과제일 것이다.
15　손보미, 「과학자의 사랑」, 111쪽.

의 연원은 손보미의 다른 소설 「폭우」의 다음 대목에서 찾을 수 있다.

　　나를 여기에 두지 말아요. 내가 중력을 이기고 날아오를 수 있게 도와
주세요. 나는 그렇게 음탕한 여자가 아니랍니다.[16]

　「폭우」에서 허구 속의 인물들은 『BlueShoe』라는 허구의 잡지로 인
해 마련된 더 깊은 차원의 허구에 의해 매개되어 있다. 소설 속에 나오
는 것처럼, 앞의 구절은 뮤지컬 〈위키드〉의 〈Defying Gravity〉로부터
파생된 것으로 보이지만 그것과는 묘하게 어긋나 있다. 마치 오랜 세월
을 함께 살아왔지만 운명적인 균열을 내포하고 있는 손보미 소설 속의
부부들처럼 말이다. 그런 맥락에서 보면, 「그들에게 린디합을」에서 〈댄
스, 댄스, 댄스〉와 그 필름 일부로 만들었다는 의혹을 받는 〈그들에게
린디합을〉 두 영화의 관계는, 손보미 소설들 사이의 상호텍스트적 관
계를 암시하고 있다고 볼 수도 있지 않을까. 「그들에게 린디합을」의 다
음 부분도 그런 실험을 보여주는 다른 사례이다.

　　간담회가 있은 지 얼마 후, 대학로의 한 극장에서는 길광용 감독의 회
고전이 열렸다. 극장 로비에는 길 감독의 영화 스틸사진을 전시해두었
다. 영화의 개봉시기와 반대로 진열해두었는데 색다른 즐거움이 있었
다. 〈댄스, 댄스, 댄스〉, 〈문리버〉, 〈우연양과 보편양〉, 〈나는 봤다〉, 〈고
양이 삼총사〉, 〈상상하는 사람〉, 그리고 마지막은 〈달콤한 잠〉이었다.
〈달콤한 잠〉─깜깜한 방 안, 열린 문 틈 사이로 어디선가 빛이 새어 들

---

16 손보미, 「폭우」, 334쪽.

어오고 거기에 허지민의 뒷모습이 보인다. 아니, 허지민이 아니라, 〈달
콤한 잠〉의 주인공 안나. 〈그들에게 린디합을〉의 공동감독의 이름은 바
로 허지민이 맡았던 극중 인물의 이름에서 따온 것이다.[17]

   소설은 길광용 감독의 영화 〈댄스, 댄스, 댄스〉와 〈그들에게 린디합
을〉의 관계를 추적하는 내용으로 이루어져 있는데, 앞의 인용에서는
길광용 감독의 다른 작품들을 소개하면서 특히 그의 첫 영화 〈달콤한
잠〉을 상세하게 기술하고 있다. 그런데 이 〈달콤한 잠〉은 이 소설이 발
표되고 몇 달 후 손보미가 발표한, '팽 이야기'라는 부제가 붙은 소설
(『21세기문학』, 2011년 겨울호)과 제목이 같고, 앞의 설명에서처럼 거기에
는 안나라는 인물이 나오기도 한다.[18]
   이와 같은 상호텍스트성의 관계 또한 허구 내에서 현실 모방의 영
역을 소거하는 효과를 불러오고 있다. 그런 맥락에서 생각하면 "150분
짜리 이 가공할 만한 다큐를 보고 있노라면, 도대체 뭐가 뭔지 알 수가
없어진다. 하와이의 훌라춤과 아르헨티나의 탱고가 아무런 논리도 없
이 교차 편집된 장면을 보고 있노라면 '영화란 무엇인가?'라는 근본적
인 질문을 할 수밖에 없게 된다"[19]나 "춤의 역사도, 댄서들의 열정도, 육
체의 아름다움도 보여주지 않으려고 기를 쓰는 이상한 영화"[20] 등 소설
속의 영화에 대한 서술들은 손보미의 소설적 전략 혹은 이상을, 우회적

---

17 손보미, 「그들에게 린디합을」, 113쪽.
18 이 경우와 유사하게 「그들에게 린디합을」에 나오는 장 자크 밀레노라는 허구의 감독은 「여자
   들의 세상」(『문학들』, 2011년 겨울호)에도 다시 등장한다. 그렇다면 그의 허구의 영화 〈부유한
   여인들〉은 애초에 「여자들의 세상」에 대한 지시를 포함하고 있지 않았을까 추측해볼 수 있다.
19 손보미, 「그들에게 린디합을」, 96쪽.
20 같은 글, 97쪽.

으로 혹은 재귀적으로 드러내고 있다고도 볼 수 있지 않을까.

오한기의 '당선 소감' 또한 그처럼 자신의 이야기로 재귀하는 특징을 손보미의 소설과 공유하고 있다.

> 나는 볼링장에 손님이 없을 때면 레인 위를 멀거니 바라보며 소설을 구상한다. 지난 3년 동안 볼링장에 딸린 햄버거 가게에서 일하며 얻은 습관이다. 퇴근 후에는 집에서 포르노소설을 쓴다. 몇 권의 책을 냈지만 내 소설을 읽은 사람은 드물다. 불만은 없다. 누가 요새 소설로 욕정을 풀겠는가.[21]

이 부분은 등단작 「파라솔이 접힌 오후」의 '당선 소감' 가운데 처음 부분인데, 앞서 「더 웬즈데이」에서 인용한 부분의 일부와 비교해보면 거의 겹친다는 것을 알 수 있다. 의당 담론 영역 속에 놓여야 할 부분까지 허구화해서 상호텍스트성을 통해 허구의 세계로 견인함으로써, 오한기는 허구의 폐쇄회로를 구성한다. 이렇게 소설들이 연결되어 있다면 첫 소설이 결국 마지막 소설인 셈일 것이며, 첫 소설을 쓰고 있는 그 순간 이미 마지막 소설은 쓰이기 시작한 것일 터이다.

손보미와 오한기의 소설은 이처럼 상호텍스트성을 통해 허구 세계의 결속력을 강화하고 있다. 이런 장치는 앞서 언급한 중층적인 허구 체계의 구성과 함께 현실 반영이나 해석의 출구를 봉인하는 장치로서 기능하고 있다. 그리고 이런 방식과 더불어 한국 소설은 현실 모방과 결별하는 흐름을 한 단계 더 극적으로 진전시키고 있는 것으로 보인다.

---

21 오한기, 「나의 마지막 소설」, 『현대문학』, 2012년 6월호, 217쪽.

3. 꿈 속의 꿈 — 이상우

손보미, 오한기 소설 내부의 허구의 중층 구조, 그리고 그 소설들의 상호텍스트적 연결 구조를 통해 현실을 향한 출구를 봉인한 채 허구의 차원을 반복하고 있는 특징적 양상을 살펴봤는데, 이상우의 「비치」(『문학동네』, 2012년 여름호)에서도 그 반복의 문제적 양상을, 조금 다른 각도에서 살펴볼 수 있다.

이상우 소설의 주인공은 홍콩(「중추완월(中秋玩月)」, 『문학동네』, 2011년 가을호)과 유럽의 오래된 도시(「부다페스트」, 『문학들』, 2012년 봄호)에 이어 이번에는 남미의 해안에 모습을 드러냈다. 앞질러 이야기하자면, 「중추완월」과 「비치」는 한 이야기의 다른 판본처럼 보이고, 「부다페스트」는 그 둘로부터 조금 거리를 둔, 그렇지만 인접한 이야기로 보인다. 결과적으로 그렇다고 생각되지만, 일단 접어두고 「비치」의 면모부터 살펴보자.

커튼을 젖히자 해변이 보였다. 사람이 없으니 파도는 의미 없어 보였다. 나는 유리창에 비친 벌거벗은 내 모습을 바라봤다. 목 주위에 벌건 자국이 있어 살펴보려 고개를 돌릴 때마다 몸에서 술 냄새와 토 냄새가 올라왔다.

—어제 너무 많이 마셨나 봐.

여자가 이불 밖으로 고개를 내밀었다. 올리브톤의 피부와 초록색 눈동자. 그리고 자연스러운 금발머리.

—누구세요?

팬티를 입으며 물었다.

─근사해. 아주 신사다워.

(……)

─이모 시신을 확인하러 가야지.

여자가 말했다. 그녀의 머리카락을 들춰봤지만 내가 어제 이 여자를
어디서 만났는지, 여자에게 어디까지 이야기했는지 기억나지 않았다.[22]

　현실 모방의 이야기로 이 소설을 읽으면, 배우 직업을 가진 한 남자
가 축제가 벌어지고 있는 낯선 나라에 이모의 시신을 확인하러 가는 이
야기이다. 남자는 우연히 술집에서 만난 현지 여성과 함께 그 여정을
밟는데, 사실적으로 읽어도 이 이야기는 낯선 질감의 장면과 분위기,
그리고 독특한 표현과 문장 그 자체로 소설적인 매력을 품고 있다. 그
런데 이 이야기를 전작들과 겹쳐 읽으면 새로운 문제성이 떠오르는 것
을 발견할 수 있다.

　「중추완월」이나 「비치」의 서두에서 '나'는 갑자기 이해할 수 없는 상
황에 놓여 있는 자신을 발견한다. 마치 꿈의 첫 장면처럼. 「중추완월」
에서는 태평양을 빠져나가는 컨테이너 박스 안에서, 그리고 「비치」에
서는 앞에서 보는 것처럼 해변이 보이는 호텔에서, 갑자기 꿈이 떠오르
듯이 이야기가 시작된다. 서사의 중간부터 시작되는 이런 이야기의 서
두 뒤에는 대체로 그 전말이 밝혀지는 과정이 따라오는 법이다. 하지만
이 소설은 그런 맥락을 서술하는 데에는 일말의 관심도 보이지 않는다.

　소설 속 인물의 정체성 또한 그 상황에 대한 인지와 더불어 비로소
발생한다.

---

22 이상우, 「비치」, 『문학동네』, 2012년 여름호, 400~401쪽.

량 위. 여권에 적힌 내 이름을 소리 내어 읽어보았다. 선박 당일, 오줌을 받던 양동이에서 제비를 뽑았다. 내가 뽑은 쪽지에는 단 한 글자가 적혀 있었다. 그때부터 사람들은 나를 위라고 불렀다. 위 이전의 내 이름이 무엇이었는지는 나조차 기억하지 못한다.[23]

　—커티스 메이필드. 왜 하필 커티스 메이필드지.
　—그 이야기는 어제도 했잖아.
　(……)
　—어제 뭐라고 했지?
　—내가 오월의 들판을 끝내주는 이름이라고 하니까 네가 나보고 창녀치곤 감성적이라고 했어.
　나는 메이에게 너 창녀야? 라고 물어보려다 창문을 열고 액셀을 밟았다.[24]

　그러니까 '홍콩 : 브라질 = 량 위 : 커티스'인데, 이런 은유적 관계의 쌍은 계속 추가해나갈 수 있다. 가령 「중추완월」의 중추절 불꽃놀이가 있던 자리에서 「비치」는 삼바 페스티벌을 펼친다. 가발과 가면 역시 서로 대응되는 이미지로 볼 수 있다. 혹은 꿈속에서 꿈을 꾸고 있는 다음과 같은 장면들도 그렇게 보인다.

　한 시간쯤 지나 스크린이 사막으로 가득 차자 눈이 감겨오기 시작했

---

23 이상우, 「중추완월」, 189쪽.
24 이상우, 「비치」, 406쪽.

다. 매번 그래 왔듯이 소파 등받이 쪽으로 몸을 웅크렸다. 눈을 감자 사막의 소리가 귓전을 메웠다. 모래알이 바람을 삼키는 소리. 등을 더 둥글게 말고 다리를 끌어안으니 자궁 안에 들어앉아 있는 기분이 들었다. 누군가의 자궁. 고개를 숙여 가슴팍 쪽으로 파묻고 양손을 깍지 끼었다. 나는 내 자궁의 주인이 누구인지 기억할 수 없었다.[25]

　—너 뭐 해?

메이가 나를 내려다보며 물었다.

　—이모 시신을 확인하러 가야 해.

나는 조금 추워져서 몸을 웅크리고 대답했다.

　—근데 왜 세탁기 안에 들어가 있는 거야.

메이가 말했다. 머리 위로 세제와 세탁물이 떨어지고 드럼통이 앞뒤로 흔들렸다. 나는 무릎을 안고 잠시 그 안에 머물렀다.[26]

그런데 「중추완월」과 「비치」 사이에 「부다페스트」가 끼어들면서 세 이야기 사이의 관계는 한층 복잡해지고 입체화된다. 「중추완월」에 '용'이라는 염소 고기 식당이 있다면, 「부다페스트」에는 '레퀴쇼'라는 이름의 바(bar)가 있다. 「중추완월」에서 타샤르의 맨머리는 「부다페스트」의 대머리에 대응된다. 「부다페스트」와 「비치」의 '나'가 공통적으로 입고 있는 흰 와이셔츠는 두 이야기를 이어주는 매듭처럼 보인다. 「비치」의 메이는 「부다페스트」의 레퀴쇼의 마담에 더 가깝지만, 「중추완월」의

---

25 이상우, 「중추완월」, 183쪽.
26 이상우, 「비치」, 416쪽.

삭발머리 여자도 그 근처에서 생성된 이미지로 볼 수 있다.

　말하자면 「부다페스트」는 「중추완월」과 「비치」의 대응 관계를 바라볼 수 있는 시선의 자리를 마련해주고 있다. 그 맥락에서 「부다페스트」에는 의미심장한 에피소드가 등장한다. 소설 속에서 '나'는 여러 차례 고무호스에 목을 매단다(이 행위 역시 「비치」에서 반복된다). 그때마다 '나'는 죽음에 이르는 것이 아니라 시간과 공간의 차원을 뛰어넘어 오래된 도시의 골목에서 아이를 만난다. 그러니까 그것은 꿈속의 또 다른 꿈인 셈인데, 그 환상이 걷히는 순간 벨보이가 등장하면서 '나'는 현실(결국 꿈 밖의 꿈)로 다시 돌아온다. 여기에서 고무호스에 목을 매다는 행위는 꿈속으로 진입하는 것과 유사하다. 그리고 이것은 「부다페스트」 내의 사건이면서 동시에 지금까지 발표된 이상우의 소설 세 편 전체에 해당되는 특징으로도 볼 수 있다.[27]

　꿈의 차원을 반복하기 때문에 여기에는 꿈을 꾸고 있는 '나'가 속한 현실이 드러나지 않는다. 꿈속에서 또다시 꿈속으로 들고 난다. 혹은 다른 꿈으로 미끄러져간다. 이런 반복되는 꿈속에 놓인 인물은 상상계와 상징계의 차원을 왕복하면서 실재에 진입할 수 없는 현실 속의 주체에 대응되는 것처럼 보이기도 한다.

　여기에서 한 가지 더 생각해볼 수 있는 문제는, 이 꿈의 질감, 그리고 그 언어와 표현이다. 그 환상은 낯선 곳의 풍경을 구성하고, 그 세계와

---

27 아즈마 히로키는 현실 모방을 추구하는 '자연주의적 리얼리즘'과 비교하여 현실을 모방, 참조하지 않으면서 실감을 발생시키는 방식을 '만화 애니메이션적 리얼리즘'으로 규정한 후, 그 하위 항목으로 게임의 스테이지처럼 루프를 반복하는 방식으로 생성되는 실감을 '게임적 리얼리즘'이라는 개념을 통해 설명한 바 있다. 이런 새로운 리얼리즘의 형식들은 손보미, 이상우 소설의 특징을 분석하는 데에도 참고할 만하다고 생각된다. 아즈마 히로키, 『게임적 리얼리즘의 탄생』, 장이지 옮김, 현실문화, 2012 참조.

교통할 수 있을 정도로 충분한 언어를 공급받고 있다는 점이다. 그리고 이제 그 공급처는 현실이라기보다는 미디어, 혹은 미디어에 의해 매개된 현실일 것이다.

4. 현실 반영으로서의 소설과 결별하는 이야기들

손보미, 오한기와 이상우의 소설은 표면상으로는 그렇게 과격해 보이지 않는다. 하지만 그들의 소설은 중첩된 허구의 회로를 통해, 꿈처럼 혹은 게임처럼 동일한 상황을 반복하는 순환적인 구성을 통해 현실 반영의 여지를 차단하고 있다는 점에서 끝까지 그 미망을 놓지 않던 기존의 소설과 결정적으로 분기되는 조짐을 보여주고 있다. 그들의 소설은 이제 소설이 지금까지의 소설과는 매우 다른 것이 될 수도 있겠다는 예감을 불러일으킨다.

플래시포워드(flashforward),
혹은 시간을 둘러싼 소설적 모험

1. 사건으로서의 플래시포워드

2009년 9월 24일부터 2010년 5월 27일까지 22회에 걸쳐 미국 ABC에서 방송된 드라마 〈플래시포워드(FlashForward)〉는 2009년 10월 6일 전 세계의 거의 모든 사람들이 동시에 의식을 잃는 장면으로 시작된다. 사람들은 2분 17초가 지나서 깨어나는데, 그동안 그들은 2010년 4월 29일에 일어날 자신의 미래를 바라본다. 그런데 이 사건이 특정 세력의 야욕에 의해 발생했다는 사실이 조금씩 드러나게 되고, 그 음모를 파헤쳐나가는 FBI의 활동이 이 드라마의 본격적인 내용을 이룬다. SF 작가 로버트 소여(R. Sawyer)가 1999년 발표한 소설 『플래시포워드』가 이 드라마의 원작인데, 두 내러티브는 여러 대목에서 많은 차이를 갖고 있지만 그럼에도 한 가지 중요한 공통점은 바로 그 점, 즉 그들이 자신의 '플래시포워드'를 본다는 설정이다.

이처럼 플래시포워드는 미래에 발생할 어떤 사건이 앞당겨져 현재에 나타나는 현상, 혹은 그러한 방식으로 시간 구조를 구성하는 서사 기법을 일컫는다. 개념의 표면으로만 보면 플래시포워드는 '플래시백 (flashback)'에 대비되는 개념이지만, 플래시백이 현실에서 일상적으로 경험할 수 있는 사건인 데 반해, 플래시포워드는 결코 그렇지 않다는 점에서 대칭적이라고 보기는 어렵다. 내적 경험이라는 관점에서 보면, 기억을 타고 거슬러 올라가는 플래시백의 반대 개념은 상상, 환상 등을 포함하는 '기대(expectation)' 쪽에 가까울 것이다. 반면 플래시포워드에 도입된 미래는 내적 경험의 외부에 놓이는 실재에 속하는 것이다.

그렇기 때문에 내적 경험을 경유하여 서술이 이루어지는 소설이라는 양식에서 플래시백은 자연스러운 반면, 플래시포워드는 그렇지 않다. 말하자면 SF나 드라마에서나 나올 법한 장치인 셈이다. 그럼에도 궁극적으로는 시간적 구조인 내러티브의 역사에서 플래시포워드는 여러 실험적 소설과 영화에서 이미 선을 보인 바 있고, 최근 한국 소설에서도 그와 같은 현상 혹은 시간적 기법이 도입된 다양한 사례들이 등장하고 있다. 우선 사건의 차원에서 발생한 플래시포워드의 한 가지 예를 들어본다.

테이프를 뜯어내는 순간 엄지손가락을 타고 무엇인가 가느다란 선이 Y의 몸으로 들어왔다. 그 선이 몸을 한 바퀴 돈 다음 발뒤꿈치로 빠져나가는 동안, Y는 어머니가 즐겨 보던 연속극의 마지막 회를 미리 보게 되었다. 부모님이 응급실 앞에 서서 우는 동안 Y는 꿈속에서 연속극의 마지막 회를 보고 또 보았다. "채널 한 번 바꿀 때마다 십 원이에요." 이틀 만에 깨어난 Y가

말했다.[1]

Y는 전기 감전의 충격으로 정신을 잃은 동안 어머니가 즐겨 보던 연속극의 마지막 회를 '미리' 본다. 기존의 소설에서라면 이 장면은 등장인물을 둘러싼 현실적 상황의 이유로 말미암아 발생한 환상으로 제시되었을 만한 대목이다. 그러했다면 소설의 전통적인 규범에서 크게 벗어나지 않았을 수 있다. 그런 환상은 인물의 의식에서 일어나는 경험적 차원의 사건이기 때문이다. 그런데 앞의 장면의 문제성은 이 사건이 의식의 차원에서 일어나는 환상이 아니라는 점에 있다. Y는 아직 방송되지도 않은 연속극의 마지막 회를 '실제로' 본다.

본문에서 유형별로 살펴볼 테지만, 이런 유사한 방식으로 드러나는 새로운 시간 의식을 최근 한국 소설의 여러 장면에서 확인할 수 있다. 왜 SF도 아닌 소설에서, 이런 현상이 발생하고 있는 것일까. 물론 이와 유사한 사례들을 다른 나라의 소설에서도 볼 수 있는데, 본문에서 분석할 것이지만, 한국 소설에서 플래시포워드의 사용은 그 영향 때문이라기보다 자생적인 맥락에서 발생한 편이고, 그래서 일반적인 차원과는 다른 고유한 특징들을 가지고 있다고 생각된다.

이 글에서는 우선 한국 소설에서 플래시포워드가 사용되는 방식을 주로 서구 소설의 경우와 비교하여 살펴보면서 그 고유한 특징을 분석해볼 것이다. 그리고 그 분석을 토대로 그와 같은 소설적 현상이 나타나는 원인과 그 특수성의 발생 맥락에 대해서도 생각해보고자 한다.

---

1 윤성희, 「5초 후에」, 『문학과사회』, 2008년 가을호, 119쪽. 강조는 인용자. 이하 인용문에서의 강조는 모두 플래시포워드가 사용된 부분을 드러내기 위해 인용자가 표시한 것이다.

2. 서사 구성 기법으로서의 플래시포워드

앞 장에서 다룬 사례들은 드라마나 소설 속의 인물들이 순간적으로 자신의 미래를 보게 되는 '사건'에 해당된다. 그런데 그 경우와는 다르게, 이야기의 서술 과정에서 아직 발생하지 않은 미래의 사건을 앞당겨 기술하는 방식의 이야기 기법도 플래시포워드라는 개념으로 설명된다.

제라르 주네트 같은 문학이론가들은 이와 같은 서술 방식을 앞서 언급한 사건으로서의 플래시포워드와 구분하여 프롤렙시스(prolepsis, 일반적으로 '사전 제시'로 번역된다)라는 용어를 사용하여 설명한다. 하나의 이야기에서 사건이 서술되는 시간은 실제로 그 사건들이 발생한 시간과 순서, 길이, 빈도의 측면에서 일치하지 않는 경우가 많다. 그 시간의 순서와 길이와 빈도를 조정하는 과정에서 허구가 탄생하는데, 다르게 말해 이야기는 실제 사건의 시간과의 불일치(anachrony)를 적극적으로 활용한다. 그래서 폴 리쾨르는 『시간과 서사(Temps et récit)』(1983~1985)에서 그 불일치를 '시간과의 유희'라고 불렀다. 프롤렙시스는 바로 그와 같은 실제와 허구 사이의 시간적 불일치로부터 연유한 서사의 한 가지 패턴이라고 할 수 있는데, 주네트는 프루스트의 『잃어버린 시간을 찾아서(À la recherche du temps perdu)』(1913~1927)의 서사적 문제를 분석하면서 프롤렙시스의 양상에 대해서도 논의하고 있다(Gérard Genette, 『서사 담론(Narrative Discourse)』, 1980). 시모어 채트먼 역시 플래시포워드를 영상 매체에 한정해야 하고, 서사체의 경우 그보다 좀 더 넓은 개념이라고 할 수 있는 프롤렙시스라는 개념을 사용할 것을 제안한 바 있다(Seymour B. Chatman, 『이야기와 담론(Story and Discourse)』, 1978).

그러나 실제 용어의 활용의 측면에서 보면, 프롤렙시스 개념의 외연은 훨씬 더 넓다. 가령 프롤렙시스에는 'procatalepsis'(예변법, 자기주장에 관한 예견되는 반론들을 미리 반박해놓음으로써 설득력을 높이는 수사학의 한 방법), 'cataphora'(역행조응, 대명사 따위의 조응어가 뒤에 오는 명사구와 공지시 관계를 갖는 것), 'déjà vu'(기시감, 처음 보는 대상을 이전에 보았다는 느낌을 받는 현상), 'foreshadowing'(앞으로 일어날 사건을 독자가 예견할 수 있도록 단서를 제시하는 기법) 등과 함께 스토리의 전개에서 나중에 일어난 일을 그에 앞서 이야기하는 선술법(先述法)으로서의 'flashforward'가 포함되는 것이 일반적이다. 이때의 플래시포워드 개념은 주네트나 채트먼이 프롤렙시스라고 지칭하여 범주화한 개념과 그 외연이 거의 동일하다. 이 글에서는 서사 연구의 전문 분야에서 사용하는 프롤렙시스라는 용어 대신, 그 의미가 좀 더 직접적으로 현상되는 플래시포워드라는 용어를 사건으로서의 측면과 기법으로서의 측면을 포함하는 넓은 개념으로 확장하여 사용하기로 한다.

전통적으로 소설에서의 시간적 긴장은 서술자가 실제 사건의 추이를 모르는 상황을 전제로 그 전모를 하나씩 밝혀나가는 과정에서 발생한다. 그래서 초기 서사라고 할 수 있는 그리스 비극에서는 결과가 미리 제시되고 그 운명을 등장인물들이 실현하지만, 근대의 리얼리즘 소설에서 결말은 항상 마지막에서야 밝혀지는 것이 일반적이다. 이 사실적인 시간관에 저항하는 서사가 20세기에 들어서 새롭게 시도된 바 있는데, 바로 우리가 잘 알고 있는 마르셀 프루스트, 제임스 조이스, 버지니아 울프의 소설이 그 대표적인 사례이다. 이들 소설에서 시간은 자유로운 연상, 즉 의식의 흐름에 의해 비약적으로 연결되고 있어 한편으로는 시간이 해체되는 양상을 보여주고 있지만, 다른 한편으로 그것은 우리의 의식에서 일어나는 경험을 어떤 의미에서는 더 직접적으로 드러내고 있다. 그렇기 때문에 그것은 '잃어버린 시간을 찾는' 과정이고, 더 나아가 궁극적으로는 자아의 진정한 정체성을 찾는 과정이기도 하다. 한스 마이어호프의 통찰이 보여주듯 자아에 대한 탐구는 결국 시간에 대한 탐구이기 때문이다(Hans Meyerhoff, 『문학 속의 시간(Time in Literature)』, 1960). 문학에서의 시간의 문제를 분석한 이론서들이 대체로 이 모더니스트들의 소설을 대상으로 논의를 전개한 이유는 그 점과 관련이 깊다.

그런데 근래의 서구 소설에서의 플래시포워드는 그와 같은 내적 경험 차원의 의식의 흐름과는 성격이 달라진 듯하다. 이 경우에 플래시포워드가 사용되는 가장 일반적인 상황은 서사의 긴장을 발생시키기 위해 의도적으로 시간을 재구성하는 과정에서 성립되고 있기 때문이다. 한 가지 예를 통해 그 점을 확인해보자.

열어보아야 할 상자가 두 개 남았을 때, 예기치 못한 봉투를 발견했다. 그 편지가 나온 것이다.

그것을 읽지 않고 그냥 찢어버렸다면 오죽 좋았을까. 하지만 그럴 수가 없었다. 그리고 며칠이 지나서야 그 편지 때문에 미처 열어보지 않은 상자 생각이 났다. 왜 그랬을까? 그 어처구니없는 편지를 보고 너무 화가 나서 그만 상자를 깜빡 잊어버린 것이다. 그래서 상자의 내용물을 확인하지 못했다. 얼마 후 이로 인해 하마터면 목숨을 잃을 뻔했다.

그 편지는 옛 동지들이 보낸 것이었다. 하지만 중요한 내용은 아무것도 없었다. 이게 나를 정말 미치게 만들었다.[2]

---

2   알베르트 산체스 피뇰, 『차가운 피부』, 유혜경 옮김, 들녘, 2007, 26쪽.

카탈루니아 출신의 작가 알베르트 산체스 피뇰(Albert Sánchez Piñol)의 『차가운 피부(La pell freda)』(2002)에서 아일랜드 독립운동에 투신했던 화자는 정작 독립에 성공하고 나자 주인만 바뀌었지 체제는 그대로 유지되는 상황에 실망을 느끼고 남극 근처 외딴섬의 기상관을 자청한다. 책을 읽으면서 고독한 시간을 보내리라 작정한 주인공은 자신을 섬에 내려두고 간 선장이 남긴 상자는 열어보지도 않았다. 그런데 목숨을 잃을 뻔하다니. 무슨 일인가 일어날 것이라는 예고가 앞으로 일어날 사건을 미리 진술하는 형태로 제시되어 있다. 그러나 아직까지는 그럴 만한 조짐도 전혀 드러나지 않았다. 한참이 지나서야 밤마다 섬으로 괴물이 상륙하여 숙소를 공격하고, 자신을 지킬 만한 무기를 절실하게 원하고 있던 주인공의 시야에 들어온 상자에는 선장이 남기고 간 총들이 담겨 있다는 것을 알게 된다. 아마 그 총들이 없었다면 주인공은 오래 버티기 힘들었을 것이다. 이런 장면이 플래시포워드의 방식으로 서사의 긴장을 발생시키는 전형적인 사례라고 할 수 있다.

그런데 이러한 기법적 장치는 『차가운 피부』와 같은 환상적인 이야기에서만 일어나는 것은 아니다. 가령 이언 매큐언(Ian McEwan)의 『속죄(Atonement)』(2001)와 같은 리얼리즘 계열에 속하는 이야기에서도 플래시포워드 기법은 효과적으로 사용될 수 있다.

앞으로 삼십 분 안에 브리오니는 평생 잊지 못할 범죄를 저지르게 될 것이다. 광대한 어둠 속 어딘가에 정신병자 같은 로비가 있을 거라는 생각에 그녀는 집을 둘러싼 벽 그림자 밑으로만 걷다가 불빛이 새어 나오는 창문 앞을 지날 때면 창턱 아래로 몸을 숙이곤 했다.[3]

『속죄』 전반부의 한 대목이다. 1930년대 중반 영국의 한 저택에서 사건이 발생한다. 집안 문제로 친척 집에 와 있던 아이들이 보이지 않아 식구들이 모두 찾으러 나서는 상황이다. 어떤 일이 발생할지 아직까지는 어떤 암시도 제시되지 않았다. 그런데 이 순간 서술자는 앞으로 일어날 상황을 앞서 제시함으로써 사건의 발생과 그 사건의 성격을 환기시키고 있다. 이야기가 더 진행되고 나서야 우리는 그 '평생 잊지 못할 범죄'가 무엇인지 확인할 수 있게 된다. 브리오니가 사촌을 성추행한 범인으로 로비를 지목함으로써 그의 운명을, 그리고 그와 연인 관계에 있던 언니 세실리아의 운명을 뒤바꿔놓기 때문이다. 이러한 시간 기법은 보다 잘 알려져 있는 복선이라는 장치와 유사한 기능을 수행하지만, 그와는 또 다른 방식으로 서사의 긴장을 발생시키고 있다.

이상의 두 가지 사례는 플래시포워드를 통해 미리 제시된 사건에 대한 기대가 비교적 즉각적으로 충족되는 경우에 해당된다. 그에 비해 다음의 사례에서는 플래시포워드를 통해 미리 제시된 사건이 이야기의 결말에 이르러서야 다시 등장하는데, 이 경우 플래시포워드의 효과는 더욱 전면적이다.

브리오니는 유아실에 서서 사촌들이 돌아오기를 기다리면서 방금 전 분수대에서 일어난 일을 글로 쓸 수 있으며, 그 글에 그녀 자신과 같은 숨은 관찰자를 등장시킬 수 있겠다고 생각했다. 그녀는 자기 방으로 달려가 깨끗하게 정리되어 있는 줄 쳐진 종이와 대리석 무늬가 있는 베이클라이트 만년필을 꺼내 드는 자신의 모습을 상상할 수 있었다. (……)

3 이언 매큐언, 『속죄』, 한정아 옮김, 문학동네, 2003, 224쪽.

육십 년이 지난 후 브리오니는 유럽의 민속설화를 모방한 동화에서 시작하여 단순한 도덕적 교훈을 담은 희곡을 거쳐, 1935년의 찌는 듯이 무더운 어느 여름날 아침에 직접 목격한 일을 소재로 한 편견 없는 심리적 사실주의를 표방한 작품에 이르기까지 자기 작품이 어떻게 발전해왔는지를 묘사하게 될 것이다. (……) 또한 실제로 일어난 일은 그녀가 출판한 소설 덕분에 의미를 가지게 되었으며, 따라서 소설이 없었다면 그 일은 기억 저편으로 사라지고 말았을 거라는 사실을 깨닫게 되리라.

자신이 본 것을 완전히 이해할 수는 없었지만, 뭔가 충격적인 일이 일어났다는 것에는 의심의 여지가 없었다. 이 어린 소녀가 창가로 되돌아가 바깥을 내다보았을 때, 자갈길에 생겼던 젖은 자국은 증발해버리고 없었다.[4]

다시 『속죄』의 전반부의 한 장면이다. 어리지만 벌써부터 자신을 글을 쓰는 사람이라고 규정하고 있는 브리오니는 방금 전 창문을 통해 분수대에서 언니 세실리아와 자기 집안 식모의 아들인 로비가 벌인 한 가지 사건을 목격했다. 여기에는 그의 오해가 개입되어 있지만 그는 자신이 목격한 장면을 충격적으로 받아들이고 그 사건을 곧바로 글로 쓰리라 생각한다. 하지만 그는 그렇게 하지 못한다. 그날 더 큰 사건이 일어나버리고 말았기 때문이다. 그리고 이 사건에는 그가 읽고 쓴 글들로부터 자극된 브리오니의 상상력이 치명적인 역할을 한다. 그가 이 사건을 글로 쓰게 되는 것은 한참 후의 일이다. 그리고 이 사건으로부터 60년 후, 작가로서 명성을 얻은 브리오니는 자신이 쓴 이야기에 나

---

4 같은 책, 66~68쪽.

오는 사건들의 실체를 고백함으로써 지금까지의 이야기를 다시 뒤집는 커다란 반전을 보여준다. 이 경우에는 플래시포워드가 단지 서사적 긴장의 발생 기법 정도에 머무는 것이 아니라 서사 전체의 구성과 연관되는 보다 중요한 소설적 장치로 기능하고 있다(이 소설을 원작으로 한 영화 〈어톤먼트〉(2007)에서는 소설에서 수차례 사용된 플래시포워드가 영상으로 옮겨지지 않았다).

이상의 사례들에서 볼 수 있듯이, 근래의 서구 소설에서 플래시포워드는 서사의 긴장을 발생시키기 위한, 혹은 서사 전체의 구성적 완결성을 극적으로 실현하기 위한 시간적 기법으로 주로 사용되고 있다. 그렇기 때문에 그 경우에는 플래시포워드가 소설의 기본 서사에 밀착되어 있는 것이 일반적이다. 그런데 최근 한국 소설에 나타나는 플래시포워드는 대체로 서사의 기본 줄기에서 벗어나는 경우가 많다는 점에서 특징적이다.

여름방학이 끝날 때까지 '단무지 가게 기사회생 프로젝트'를 만들기 시작했다. 유희는 시내에서 가장 유명한 분식집에서 아르바이트를 하기 시작했다. 포장마차로 시작해 분점을 세 개나 낸 분식집이었다. 선욱은 단무지라는 가게의 단골손님이 되어 주인과 친분을 쌓아두는 역을 맡았다. 영신은 학교 주변의 다른 분식집들을 분석했다. 그즈음 유희는 고추장이 문제야, 고추장, 이라는 말을 입에 달고 살았다. 선욱은 왜 나만 맛없는 걸 먹어야 해, 하고 투덜댔다. 영신은 삼 년 후 경영학과에 들어가게 될 것을 꿈에도 생각하지 못한 채, 십 년 후 상권분석가가 될 것은 더더욱 생각하지 못한 채, 각 가게마다 떡볶이의 맛이 다르다는 사실에 감탄을 하고 있었다. "잘하면 성공할 수 있었는데……" 그들의 프로젝트는 어

이 없이 막을 내렸다.[5]

학교 동창인 유희, 선욱, 영신 세 사람이 소설의 등장인물이다. 선욱과 영신은 유희 엄마로부터 유희가 방에 들어가 나오지 않는다는 소식을 듣고 유희의 집으로 왔다. 방문을 사이에 두고 세 친구가 모였다. 그리고 그 기본 서사를 둘러싸고 세 친구 각자의 사연과 서로 간에 얽힌 기억들이 펼쳐진다. 그 가운데 하나가 바로 학창 시절 망해가는 분식집을 살리는 프로젝트를 벌였던 앞의 장면이다. 여기에서 사용된 플래시포워드는 등장인물 가운데 한 사람인 영신이 대학에서 경영학을 전공했고 현재의 직업이 상권분석가라는 사실을 확인해주고 있지만, 이 사실이 이 소설의 서사 전개와 직접적인 관련을 가진다고 보기는 어렵다. 앞서 살핀 서구의 소설들에서는 플래시포워드가 사용됨으로써 서사 구성의 일관성과 사건의 집중도가 증가하는 데 비해, 윤성희 소설을 비롯한 한국 소설에서의 플래시포워드는 오히려 기본 서사를 해체하면서 흩어져 있는 단편적인 사건들로 복잡하게 얽혀 있는 모자이크를 만드는 데 활용되는 경향이 있다. 주네트의 방식을 참고해서 분류해보자면, 전자가 기본 서사와 '동종적인(homodiegetic) 플래시포워드'라면, 후자는 '이종적인(heterodiegetic) 플래시포워드'라고 할 수 있다. 한국 소설에서는 서구 소설에서와 대조적으로 이종적인 플래시포워드의 비중이 훨씬 크다. 유사한 한 가지 사례를 더 살펴보기로 한다.

(1) 어머니로 시작된 신신의 계보가 정인 언니의 아이인 준하와 준희

---

5   윤성희, 「열려라, 참깨」, 『현대문학』, 2007년 3월호, 106쪽.

언니의 아기인 재원에게로 넘어오기까지 꽤 오랜 시간이 흘렀다. 그리고 또 다른 계보. 그것은 어머니가 아닌 할머니로부터 시작된다. 한 번도 본 적이 없는 할머니. (2) 한참 뒤에야 최영주의 안내로 할머니를 만날 수 있게 되지만 나는 바로 앞에 앉아 있는 할머니의 얼굴도 볼 수 없었다. 할머니는 온몸이 사마귀로 뒤덮인 저주가 자신에게서 끝나지 않았다는 것에 낙심하고 분통을 터뜨렸다. 할머니의 얼굴과 몸에 난 사마귀와 내 머릿속에 자리 잡으며 시신경을 누른 혹은 전혀 다른 거라고 아무리 설명을 해도 할머니는 막무가내였다. (3) 그로부터 한참 뒤인 마흔여섯 살이 되어서야 시력이 회복되지만 그때 할머니는 이미 이 세상 사람이 아니었다.[6]

하성란의 장편 『A』는 한 종교 공동체에서 발생한 집단 살인 사건을 모티프로 취한 소설이다. 그 사건에서 살아남았다고 설정된 한 눈먼 소녀에 의해 이야기가 서술된다. 그의 언니 서정인의 배다른 남매인 최영주에 의해 이 집단의 내력이 조금씩 밝혀져나간다. 바로 직전, 최영주는 자신과 배다른 남매인 서정인을 낳은 서정화, 그리고 그 어머니의 존재를 확인한 참이다. 이 시점에서 '나'는 아직 최영주를 만난 적도 없으니, 할머니의 존재는 알지도 못하는 상황이다. 그런데 앞에서 보듯, 갑자기 시간을 건너뛰어 '나'가 할머니와 상봉하는 장면이 제시되어 있다. 그리고 거기에서 한 번 더 건너뛰어 '나'가 눈을 뜨게 된 마흔여섯 살의 시점으로 이동한다. 그 과정은 분명하게 드러나 있지 않지만 결국 나중에 '나'가 눈을 뜨게 된다는 사실이 미리 제시되어 있다.

---

6 하성란, 『A』, 자음과모음, 2010, 237~238쪽.

여기에는 세 개의 시간이 단계적으로 나타나 있다. (1)이 인물들이 이야기 속에서 행위하고 있는 현재의 상황이라면 (2)는 (1)의 상황에서는 아직 도래하지 않은 사건을 갑자기 당겨서 미리 제시한 것이다. 그리고 (3)은 거기에서 더 나아간 시점, 이 소설의 마지막 시점이다.

> 나는 마흔여섯 살에야 다시 앞을 보게 된다. (……) 나는 천천히 돌아섰다. 나는 늘 우리가 어디에서 왔는지 궁금해했다. 그러나 지금부터 생각할 건 우리가 어디로 갈 것인가이다. 지금 나는 이야기를 쓰고 있다. 물론 우리들의 이야기이다. 이번엔 끝까지 다 쓸 생각이다. 어떤 글이 될지 나도 잘 모른다. 훌륭한 글이든 아니든 진실된 글을 쓰기만 바랄 뿐이다.[7]

이 소설을 영화로 만든다면 바로 지금 이 대목을 쓰고 있는 순간, 그러니까 이야기하는 시간과 이야기되는 시간이 일치하는 이 장면을 마지막 장면으로 삼을 수 있을 것이다. 주네트의 구분을 참조하여 이 플래시포워드의 성격을 분류하면 '내적(internal) 플래시포워드'라고 할 수 있을 것이다. 사전 제시된 부분이 이야기의 마지막에서 다시 등장하고 있기 때문이다(그러니까 지금까지 살핀 플래시포워드들은 모두 내적 플래시포워드이다).

이렇게 서사 전체의 차원에서 플래시포워드를 사용하는 경우에는, 앞서 살핀 『속죄』에서처럼 서사의 완결성을, 그것도 매우 극적인 완결성을 염두에 두고 전략적으로 사용하는 것이 일반적이다. 그런데 앞의

---

7 같은 책, 277~278쪽.

하성란 소설에서의 플래시포워드는 서사의 완결성을 의식하고 사용된 장치라고 보기 어려운 것 같다. (1)과 (2) 사이, 그리고 (2)와 (3) 사이의 시간적 거리가 미리 제시되었지만, 이후의 서사 과정에서 그 간격은 채워지지 않기 때문이다. 그리고 사전 제시된 부분에서 마흔여섯에 눈을 뜬다는 것은 기본 서사의 마지막 부분에 해당되지만, 할머니와 '나'가 만나는 상황이나 할머니가 더 이상 이 세상 사람이 아니라는 사실은 기본 서사에 밀착된 사건이 아니다. 앞서 살펴본 『속죄』나 『차가운 피부』에 비해 이 소설 후반부의 구성적 완결성이 견고하지 못하다는 인상을 주는 것도 이 플래시포워드의 사용 방식과 어느 정도 상관관계를 갖는다고 볼 수 있을 것 같다.

3. 시점의 확장으로서의 플래시포워드

앞 장에서 살펴본 것처럼, 한국 소설에서 플래시포워드는 서사의 기본 줄기에서 벗어나는 이종적인 경우가 많다. 뿐만 아니라 소설에서 이야기되고 있는 서사의 범위 내에서 플래시포워드가 제시되는 것이 아니라, 서사가 종료된 이후의 장면을 앞당겨 보여주는 경우가 더 지배적이다. 앞의 경우와 구분하여 이야기하자면 이러한 유형을 '외적(external) 플래시포워드'라고 할 수 있다.

딸들의 엄마인 그녀가 박수를 세 번 쳤다. "그만 생각하고 이제 의견을 말해봐. 막내부터." 막내가 언니들을 둘러보았다. 학교 다닐 적에도 발표 따위 해본 적이 없었다. "해요. 그 덕에 장사가 잘될지도 모르잖아." 막내의 한마디에 언니들은 자신들의 의견을 접었다. "그래, 엄마, 우리가 그 국밥을 먹고 컸다고 해요." "전 가끔 설거지도 했어요." "가족들을 대표해서 제가 기자에게 전화를 걸겠어요." 첫째가 전화기를 들었다. 그때 첫째의 손등을 내리치며 그녀가 말했다. "네가 가족 대표냐? 대표는 나다." 그녀는 기자에게 전화를 걸어 인터뷰를 하겠다고 말했다. 네 명의 딸들을 결혼시키려면 지금보다도 훨씬 더 장사가 잘되어야만 했다.(그녀는 여든 살이 넘도록 살지만 네 명의 딸들을 모두 결혼시키지는 못한다. 하지만 결혼을 세 번이나 한 딸 덕분에 결론적으로 네 번의 결혼식을 치르기는 한다.) 그날 밤, 자취방으로 돌아온 첫째는 칠 년 동안이나 같이 산 룸메이트에게 부끄럽다는 말을 몇 번이나 반복해서 말했다.[8]

이 소설의 등장인물은 어머니와 네 명의 딸, 그리고 그들을 인터뷰하러 온 기자와 사진기자 등이다. 네 딸은 버스를 타고 가던 중 사고를 당했는데 부상당한 승객들을 구하는 바람에 세상에 알려졌고 그래서 지금 그들을 취재하러 온 기자들과 인터뷰를 하고 있는 중이다. 앞의 인용은 그 직전, 식구들이 모여 인터뷰 요청 수락 여부를 두고 가족회의를 하는 장면이 회상의 형태로 제시된 부분이다. 여기에서 플래시포워드는 괄호 안에 넣어져 다른 시점으로 서술된 부분과 형태적으로 구분되어 있다. 그와 같은 형태적 구분은 한국 소설에서 플래시포워드가 실험적으로 사용된 초기의 양상이라고 할 수 있다. 그런데 그 플래시포워드의 내용은 어머니가 여든 살까지 살았다는 것과 딸 가운데 한 명이 세 번 결혼을 한다는 사실인데, 이 사건들은 이 소설의 서사가 종료되

---

8 윤성희, 「이어달리기」, 『내일을 여는 작가』, 2007년 여름호, 190~191쪽.

고서도 한참 지난 뒤에야 일어나게 될 일이다. 그와 같은 시점은, 전지적 시점과 비교해서 생각해보면, 소설적 관습상 통상적으로 허용되는 서술자의 전지성을 넘어서는 범위에 속하는 것이다.

사실 기법의 차원에서 사용된 내적 플래시포워드는 넓게 보면 긴 플래시백 안의 짧은 플래시백이라고도 볼 수 있다. 그와 같은 용례들은 『잃어버린 시간을 찾아서』처럼 1인칭 서술자의 회상에서 전형적으로 나타날 수 있다. 주네트가 프롤렙시스라는 개념으로 분석하고 있는 것은 바로 그것이다. 특히 프루스트의 경우는 소설 속의 서술자가 작가와 동일시되는 경우여서 외적 프롤렙시스라고 하더라도 궁극적으로는 회상의 범주에 해당되는 것으로 볼 수 있다. 그러나 최근 한국 소설에서의 외적 플래시포워드는 회상에서 벗어난 것으로 그 성격이 다르다. 사실 자세히 들여다보면 내적 플래시포워드와 외적 플래시포워드는 비대칭적이라고 할 수 있다.

앞의 인용에서 플래시포워드는 서사의 긴장을 발생시키는 데 목적이 있다기보다 시점의 확장으로 인해 서사의 질감이 바뀌는 효과를 염두에 두고 사용된 경우에 가깝다. 그 점에서 보면 윤성희의 방식은 앞서 살핀 이언 매큐언이나 알베르트 산체스 피뇰의 경우보다 다음에서 보듯 그들보다 훨씬 초기 형태인 뮤리엘 스파크(Muriel Spark)의 방식에 더 가깝다고 할 수 있다.

맥케이 선생이 떠나자 브로디 선생이 반 아이들에게 말했다.
"어려움에 처했을 때는 긍정도 부정도 한마디도 하지 않는 게 좋단다. 웅변은 은이고 침묵은 금이거든. 메리, 듣고 있니? 내가 무슨 얘기를 하고 있었지?"

눈사람처럼 두 개의 눈과 코, 그리고 입 하나만 튀어나온 메리 맥그리거는 나중에 친구들 사이에서도 늘 어리석은 것으로 알려졌으며, 항상 질책을 받았고, 스물세 살 때 호텔 화재로 생명을 잃었다. 그 애는 용기를 내어 "금이에요." 라고 말했다.

"내가 말한 내용이 금이었다구?"

메리는 주위로 시선을 돌리다가 위를 쳐다보았다.

샌디가 속삭였다.

"낙엽이야."

"낙엽에 대해서요."

메리가 말했다.

"분명히 넌 내 말을 듣지 않았어."

브로디 선생이 말했다.

"내 말을 잘 듣기만 한다면 너희들을 최고로 만들어주겠다."[9]

이 소설의 원제목은 『브로디 선생님의 전성기(The Prime of Miss Jean Brodie)』(1961)인데, 이 소설은 독특한 권위를 가진 브로디 선생님과 그를 추종하는 학생들을 중심으로 학교 교실에서 일어나는 사건들을 그리고 있다. "미스 진 브로디는 전후 영국 소설에서 가장 사랑받은 소설적 캐릭터의 하나"[10]라는 평가도 있을 정도로 제2차 세계대전 이후 영국 소설의 대표작으로 손꼽히며, 연극(1968), 영화(1969), TV 연속극(1978)으로 각색되어 상연, 혹은 상영된 바 있는데, 특히 드라마는 영국

---

9 뮤리엘 스파크, 『느릅나무 밑에서의 수업』, 박정근 옮김, 마루, 1993, 25~26쪽.
10 James Wood, *How Fiction Works*, Farrar, Straus and Giroux, 2008, p. 112.

에서 매우 큰 인기를 끌었다. 연극에서는 역시 브로디의 학생 가운데 한 명인 샌디가 나중에 수녀로 나오는 장면들을 통해 플래시포워드가 부분적으로 표현되어 있지만, 영화나 TV 연속극에서는 전혀 옮겨지지 않았다.

서사의 전개는 브로디 사단(the Brodie set)의 형성과 발전 그리고 해체의 전말을 따라가고 있는데, 특이한 것은 앞에서 보는 것처럼 중간 중간에 서사 종료 지점에서 발생하게 될 사건을 앞서 제시하는 플래시포워드를 사용하고 있다는 점이다. 그 플래시포워드를 통해서 한참 후에 브로디 선생님이 학교에서 쫓겨나고 얼마 후 암으로 사망한다는 것, 그리고 브로디의 학생 가운데 한 사람인 메리 맥그리거가 스물세 살 때 화재 사고로 사망한다는 것 등 독자들은 이후에 발생할 사건들을 미리 알고 있는 상태에서 독서를 진행하게 된다. 이 경우에 플래시포워드는 소설의 서사적 시간 내부에서 일어나고 있고 미리 제시된 사건이 나중에 그 사건의 실제 발생 시점에서 반복된다는 점에서 내적이고 동종적인 플래시포워드이지만, 서사의 긴장을 조성하는 효과보다도 새로운 시점을 실험적으로 도입함으로써 발생하는 독특한 서사적 질감을 형성하는 효과가 더 강하게 느껴진다. 한 평론가는 이 소설에서 플래시포워드가 작가와 미스 브로디의 독재적 권위를 환기시킨다고 해석하고 있는데,[11] 그런 점에서 뮤리엘 스파크 소설에서의 플래시포워드는 서술자의 전지적 성격을 보여주는 장치로, 그 이후의 서구 소설에서 주로 사용되는 서사적 긴장을 발생시키기 위한 기법적 차원과는 다소 다른 특징을 보여준다.[12] 한국 소설에서 플래시포워드의 사용은 위압적 권

---

11 같은 책, p. 115.

위와는 다소 거리가 있는 것으로 보이지만, 시점의 확장을 통한 새로운 서사적 질감의 생성이라는 점에서 뮤리엘 스파크의 경우와 성격상 유사한 면이 있다.

4. 서사의 경계 확장으로서의 플래시포워드

이처럼 플래시포워드는 사건의 차원에서, 서사적 긴장을 발생시키는 서술 기법의 차원에서, 그리고 시점의 확장을 통한 독특한 서사적 질감의 생성이라는 차원에서 다양하게 나타나고 있다. 지금까지 살펴본 바와 같이, 한국 소설에서의 플래시포워드는 서사 구성의 기법적 차원보다 시점의 확장과 그로 인한 새로운 서사적 질감의 생성이라는 측면의 효과가 더 강한 듯했다. 그리고 그것이 서사 내부가 아닌 외부로부터 주로 발생하고, 기본 서사에서 벗어나는 경우가 많다는 사실에서 그 특수성을 확인해볼 수 있었다.

그런데 한국 소설의 경우 플래시포워드가 서술 순서와 시점 등의 내레이션의 차원에만 국한되지 않는다는 사실에서 한국적 플래시포워드의 또 하나의 특수성을 발견할 수 있다.

시간이 흐른 뒤 나는 웹써핑 도중 우연히 한 인터넷 잡지 기사에서,

---

12 역사철학적이라고 하면 너무 거창하지만, 어쨌든 이 시기 예술 작품에 나타나는 플래시포워드는 독특한 아우라를 갖고 있다. 대표적으로 영화 〈이지라이더(Easy Rider)〉(1969)에서 뉴올리언스의 한 매춘 업소를 찾은 와이어트(피터 폰다)의 무의식에 떠오른 장면, 그러니까 도로변의 불타는 오토바이의 영상이 영화의 마지막에서 그 자신의 현실이 되는 예언적 플래시포워드 같은 경우 역시 그렇다.

스위스 베른에서 열리는 모형비행기 전시회에 관한 사진들을 보게 된다. 스위스에서 가장 큰 전시회라는 타이틀 아래에는, 양옆으로 활짝 편 붉은 날개의 폭이 11미터에 이르는 슈퍼 모형비행기도 등장할 예정이라고 적혀 있고, 뿐만 아니라 실제와 마찬가지로 4개의 엔진을 장착한 에어버스 A380의 처녀비행도 있을 예정인데, 만드는 데 1년여의 시간이 걸린 그 에어버스 모델의 비행시간은 약 12분이 될 것이라고 한다. 나는 일생 동안 단 한 번도 유심히 지켜본 적이 없었던 그 기계적 사물들의 사진을 한동안 쳐다보고 있게 된다.[13]

배수아의 소설 「무종」은 '나'가 한 모형 비행기 수집가와 함께 '무종의 탑'을 찾아가는 장면으로 시작된다. 하지만 그들을 태운 택시는 그 장소를 바로 찾지 못하고 한참을 헤매다가 겨우 그곳에 도착한다. 그에 이어 바로 앞의 인용 부분이 서술되어 있다. 시간은 건너뛰어 그로부터 한참 뒤에 '나'가 우연히 인터넷 잡지에서 모형 비행기 전시회에 관한 사진을 보게 되는 시점으로 이동한다. 그리고 그 전시회로부터 연상된 개인 박물관들에 대한 이야기가 이어진다. 그러고는 여행을 다니며 임시로 구한 셋방에서 살았던 시절의 이야기로 넘어간다. 그 셋방 가운데 하나인 프랑크푸르트 홀바인 거리의 오래된 집. '나'는 그 집 주인 부부의 주말 정원에 초대받아 간 적도 있었다. 방문을 마치고 주인 부부는 기차역까지 차로 '나'를 데려다주었다. 그 차 안에서 '나'는 주인 여자에게 지난밤 꾼 꿈 이야기를 들려준다. 꿈속에서 '나'는 모형 비행기 수집가와 함께 무종의 탑을 찾아가고 있다.

---

13 배수아, 「무종」, 『창작과비평』, 2009년 가을호, 161~162쪽.

현실과 환상의 경계가 모호하게 서술되고 있지만, 굳이 구분을 하자면 이 플래시포워드 부분이 현실이고 그 앞에 기술된 부분은 꿈속의 이야기라고 할 수 있다. 플래시포워드를 통해 현실과 환상이 뫼비우스의 띠처럼 순환적으로 연결되어 있는 것이다. 여기에서 플래시포워드는 단순히 시간을 뛰어넘을 뿐 아니라 환상과 현실의 경계까지 넘나드는 장치이다.

더 나아가 때로 한국 소설에서 플래시포워드는 현실과 환상의 경계뿐만 아니라, 삶과 죽음의 경계까지도 초월하는 매개로서 사용되고 있다. 그 때문에 서사는 현실에 대한 이야기로부터 벗어나 그보다 더 넓은 세계에 대한 이야기로 확장될 수 있게 된다.

녀석들은 두 손을 배꼽에 대고 허리를 굽혔다 폈다 하면서 마치 처음 웃어보는 사람처럼 웃었다. 웃는 동안 녀석들은 아주 먼 곳으로 여행을 갔다. 민기는 15년 후의 자신의 모습을 보았다. 살이 빠져 있었다. 수염을 길렀는데 생각보다 잘 어울렸다. 그 모습이 보기 좋아 민기의 웃음소리가 더 커졌다. 한적한 국도 변에서 민기는 자동차 타이어를 교체했다. 생각보다 힘든 일이었다. 바람 빠진 타이어를 바닥에 내려놓고 민기는 그 위에 앉아 담배를 피웠다. 평화로운 날들이야, 하고 담배를 피우면서 민기는 생각했다. 영재는 하루에 알약을 열다섯 개씩 먹어야 하는 아저씨가 되어 있었다. 시험공부를 하도 많이 했더니 상식 백과사전을 거의 통째로 외울 지경이 되었고, 텔레비전 퀴즈 프로그램에 나가 퀴즈 왕이 되었다. 상금이 4,500만 원이었다. 성민은 눈을 감고 웃다가 나를 만났다. "잘 있었니?" "응, 잘 있었어." 우리는 인사를 했다. 나는 성민에게 소파를 잘 간직해줘서 고맙다고 말했다. 성민을 하나도 닮지 않은 딸이 소파에 오줌을 싸기도 했고, 화가 난 부인이 소파 다리를 발로 걷어차기도 했고, 술에 취한 성민이 소파에서 밤을 지새우기도 했다. "그런데 우린 어떻게 만난 거야." 성민이 내게 물었다. 나는 사실대로 말해주었다. "너도 죽었거든." 자신이 마흔을 넘기지 못하고 죽는다는 사실 때문에 성민의 눈에서 눈물이 흘렀다. 하지만 성민은 여전히 웃고 있었다.[14]

윤성희의 다른 많은 소설도 그렇지만, 이 소설에도 네 명의 친구가 나온다. 그 가운데 세 명인 민기, 영재, 성민은 살아 있는 사람이고, 이 세 친구의 행동을 관찰하며 서술하는 '나'는 죽은 사람이다. 그 친구들은 모여서 '나'의 장례식에 참석한 후 '나'의 소파를 누가 가질 것인가 실랑이를 벌이기도 한다. 서로 장난을 하고 농담을 주고받다가 함께 '웃는 동안' 15년을 건너뛰어 자신들의 미래를 본다. 이 소설에서 플래시포워드는 산 자와 죽은 자 사이의 교감을 마련해주는 매개로서 사용되고 있다. 이처럼 플래시포워드는 한정된 시간과 공간을 공유하며 살아가는 사람들의 이야기인 소설을 삶 외부, 그리고 죽음 이후의 영역으로까지 확장시키고 있다.

한편 현실의 시간을 초월하는 이동의 방향이 미래가 아니라 과거로 향할 때, 죽음 이후를 향한 시선은 삶 이전, 그러니까 이야기의 시작 이전으로 전환될 수 있다.

둘째는 셋째를 부둥켜안고 소리 내어 울었다. 둘째는 헤어진 가족을 찾아주는 프로그램을 즐겨 보았는데, 가족을 찾은 대부분의 사람들은 서로 부둥켜안고 대성통곡을 하곤 했다. 막내를 만나면 나도 저렇게 해

---

14 윤성희, 「웃는 동안」, 『문학수첩』, 2008년 겨울호, 180~181쪽.

야지! 둘째는 늘 그런 생각을 했다. 셋째를 안고 우는 동안 둘째는 아주 어릴 때부터 누군가가 자신의 뒷모습을 쳐다보고 있는 듯한 기분에 사로잡히곤 했다. 둘째는 누군가의 시선을 의식하며 사는 게 어떤 것인지 잘 알 듯했고, 그래서 생활기록부의 장래희망란에 배우라고 기록했다. 자매들은 몰랐지만, 어쩌면 그들에게는 배우가 될 끼가 숨어 있었을 것이다. 한 번도 얼굴을 보지 못한 외할머니가 유랑 극단의 무명 배우였으니까. 배우는 되지 못했지만, 둘째는 지갑을 훔칠 때마다 지금 연기를 하는 중이라고 자기암시를 하곤 했다. 그 바닥에서 둘째는 '뒤통수의 눈'이라는 별명을 가지게 되었다.[15]

이 소설은 쌍둥이인 두 언니와 여동생이, 언니들의 가출로 헤어진 지 25년 만에 다시 만나 자매 소매치기단을 결성하는 사건을 중심으로 전개된다. 이야기는 쌍둥이 언니들이 가출하는 날 동생이 철봉에서 떨어져 다치는 사건으로 시작된다. 그러니까 자매들의 외할머니가 유랑 극단의 무명 배우라는 사실은 이 이야기 바깥에 존재하는 것이다. 이처럼 이야기의 시작 이전의 사건이 갑자기 현재의 상황에 삽입되어 서술되는 현상을, 주네트의 용어를 다시 한 번 원용하여 명명해보자면, '외적(external) 플래시백'이라고 할 수 있을 것이다.

이러한 이야기 이전을 향하는 서사적 시간의 특징은 박형서의 소설에서 또 다른 방식으로 드러나 있다. 여기에서는 외적 플래시백이 서술 순서가 아니라 사건의 차원에서 등장하고 있다.

---

15 윤성희, 「매일매일 초승달」, 『현대문학』, 2009년 6월호, 75쪽.

레오는 숨이 막혔다. 이십대 초반으로 보이는 그녀는 매끈하고 가무잡잡한 얼굴을 지니고 있었다. 그런데 그 얼굴에서 빛이 났다. 달걀처럼 부드럽게 흘러내린 얼굴선이 동글고 순해 보이는 눈과 잘 어울렸다. 담배를 피우기 위해 빨갛고 가느다란 입술을 벌릴 때마다 하얀 앞니가 드러났다. 무엇보다도 그녀의 살짝 튀어나온 이마에 시선이 끌렸다. 그렇게 예쁜 이마는 한국인에게서는 쉽게 볼 수 없는 것이었다. 하지만 레오가 국수를 더 이상 못 먹은 건, 숨이 막혀온 건 그 때문이 아니었다.

레오는 제가 본 게 무언지 이해할 수가 없었다. 그건 산골짜기의 외딴집과 관련된 어떤 것이었고, 눈처럼 흰 토끼 한 마리에 대한 어떤 것이었으며, 얼룩덜룩한 호랑이와 이어진 어떤 것이었다. 그 난데없는 장면과 느낌들이 갑자기 밀어닥쳐, 국수를 마저 먹기는커녕 게워내지 않도록 심호흡을 해야 할 지경이었다.[16]

1994년 대학을 갓 졸업한 한국 청년 레오가 태국 수쿰빗의 밤거리 노천 식당에서 플로이를 처음 만나는 장면이다. 그런데 이 장면에서 레오는 플로이의 얼굴을 통해 플로이의 전생을 본다. 그 속에는 오백 년 전에 일어났던 플로이와 레오의 운명적인 인연이 담겨 있다. 레오는 이처럼 태국의 수쿰빗 거리에서만은 그가 만나는 다른 사람들의 전생을 바라보는 능력을 갖는데, 그와 같은 모티프를 매개로 이 소설은 후반부에서 모든 사물이 개별성을 잃고 영겁의 시간 속에서 무화되는 우주적 상념에 도달하고 있다. 그런 면에서 『새벽의 나나』는 태국이라는 공간적 배경을 공유하면서 전생까지 확대된 시간 의식을 보여주는 아피찻

---

16 박형서, 『새벽의 나나』, 문학과지성사, 2010, 41쪽.

퐁 위라세타쿤 감독의 영화 〈엉클 분미(Uncle Boonmee Who Can Recall His Past Lives)〉(2010)와 궁극적으로 같은 맥락의 시간 의식과 주제 의식을, 훨씬 가볍고 유쾌한 방식으로 보여주고 있다고 할 수 있다. 이처럼『새벽의 나나』는 다른 공간에 대한 이야기이지만, 더 근본적으로는 다른 시간에 대한 이야기이며, 바로 이 점에 이국의 공간을 배경으로 설정한 다른 많은 소설과 구분되는 이 소설만의 독특한 특징이 있다.

의식의 흐름이 순수지속의 과정을 통해 기억의 심층으로 거슬러 올라가는 것과 달리, 플래시포워드와 플래시백을 매개로 현실과 환상, 삶과 죽음의 경계를 넘나드는 이 '초의식의 흐름'은 여러 시간의 지점을 전후로 오고 가면서 새로운 시간의 지평을 펼쳐 보인다. 그 과정에서 내적 경험 너머의 미래가 현재로 들어오기도 하고, 존재 이전의 사건을 바라보는 현상이 발생하기도 했다. 그처럼 다른 차원의 시간 지평이 서사에 개입하는 이 두 방식이 수평면의 대극에서 대칭을 이루고 있는데, 그러니까 사실 플래시포워드의 반대 개념은 플래시백이 아니라 전생을 보는 것처럼 존재 이전의 시간으로 이동하는 것이다.

5. 시간을 둘러싼 소설적 모험으로서의 플래시포워드

이상에서 논의한 내용을 토대로 하여, 시간 의식의 서로 다른 층위와 그 지향의 벡터를 기준으로 소설에서의 시간 이동의 유형을 도표화하면 다음과 같다.

	경험적 의식의 내부	경험적 의식의 외부
과거(backward)	(1) 기억, 내면	(4) 외적 플래시백
미래(forward)	(2) 상상, 기대	(3) 플래시포워드

주로 공동체의 현실과 마주하던 한국 소설은 1990년대 이후 내적 경험의 세계로 퇴각하면서 기억과 내면의 세계인 (1) 영역을 중심으로 형성되었다. 그리고 2000년 이후 (1) 영역의 심층인 무의식으로 이행하거나, 내적 경험의 심층으로부터 수직적으로 상승하여 상상, 환상의 세계인 (2) 영역으로 이동하는 경향을 보여주었다. 이 지점까지는 의식 내부가 소설의 영토이다. 플래시포워드는 그 바깥의 새로운 소설의 영토, 그러니까 (3)과 (4) 영역으로 이행하는 매개 가운데 하나라고 할 수 있는바, 그런 맥락에서 최근 한국 소설에 나타나기 시작한 플래시포워드는 의식 외부의 새로운 이야기의 영토에 접근해가는 징후를 보여주는 현상이라고 할 수 있다.

이처럼 미래와 과거를 향한 플래시포워드적인 시간 이동은 경험적 영역을 초월하면서 한국 소설의 새로운 시간 지평을 마련했다. 왜 이런 일이 일어나는가? 근대가 진행되는 과정에서 기억과 상징의 체계에 대한 회의는 점점 더 심화되어왔고, 최근에는 그런 의식을 서사화한 대중적 내러티브가 대중문화의 장르들을 통해 활발하게 생산되어오기도 했다. 그것은 점점 더 내적 경험의 복원만으로는 진정한 자아를 설명할 수 없는 상황의 도래와 관련된 것은 아닐까. 제임스 조이스, 마르셀 프루스트, 버지니아 울프 등이 기억의 심층을 더듬어 의식의 전 과정을 답사함으로써 진정한 자아를 찾고자 했던 것처럼, 우리는 그 영역 바깥에까지 시선을 돌림으로써 인류학적 층위까지 포함하는 자아의 새로운 정체성을 탐색하려고 하는 것은 아닌가. 이제 우리는 예술을 매개로 인간 존재 내부의 더 먼 시간을 찾아 전생과 미래를 헤매고 다닌다.

그럼에도 이런 시간 의식은 소설이라는 근대의 장르와는 자연스럽게 부합하지 않는 면이 있다. 그와 같은 시간 의식을 가진 이야기는 소설이라는 장르를 초과하거나 미달한다. 물론 장편소설의 창작이 권장되고 그에 따라 서사 구성의 완결성에 대한 요구가 커지면서 시간 배치의 기술은 점차로 향상될 것이고, 그러면 서사 구성 기법의 차원에서의 플래시포워드는 활용의 가치가 높아지리라 예상된다. 하지만 최근 한국 소설들에서 플래시포워드의 등장을 계기로 나타나기 시작한 시간 의식은 그런 흐름에 의해 오히려 억압될 가능성도 있다. 그래서 벌써 여러 다른 시간 의식의 변형태가 등장하기도 하고 부분적으로는 후퇴나 타협의 양상이 보이기도 한다.

영호야 일어나라, 하는 소리를 들을 때마다 나는 영영 자리에서 일어나지 못하는 내 몸뚱이를 보면서 우울증에 빠졌다. 귀신도 우울해질 수 있다니! 그런 생각을 하자, 아주 잠깐이지만, 어느 한 부분은 완전히 죽지 않은 것일지도 모른다는 희망이 생기기도 했다. "영호야. 이제 다신 안 깨운다." 손자 녀석이 저 소리를 들어야 하는데. 왜 며느리는 손자를 깨우지 않는 것일까? 아들이, 며느리가, 손자의 이름을 불러본 지 얼마나 되었을까? "네. 일어났어요." 마침내 영호가 일어났다. 영호가 세수를 한다. 이를 닦는다. 그리고 아침밥을 먹는다. 영호는 밥을 꼭꼭 씹지 않고 그냥 삼킨다. 사십 년 뒤, 어쩌면 영호는 위암에 걸릴지도 모른다. 내 친구 영호가 그랬던 것처럼. 영호의 병문안을 가서 말없이 홍시만 먹고

오던 일이 생각났다.[17]

　앞에서 "사십 년 뒤, 어쩌면 영호는 위암에 걸릴지도 모른다"와 같은 대목은 그 이전의 윤성희 소설에서라면 플래시포워드를 통해 좀 더 과감하게 표현되었을지도 모르겠다.

　한국 소설에서의 플래시포워드 현상은 서구의 소설들처럼 서사적 긴장의 제고를 위한 기법의 차원이 아니라 시간 의식, 더 나아가서는 세계관의 차원과 관련되어 있기 때문에 기존의 소설관, 세계관을 조정하고 경신하는 과정 없이 즉자적으로 감상되기 어려운 점도 있다. 그런 의미에서 플래시포워드는 시간을 둘러싼 소설적 모험이라고 할 수 있다. 다양하고 폭넓은 세계 인식에 대응되는 이야기들의 생산을 위한 시도가 계속되는 한 그 모험의 의의도 유효할 것이다.

---

17 윤성희, 「눈사람」, 『작가세계』, 2010년 겨울호, 267~268쪽.

고유(固有), 전유(專有), 공유(共有)
— 한국 독자로서 한·중·일 3국의 소설 읽기

1. 동아시아 3국 서사의 공동 공간

한·중·일 세 나라는 오랫동안 저마다의 고유한 지리적 터전 위에서 공동체의 윤곽을 비교적 안정적으로 유지하면서 각자의 문화적 정체성을 지속시켜왔습니다. 근대 민족주의의 신화가 만들어낸 착시의 측면도 물론 있겠지만, 그럼에도 동아시아에서는 비교적 각 문화가 안정적으로 병존해온 것이 사실이고, 그것은 세계의 다른 지역과 비교해보면 상당히 특유한 현상이라고 할 수 있습니다.

하지만 근대로 이행하는 과정에서 그러한 역사적·문화적 안정성은 크게 흔들린 바 있습니다. 19세기 말 이후 제국과 식민지의 대립, 그리고 자본주의와 사회주의의 이념적 대립이 이중적으로 작용하여 동아시아 삼국은 큰 혼란을 겪었습니다. 식민주의라는 굴절된 방식의 통합과 그에 대한 피식민지의 저항으로 말미암아 격렬한 대립의 국면을 맞기도 했습니다. 자본주의의 성립과 사회주의의 성장은 민족의 경계를 넘어 연대의 공간을 만들어내기도 했지만, 결국 이 지역에서의 분단과 대립 구도를 심화시켰습니다.

제2차 세계대전 이후 새로운 동아시아의 질서에는 그와 같은 서로의 영향과 동시에 영향으로부터의 불안이 착종되어 있습니다. 그 결과 19세기까지 각자의 독자성을 보유하는 가운데 지속되어온 3국의 교류 관계는 20세기 후반 들어 그 어느 때보다도 단절된 국면을 맞았습니다.

냉전 시기를 통과하면서 얼어붙었던 3국의 관계가 새로운 교류의 국면으로 접어들게 된 것은 1990년대 이후, 사회주의권이 무너지고 이른바 세계화의 움직임이 활발해지면서입니다. 동아시아라는 지역적 관심 역시 이 무렵 비롯되었습니다. 예를 들어, "동아시아론을 처음 제기한 것이 93년이다. 91년에 소비에트가 해체되면서 서도(西道)의 전면적인 붕괴가 왔다. 서구식 자본주의의 대안이라던 20세기 사회주의의 붕괴로 서도가 더 이상 인류를 이끌 등불이 아니란 게 분명해졌다. 한국인으로서, (동)아시아인으로서 새로운 길을 고민해야 했다"[1]와 같은 발언은 그 점을 확인하고 있습니다. 말하자면 서구 중심주의에 대한 대안으로서의 동아시아인 것이지요.

지금까지 동아시아의 문화 교류, 특히 문학 교류라고 하면 이와 같은 이념적 방향에서 주로 생각해온 것이 사실입니다. 물론 그런 방향에 대해 대동아공영권이라는 역사적 전철을 떠올리면서 비판적으로 경계하는 논의도 계속 이어졌습니다. 어쨌든 학술적 담론의 차원에서 표방

---

1 최원식·백영서 대담, 「왜 동아시아인가?」, 『동아시아의 오늘과 내일』, 논형, 2009, 210~211쪽.

된 상반된 이념적 의지가 현실에서의 교류의 더딘 흐름을 앞서서 이끌었던 이 단계를 이념적 국면이라고 할 수 있는데, 2000년대 이후 이런 국면에 새로운 변화가 찾아옵니다. 그리하여 우리는 시장에서 이미 대중문화를 중심으로 급속하게 동아시아 3국의 생활 세계가 통합되는 과정을 지켜보고 있는 중입니다. 글로벌리즘이 담론 차원에서 이루어진 동아시아적 사고의 요구와 그에 대한 비판을 추월하여 시장 차원에서의 교류를 현실화해나가고 있는 상황인 것입니다.

문학 분야의 교류는 이념적 국면에서 다른 분야에 비해 상대적으로 활발했고, 그래서 담론 생산에 기여한 바가 크지만, 실질적인 교류에 미친 영향은 제한적이었던 듯합니다. 일본 문학의 경우 특정 작가들 중심의 대중적 경향의 소설들이 1990년대 내내 한국의 소설 시장에서 큰 비중을 차지했으나, 본격문학이라 할 작품들의 번역, 소개는 부진한 편이었습니다. 중국의 경우 주요 작가들의 작품들이 번역, 소개되었지만 시장에서의 반응은 그리 크지 않았습니다. 그나마 일본, 중국 문학의 국내 번역, 소개는 그 반대의 경우에 비하면 활발한 편이었습니다. 너무 일방적이다 싶을 정도로 한국문학의 일본, 중국으로의 번역, 소개는 부진하고, 그나마 국가나 공공 기관 차원에 한정되어 있는 형편입니다.[2]

지금 상황에서는 교류의 중심이 영화, 드라마, 가요 등의 대중문화나 스포츠의 영역으로 옮아간 듯합니다. 가령 영화 같은 분야에서는 합

---

2 중국과 일본 문학의 해외 소개를 한국의 경우와 비교하여 분석한 논의로 이욱연의 「세계와 만나는 중국 소설」과 백원근의 「일본 문학의 해외 소개 역사와 현황」을 참고해볼 수 있습니다. 두 글 모두 2010년에 창비에서 간행된 김영희·유희석 편, 『세계문학론 ― 지구화시대 문학의 쟁점들』에 실려 있습니다.

작도 활발하다고 합니다.[3] 대중문화 영역뿐만 아니라, 예술 분야의 다른 장르들에서도 이전에 비해 교류가 활발해졌는데, 문학이 그 속성상 시장 변화에 대한 저항감을 보존하고 있어서 그런지도 모르겠습니다만 오히려 문학만은 그런 흐름에서 벗어나 있는 듯합니다.

그러한 가운데 한·중·일 3국의 주요 문학 출판사에서 세 나라 주요 작가들의 신작 단편을 동시에 발표하는 기획이 이루어졌습니다. 2010년부터 2011년까지 2년에 걸쳐 『자음과모음』(한국), 『新潮』(일본), 『小说界』(중국) 등 한·중·일 세 출판사에서 1년에 두 번씩(계간인 『자음과모음』은 여름호와 겨울호, 월간인 『新潮』는 6월호와 12월호, 격월간인 『小说界』는 3기와 6기), 한 번에 두 작품씩 발표하기로 하고 매번 '도시', '성', '여행', '상실' 등의 주제를 정했습니다. 이 기획을 두고 한국 측에서는 '한·중·일 단편 동시 게재'라고 간단히 이름을 붙였습니다만, 중국과 일본 측에서는 각각 '中韩日三国作家作品联展特辑'과 '日韓中 三文芸誌による文学プロジェクト 文學アジア3×2×4'라는 좀 더 구체적인 표제를 내세웠습니다.

지난여름 그 기획의 첫 번째 결과가 발표된 바 있습니다. 여기에 대해서는 문학 교류가 시장 질서에 노출되면서 문학적 가치가 훼손될 것을 우려하는 시선도 있었고,[4] 이념적·당위적 차원에서 벗어난 새로운 시도라는 자체적인 의미 부여도 있었습니다.[5] 그런데 넓게 보면, 3국

---

3 동아시아의 합작 영화에 대해서는 강태웅, 「동아시아 영화 교류의 현황과 미래」, 최원식 외 편, 『교차하는 텍스트, 동아시아』, 창비, 2010 참조. 이 글에서 분석하고 있는 동아시아 영화 교류의 특징적 경향과 그 문제점은 문학 교류에서의 문제들을 생각하는 데에도 적용되는 바가 있는 것 같습니다.
4 김윤식, 「보편어를 꿈꾸는 걸음걸이」, 『한겨레신문』, 2010년 7월 24일자.
5 심진경, 「도시의 경계들, 비공동체적인 공동체의 소통으로」, 『자음과모음』, 2010년 가을호.

사이의 문학 교류가 단선적으로만 진행되는 것은 아니라고 생각합니다. 여러 차원의 문제들이 있고 여러 방향에서의 접근이 필요할 것입니다. 그 가운데 한 가지 시도로 3국의 상업 출판사들 간의 민간 교류를 바라볼 수 있지 않을까 싶습니다. 그것은 시장의 논리에 철저히 순응하는 것도 아니고, 그렇다고 시장의 논리를 비판하거나 거부하는 것도 아닙니다. 물론 이런 방향에서의 시도가 모든 문제를 해결할 수는 없겠지만, 세 나라 문학의 교류에 의미 있는 보탬이 될 수 있을 것으로 기대합니다. 어쨌든 이 글은 세 나라 문학 교류의 당위나 문제점에 대한 본격적인 논의는 아닙니다. 그것은 그것대로 상황의 변화를 수용하면서 계속 진행되어야 하겠고, 여기에서는 다만 지난 1년간 두 차례에 걸쳐 진행된 이 기획의 실제 양상을 분석해보고, 그 의의와 문제점들을 잠정적이나마 점검해보면서 이후의 방향을 위한 논점을 모색해보고자 합니다.

2. 고유 — 네이션과 내레이션의 상관성

지난여름, 한·중·일 문학 교류 기획의 첫 성과로 여섯 편의 소설이 발표되었습니다. 한국에서는 이승우와 김애란, 중국에서는 쑤퉁〔蘇童〕과 위샤오웨이〔于晓威〕, 그리고 일본에서는 시바사키 도모카〔柴崎友香〕와 시마다 마사히코〔島田雅彦〕 등이 참여했습니다.

　그때 저로서는 당연히 이미 어느 정도 익숙한 한국 소설보다 중국과 일본의 소설에 더 관심이 갔습니다. 기대감을 안고 중국과 일본의 소설들을 읽고 난 뒤, 제게 가장 뚜렷하게 남은 인상은 중국과 일본 소설 사이의 선명한 대비였습니다. 시바사키 도모카와 시마다 마사히코의 소설 속 인물들에서는 고독과 불안의 정조가 우세했다면, 쑤퉁과 위샤오웨이 소설의 인물들에게서는 상승을 향한 욕망의 분출이 강렬하게 느껴졌습니다.

시바사키 도모카의 「하르툼에 나는 없다(ハルツームにわたしはない)」에 등장하는 인물들은 전반적으로 조용하고 무기력한 편인데, 이들에게는 공통적으로 어떤 몰락의 정조가 흐르고 있습니다. 등장인물 중 가장 어린 케이가 특히 더 그렇습니다.

"이 세상, 이제 곧 못쓰게 되는 거 맞죠?"

케이의 올곧은 목소리가 십자로에 울렸다.

"옛날이 좋았고, 점점 더 나빠져가는 거 아닌가요? 히카 씨의 나무라느니 집이라느니 하는 얘기도 그런 얘기지요? 점점 더 좋은 세상이 아니게 되어간다는 거, 그러니까 남의 일 같은 거 고민하느니 내가 직접 착실하게 벌어야 한다고 생각해요. 아, 이건 그냥 내 얘기예요."[6]

가라타니 고진(柄谷行人)은 어느 대담 중에 1980년대 미국에서 자식이 부모보다 처음으로 가난해졌다는 사실을 접하고 놀랐다는 언급을 한 적이 있습니다. 그렇지만 얼마 안 있어 일본 역시 그런 국면을 맞게 됩니다.[7] 그러니까 그건 그냥 소설 속의 인물인 케이의 이야기만은 아닐 것입니다. 그리고 우리 역시 벌써 그런 불안과 그로 인한 행동에 익

6 시바사키 도모카, 「하르툼에 나는 없다」, 『자음과모음』, 2010년 여름호, 199~200쪽.
7 가라타니 고진, 『정치를 말하다』, 도서출판 b, 2010, 105~107쪽.

숙해져가고 있습니다. 그것은 고도 성장기 이후에 찾아온 불황에 대응되는 사회심리라고 할 수 있을 것입니다. 상승하기만 하던 경제성장률이 하락하기 시작하고, 적어도 부모 세대보다는 자식 세대가 발전하고 있다는 믿음이 꺾이기 시작하는 시점 이후 사람들은 더 깊은 추락에 대한 불안감을 안고 살아가게 됩니다. 시바사키 도모카의 소설처럼 "소설적인 에피소드가 될 만한 트러블이나 사건이라는 건 거의 없"[8]는 이야기는 바로 그러한 사회심리가 팽배하게 된 상황에 대응되는 것 아닐까요.

시마다 마사히코의 「사도 도쿄〔死都東京〕」는 판타지 형식을 통해 그와 같은 심리를 더욱 직접적으로 표현하고 있습니다. 이 소설은 화자인 '나'가 죽어 1970년대 후반의 시절로 돌아가 48시간을 체험하고 다시 현실로 돌아오는 이야기입니다. 이 비현실적인 이야기의 틀 덕분에 그 속에 담긴 현실에 대한 발언은 더 노골적일 수 있는 것 같습니다.

이 몸뚱이는 나 혼자만의 것이 아니다. 아내 리리코와 딸 아사미 덕분에 산다. 그래서 노동을 계속 염가로 팔지 않으면 안 된다. 누군가가 되기 위해서는 의지라든가 자신이라든가 투쟁심 등이 필요한데, 국가는 국민에게서 그런 것 전부를 빼앗고 나아가 고용과 노동 의욕도 박탈했다. 내 원한은 마리아나 해구보다 깊다.

머리도 기술도 단련하지 못한 채 대학 졸업. 경기 동향을 주시하며 전직을 거듭하기 열 번. 운도 없지. 마지막에 들어간 회사는 도산. 실업 급

8 사사키 아쓰시〔佐佐木敦〕, 「작품 해설」, 『자음과모음』, 2010년 여름호, 209쪽.

여 삼 개월. 고용지원센터 드나들기 총 열네 번. 쉰 살 남자에게 떨어진 일자리는 보험 영업. 목하 세계는 파국을 향해 치닫는 중. 흔한 얘기지. 일하면 자유로워진다는 건 말짱 거짓말.[9]

역시 우리에게도 이제 익숙한 레퍼토리입니다. 이런 인물의 입에서 "옛날이 좋았다"라는 말이 나오는 건 당연한 일이겠습니다. 예전에 비해 경제 규모는 계속 확대되는데, 노동의 강도는 더 높아지고 고용에 대한 불안은 더 커지는 역설적인 상황이 종말론적 상상력을 자극합니다. 바로 그런 상상력이 「사도 도쿄」라는 판타지를 낳은 것이겠고요.

죽음의 이미지로 덮인 일본 소설 속 도시에 비해 중국의 소설 속 도시에는 리비도와 활력이 넘칩니다. 쑤퉁의 「샹차오잉〔香草營〕」은 의사인 랑〔梁〕 선생이 병원 근처의 초라한 골목 샹차오잉 안에 방을 얻으면서 일어나는 사건을 그리고 있습니다. 랑 선생이 방을 얻은 것은 여자 약제사와의 밀회를 위한 것이었지요. 두 사람의 관계는 처음에는 순조로웠지만 자신의 방을 내주고 비둘기 우리 안에서 살고 있는 집주인 마〔馬〕로 인해 그 열기가 식어버리고 마침내 결렬되고 맙니다. 이 이후의 이야기는 말기 위암 환자로 찾아온 마와 랑 선생 사이의 관계에 초점을 두고 전개됩니다. 그 과정에서 벌어지는 사건의 전개나 그 사건에 연루된 인물들 사이의 관계의 추이는 가파르고 급한 기복을 보여주고 있습니다. 인물들 사이의 대화에서는 격렬한 감정이 발산되고 있습니다. 그런 점에서 쑤퉁의 소설은 앞서 살펴본 일본의 두 소설과는 대비를 이루고 있습니다. 저는 이러한 특징이 "전쟁에서도 생존 투쟁에

---

9   시마다 마사히코, 「사도 도쿄」, 『자음과모음』, 2010년 여름호, 142쪽.

서도 퇴각하여 세계 제일의 장수를 자랑하게 되면서 무료함과 치매가 전 국민의 최대의 적이 되"[10]어버린 일본의 상황과는 매우 다른, 생기와 욕망으로 부풀어 오르는 사회적 상황으로부터 발생한 이야기이기 때문이라고 생각을 했습니다. 대학원 학생들과 이 소설을 같이 읽었을 때, 한국의 1970년대 소설을 떠올리는 학생들이 많았는데, 그러한 인상 역시 사회적 상황과 내러티브 사이의 상관관계에 기초한 것일 터입니다.

위샤오웨이의 「날씨 참 좋다(天气很好)」는 린광(林光)에 이끌려 절도와 마약 거래 혐의로 두 차례 감옥에 다녀온 허진저우(何錦州)가 또다시 린광에 의해 강도 행위에 엮여드는 사건을 소설적 상황으로 설정해놓았습니다. 그 상황에서 허진저우는 여자친구 민(敏)과 가석방을 도와준 경찰 류(劉)를 떠올리며 린광을 배신하고 오히려 피해자들을 돕습니다. 소설은 허진저우가 의존하고 있는 류가 모함을 받고 곤경에 처한 부조리한 상황으로 맺어지지만, 그럼에도 인물들이 품고 있는 인간에 대한 믿음과 희망은 사라지지 않고 있습니다. 허진저우와 류가 서로를 껴안고 눈물을 흘릴 때 함박눈이 내리기 시작하는 마지막 장면은 그러한 긍정적인 전망을 상징적으로 보여주고 있습니다. 소설은 해피엔딩으로 끝나지는 않지만 그런 현실을 비판적으로 바라보는 시선 자체가 어떤 적극성, 혹은 의지를 품고 있어 보입니다.

이처럼 중국 소설 속의 인물들이 치열한 현실을 살아가고 있다면, 일본의 소설 속 인물들은 환상에 사로잡혀 있는 듯 보였습니다. 타인과의 관계 속에서 갈등을 겪고 있는 중국 소설 속의 인물들이 저마다의

---

10 같은 글, 161~162쪽.

뚜렷한 성격을 갖고 있었다면, 단자화되어 추상적 세계와 마주하고 있는 일본 소설의 주인공들은 그에 비해 투명해 보였습니다.

군이 비교를 하자면, 한국 소설의 인물들은 그 둘의 중간에 놓여 있다고 생각되었습니다. 이승우의 「칼」에는 두 쌍의 부자가 등장하는데, 그 둘은 상동적인 관계로 연결되어 있습니다. 여기에서 아버지와 아들들은 서로 증오로 엮여 있고, 그들 사이의 인정 투쟁을 상징하는 것이 바로 제목이기도 한 '칼'입니다. '나'와 아버지의 갈등을 야기한 여성 Y의 물질에 대한 욕망, 그리고 "그녀를 독점적으로 소유하려는 열정"[11]에 휩싸여 있던 '나'의 욕망 역시 뜨거운 것입니다. 그렇지만 이 소설에서 이 뜨거운 욕망은 과거형으로만 존재할 따름이고, 현재의 상황에서 인물들은 다만 두려움에 눈물을 흘리고 있습니다. 이렇게 본다면, 욕망의 이면에 놓인 연약함이 사실 '칼'의 실체라고 할 수 있습니다.

김애란의 「물속 골리앗」에 나오는 대안 도시는 50년 만의 홍수로 뒤덮인 묵시록적 상황을 연출하고 있습니다. 20년 전 상승의 이미지를 대표하던 아파트는 흉물스럽게 방치된 채 을씨년스러운 분위기를 풍기고 있습니다. 아버지는 밀린 임금을 받기 위해 타워크레인에 올라 농성을 하다가 의문의 죽음을 당했고, 철거로 모두 떠나버린 아파트에서 함께 살던 어머니마저 숨지고 맙니다. 어머니의 시신을 뗏목에 싣고 홍수로 잠긴 세계를 헤매는 아들의 주위에는 건물들이 모두 물에 잠겨버리는 바람에 높은 타워크레인만이 수면 위에 솟아 있습니다. 그러나 이 어두운 상황은 때때로 밝고 유쾌한 상상력을 품고 있습니다. 작가는 소설의 후반부에서 아들이 물에 떠내려온 사이다를 마셨을 때 어둠 가운

---

11 이승우, 「칼」, 『자음과모음』, 2010년 여름호, 33쪽.

데서 알전구를 씹어 먹는 기분을 느꼈다고 묘사해놓았습니다. 그 순간 아들은 어린 시절 아버지로부터 수영을 배우던 기억을 떠올립니다. 처음으로 잠수를 했을 때 물속의 아득하고 편안한 느낌, 그리고 숨을 참지 못해 수면 밖으로 나왔을 때 머리 위로 비처럼 쏟아지던 수천 개의 별똥별을 떠올립니다. 마침내 비가 그치고 오랜만에 하늘에 뜬 노란 반달은 생존의 희망을 암시하고 있다고 할 수 있을 것입니다.

이처럼 「칼」은 욕망의 부침 끝에 황량해진 의식의 풍경을 펼쳐 보여주고 있는 데 비해, 「물속 골리앗」의 서사 진행 구조는 그와 반대로 낮은 곳으로부터 좀 더 높은 지점으로 상승의 곡선을 그리고 있다는 점에서 특징적입니다. 이 하강과 상승의 곡선이 교차하는 지점에 현재의 한국 소설이 분포되어 있는 듯합니다. 대학생들과 「하르툼에 나는 없다」를 같이 읽고 이야기를 나눈 적이 있었는데, 서사의 진폭이 너무 약해서 밋밋하게 느껴졌다는 반응이 많았습니다. 그것은 그들이 상대적으로 상승과 하강의 진폭이 큰 한국 소설에 익숙해 있기 때문이 아닐까 생각이 들었습니다.

집안에서는 사사건건 반대되는 형제가 밖에 나가면 무척 닮았다는 얘기를 듣는 것처럼, 공동체 내부에서의 개별적인 개성이 그 외부에 놓이게 되면 특정 공동체의 유전자를 고스란히 드러내는 경험을 종종 하곤 합니다. 세 나라의 이야기들을 나란히 놓고 보니 그들이 서로 다른 뿌리에서 자라난 잎이라는 사실이 잘 보이는 것 같았습니다. 첫 번째 기획에서 발표되었던 소설들을 앞서 분석한 평론가는 "흥미로운 점은 똑같은 '도시' 모티프를 활용하면서도 각 나라마다 그려지는 방식이 조금씩 다르다"[12]고 지적한 바 있는데, 이러한 차이들은 우연이나 작가 개인의 개성 때문이 아닐 수도 있을 것입니다. 제게는 각 나라의 내러티브가 그 네이션이 경험하고 있는 근대화 단계의 특성을 선명하게 반영하고 있는 것처럼 느껴졌습니다.

물론 이런 식으로 비교하여 관전하는 방식이 단계적인 문명 진화론 같은 시각으로 절대화되어서는 곤란할 것입니다. 더 많은 사례들을 접하면 접할수록 그런 단선적인 비교는 근거를 잃을 것이 분명합니다. 그렇지만 제가 읽은 한정된 사례들은 서로 대비되는 면을 더 크게 보이도록 만들었던 것 같습니다.

3. 전유 — 네이션의 경계를 넘는 내러티브

아닌 게 아니라, 이번 겨울 그 두 번째 기획의 결과를 바라보면서 처음에 가졌던 그 인상들은 바로 혼란스러워졌습니다. 왜 그랬는지 이야기하기에 앞서 우선 작품들의 면면을 하나씩 살펴두기로 하겠습니다. 이번 역시 각 나라마다 두 명의 작가가 참여하여 모두 6편의 소설이 발표되었습니다. 한국에서는 김연수와 정이현, 중국에서는 쉬이과〔須一瓜〕와 거수이핑〔葛水平〕, 일본에서는 고노 다에코〔河野多惠子〕와 오카다 도시키〔岡田利規〕 등이 참여했습니다.

쉬이과의 「해산물은 나의 운명〔海鮮啊海鮮, 怎么那么鮮啊〕」은 중국의 한 중산층 가정의 일상에서 주인 부부와 가정부 사이에서 일어나는 사건을 그리고 있습니다. 계층적 갈등이라고 하기에는 가정부 타오〔陶〕의 성격이 너무 강렬하군요. 시골 출신으로 도시에 올라온 타오는 광적인

---

12 심진경, 앞의 글, 792쪽.

연속극 마니아인 데다 식탐이 심해서 주인 부부와 매사에 갈등을 겪지만 기본적으로는 착하고 성실해서 그럭저럭 그들과 잘 지내는 편이었습니다. 가정부 월급의 네 배나 되는 3,200위안짜리 아이크림 때문에 서로 마음이 상해서 타오가 집을 나오기 전까지는요. 이 이야기는 그 이후 주인 부부와 타오의 상황을 각각 비추면서 함께 지내는 동안 그들 사이에 쌓였던 정을 확인하고 있습니다.

여기에서도 중국 이야기답게 에너지가 넘쳐흐릅니다. 먹을 것에 대해 남다른 집착을 보이는 타오라는 캐릭터 자체가 욕망과 생명력을 상징하는 듯 보입니다. 타오는 다른 한편으로 젊고, 그렇기에 순진함을 간직하고 있습니다. 그런 타오는 사회적·경제적으로 급속한 성장을 통과하고 있는 지금의 중국에 대한 메타포로 읽히기도 합니다.

그런데 이 소설에서 흥미로운 것은 중국의 대도시에서 살아가고 있는 현대인들의 풍속을 볼 수 있다는 점입니다. 그들은 맞벌이를 하면서 아파트에서 애완견을 키우며 살고 있습니다. 텔레비전에서는 홍콩, 한국, 일본의 연속극이 방영되고 있습니다. 타오는 〈浪漫满室〉(〈풀하우스〉)에 나오는 송혜교에 빙의가 될 정도로 드라마에 푹 빠져 있습니다.

거수이펑의 「달빛은 누구 머리맡의 등잔인가〔月色是谁边枕的灯盏〕」는 그와 사뭇 분위기가 다릅니다. 무엇보다 이 소설의 배경이 독일의 하이델베르크라는 사실이 특이합니다. '나'는 그 이국의 도시에서 그곳으로 유학을 떠났다가 독일 여성 마크를 아내로 맞아 가정을 이루어 살고 있는 대학 동창 아인〔阿銀〕을 만납니다. 베이징 대학 물리학과 출신의 국비 유학생 아인은 지금은 중국 관광객들을 안내하는 가이드입니다. 엄마와 함께 유럽으로 여행 온 '나'의 시선으로 아인의 삶이 서술되고 있습니다. 소설은 아인이 미모의 독일인 아내 마크와 포옹하며 헤어지는 것을 '나'가 바라보는 장면으로 시작됩니다. 아인의 옆에는 독일인 아내와 아이들이 있지만 그의 마음속 한편에는 고국의 남방에서 여전히 전통적인 사고방식을 갖고 살아가고 있는 부모와 가족이 있었습니다. 그 먼 두 세계에 의해 분열된 존재가 바로 아인입니다. 그를 둘러싼 두 분리된 세계는, 좀처럼 조화를 이루지 못한 채 지속적인 갈등을 겪고 있는 전통과 근대를 각각 표상하고 있는 것으로도 보입니다. 이런 갈등을 가장 극적으로 표현하고 있는 대목이 바로 하이델베르크의 아인의 집을 방문한 어머니가 아인과 함께 신나게 웃으면서 중국 TV의 설 특집 프로그램을 보다가 마크의 신고로 독일 경찰들에게 연행되는 장면일 것입니다. 소설의 첫 장면은 아이의 양육비 때문에 아인과 마크가 잠깐 만났던 상황이었을 뿐, 실상은 바로 그 설날 갑작스러운 심장마비로 어머니가 돌아가셨고 아인은 마크와 헤어져 타국에서 홀로 지내고 있었던 것입니다. '나'의 시선으로 보자면, 아인은 사회적 변화에서 비롯한 공동체 내부의 진폭을 전면적으로 감당하고 있는 인물이라고도 할 수 있을 것입니다. 이처럼 이 소설은 중국 영화 〈여름궁전(Summer Palace, 颐和园)〉(2006)에서처럼 자아의 내적인 문제와 포개져 있는 공동체의 문제를 바라보기 위해 독일이라는 외부 공간을 도입하고 있습니다.

전체적으로 보면, 이번 기획에서 중국의 두 여성 작가들은 지난번 두 남성 작가들의 전통적인 작품들과는 다소 다른, 좀 더 현대적이고 세련된 스타일의 이야기를 보여준 것 같습니다. 그 이야기 안에서 전통적인 것과 현대적인 것이 공존하기도 하고, 때로는 심각하게 갈등을 벌이고 있기도 하네요.

한편 이번에 발표된 두 편의 일본 소설에서는 세대, 성별, 장르 사이

의 흥미로운 대비를 발견할 수 있었습니다. 80대 중반의 여성 작가 고노 다에코의 「붉은 비단(緋)」과 30대 중반의 남성 작가 오카다 도시키의 「참을 수 있는 단조로움(耐えられるフラットさ)」을 그런 관점에서 비교해볼 수 있겠습니다.

「붉은 비단」에서는 가네코(周子)가 오빠의 친구였던 다시로(田代)와 결혼하여 살아온 내력이 이야기의 중심에 있습니다. 도쿄와 뉴욕을 오가며 살아왔던 그동안 두 사람은 큰 싸움 한 번 없이 지내왔다고 합니다. 그럼에도 남편의 빈틈없는 성격이 가네코에게는 알게 모르게 억압으로 작용했을 것입니다. 그러던 중 잔잔한 일상에 파문을 일으키는 사건이 일어납니다. 남편이 뉴욕에 출장 간 사이 도둑이 들었던 것입니다. 도둑은 발견되자마자 도망가버렸지만, 그 소동으로 말미암은 긴장은 금방 가라앉지 않습니다. 남편이 출장에서 돌아왔고 일상 또한 다시 흘러갑니다. 하지만 그 파문 때문에 흥분된 일상의 모세혈관은 진정되지 않고 가네코의 삶에 느낌으로만 감지되는 변이를 가져오는데, 이 미세한 변이를 포착하는 섬세한 감각이 매우 세련된 방식으로 표현되어 있어 인상적입니다.

「붉은 비단」이 한국의 독자들에게 비교적 친숙한 사건과 표현의 방식을 보여주고 있다면, 「참을 수 있는 단조로움」의 문법은 그 반대인 듯합니다. 소설 자체를 해체한다고 이야기할 수 있을 법한 서술 태도와 방식을 보여주고 있기 때문입니다. 소설은 성적이 부진한 한 회사원이 힘겨운 한 주를 보내고 금요일 밤을 맞아 포스터에 나온 연극을 보러 간 이야기를 담고 있습니다. 포스터에는 "이것은 더 이상 '연극'이 아니다. 두 남녀가 벌이는 '리얼 퍼포먼스'다!"라고 적혀 있으니 힘든 일주일을 마쳤다는 고양감에 걸맞은 연극이라 생각되었을 것입니다. 하지만 막상 혼자 온 남성들로만 채워진 관객석에 앉으니 무대에서는 한 남성과 여성이 그야말로 지루하고 서툰 애무를 펼쳐 보이고 있습니다. 싱겁게 끝난 '리얼 퍼포먼스'에 사람들은 속은 기분으로 분통을 터뜨리고, 그 시간 연극의 중간에 뛰쳐나온 우리의 주인공인 '그'는 집 앞의 라면집에서 그리 내키지 않는 식사를 앞두고 있습니다. 그 퍼포먼스가 '참을 수 있는 단조로움'인 것은 그를 둘러싼 일상 역시 별로 다를 바가 없이 단조로운(flat) 때문일 것입니다. 우리가 일본 소설의 단조로움을 참고 이해해야 하는 이유겠습니다.

「붉은 비단」이 전통적이고 종교적인 분위기를 이끌고 있는 데 반해 「참을 수 있는 단조로움」에서는 현대적이고 서구적인 모더니즘의 느낌이 묻어납니다. 「붉은 비단」이 원숙한 소설성의 세계를 보여주고 있다면, 「참을 수 있는 단조로움」에서는 이야기 안에 담긴 부조리한 연극이 소설이라는 장르의 틀을 내파하고 있는 듯 보입니다.

이처럼 중국과 일본 소설 모두 전통적인 것과 현대적인 것 사이의 스펙트럼을 갖고 있었습니다. 다만 그 문제를 분광(分光)하는 방식에서 각기 다른 차이를 내포하고 있는 것이겠지요. 그러므로 그것을 시간적 선후로 위계화하여 양쪽에 배당하는 태도는 다시금 반성될 필요가 있겠습니다.

한편 이런 문제도 눈에 띄었습니다. '도시'를 주제로 한 첫 번째 기획에서도 대체로 그랬지만, 이번에도 일본의 소설들은 한·중·일 출판사 관계자들이 협의하여 정한 '성(性)'이라는 주제에 비교적 분명한 초점을 맞추고 있는 데 비해, 중국 소설들의 경우에는 특별히 그 주제를 의식한 흔적을 보기가 어려운 듯합니다. 한국의 소설들은 역시 이번에도 그 중간쯤인 것 같습니다.

김연수의 「사월의 미, 칠월의 솔」은 가정이 있는 영화감독과 제주도 서귀포에서 석 달이라는 짧은 시간을 함께 보낸 이모의 사연을 조카인 '나'의 시선으로 그리고 있습니다. 그 시선을 따라가보면, 타국에서 한 남자를 만나 평생을 같이 평화롭게 살아오면서도 그 젊은 시절의 기억을 마음 깊이 간직하고 있는 이모의 개방적인 삶의 태도가, 한때는 연인을 쫓아 뉴욕행 비행기에 올라타고 태평양을 건넜지만 세월과 더불어 열정을 잃어가고 있는 '나'의 모습과 대비되면서 계몽적 구도를 형성하고 있습니다. 이 소설을 읽고 나면 인생은 짧으니 좀 더 즐겁고 윤기 있게 살아야겠다는 생각이 듭니다. 역시 그 매개는 '사랑'이라고 이 소설은 이야기하고 있는 듯합니다. 물론 그 사랑은 '성'을 포함하는 것이겠지만, 그럼에도 이 소설의 초점은 '성'보다는 '사랑'에 놓여 있는 것 같습니다.

　정이현의 「오후 네 시의 농담」은 이를 데 없이 평범한 가정생활을 영위하고 있는 '그'가 우연히 대학 시절의 후배 J를 만나게 되는 사건을 출발점으로 삼고 있습니다. 그 이후 J와 주고받은 문자메시지는 그의 무료한 일상에 잔잔한 흥분을 불러일으킵니다. 그런데 그 흥분의 파장이 점차 커져가던 어느 날 급기야 그는 J와 다시 만나 함께 술을 마시게 되고 J로부터 자신이 HIV 바이러스 감염자라는 고백을 듣게 됩니다. 지난 시절을 떠올리며 그녀의 넋두리를 듣다가 호기롭게 그녀의 손가락을 피가 나도록 깨문 그. 무력하지만 평온했던 그의 일상은 이제 공포에 휩싸입니다. 이 이야기에서도 '성'은 매우 간접적으로만 그 흔적을 드리우고 있습니다.

　방금 네이션에 따라 주제에 접근하는 방식에서 차이가 난다는 이야기를 했는데요, 다음 차례에서는 이런 선입견도 조정될 수 있을지 관심을 가지고 지켜봐야 할 것 같습니다. 왜냐하면 이번 기획에서는 첫 번째 기획에서 볼 수 없었던 새로운 면모를 볼 수 있었기 때문입니다. 기획의 첫 번째 결과에서 네이션에 대응되는 고유한 서사를 확인할 수 있었다고 했는데, 이번에는 그 외연의 경계에서 발견되는 동시대성을 확인하는 느낌이었습니다. 물론 처음에 느꼈던 대비 구도는 어느 수준에서는 여전히 유효한 듯했습니다. 가령 쉬이과의 「해산물은 나의 운명」에서 타오의 거침없이 발랄한 욕망과 오카다 도시키의 「참을 수 있는 단조로움」에 나오는 불안하고 공허한 퍼포먼스를 비교해보면 그 점을 확인해볼 수 있습니다. 그렇지만 이번에는 그와 같은 대비와 더불어, 세 나라의 내러티브에 공통적으로 드러나는 사실도 확연하게 보였습니다. 거수이펑의 「달빛은 누구 머리맡의 등잔인가」의 하이델베르크, 고노 다에코의 「붉은 비단」의 뉴욕, 김연수의 「사월의 미, 칠월의 솔」에서의 플로리다 등 소설 속 배경으로 등장하는 이국의 도시들은 우리가 네이션의 경계가 희미해지고 점차 이주(移住)와 이산(離散)의 삶이 보편화되어가는 세계화의 현실을 함께 살아가고 있다는 사실을 새삼 확인시켜주었습니다. 더 직접적으로 한국과 일본 드라마에 빠져 있는 「해산물은 나의 운명」의 타오의 에피소드는 점점 더 미디어 공동체가 되어가는 동아시아의 현실을 보여주고 있는 듯했습니다. 위샤오웨이의 「날씨 참 좋다」에서 린팡과 허진저우는 한국 노래가 흘러나오는 한국 요리 음식점에서 술을 마시고, 김연수의 소설에서 '나'와 이모, 그리고 정 감독은 중국 식당에서 만나 같이 식사를 합니다(그런데 그 한국 음식점에서는 양념 농어구이, 사과를 곁들인 소고기 수육, 항아리 개고기 등을 파는군요. 한국의 중국 식당에서 왜 사람들이 짬뽕을 먹는지 중국과 일본 독자들은 의아해하지 않을까 궁금하기도 합니다). 오카다 도시키의 「참을 수 있는 단조로움」에서 그가 펼쳐 보는 한나 아렌트의 『인간의 조건』이나 김연수의 「사월의 미, 칠월의 솔」에서 이모가 읊는 T. S. 엘리엇의 시 「네 개의 사중주」 역시 이제 서양 문화와 사상의 수용을 통해 아시아가 공유하고 있는 세계성의 일부를 보여주고 있습니다. 「달빛은 누구 머리맡의 등잔인가」에서 아인이 겪는 문화적 차이와 갈등의 극복이라는 문제는 중국만이 아니라 일본과 한국 세 나라 구성원들 모두의 과제이기도 합니다.

4. 공유 — 트랜스내셔널 내러티브를 위한 과제들

그런데 동시대의 현실을 함께 경험하고 있으면서도, 아직까지 세 나라의 이야기에는 서로 소통되기 어려운 부분이 여전히 남아 있는 듯합니다. 이러한 측면은, 대중문화와는 달리 세 나라의 소설이 역사적으로 형성된 고유한 언어적·문학적 감각을 통해 공동체의 현실과 문화의 심층에 놓인 문제들과 마주하고 있기 때문에 발생하는 것일 터입니다.

기획의 첫 번째 차례에 발표된 김애란의 「물속 골리앗」에서 제목 '물속 골리앗'은 몇 겹의 상징적인 의미를 갖지만 일차적으로는 소설 속에 등장하는, 우리가 흔히 '골리앗 크레인'이라고 부르는 타워크레인을 지칭합니다. 앞서 간략하게 소개한 줄거리에도 드러난 바와 같이, 주인공의 아버지는 그 크레인에 올라가 농성을 하다 사망했지요. 한국 독자에게는 이런 장면이 낯익을 것입니다. 워낙 대규모 공사가 활발한 탓에 도시에서는 타워크레인이 서 있는 모습을 자주 볼 수 있

고, 또 노동자들이 그 위에 올라가 농성을 벌이는 장면 또한 TV에서 볼 기회가 종종 있었던 터입니다. 그런데 그런 맥락을 일본이나 중국 독자들도 이해할 수 있을지 궁금했습니다. 일본에서는 「水の中のゴライアス」라고 제목을 번역했군요. 골리앗이라는 단어를 '고라이아스(ゴライアス)'라고 영어 발음(Goliath)으로 적고 주석을 달아놓았습니다. 구약성서에 등장하는 거인 병사라고요. 그리고 한국에서는 스트라이크의 절정에서 데모대가 농성하기 위한 바라크의 의미도 있다고요. '골리앗 크레인'에도 역시 주를 달았습니다. 수평축과 지주로 된 이동식 크레인이라고요.[13] 그런 주석들이 필요한 것을 보면, 기독교 신자가 전체 인구의 2퍼센트 정도밖에 되지 않는 일본에서는 성경 속 인물인 골리앗의 존재 자체가 낯선 모양입니다. '골리앗 크레인'이라는 단어 역시 익숙할 리 없을 것입니다. 하지만 번역자는 이 소설의 사회적·현실적 맥락을 이해했고 그것을 각주를 통해 일본 독자들에게 전달하려고 한 것 같습니다. 정확한 통계는 밝히기 어렵지만, 기독교도가 대략 전체 인구의 3~4퍼센트 정도로 추정되는 중국에서도 골리앗은 우리만큼 일반적으로 알려지지 않은 듯합니다. 중국의 경우 소설의 제목을 「水中巨人」으로 번역해놓았습니다. 그 때문에 이 소설에서는 '골리앗'이 내포한 의미의 겹이 단순화된 느낌이 있습니다. '골리앗 크레인'은 '龙门式起重机'로 옮겼군요. 골리앗과 결부되어 있는 기독교적인 의미층, 곧 묵시록적 의식 혹은 무의식은 그 단어에 담기기 어려웠을 것 같습니다.

이 기획에는 다른 나라에 소개할 작품에 해당국 비평가의 해설을 번

---

13 『新潮』, 2010年 6月号, 109頁.

역해서 작품 뒤에 붙여 넣는 작업도 병행하고 있습니다. 가령 한국 소설의 경우 『자음과모음』에는 빠져 있지만, 『新潮』와 『小说界』에는 한국의 비평가가 쓴 해설이 각각 일본어와 중국어로 번역되어 실려 있습니다. 작가 소개와 함께 해당 작품에 대한 분석이 함께 실려 있는 경우도 있습니다만, 그냥 해당 작가의 작품 세계에 대한 일반적인 서술로만 되어 있는 경우도 있었습니다. 이 해설 지면을 다른 나라의 독자들이 작품을 좀 더 깊이 이해할 수 있는 안내 역할을 할 수 있도록 고려하면서 잘 활용할 수 있지 않을까 생각을 해봅니다. 그러자면 작가의 작품 세계 전반에 대한 기술과 더불어 해당 작품의 맥락을 함께, 적절한 비중으로 구성하여 소개할 필요가 있을 듯합니다.

문화적인 맥락의 전달 문제와 함께 또 하나 번역 과정에서 중요한 문제를 내포하고 있는 것이 미묘한 언어적 맥락의 전달 문제입니다.

금세 셋이서 한 병을 다 마시고 난 뒤, 마당에서 호스로 물을 뿌리며 제 엄마와 노는 아이를 둘이서 바라봤다. 아이는 이제 네 살이었다. 아이가 뿌리는 물줄기로 작은 무지개가 보였다가 사라졌다. 내가 마지막 한 병의 마개를 마저 따려고 하니 이모가 내 손을 잡고 제지했다.

"아까우신 거예요?"

"아니, 이건 다른 사람 줄려고 따로 챙겨놓은 거야."

"아까 우신 거냐구요!"

그러자 이모가 말을 참 재미있게 한다며 깔깔대고 웃었다. 팸 이모 앞이 아니라면 절대로 써먹을 수 없는 썰렁한 농담이었는데, 이모는 잘도 웃었다. 그래서 내가 이모를 좋아한다.

"이제 내가 안 울게. 우리 조카에게 약속할게."[14]

한국어를 모국어로 하는 독자라면 앞의 대목을 읽으면서 이모처럼 웃을 수 있을 것입니다. 그들에게 이 부분은 언어의 음성적 특징을 활용한 지적인 농담으로 받아들여질 수 있을 테니까요. 하지만 한국어를 모국어로 하지 않는 독자들에게는 이 농담을 이해시키기도 어렵거니와, 그 농담이 효과를 발휘하기는 더더욱 어려울 것입니다. 이 부분을 중국과 일본 측에서는 어떻게 옮겼을까 찾아보았습니다.

「もったいないんですか?」
「いや, これは他の人にあげようと用意しておいたものなんだ」
「さっき, かれたのですか?」[15]

일본 측에서는 글자 수까지 고려하여 마치 더빙을 하듯 한글 음을 가타카나로 첨자 형식을 사용해 표기해놓았습니다. 이런 상황을 해결하기 위해 고안하여 활용해온 방식일 것입니다. 그래서 의미는 다르지만 한국어로는 발음이 같다는 것을 일본 독자들도 알 수 있도록 처리되어 있습니다. 하지만 머리로 정황을 이해하는 것과 몸으로 언어유희를 느끼고 즐기는 것 사이에는 엄연한 차이가 있을 것입니다.

중국의 방식은 일본과 조금 다릅니다.

"您舍不得吗?"
"不是, 这是单独给别人准备的"

---

14 김연수, 「사월의 미, 칠월의 솔」, 『자음과모음』, 2010년 겨울호, 473쪽.
15 金衍洙, 「4月のミ, 7月のソ」, 『新潮』, 2010年 12月号, 207頁.

"我是问您刚刚是不是哭了"

姨妈咯咯笑着, 说我有意思(译者注: 韩语的"您舍不得吗?"和"我是问您刚刚是不是哭了吗?"发音相同)[16]

앞에서 보는 것처럼, 중국어 번역에서는 해당 부분을 역주로 처리하고 있습니다. "한국어에서는 '아까우신 거예요?'와 '아까 우신 거예요?'의 발음이 같다"는 내용을 괄호에 넣어 그 장면의 상황을 전달하고 있는데, 이 경우에는 그 효과에 대한 기대가 더욱 회의적인 것 같습니다. 원문에는 같은 발음이지만 띄어쓰기가 다르게 되어 있기 때문에 구분이 가능하고 일본어 문장에서도 그 점을 활용했지만, 중국어 문장에서는 띄어쓰기가 없기 때문에 더욱 옮기기가 어려워진 것도 있습니다. 김연수의 소설에는 '개고생', '자뻑' 등과 같은 구어적인 속어 표현도 자주 나옵니다. '개고생' 같은 단어는 '苦劳'(일본)이나 '罪'(중국)처럼 그냥 '고생' 정도의 의미만 번역되었을 뿐 그 어감은 옮겨지지 못했습니다. '자뻑' 같은 단어도 '自慢話'(일본)나 '自夸'(중국)처럼 그냥 '자랑' 정도로 옮겨졌습니다.

언어적 상황의 한 가지 사례를 더 살펴보겠습니다.

이해할 듯도 못 할 듯도 한 얘기였다. J의 목소리에는 희끄무레한 자조와 희끄무레한 체념, 희끄무레한 공포감과 희끄무레한 고독이 뒤엉켜 묻어났다. 그는 잔을 들어 벌컥벌컥 들이켰다. 목구멍이 불타는 느낌이었다. 불그죽죽한 취기가 목덜미를 타고 올랐다. 얼룩덜룩한 스테인

---

16 金衍洙, 「四月的咪, 七月的嗦」, 『小说界』, 2010年 第6期, 42頁.

리스 숟가락과 불결한 고춧가루 몇 점, 닭볶음탕의 혼탁하고 불투명한 국물이 야기한 두려움이 간신히 사라지는 것 같기도 했다.[17]

정이현의 「오후 네 시의 농담」의 일부입니다. J와 그가 만나 술자리를 함께하고 있는 장면입니다. 여기에는 한국어 특유의 의태어, 의성어가 자주 사용되었습니다. '희끄무레', '벌컥벌컥', '불그죽죽한', '얼룩덜룩' 등과 같은 단어들이 그것입니다. 이런 어감이 과연 번역을 통해 잘 전달될 수 있을지 궁금했습니다. 그래서 한번 일본어와 중국어로 번역된 텍스트에서 그 대목을 찾아봤습니다.

分かったような、分からないような理屈だった。Jの声には淡い自嘲と淡い諦めと、淡い恐怖と淡い孤独が混ざっていた。彼はグラスを手にするとゴクゴクと一気に飲み干した。喉が熱く燃えるようだった。赤黒い酔いが喉を伝わり上ってきた。小汚いステンレスの匙と不潔な唐辛子の粒, 鶏の煮込みの濁った不透明な汁が作り出した恐怖がどうにか消え去るようだった。[18]

일본 측에서는 '희끄무레'를 'あわい(淡い)'라고 번역했습니다. '묽은, 희미한' 정도의 의미일 텐데요, 아무래도 '희끄무레'라는 한국어의 어감을 고스란히 전달하기에는 부족한 단어입니다. 'あかぐろい(赤黒い)' 역시 '검붉은' 정도의 뜻이니 '불그죽죽한'과는 다소 어감의 차이가 있

---

17 정이현, 「오후 네 시의 농담」, 『자음과모음』, 2010년 겨울호, 497쪽.
18 鄭梨賢, 「吾後4時の冗談」, 『新潮』, 2010年 12月号, 150頁.

습니다. '얼룩덜룩한'은 'こぎたない(小汚い)'로 번역되었습니다. 사전에서 찾아보면 '추레하다. 꾀죄죄하다'의 의미를 가진 단어입니다. 'ゴクゴク(벌컥벌컥)'를 제외하면 한국어의 독특한 의태어들은 좀처럼 일본어로 번역되기가 어려운 것 같습니다.

他幷不很明白她的意思. J的话语中有点自嘲, 有点绝望, 有点恐惧, 有点孤独. 他举起酒杯咕咚咕咚地喝下, 喉咙火辣辣他发烫, 酒气的红晕已经烧到了颈窝. 斑斑点点的不锈钢调羹和沾上的几点辣椒粉, 以及混沌的鸡汤所引发的恐惧好不容易才消失了点.[19]

중국어 번역문의 경우에는 咕咚咕咚(벌컥벌컥), 酒气的红晕(술기운으로 인한 홍조), 斑斑点点(얼룩덜룩) 등의 단어는 그런대로 원문의 어감을 전달하고 있는 듯한데, '희끄무레'는 역시 번역하기에 쉽지 않은 단어인 것 같습니다. 중국에서는 '희끄무레'를 '有点'이라고 옮겼습니다. '有点'은 사전에 찾아보면 '조금, 약간, 다소나마' 정도의 의미를 가진 부사인데, '희끄무레'에 정확히 대응된다고 보기는 어려운 것 같습니다. 여기에는 번역의 문제도 개입되어 있지만 '희끄무레한 자조, 희끄무레한 체념, 희끄무레한 공포감과 희끄무레한 고독'이라는 원문 자체의 추상성도 원인을 제공하고 있는 듯합니다. 번역에 앞서 모국어 사용자가 아닌 번역자에게 온전하게 이해되지 못했다고 볼 수 있습니다.

정이현의 소설에는 앞에서 든 예 말고도 '퐁당퐁당', '빠릿빠릿' 같은 감각적 표현들이 자주 사용되고 있는데, 역시 쉽게 옮기기 어려운 의성

---

19 郑梨贤,「吾后四时戏言」,『小说界』, 2010年 第6期, 32~33頁.

어, 의태어입니다. '퐁당퐁당'은 일본, 중국 모두 번역하지 않고 그냥 넘어갔고, '빠릿빠릿'은 'しゃきしゃき'(일을 재빨리 요령 있게 처리하는 모양)나 '很快'(매우 빨리) 정도로 번역되었습니다.

언어의 내용이 아닌 형태의 차원, 그러니까 의미가 아닌 표현의 차원에서의 번역은 텍스트 번역의 궁극적 지점이라고 할 수 있을 것입니다. 물론 이 문제는 다만 동아시아에 국한되는 것은 아닙니다. 이 자리에서는 깊이 다루기 어렵습니다만, 재치 있는 언어 감각을 활용하고 있는 많은 작품이 문화적 경계선을 좀처럼 넘지 못하고 있습니다. 데이브 에거스(Dave Eggers)의 『비틀거리는 천재의 가슴 아픈 이야기(A Heart Breaking Work of Staggering Genius)』(2000)나 제이디 스미스(Zadie Smith)의 『하얀 이빨(White Teeth)』(2000), 혹은 조너선 사프란 포어(Jonathan Safran Foer)의 『엄청나게 시끄럽고 믿을 수 없이 가까운(Extremely Loud and Incredibly Close)』(2005)이나 주노 디아스(Junot Diaz)의 『오스카 와오의 짧고 놀라운 삶(The Brief Wondrous Life of Oscar Wao)』(2007) 등 영어권에서는 베스트셀러인 작품들이 다른 언어권에서는 그처럼 많이 읽히지 않는 이유 역시 문화적·언어적 고유함이 번역의 과정에서 온전하게 전달되지 못하기 때문이라고 할 수 있을 것입니다.

아마도 제가 이번에 한국어로 번역된 텍스트로 읽은 중국과 일본의 소설들에도 제게는 보이지 않고 와 닿지 않은, 어둠으로 남아 있는 부분들이 틀림없이 있을 것이라고 생각합니다. 그러나 그런 어두운 부분을 배제하고 쉽게 호환되는 영역에만 관심을 갖는 것이 진정한 소통이라고 생각되지는 않습니다. 세 나라 사이의 이야기의 교류가 지속된다면, 우리는 서로의 문화에 대한 이해로써 그 어두운 부분을 밝혀나갈 수 있을 것입니다. 그 점에서도 한·중·일 세 나라의 소설을 교류하는 작업이 지속되어야 할 필요성을 다시 한 번 확인할 수 있다고 생각합니다.

5. 동아시아의 경계 바깥의 내러티브를 위하여

우리는 서로 다른 세 나라의 이야기들을 함께 읽으면서 저마다의 고유함을 확인하기도 하고, 또 다른 나라의 이야기들과 접촉하면서 자신에게는 없었던 특징들을 새롭게 전유(appropriation)할 수도 있을 것입니다. 더 나아가 서로의 이야기들을 비교함으로써 우리가 공유하는 경험을 확인하는 한편, 서로의 차이를 이해하는 소중한 근거로 삼는 일도 가능할 터입니다. 그런 의미에서라면 세 나라의 이야기들은 각자에게 만 속한 것이 아니라, 세 나라가 공유하는 공동의 자산이라고 할 수 있습니다.

그런데 이 대목에서 '왜 동아시아인가' 다시 한 번 물어봐야 할 것 같습니다. 긴 관점에서는 아시아적 가치와 범위를 확대하여 생각할 필요도 있습니다. 가야트리 스피박(Gayatri Spivak)이 개념화한 '다른 여러 아시아(other Asias)'의 문제의식에 입각하여 생각하면, 동아시아는 잠정적인 교류의 단위일 뿐, 동아시아라는 지역 단위에 집착할 이유는 없어 보입니다. 역사적·문화적·지정학적 관계 때문에 다른 지역에 비해 세 나라의 이야기는 상대적으로 공통점을 더 갖고 있으나, 그로부터 다른 지역에는 없는 배타적인 동질성을 발견하려고 무리할 필요는 없을 듯 합니다. 실제로 우리 역시 노동과 결혼을 매개로 동남아시아, 서남아시아, 중앙아시아로부터 온 사람들과 이미 생활 속에서 관계를 맺고 있고, 『ASIA』라는 잡지를 매개로 그 지역의 문학을 국내에 소개하는 일도 해오고 있습니다.[20] 물론 여기에서 더 나아가면, 아시아라는 경계도 상대화되는 단계가 오겠지요. 아직까지 미처 드러나지 않았던 문제들이 '여행'과 '상실'을 주제로 한 다음 작품들에서 어떻게 새롭게 나타날지 기대해보면서 이야기를 마치겠습니다.

---

20 그 의의와 문제점들에 대해서는 방현석, 「서구 중심의 세계문학 지형도와 아시아문학」, 『세계문학론─지구화시대 문학의 쟁점들』 참조.

제2부

현실에 반응하는
새로운 소설적 방식들

공허의 불가피성과 그에 대한 의혹

1. 부모 없는 아이들의 공허

새로운 세기에 접어든 이후 바야흐로 두 번째 연대를 맞이한다. 그 첫
번째 연대의 전반부에서 우리는 이전 시대 문학의 사회적·미학적 무
게가 약화되는 대신 상상과 유머가 새로운 문학적 요소로 등재되는 과
정을 지켜보았다. 그 결과 문학은 이전에 비해 가벼워졌고 밝아졌다.
그런데 그 가벼워지고 밝아진 흐름의 끝자락에서 우리는 어두우면서
도 따뜻한 기운이 새롭게 싹트고 있는 것을 느낄 수 있었다. 그리고 그
기운이 우리 문학의 성격을 새로운 방향으로 이끌고 있다는 인상을 흐
릿하게나마 받을 수 있었던 것 같다.

가령 2000년대 후반에 등장한 세대의 소설에는 부모 없이 자라는
아이들이 자주 나온다. 김미월의 「29,200분의 1」(『실천문학』, 2009년 봄호)

에서 고3 여학생 화자인 '나'는 부모 없이 할아버지와 함께 살아가고 있다. 김사과의 「정오의 산책」(『문학동네』, 2008년 가을호)에서 한은 열두 살 때 아버지가 죽고 열아홉 살 때 어머니가 재혼한 이후 할머니 정, 할아버지 회와 새로운 가족을 이뤘다. 정한아의 「휴일의 음악」(『현대문학』, 2008년 7월호)의 화자는 교통사고로 부모가 사망한 뒤 언니와 함께 '가짜 할머니'에게 맡겨져 자랐다.

물론 아버지가 약화되거나 사라지는 경향은 이전에도 있었고 또 최근으로 올수록 강화된 것도 사실이다. 그러나 김애란의 「달려라, 아비」(『한국문학』, 2004년 겨울호)에서 보듯, '아비'의 부재를 상상으로 극복하는 과정에는 '어미'의 존재가 큰 역할을 하고 있었다. 윤성희의 「유턴 지점에 보물 지도를 묻다」(『창작과비평』, 2004년 여름호)에서 '나'는 어머니와 언니, 할아버지와 아버지까지 차례로 잃지만 Q, W, 고등학생을 차례로 만나 삶의 동반자를 얻는다. 그런데 최근 소설에서 부모를 잃은 아이들이 기대고 있는 할아버지와 할머니는 그렇게 든든한 존재가 아니다. 그들은 지게꾼이거나(「29,200분의 1」) 암에 걸렸거나(「정오의 산책」) 요양원 신세를 지고 있다(「휴일의 음악」). 오히려 그들은 안 그래도 감당하기 힘든 삶을 더 무겁게 만드는 존재들이다.

얼핏 관습적이라는 생각이 들 만큼 자주 반복되는 이러한 현상은, 그렇기 때문에 개별 작가의 경험이나 그들을 둘러싼 세태의 반영이라기보다, 그들 세대의 서사에 내재된 집단적이면서 정치적인 무의식을 드러내는 계기가 아닐까 추측해보게 만든다. 특이한 점은, 박탈의 감정과 정조가 이들의 서사에서는 더 고조되어 있음에도 불구하고, 거기에서 자신들을 이처럼 운명적이고 실존적인 곤경에 몰아넣은 부모들에 대한 원망이나 적의를 발견하기 어렵다는 사실이다. 박민규의 「그렇습니까? 기린입니다」(『창작과비평』, 2004년 가을호)나 김숨의 『백치들』(랜덤하우스중앙, 2006)에서처럼 환상을 통해 동정으로 전이된 감정조차 그들은 품지 않는다. 그들에게 부모는 처음부터 없었고 이후에도 그 부재가 그다지 크게 의식되지도 않는다. 이 더욱 극단화된 고립의 상황을 해결해나가는 방식을 살펴보면서 이들 세대 서사의 특징과 가능성을 더듬어보고자 하는 것이 이 글의 목적이다.

2. 고립 속에서 굴절된 소통의 양상들

우선 이 새로운 등장인물들은 자신들이 처한 고립의 상황을 사회적인 방식으로, 혹은 의식의 차원에서라도 해결해보려는 적극적인 의지를 가지고 있지 않다는 점에서 특징적이다. 새로운 세기에 접어든 이후 그 이전 시대 소설의 인물에서와 같은 과도한 인정투쟁의 욕망을 발견하기가 더 어려워졌거니와, 이들은 거기에서도 한발 더 물러서고 있다. 그래서 '너는 도대체 왜 그러냐'는 소리를 듣는다.

진짜 삶이니 가짜 삶이니 하는 것에 대해서 진지하게 생각해보지는 않았다. 영식은 아무래도 상관없다고 생각했다. 무엇도 그에게는 대수롭지 않았다. 그는 죽도록 하고 싶은 일도 없고 죽어도 하기 싫은 일도 없었다. 경험해보지 못한 것들을 궁금해한 적도 없고 잃어버린 것들을 아쉬워해본 적도 없었다. 무언가에 사무쳐본 적도 없으니 뼛속 깊숙이 희열에 젖거나 분노에 떨었던 적도 당연히 없었다. 텔레비전으로 야구 중계를 보다가 좋아하는 팀이 역전패당하면 울분이 솟지만 그러다가도 배달되어 온 자장면이 맛있으면 금세 기분이 풀어지곤 했다.

그런데, 그게 나쁜가? 잘못된 것인가? 내가 비정상인가?[1]

그들은 오히려 우리에게 되묻고 있다. '뭐가 잘못됐느냐'고. 우리는 그들에게 밖으로 나오라고 이야기하지만 그들은 그럴 생각이 별로 없는 듯하다. 이 인물들은 그 이전 세대와는 다소 다른 삶의 논리를 가지고 자랐고, 그래서 "네가 죽지 않으면 내가 죽는다는 식의 공포가 내재화된"[2] 신경증적 자의식이 매우 희미하다는 외연적 특징을 공유하고 있다. 이런 인간형의 변화가 이 세대에게 부과된 또 다른 형태의 현실적 억압으로부터 발생한 것이라는 사실을 다음 인용에서 확인해볼 수 있다.

한은 상사들 사이에 평판이 좋았다. 그는 야근을 하라면 했고 주말에 나오라면 나왔고 술을 마시라면 마셨고 상사가 이해할 수 없는 이유로 화를 내도 죄송하다고 말했으며 회식 자리에서는 끝까지 남아 술에 취한 상사를 택시에 태워 보냈고 여직원들에게도 깍듯한 편이었으며 직원들 욕을 늘어놓지도 않았고 그렇다고 특별히 정의롭게 군답시고 건방진 행동을 하지도 않았다. 상사들과는 달리 동료들은 겉으로는 한을 인정했지만 속으로는 기인이라고 생각했다. 깍듯하지만 무미건조하여 여직원들 사이에서 인기가 높지도 않았다. 그의 동료들은 그를 돌이나 은행나무 혹은 거북처럼 생각했다. 한도 그걸 알았다. 하지만 그건 그의

1 김미월, 「여덟 번째 방」 3회, 『세계의 문학』, 2008년 가을호, 63쪽.
2 김사과, 「세대론, 그 이후」, 『창비주간논평』, 2009년 9월 23일자.

잘못이 아니었다. 그는 단지 너무 피곤했다. 어머니가 집을 나간 뒤로 그에게는 피곤이 떠난 적이 없었다. 한에게는 그의 인생이, 새벽부터 밤까지 야구게임기 앞에 서서 끊임없이 날아오는 공을 끊임없이 때리는 것과 비슷하게 느껴졌다.[3]

이 인물들은 이전 세대가 만든 규칙을 벗어나도록 교육받았지만 사회에 나오니 그 규칙들이 고스란히 남아 있다. 이 소설에서 한은 결국 현실의 규칙을 더 이상 따르지 않고 그 자신만의 규칙의 세계로 건너가 버린다. 그것은 다소 모호한 방식이지만, 그럼에도 그 방식이 기존의 규칙에 의거한 것이 아니라는 사실을 말해주기에는 더없이 효과적이다. 그러하기에 그 결과는 그 누구도 상상할 수 없는 끔찍한 것일 수도 있다.[4]

이런 방식은 근본적이기는 하지만 그 대가로 모든 것을 걸어야 한다. 그보다 온건한 방식이 요구되는 이유이다. 외부와의 소통의 문제를 자신을 더 강력하게 고립시킴으로써 해결하려 하는 방식이 그것인데, 우리는 그 극단적인 사례 가운데 하나를 장은진의 장편 『앨리스의 생활 방식』에서 확인할 수 있다.

그녀에게 책 읽는 사람은 적어도 어중간하지 않다. 그들은 고요하게 내부로 침잠함으로써 스스로에게 치졸한 외부 세계로부터 고립한다.

---

3   김사과, 「정오의 산책」, 『문학동네』, 2008년 가을호, 295쪽.
4   트루먼 커포티(Truman Capote)를 매개로 한 조승희 사건과 김사과 소설의 연관에 대해서는 『문학동네』 2009년 겨울호에 실린 권희철의 「인간쓰레기들을 위한 메시아주의」에서 상세하고도 설득력 있게 분석된 바 있다.

고립은 확실히 공간을 선점하는 것이고 그 속에는 집중력을 갖고 자신과 만날 수 있는 시간이 있다.[5]

10년 동안 단 한 번도 집 밖으로 나오지 않고 주변 사람들과 극히 제한된 관계만을 유지하며 살아가고 있는 '앨리스의 생활 방식'은 자신을 고립시킨 '치졸한 외부 세계'에 대응하기 위해 더 극단적인 고립을 선택한 결과라고 할 수 있다. 여기에서 앨리스는 외부 세계의 규칙을 거부하지만 그럼에도 소통을 포기하지는 않는다. 그는 자신만의 규칙으로 소통을 시도하고 있다. 하지만 그것이 일방적으로 상대방에게 요구되었을 때, 예컨대 소설 속에서 앨리스가 대형 서점에서 "흐름상 없어서는 안 될 중요한 페이지나 사람들을 안달 나게 할 페이지들"[6]을 뜯어내고 거기에 자신의 메일 주소를 적은 포스트잇을 붙여두어 상대방으로 하여금 연락을 하게끔 유도했을 때, 그 굴절된 소통의 방식은 의도와는 다른 결과를 초래할 수밖에 없다.

결국 이 고립의 선택은 책이나 미디어, 게임 등에 자폐적으로 몰두하는 순간에만 그 애초의 온건한 의도가 유지될 수 있다. 하지만 이 경우에도 폭력의 고리가 완전히 끊어지는 것은 아니다.

나는 쓰고 또 썼다. 백일장에 나가서 한 번도 입상한 적은 없지만 원고지 100매 분량의 긴 글을 완성해본 것은 전 학년 문예부원을 통틀어 나 하나뿐이었다. 대학에 문학특기생 전형으로 응시하려는 선배들은

---

5 장은진, 『앨리스의 생활 방식』, 민음사, 2009, 40쪽.
6 장은진, 「페이지들」, 『문예중앙』, 2008년 여름호, 247쪽.

수상 실적을 쌓기 위해 노회한 사냥꾼들처럼 총 대신 볼펜을 장전하고 공모전과 백일장을 **휩쓸고** 다녔다. 그들은 드러내놓고 나를 비아냥거렸다. 내가 들을 수 있도록 큰 소리로 사이코 운운하기도 했다. 문예부 선생은 또 말했다.

"넌 사상이 위험해. 불결하다 이 말이야."

그는 내 글이 항상 인류 멸망이나 천재지변, 전쟁, 지구의 종말로 끝나는 것이 마음에 들지 않는다고 했다. 선생님 마음에 들기 위해 글을 쓰는 것은 아니에요. 그리고 전 감수성 예민한 십대 소녀라고요. 불결하다니요. 사상이 위험하다니요. 선생님 말씀이 제게 상처가 될 거라는 생각은 안 하시나요? 나는 속으로만 대꾸했다. 내가 그를 이길 수 있는 방법은 없었다. 당신은 나보다 빨리 죽을 거야. 나보다 늙었으니까. 속으로 그의 죽음을 앞당겨 상상하는 것만이 내가 할 수 있는 유일한 복수였다.[7]

상상은 안전하지만 그 상상의 이면은 '위험'하고 '불결'하다. 김성중의 「순환선」(『문학동네』, 2009년 겨울호)에 등장하는, 현실에서는 평범하고 무기력하기까지 한 세무법인 직원이지만, 매일 꿈속에서는 식인귀와 사투를 벌이는 인물 역시 그와 같은 양면성을 상징적으로 보여주고 있다. 이 인물 속에서 악몽과 현실이 뫼비우스의 띠처럼 '순환'하고 있듯, 상상은 그것이 떠나온 현실을 기억하고 있으며 그러하기에 또 언제든지 현실을 향해 표출될 잠재성을 내포하고 있다.

그렇다면 무기력과 상상과 폭력성을 오가며 흔들리는 상황은 언제

---

7 김미월, 「29,200분의 1」, 『실천문학』, 2009년 봄호, 122쪽.

까지나 되풀이될 수밖에 없는 것인가. 이 세대 문학의 진경은 이러한 순환의 고리를 벗어나 새로운 삶의 방식을 추구하는 시도 속에서 찾을 수 있다.

3. 무기력과 폭력의 순환에서 벗어나기

이 순환의 고리를 끊어내고 있는 가장 단호한 장면을 우리는 황정은의 소설에서 확인할 수 있었다.

> 오렌지를 쪼개면서 나는 생각했어. 외삼촌과 같은 인간이 되어서 어두운 얼굴로 어두운 짓을 되풀이하고 싶지는 않다, 그건 정말 끔찍하게 싫다, 라고. 이모는 완전히 외삼촌의 탓만은 아니라고 말했지만, 그건 사실과 다르다고, 오렌지를 씹으면서 나는 생각했어. 외삼촌은, 자기를 괴롭힌 사람의 다트를 응시하느라 자기 속의 다트를 보지 않은 거야. 그러니까 외삼촌이 우리에게 한 일에 대한 몫은 완전히 외삼촌 한 사람만의, 자발적인 몫인 거야. 그러니까 내가 가지고 있는 다트를 계속 지켜보자, 나는 생각했어. 내가 뭘 하려고 했는지, 내가 하려고만 하면 뭘 할 수 있었는지를 정확하게 아는 것이 중요하다고 나는 생각했어. 다트가 있고, 그걸 지켜보는 내가 있어. 잔혹한 방법으로 어딘가에 보복하고 싶어 하는 내가 있고, 그것을 하지 않는 내가 있어. 외삼촌과 나는 여기서 구별되는 거야. 나는 다트가 거기에 있다는 걸 알고 있고 그게 바로 그것이라는 걸 알고 있으니까. 이것은 상당히 안전하고 유리한 일이야. 있잖아. 자기 속에 그런 게 어디 있는지 모르거나 그런 걸 충분히 보려고

하지 않는 인간들은, 자기가 받은 고통스러운 경험을 남에게 되풀이하는 거야. 할아버지가 아버지를 괴롭혔고 아버지가 자기를 괴롭혔고 이제 자기는 누군가를 괴롭힌다는 식의, 어쩔 수가 없다는 식의 지저분한 연쇄를 되풀이하는 거야.[8]

어릴 적 외삼촌으로부터 학대받은 경험이 있는 파씨의 말이다. 외삼촌의 장례식에서 그 역시 상처받은 존재였기에 그를 이해하자는 이모의 말에 대한 파씨의 대답이다. 자신이 받은 상처를 처리하는 가장 고전적인 방식을 바로 외삼촌과 이모의 행위에서 볼 수 있다. 상처로 인한 타인의 행위를 불가피하다고 이해하는 방식이 그것인데(물론 이 이전에 순진하게도 그 상처와 맞서 싸우고자 무의미한 몸부림을 치다가 스스로 지쳐버리는 과정이 놓여 있다), 문제는 그 불가피성을 무의지적으로 수용하는 순간, 그 상처는 자신에 의해 또다시 타인에게 전가될 수 있다는 점이다.

이 순환의 고리를 끊기 위해 고안된 고전적인 대안은 그 폭력의 방향을 자신에게 돌려놓는 것이다. 이상의 「날개」의 '나', 다자이 오사무[太宰治]의 『인간실격』의 요조, 혹은 카프카의 「변신」의 그레고르 잠자와 같은 인물들이 체현하고 있는 자폐적이고 자학적인 방식이 그것이다. 그보다 덜 진지하지만 안전한 방식은 삶의 상처로 인한 고통을 환상이나 상상으로 전이시키는 것이다.

그런데 황정은의 방식은 이러한 이전의 방식들과 구분되는 획기적인 측면을 가지고 있다고 생각된다. 그것은 '내가 가지고 있는 다트를

---

8 황정은, 「일곱시 삼십이분 코끼리열차」, 『일곱시 삼십이분 코끼리열차』, 문학동네, 2008, 89~90쪽.

응시하기'이다. 자신의 몸속에 박힌 화살촉으로 다시 타인의 과녁을 겨누는 폭력의 악순환의 고리를 단절하되, 그럼에도 그 방식은 자신에게 가해진 현실의 화살촉을 응시하고 있다는 점에서 환상이나 상상으로 비껴나가지 않는다.

눈먼 개와 함께 모텔을 떠돌면서 길 위에서 만난 사람들에게 편지를 써 보내는 행위를 통해 자신에게 가해진 가혹한 운명을 긍정의 방향으로 전환시키고 있는 장은진의 『아무도 편지하지 않다』가 우리에게 주는 감동의 이유 또한 그 주인공의 담담하고도 의연한 내적 고투에 있다. 그 역시 의식적으로 자신의 다트를 바라본 것이 아니었을까. 그것은 "대립이 아닌 원만한 물러섬"[9]의 구체적 실천이라 할 수 있을 만하다.

자신의 운명을 긍정하는 이러한 태도는 이 새로운 세대의 소설 속 인물들이 보유하고 있는 자질이자 능력이다. 그것은 부정성의 비판적 의식이 가닿지 못하는 영역을 드러내어 밝힌다.

사람들은 그녀의 노래를 따라 어떤 인생으로 흘러들어갔다. 그 속에 들어 있는 패배가 그들에게는 낯설지 않을 것이다. 그들은 나보다 훨씬 더 순수한 평화를 누리고 있었다. 온갖 명성과 가십에 둘러싸여 있던 개그맨이 줄에서 떨어진 광대가 된 후 누렸을 평화는 내 몫이 아니었다.

노래 속의 인생을 다 통과했을 때, 건반 소리는 사라지고 속삭임과 한숨 속에서 키키가 모든 이를 위로하는 미소를 지었을 때 나는 두려움이 만들어낸 게으름 때문에 인생이 낭비되어버린 것을, 어떤 선택지에도

9 채현선, 「마누 다락방」, 『문학사상』, 2009년 8월호, 132쪽.

동그라미를 치지 않으려고 발버둥치는 동안 이곳 누구보다 외롭고 비참해져 있는 것을 깨달았다.

키키가 무대에서 내려와 내 옆에 술잔을 놓을 때까지 나는 눈물을 흘리고 있는지도 몰랐다. '버드 케이지'의 사람들은 모두 인생의 1권을 들추지 않는다. 만약 그녀가 이런 관행을 깨고 어디에서 왔느냐고 묻는다면 이렇게 답할 수밖에 없을 것이다. 나는 어항에서 왔어요. 투명하고 편안한 곳이었지만 진짜 물길은 아니었지요. 나는 고통스러웠고, 고통을 느낄 수 있어서 거의 행복할 지경이었다.[10]

옛 연인이었던 개그맨을 찾아 낯선 대륙으로 건너간 이 소설의 주인공은 그곳에서 개그맨의 친구였던 트랜스젠더 가수 키키로부터 그의 유골이 든 커피 깡통을 건네받는다. 개그맨은 죽었지만 그의 친구들이었던 '버드 케이지'의 사람들을 통해 주인공은 개그맨의 새로운 삶을 느낀다. 그것은 '1권'의 인생(과거)에 대한 미망과 회한에 사로잡히거나, 혹은 '3권'의 인생(미래)에 대한 불안과 과도한 갈망에 휘둘리지 않는 '2권'(현재)의 삶이다. 그것은 과거나 미래를 이유로 현재를 부정하는 삶이 아니라, 현재를 그 자체로 긍정하는 삶의 방식이다.

아내의 희귀병 진단을 받고 나서 우리는 겨우 며칠만 여행을 다녀왔다. 여행 중에도 아내가 움직이는 반경은 작고 조심스러웠다. 조수석에 앉아 노래를 흥얼거리거나 차창 밖으로 손을 내밀어 바람을 움켜쥐었다. 어느 땐 수천만 개의 입자로 쏟아져 내리는 햇빛을 받으며 꾸벅꾸벅

---

10 김성중, 「개그맨」, 『문장 웹진』, 2009년 4월호.

졸기도 했다. 사실 아예 모든 걸 정리하고 남은 시간을 아내와 여행하며 보내고 싶었다. 그 시간이 일 년이든, 십 년이든 상관없었다. 나는 승합차를 사서 개조한 다음 전국을 돌아다니자고 제안했다. 아내는 단호하게 고개를 저었다. 선배 둘과 함께 소규모로 운영해오던 출판사를 접겠다고 했다. 최근에 출판된 책의 반응이 좋아 형편은 나아지고 있었지만 마음이 가질 않았다. 아내는 그것마저 만류했다.

'변하는 건 없어. 그냥 다가오는 하루하루를 자신만의 방식으로 살아가는 게 가장 좋은 선택이야.'

자신의 말처럼 아내는 어떤 변화도 원치 않았다. 조바심을 내고 안절부절못하는 것은 오히려 내 쪽이었다. 어이없게도 뭔가 극적인 상황을 바랐던 것인지도 몰랐다. 아내는 드라마나 영화의 주인공처럼 첫사랑을 찾지도 않았다. 특별히 찾고 싶은 사람도 없다 했다. 아련한 추억이나 죄책감을 가질 만한 상대가 없는 아내의 지나온 삶은 튀어나온 곳 없이 담백하고 평평했다.[11]

여기에서 심장이 굳어가는 병으로 하루조차 기약할 수 없는 아내가 발휘하는 평정심 역시 앞서 살펴본 「개그맨」에서의 행복감과 같은 맥락에서 기인한 것이다. '다가오는 하루하루를 자신만의 방식으로 살아가는 게 가장 좋은 선택'이라는 사유에서 그 점이 확인된다. 그들은 지나온 인생의 날들과 앞으로 다가올 날들에 지배되지 않은 '29,200분의 1'의 하루를 마주하고 있는 것이다.

이 긍정적인 삶의 태도가 단순히 소승적인 차원의 쾌락에 머무르지

---

11 채현선, 「아칸소스테가」, 『조선일보』, 2009년 1월 1일자.

않는다는 점에 이 세대 소설 속 인물들의 또 다른 가능성이 있다.

문 두드리는 소리도 못 들었는데, 현관문 밖에 북경반점의 배달원 사내가 서 있더군요. 석이가 요리 접시들을 방 가운데 식탁으로 날랐습니다. 저는 지갑에서 돈을 꺼내다가 문득 배달원에게 하고 싶었던 말을 떠올렸어요. 사내에게 쭈뼛거리면서 다가갔습니다.

"저기, 아저씨, 북경반점 앞에 있는 가로수 말이에요."

"예? 뭐요?"

사내가 퀭한 눈을 치켜떴습니다. 핏발이 선 눈자위에 짜증이 촘촘히 고여 있었지요. 그 가로수의 몸체에 못이 박혀 있고 그 못에 대걸레가 걸려 있노라, 그렇게 말할 용기가 나지 않았습니다.[12]

대학 신입생 지영의 식욕을 빼앗아 간 것은 플라타너스 가로수에 박혀 있던 못과 그 못에 걸려 있던 대걸레였다. 소설 속에서 이 못은 석이의 권유에 의해 북경반점 주인이 자진해서 뽑아내게 된다. 이 '사물에 대한 예의'는 자신의 연약함을 부정하여 초월하는 것이 아니라 그 연약함을, 그러한 존재로서의 자신의 삶을 긍정하는 데서 비롯된 것이라고 할 수 있다. 그것은 마사 누스바움이 루소를 빌려 이야기한 바 있는, "우리의 연약함이 타인과의 연관의 원천이 된다"[13]는 동정과 공감의 발생 맥락과 상통한다. 정한아의 「천막에서」(『한국문학』, 2008년 겨울호)나 김미월의 「중국어 수업」(『한국문학』, 2009년 겨울호)에서 고통받고 있는 타자에

---

12 김미월, 「여덟 번째 방」 2회, 『세계의 문학』, 2008년 여름호, 62쪽.
13 Martha Nussbaum, "Compassion: Human and Animal," a presentation paper for a conference on Compassion at the National Humanities Center, November 2007, p. 10.

대한 동정과 공감의 감정 역시 사회적·정치적 의식으로부터 연유한 것이라기보다 바로 이와 같은 자기 존재의 유한성에 대한 긍정에 기초하고 있다고 할 수 있다. 이처럼 최근에는 이 세대 작가들의 관심이 점점 개인의 의식이라는 테두리를 벗어나 그 바깥의 현실을 향해 이동하는 기운이 감지된다.

은교 씨, 나는 특별히 사후에도 다른 세계가 이어진다고 생각하지 않고요, 사람이란 어느 조건을 가지고 어느 상황에서 살아가건, 어느 정도로 공허한 것은 불가피한 일이라고 생각했거든요. 인생에도 성질이라는 것이 있다고 말할 수 있다면, 그것은 본래 허망하니, 허망하다며 유난해질 것도 없지 않은가, 하면서요. 그런데 요즘은 조금 다른 생각을 하고 있어요.

어떤 생각을 하느냐고 나는 물었다.

이를테면 뒷집에 홀로 사는 할머니가 종이 박스를 줍는 일로 먹고산다는 것은 애초부터 자연스러운 일일까, 하고.

무재 씨가 말했다.

살다가 그러한 죽음을 맞이한다는 것은 오로지 개인의 사정인 걸까, 하고. 너무 숱한 것일 뿐, 그게 그다지 자연스럽지는 않은 일이었다고 하면, 본래 허망하다고 하는 것보다 더욱 허망한 일이 아니었을까, 하고요.[14]

여기에서 제기되고 있는 '공허의 불가피성에 대한 의혹'은 꿈도 없

---

14 황정은, 「百의 그림자」, 『세계의 문학』, 2009년 가을호, 297~298쪽.

이 무기력하게만 보이던, 자기만의 상상 세계에 칩거하고 있는 것으로만 보였던 이 세대의 소설 속 인물들이 새로운 방식으로 현실에 문제를 제기하기 시작하는 선언처럼 보인다. 이미 이들은 TV 시청이나 수면이 아닌 진정한 휴일의 여가 활용에 대해(정한아, 「휴일의 음악」), 본래의 모텔의 기능을 하는 모텔의 필요성에 대해(장은진, 『아무도 편지하지 않다』), 그 정직하고도 순수한 문제 제기를 수행한 바 있다. 우리가 정작 해결하지 못하고 있는 것은 이처럼 너무도 당연해서, 우리가 좀처럼 되돌아보지 않았던 문제들이지 않을까. 이 세대 의식이 순차적으로 전개되어가는 과정에서 우리는 이전 세대가 정치적 투쟁의 방식으로 이루었던 진보를 새로운 차원으로 진전시켜나갈 가능성을 기대해도 좋으리라 생각한다.

'용산'으로부터 파생된
이야기들의 스펙트럼

1. 문학적 변곡점으로서의 '용산'

근래 한국 소설에 '철거', '이주', '재개발', '크레인', '컨테이너' 등의 기표들이 새삼스럽게 출몰하는 현상을 목격할 수 있다. 그 기표들은 사실 지난 세기 중반 근대화가 활발하게 진행되던 시기의 전유물처럼 여겨졌고, 그래서 어느 시점 이후에는 역사 저편으로 사라져버린 줄 알았던 것들이다. 그런데 왜 그 기표들이 이 시점에서 회귀하고 있는가?

이러한 현상의 출현에서 개발과 성장이라는 명목 아래 자연과 삶의 질서를 파괴하는 근대 문명의 폭력성에 대한 비판의 맥락을 읽어낼 수도 있을 것이다. 물론 넓게 보아 틀리지 않은 말이겠지만, 지나치게 일반적임을 면키도 어렵다. 거기에 보다 구체적이고 현실적인 계기가 놓여 있다 보고, 그 기표들이 다시 등장하고 있는 바로 그 변곡점에 '용산'이 자리한다는 전제를 증명하기 위해 이 글은 쓰인다.

'용산'을 기원으로 하여 파생되는 기표들의 흔적은 다양한 성격의 여러 텍스트에 폭넓게 분포해 있다는 점에서 특징적이다. 본격적인 논의에 앞서 개략적으로 이야기하면, 처음에 그것은 사회적 관계들의 장을 향해서 정치적 관심의 환기를 위해 도입되었지만 그 이후 대중적 서사들이 생산되는 장으로 확대되는 양상을 보이다가, 최근에는 문학의 새로운 방향을 지시하는 의식과 형식의 실험으로 심화되는 중이다. 그 과정을 짚어보면서, 최근 한국문학에서 일어나고 있는 형질의 변화를 '용산'이라는 키워드를 중심으로 살펴보고자 하는 것이 이 글의 의도이다.

2. 소설 속으로 들어온 '용산'이라는 타자

한국문학이 기본적으로 매우 강한 정치적 경향성을 간직해왔다는 사실에 비하면, 우리 소설에서 정치적으로 민감한 사건이 직접 대상이 되는 경우는 의외로 많지 않았던 것이 사실이다. 그것은 억압적인 상황으로 말미암아 정치적 사건을 소설 속에 도입하거나 그에 대한 입장을 직접적으로 표명하는 일이 쉽지 않았던 사정 때문이기도 하지만, 그와 같이 만연된 억압의 상황 속에서 정치에 무관심한 유미주의적 태도도, 혹은 그 반대로 정치적 사건에 직접 연루되는 사태도 가급적 피하려는 경향이 없지 않았던 이유도 있다. 그렇기 때문에 문학작품에 담긴 정치성이 미학적 형식에 의해 충분히 제어되어 내용과 형식이 균형을 이룬 상태를 지향하는 관점이 권위를 가졌고, 그런 관점에 의거해서 예술을 순수하게 예술적 관점으로만 바라보거나 혹은 정치에 예술이 직접 참여하는 방식은 극단적인 것으로 기피되는 측면도 있었던 듯하다. 1960년 4월, 1980년 5월, 1987년 6월, 1991년 5월 등의 역사적 사건도 당대적 시선에 의해 형상화된 사례는 그다지 자주 찾아보기 어렵고, 있다 하더라도 우회적으로 암시되는 경향이 우세했다. 그 사건들이 이야기에 직접 등장하는 일은 그것이 역사화되어 현실의 지평에서 사라진 이후에 일어나는 것이 일반적이었다. 그런데 그 전해의 촛불시위의 여파가 남아 있는 상황에서 발생한 2009년 1월의 '용산'은 그것이 여전히 사회적으로 뜨거운 쟁점이 되었음에도 불구하고 이미 여러 장르의 이야기 속에 다양한 방식으로 도입된 바 있다. 그 초기의 국면에서 '용산'은 그에 대한 관심을 불러일으키고 그 실상을 알리고자 하는 의도에 의해 서사화되기 시작했다.

김정아의 「마지막 손님」(『프레시안』, 2009년 5월 9일자)은 문단 제도권 밖의 필자(인권 재단 활동가)에 의해 인터넷 신문이라는 매체에 발표된 이야기이다. 이 이야기는 필자의 성향이나 발표 매체의 성격에서도 이미 그 특성이 어느 정도 드러나 있거니와, '소설로 그린 용산, 용산참사'라는 부제에서도 확인되는 것처럼 문학작품으로서의 예술성보다도 이야기 형식을 빌려 사건의 시의성을 놓치지 않고 포착해 그에 대한 대중적 관심을 환기하는 데 더 큰 비중을 두고 있다. 이 단편 분량에 해당되는 이야기는 참사 직전의 풍경을 전통적인 소설 기법으로 그려낸다. 용산에서 각각 용다방이라는 이동식 찻집과 간이식당을 꾸려가고 있는 남순과 선례의 대화를 통해 재개발지구 세입자들의 불안한 삶의 상황을 그려가던 이야기는 역시 주변에서 장사를 하는 세 명의 남성이 등장하면서 긴장을 품기 시작한다. 그 남성들은 세입자대책위에서 활동하는 인물들로 그날 밤 철거 구역의 한 건물 위에 망루를 짓고 언제 끝날지 모르는 농성 계획을 실행에 옮기고 있었기 때문이다. 이제 더 이상 장사를 할 수 없게 된 선례는 망루에 오르는 사람들을 위해 마지막으로 국수를 삶는다.

천막 안에서 선례 씨는 새로 끓인 국물에 간을 맞추고 있다. 가겟방에는 방금 삶아낸 쫄깃한 국수가 그릇마다 푸짐하다. 선례 씨는 남일당 옥상으로 국수를 올리려는 참이다. 어제저녁 세입자대책위에 저녁참을 날라주면서 선례 씨는 생각했다. 잔치국수집 마지막 손님이 30년 단골들이라면 파장 운으로 그리 나쁘지 않다고. 여기서 처음 국수를 삶을 때가 아득하게 떠올랐다. 큰 욕심 없이, 앞날을 걱정하지 말고 그저 매일 정성스럽게 국수를 말아 팔자던 그 마음이었다. 그때 그 마음으로 남일당으로 가자고 생각하니 선례 씨를 누르던 두려움과 기다림도 차츰 사라진다. 용역들이 아무리 드세게 굴어도 선례 씨는 남일당으로 국수를 올리리라 마음먹는다. 부서진 용산시장에 어둠이 내린다. 남일당에서 흘러나오는 폐타이어 태우는 연기가 시장을 검게 싸고돈다.[1]

이 이야기는 사건이 발생하기 직전에 멈춰 있기 때문에 사건의 참상이나 그에 대한 입장이 직접 드러나 있지는 않다. 그렇지만 이 이야기가 사건을 중립적인 입장에서 그리는 것은 결코 아니다. 이 이야기는 전형적인 인물들을 등장시켜 그들의 삶의 상황을 드러내 보일 따름이지만, 거기에는 사건의 폭력성에 대한 우회적인 비판이 깔려 있다. 즉

---

1 김정아, 「마지막 손님」, 『프레시안』, 2009년 5월 9일자.

앞에서 보듯, 철거를 앞둔 심란한 상황에서도 소박한 정성을 간직한 세입자들의 심성이 '드세게 구는' 용역이나 그 배후 세력의 폭력성과 대비되어 있는 것이다. 그럼에도 마지막 부분은 '폐타이어 태우는 연기가 시장을 검게 싸고도는' 암울한 분위기로 맺어져 비극적인 참사를 예고하고 있다. 요컨대 이 이야기는 전통적인 리얼리즘 소설의 외양을 취하지만, 인물의 성격화를 통해 그들에게 씐 이데올로기적 혐의를 벗겨내는 데 초점을 맞추면서 대립되는 이념 가운데 한편을 선택하고 있다는 점에서 기본적으로 정치적이라고 할 수 있다.

「마지막 손님」이 문단 제도권 바깥에서 '용산'을 처음 서사화한 사례라면, 문단에서는 그즈음 김연수의 「당신들 모두 서른 살이 됐을 때」(『문학수첩』, 2009년 여름호)가 발표되었다. 표면상으로 이 소설은 헤어졌던 연인을 다시 만나게 되는 연애 소설의 구도를 취하고 있다. 광고 회사에 다니며 분주한 일상을 보내고 있는 '나'는 여전히 옛 연인 종현에 대한 미련을 거두지 못하고 있다. 그러던 중 종현이 영화 일을 그만두고 택시 운전을 하면서 차 안에서 발생하는 일상의 우연한 사건들을 인터넷으로 중계하는 '우연의 밤 프로젝트'를 진행하고 있다는 사실을 알게 된다. 그가 그 프로젝트를 시작하게 된 것은 하루에 우연히 세 번씩이나 자신의 차를 탔던 어떤 여성 때문이었고, 그 여성은 종현의 새 여자 친구가 되었다. 그러니 종현과의 관계를 복원하는 것은 생각하기 어려운 상황이 되었다. 그럼에도 두 사람이 다시 만나 다음과 같이 진지하고 담담하게 대화를 나눌 수 있는 근거는 무엇일까.

그리고 그렇게 바람을 맞으며 내가 떠올린, 그날 새벽의 타오르던 붉은 불꽃과 시커멓게 피어나던 검은 연기와 아래에서 솟구치는 하얀 물줄기들에 대해서. 그로부터 얼마 지나지 않아 우연히 읽게 된 편지의 구절들에 대해서. "아버지와 아빠에게"라는 구절로 시작해서 "아빠, 나는 아빠가 보고 싶어. 지금은 이 마음 하나뿐이야. 아빠가 너무 보고 싶어. 꿈속에서라도 한번 나와줘. 나는 아빠를 힘껏 끌어안고 놔주지 않을 거야. 떠나지 못하게 절대 놔주지 않을 거야. 그리고 아빠한테 말할 거야. '아버지 사랑합니다'라고(2009년 1월, 용산참사로 숨진 윤용헌 씨의 장남 윤현구 군이 쓴 편지 중에서)"로 끝나는. 아까 내가 울었던 건 그 편지의 구절들이 생각났기 때문이라는 사실에 대해서 나는 얘기했다. 그다음에는 종현이 얘기했다. 택시를 운전하기 시작하면서 스스로를 얼마나 하찮게 여겼는지, 왜 그런 마음을 즐길 수 있었는지에 대해서. 그날 새벽의 불길은 또 얼마나 무서웠는지에 대해서. 나는 그의 이야기를 주의 깊게 들었다. 그의 두려움을 이해하며.[2]

두 사람은 다시 만나 이전과는 다른 새로운 관계를 맺는다. 이제 그들은 연애 관계가 아니라 서로의 삶의 고민을 털어놓고 상대방의 고민을 경청하고 이해하며 대화하는 관계로 다시 만난 것이다. '서른 살'은 그와 같은 성숙을 이루어가는 문턱을 상징한다고 할 수 있으며, 그러하기에 이러한 재회는 사적인 차원에서의 관계 복원을 의미한다기보다, 보다 넓은 사회적 차원에서의 연대를 암시하는 것처럼 보인다. 그것은 바로 '용산'이 이야기 속에 삽입됨으로써 발생한 효과라고 할 수 있다.

이 경우 '용산'은 일반적인 사회성과는 다른 단독적인 고유명의 세계라고 할 수 있다. 가공을 거치지 않고 텍스트 그대로 드러난 실제의

---

2 김연수, 「당신들 모두 서른 살이 됐을 때」, 『문학수첩』, 2009년 여름호, 163쪽.

편지가 그 고유명의 세계를 증거한다. 그렇기 때문에 적어도 글을 쓰는 주체에게는 그것이 들어가고 그렇지 않고에 따라 전혀 다른 텍스트가 된다. 이 경우에는 '용산'을 이야기 속에 삽입했다기보다, 오히려 '용산'이 허구 텍스트의 관습을 뚫고 들어왔다고 이야기하는 편이 더 적절할 것 같다.

미적 자율성을 가진 언어 체계로서의 소설에 그 타자인 역사적 사건이 도입되는 일은 단지 텍스트 차원에서만 일어나지는 않는다. 거기에는 여러 가지 형식의 비문학적, 그러니까 이전에는 문학의 이름으로 수행되지 않았던 새로운 성격의 실천 과정이 병행된다. '용산'의 경우 작가들은 이전과는 다르게 작품을 쓰는 것으로만 자신의 활동을 한정하지 않고 집단적인 선언 등 자발적인 참여와 실천을 수행했으며, 그 경험을 개인적·집단적 경로로 발표하기도 했는데 그와 같은 면모는 1990년대 이후의 한국문학에서 좀처럼 찾아보기 힘든 것이었다. 2009년 여름부터 그다음 해 1월, 사건이 일어난 지 거의 1년 만에 장례식이 치러질 때까지 그와 같은 새로운 경험의 차원이 공동체의 일부로 흘러들었고, 특히 이야기를 생산하는 영역에는 꽤 폭넓게 그 경험이 공유되었다. 그리고 그러한 경험은 이후 다양한 서사에 그 흔적을 남긴다.

3. 장르 이야기의 문법과 결합된 '용산'이라는 모티프

사회적 의식과 문학적 의식이 교차하는 지대에서 '용산'을 서사 속에 도입해 공유하고자 하는 시도가 일어났던 사실을 앞에서 살펴보았다.

그 경우에는 최근 서사의 흐름과는 다소 어긋난다고 해도, 그럼에도 현재까지도 단절되지 않고 이어져 내려오는 전통과 의식이 여전히 존재하기에, 문학적 형식과 사회적 현실이라는 대상이 비교적 자연스럽게 결부되어 있었다. 그런데 '용산'의 경우에는 특이하게도 다양한 비전통적 이야기, 이른바 장르문학이라고 지칭하는 이야기의 영역에서도 그 모티프가 자주 등장하는 것을 확인할 수 있다.

손아람의 『소수의견』(들녘, 2010)은 법정 추리물이라는 장르 이야기의 형식에 '용산'을 도입하고 있다.

"지난 2월 말 경찰이 아현동 뉴타운 재개발 사업부지의 현장을 점거하고 있던 철거민들에 대한 진압에 들어갔습니다. 철거민들은 망루를 세우고 저항했지요. 진압 중 폭력 사태로 철거민 한 명과 경찰 한 명이 사망했고, 죽은 철거민은 열여섯 살 학생이고 폭행으로 사망했는데, 현장에 같이 있었던 사망한 학생의 아버지가 진압 경찰 중 한 명을 둔기로 내리쳐 골로 보낸 모양이오. 검찰은 그 아버지를 특수공무집행방해치사 혐의로 구속기소했소. 지금 피고인은 서울구치소에 수용되어 있어요. 가능하면 오늘 중으로 만나보세요."

"아들이 죽었다면서요. 경찰도 기소됐습니까?"

"아니. 그 아들을 폭행한 건 현장 철거용역업체 직원이라더군요."

"현장 철거용역업체는 또 뭡니까? 그럼 피고인은 왜 경찰을 죽인 거죠?"[3]

---

3 손아람, 『소수의견』, 들녘, 2010, 36~37쪽.

동시대의 현실을 경험한 공동체의 구성원들에게 앞의 사건은 자연스럽게 '용산'을 떠올리게 만들지만, 사건의 세부적인 사항들은 이야기 전체의 구성에 맞춰 편의적으로 변형되어 있다. 가령 용산은 아현동 뉴타운 재개발 공사 현장으로 바뀌어 있다. 사망자는 두 명으로 철거민 한 명과 경찰관 한 명인데, 사망한 철거민의 아버지가 경찰관을 살해해 치사 사건의 피의자가 된 상황이다. 피의자는 폭행당하는 아들을 구하는 과정에서의 우발적인 행위였다고 주장하고, 검찰과 경찰은 철거민에 대한 폭행 혐의를 용역 업체 직원에게 덮어씌운다. 별 볼 일 없는 변호사였던 '나'는 국선변호인으로서 그 사건을 맡게 되었고, 재판 과정에서 현실 이면의 실상을 접하면서 사건의 핵심에 놓인 의혹에 접근하게 된다.

　　설정 자체는 '용산'에 대한 일종의 알레고리로서 제시되었지만, 이야기는 전개될수록 위기와 해결의 과정을 반복하는 법정 추리물의 문법에 의해 진행되고 또 그에 따른 결말로 이어진다. 그렇게 본다면 이 이야기에서 '용산'은 단지 이야기의 모티프에 머문다고 지적될 수도 있지만, 그럼에도 이 이야기는 '용산'으로 상징되는 현실적 상황이 해결되어가는 판타지를 통해 그것을 판타지로서만 가능하게 하는 현실의 결여를 우회적으로 말해주고 있다. 가령 현실 속의 '용산' 사건에서는 국민참여재판이 받아들여지지 않았지만, 이 이야기에서는 그것이 성사되어 마침내 배심원으로부터 무죄 판결을 받는 결말에 이른다. 말하자면 실제 사건에서 일어난 법적인 차원에서의 의혹과 결여가 가상을 발생시키는 근거가 되었던 셈이다.

　　이렇듯 '용산' 사건은 그것을 현실로 받아들이기 곤란할 정도로 우리 사회가 지금까지 진전시켜온 가치와 어긋나는 면이 있다. 그리고 그

것이 애도의 불가능성의 조건을 이룬다. 그렇다면 「어둠의 맛」 같은 좀비 스릴러에 '용산'이 모티프로 등장하는 것도 그리 부자연스럽지 않다. 여기에서도 『소수의견』에서와 마찬가지로 실제 사건의 빈틈에서 새로운 이야기가 태어나고 있다.

시작점은 용산 남일당 건물이 아니다. 대부분의 사람이 모르는 사실이다. 물론, 불에 탄 시체가 1년 가까이 시체 보관소에 있었던 것과 용산에서 좀비가 처음 출현한 점까지 거짓이라는 얘기는 아니다. 다만, 시체 보관소에 있던 시체가 좀비가 됐다는 얘기는 사실과 다르다. 남일당 건물은 용산 4가에 해당되는데, 실제 좀비가 처음 출현한 지역은 용산 5가이기 때문이다.

서울 대다수 지역이 그렇듯, 재개발은 사람들을 미치게 했고, 세입자들은 예전과 다르게 동절기에도 쫓겨나야 했다. 용산 5가 신명빌딩에서 치킨집을 하던 고윤회 사장은 3개월치 영업 손실금만 받고 쫓겨나자 노상에 천막을 쳤다. 잠시 자리를 비운 사이, 용역이 세 번째로 천막을 철거하자 고윤회는 회사 시절 늘 하던 쥐색 양복을 입고, 새벽에 재개발 건물 1층으로 들어갔다. 철거민 고윤회는 형광등 끝에 넥타이를 묶어 목을 매달아 자살했다. 시체는 다음 날 아침 순찰을 돌던 용역에게 발견됐다.[4]

강제 철거당한 세입자가 스스로 목숨을 끊었고, 그 원한의 정념에서 좀비 바이러스가 생성된다. 자살한 철거민의 아들인 '나' 역시 아버

4 펭귄, 「어둠의 맛」, 『섬, 그리고 좀비 — ZA 문학 공모전 수상 작품집』, 황금가지, 2010, 53~54쪽.

지의 시체를 병원으로 호송하는 도중 전염되어 좀비가 된다. 모티프만 '용산'에서 따왔을 뿐 좀비 스릴러의 일반적 문법에 의해 전개될 듯하던 이야기는, 그러나 조금씩 그로부터 일탈해간다. 좀비 영화에서와는 달리 이야기 속에서 좀비들은 신체만 좀비로 변했을 뿐 이전의 의식을 계속 유지하고 있다. 인육을 탐하는 대신 일주일에 한 번 정도 생고기로 소식과 절제된 식사를 하는데, 그 고기조차 정육점에서 구입한다. 이렇게 좀비 스릴러의 일반적 문법에서 일탈해나가기 시작한 이야기는 좀비라는 알레고리를 매개로 현실의 여러 문제를 풍자하는 방향으로 진행된다. 좀비는 전국적인 현상이 되고 세종시에 좀비 수용소가 세워지는 한편, 농촌이나 노동 현장의 부족한 인력을 좀비가 채우기에 이른다.

시골뿐 아니라 공장에서도 좀비는 사람보다 인기가 많았다. 오감이 발달하여 위험감지능력이 좋고, 쉽게 다치지 않고 피곤도 모른다. 식사도 일주일에 한 끼만 주면 된다. 가끔 월급이 밀려도 신고한다는 협박에 별수 없이 제자리로 가서 일하는 좀비는 부려먹기 알맞았다. 좀비는 외국인 노동자 자리마저 빠르게 흡수하여 실질적으로 우리가 쓰는 물품이나 먹을거리 대부분은 좀비가 만들게 됐다.[5]

이쯤 되면 좀비는 더 이상 다른 세계의 이야기가 아니다. 좀비는 사회적 생산의 기본 영역을 담당하면서도 자신의 권리를 박탈당한 채 주변부에서 살아가는 우리 현실 속의 마이너리티와 다름없기 때문이다.

---

5 같은 글, 63쪽.

이처럼 『소수의견』과 「어둠의 맛」에 도입된 '용산'은 장르 이야기가 장르 자체에 폐쇄되어 그 레퍼토리를 반복하는 것이 아니라 그 바깥의 현실을 도입해 이야기를 갱신할 수 있는 근거로서 작용하고 있다. 장르 이야기 문법의 본능이 '용산'이라는 결코 쉽게 처리할 수 없는 모티프에 의해 제어되고 있다고나 할까. 이와 같이 대중성뿐만 아니라 현실성까지 갖춘 장르 이야기의 가능성은 동시대의 현실을 담아내는 새로운 이야기 방식을 기대하게 만든다.

4. 환상과 신화, '용산'을 서사화하는 두 개의 알레고리

'용산'을 마주하는 의식이 장르의 문법과 결합할 때 파생되는 이야기의 특징을 살폈다. 그렇다면 이른바 본격문학이라 이야기되는 영역에서 '용산'을 형상화하는 방식은 어떻게 다른가.

김현영의 『러브 차일드』(자음과모음, 2010)는 세계가 지배계급인 '지도 그룹'과 그들에 공모하는 '민간', 그리고 그들에게 평생 동안 성과 노동력을 착취당하다가 효용 가치가 소멸하면 쓰레기로 분류되어 처리되는 피지배계급 등 세 계급으로 신분화된 미래의 가상공간을 배경으로 한 SF소설의 형식을 취하고 있다. 소설 속에서 서술은 피지배계급의 두 인물 '수'와 '진'에 초점을 맞추고 진행된다. 그런데 여기에서 이 글의 주제와 관련하여 주목할 만한 대목이 몇 차례 반복해서 등장한다. 다음은 그 가운데 한 대목이다.

　　간혹 수가 등장하기도 했다. 그때마다 수는 삭발한 채 망루에 올라가 있었다. 오래전 그녀의 아버지가 그랬듯이. 그리고, 단단히 여문 두상 앞에 여전히 건재하고 있는 수의 오세아니아. 그래서 진은, 알아보았던 것이다. 처자가 된, 수를. 하지만 이 세계는 그런 수를 가리켜 폭도라고 했다. 테러리스트라고 했다. 오래전 그녀의 아버지를 그렇게 불렀듯이. 지도 그룹이 강조한 이 세계는 그러므로 누군가에게는, 새로운 세계가, 아니었다.[6]

앞의 인용에서 확인되듯, 이 소설의 가상적인 미래 상황은 그 뚜렷한 현실적 원천을 갖고 있다. 인터뷰에서 작가는 "이 소설이 너무 허황되게 읽히지 않으려면 반드시 현실과의 접점이 필요할 것 같았습니다. 용산참사가 씨앗이었던 건 분명해요. 읽으면서 연상해주길 바랐고, 그래서 의도적으로 썼습니다"[7]라고 직접 분명하게 밝히고 있기도 하다. 그렇다면 이 묵시록적인 미래의 환상은 지금 이곳의 현실에 대응되는 일종의 알레고리인 셈이고, 그 환상을 발생시킨 현실적 근거 가운데 하나로 '용산'이 놓여 있다고 할 수 있다.

『러브 차일드』의 경우 '용산' 사건에서 세입자들에게 가해졌던 비인간적인 진압이 묵시록적 미래의 환상을 떠올리게 만들었다면, 정찬의 「세이렌의 노래」(『문학과사회』, 2010년 여름호)에서는 그 반대로 과거로, 멀리 역사 이전의 세계로 거슬러 올라간다. 그리하여 역사적 사건의 다큐멘트가 신화와 결합되는데, 그 결합을 성립시킨 근거는 바로 사건 당일 저녁 뉴스에서 앵커가 사용한 '컨테이너형 트로이의 목마'라는

6 김현영, 『러브 차일드』, 자음과모음, 2010, 211~212쪽.
7 조형래·김현영 대담, 「지구 어딘가에서 일어난 일은 곧 내게, 우리에게, 일어난 일」, 『러브 차일드』, 272쪽.

비유였다.

　나는 낯선 동쪽의 도시가 만든 목마의 모습이 궁금했다. 에페이오스가 트로이의 바닷가에서 만든 목마는 아름다웠다. 아테네 여신에게 바치는 제물로도 손색이 없었다. 하지만 낯선 동쪽의 도시가 만든 목마의 모습은 기괴했다. 우선 나무가 아니었다. 번들거리는 검은색 쇠붙이였다. 말의 모습도 아니었다. 생명의 모습과 거리가 먼, 딱딱한 직육면체였다. 사람들은 그것을 컨테이너형 트로이의 목마라고 불렀다. 직육면체의 배 속에는 심연에서 나를 깨어나게 한 피의 노래가 출렁이고 있었다.[8]

　앞에서 보듯 이 이야기의 화자는 신화 속 인물인 오디세우스이다. 그런데 그의 서술을 통해 제시되는 내용은 용산참사가 일어난 2009년 1월 20일부터, 장례식이 있던 2010년 1월 9일까지 355일간의 경과다. 그 형식과 내용의 대비는 신화와 현실, 자연과 문명의 대비에 대응되는 것이고, 그 대비는 궁극적으로 현실과 이상 사이의 간극을 전면화하여 보여준다. 그리고 그 간극 사이를 노래(예술)라는 형이상학적 차원으로 메우고 있다. 이 작가는 이전에 '광주'를 서사화하면서 그와 같은 방식을 고안한 바 있는데, 다시 한 번 등장한 이런 방식은 '용산' 사건이 이 작가에게 환기시킨 비극성을 새삼 확인하게 만든다.

8　정찬, 「세이렌의 노래」, 『문학과사회』, 2010년 여름호, 84쪽.

5. 텍스트 생산의 심층에 개입된 '용산'의 흔적들

현실과 환상(『러브 차일드』), 현실과 신화(「세이렌의 노래」) 사이의 알레고리를 성립시키는 매개로서 '용산'이 등장하는 두 가지 문학적 사례를 살펴보았다. 장르 이야기에서는 현실적 사건의 성격이 직접적으로 드러났던 데 비해, 이 경우에는 환상이나 신화와 결합되면서 그것이 간접화되는 양상을 보여주고 있다. 그럼에도 여기에서는 그와 같은 알레고리의 구도가 비교적 선명하게 드러나는데, 다음에 살펴볼 김애란과 황정은 소설의 경우에는 좀 더 복잡한 맥락을 동반하고 있다.

김애란의 「물속 골리앗」(『자음과모음』, 2010년 여름호)은 50년 만의 홍수로 세상이 물에 휩쓸린 상황을 배경으로 삼고 있는데, 그런 면에서 주로 젊은 세대의 일상적 감각을 특유의 발랄한 필치로 표현하는 데 장기를 발휘해왔던 이 작가의 새로운 면모를 확인하게 해주는 소설이라고 할 수 있다. 우리는 그 징후를 전작 「벌레들」(『서울, 어느 날 소설이 되다』, 강, 2009)에서, 혹은 더 거슬러 올라가서 「플라이데이터리코더」(『문학판』, 2006년 여름호)에서 앞서 경험한 바 있었다. 그런데 이번 소설에 등장하는 다음과 같은 대목은 그 미래적 상상력에 새롭게 도입된 사회적 현실의 층위에 대해 생각해보게 만든다.

우리는 상중(喪中)이었다. 부모님이 은행에 주택담보대출을 다 갚으셨을 즈음, 이곳에 철거 명령이 떨어졌다. 20년 만에 이 집의 진짜 주인이 됐는데, 누군가 갑자기 새 주인임을 주장하며 나타난 거였다. 보상금은 터무니없이 적었다. 어디에서도 집을 구할 수 있을 만한 금액이 아니었다. 아버지는 마을 어른들을 따라 불안한 얼굴로 회의에 참석했다. 그리고 해가 뜨면 미안한 얼굴로 신도시의 건설 현장에 나가 아파트를 지었다. 공사장 한쪽에 쭈그려 앉아 철근을 붙이고 파이프를 이었다. 그런데 어느 날, 갑자기 낯선 사람들이 찾아와 아버지가 죽었다고 말했다. 40미터 타워크레인에 올랐다 실족하셨다는데, 사실인지 알 수 없었다.[9]

가장의 의문의 죽음을 받아들일 수 없었기 때문에, 모두가 떠난 텅 빈 아파트에 어머니와 아들이 남았다. 그 상황에서 홍수가 일어나고, 급기야 어머니마저 사망한다. 소설은 죽은 어머니를 뗏목에 싣고 타워크레인만이 묘비처럼 솟아 있는 물바다를 헤쳐나가는 아들의 이야기이다.

물론 소설 속에서 제시된 사건은 '용산'에서 발생한 사건과 정확하게 일치하지는 않는다. 어느 대목에서 기표들은 어긋나 있지만, 그럼에도 그 자리는 대응되고 있다. 가령 '오른다'라는 행위가 목표로 삼는 지점에 '망루' 대신 '타워크레인'이 놓여 있는 식이다. 소설 속의 '물'은 현실 속의 '불'을 대치하고 있으며, '용산'이라는 기호는 '강산아파트'라는 기표 속에 시니피앙 차원의 흔적을 남기고 있다. 이 경우 '용산'은 사회적 의식의 표층이 아니라 이야기가 발생하는 심층의 근원에서 글쓰기에 영향을 미치고 있다고 할 수 있다. 물론 그 과정에서 압축과 전위가 이루어지기에 그 기표들의 대응 관계는 반드시 논리적이지는 않고, 그렇기 때문에 현실과 텍스트 사이에 분명한 인과적 관계가 성립하지도 않는다. 그럼에도 '용산'에 '대한' 이야기는 아니어도 '용산'이 이야기 생산에 참여하고 있다고는 말할 수 있지 않을까. 프로이트의 논의를 빌

---

9   김애란, 「물속 골리앗」, 『자음과모음』, 2010년 여름호, 50~51쪽.

리면, 그것은 2차 과정(의식)이라기보다 1차 과정(무의식)에서 일어나는 일이다. 그리고 소설 속에 두루 분포해 있는 '용역회사 사람들',[10] '강제진압',[11] '물대포',[12] '농성'[13] 등의 기표들 역시 이 소설의 발생적 기원에 '용산'이 놓여 있음을 사후적으로 확인하게 해주는 흔적들이다.

'용산'이 무의식의 기표의 차원에서 글쓰기에 영향을 미치는 또 다른 사례를 우리는 황정은의 소설에서 살펴볼 수 있다. 『세계의 문학』 2009년 가을호에 전재되었던 『百의 그림자』(민음사, 2010)에서부터 최근 발표된 단편 「옹기전(甕器傳)」(『현대문학』, 2010년 6월호)에 이르는 과정이 그에 해당하는데, 여기에서는 1차 과정에서의 기표의 활동이 보다 더 활발하게 이루어지고 있다. 이미 제목에서부터 '등 뒤(back)의 그림자→百의 그림자', '甕器塵'→'甕器傳' 등의 기호 놀이가 전면화되어 있어 그 이야기의 초현실적 성격을 짐작하게 한다.

> 나는 마루에서 어머니와 그녀의 그림자를 바라보고 있었습니다. 그림자는 이때쯤 검디검게 휘어져서 어머니의 몸을 빈틈없이 덮고 있었는데 어머니는 그걸 모르거나 상관없다는 듯 그림자를 내버려둔 채로 이따금 입을 벌려서 미미, 하고 가가, 하며 그림자의 말을 따라갑니다. 나는 그 입도 보았습니다. 더없이 무기력한 입, 그림자에게 압도당하고만 입, 그림자가 들락거려 혀가 검게 물드는 것을 모르고 조그맣게 벌어졌다 닫히곤 하는 그녀의 입을 보고 있었습니다.[14]

---

10 같은 글, 51쪽.
11 같은 글, 53쪽.
12 같은 글, 66쪽.
13 같은 글, 71쪽.
14 황정은, 『百의 그림자』, 민음사, 2010, 70~71쪽.

앞의 인용은 『百의 그림자』의 한 대목이다. 이 소설은 철거를 앞둔 전자 상가가 배경으로 설정되어 있어 그 배경 자체가 '용산'을 떠올리게 만드는 면이 있다. 하지만 여기에서 중요한 것은 그러한 소재나 배경의 차원이 아니다. 이 소설은 자신의 그림자가 일어서는 것을 경험하는 사람들의 이야기인데, 그와 같은 '일어서는 그림자'라는 환상적 계기는 자신의 불행한 삶에 맞서기보다 그것을 체념적으로 수용하는 사람들이 겪는 어떤 순간의 경험을 표현한다. 그들은 결국 자신의 일어선 '그림자'를 쫓아감으로써 삶을 버리는데, 그렇다면 이 그림자는 그들 존재에 내재된 타나토스적인 충동의 물질화라고 할 수도 있을 것이다. 그렇지만 황정은의 소설에서 그 충동은 공격적이지 않고 철저하게 수동적이고 방어적이다. 그리고 앞의 대목, 즉 소설 속 인물 중의 하나인 유곤 씨의 어머니가 그의 그림자의 입 모양을 그대로 따라가는, 어머니의 입이 그림자의 입에 압도당하는, 그러니까 '입이 입을 먹는 장면'은 그와 같은 무기력의 극단을 표상하는 인상적인 장면이다. 그렇다면 유곤 씨의 어머니가 그처럼 극단적인 절망에 빠진 이유는 무엇이었던가. 조금 더 시간을 거슬러 올라가면 어머니의 절망에는 다음과 같은 사건이 원인으로 놓여 있었다.

　　열두 살 때였습니다. 아버지가 돌아가셨습니다. 압사였습니다. 그는 아파트 건설 현장에서 일하고 있었습니다. 타워크레인의 추가 삼십 미터 높이에서 그의 몸 위로 떨어졌습니다. 죽음이 너무도 확실했기 때문에 세 시간이나 추를 그대로 내버려두었다고 합니다. 어머니는 시체를 보기 전에는 그의 죽음을 믿지 않겠다며 고집을 피우다가 기어코 그의 마지막 모습을 보러 내려갔습니다.[15]

이런 장면이 등장하게 되는 이유에 대해서는 앞서 다루었기 때문에 반복할 필요가 없을 것 같다. 바로 앞의 사건에 이어진 장면에서, 그러니까 남편의 시체를 보고 난 후 유곤 씨의 어머니는 '그림자'를 업고 돌아오고, 마침내 '그림자'의 입에 먹히고 만다. 이 소설에서 '그림자'는 이처럼 극단적인 절망과 죽음에 대응되는 이미지라고 할 수 있지만, 그럼에도 하나의 특정 기의에 대응되지 않는, 여러 겹의 주름을 갖고 있는 매우 불투명한 기표이다.

『百의 그림자』에서의 '그림자'가 「옹기전」에서는 '항아리'라는 기표로 전이되어 있다.

나는 그것을 옆 동네에서 주웠다. 바닥에서 파냈다. 목적이 있어서 그 동네까지 간 것은 아니었다. 사는 게 쓸쓸하고 울적해서 나뭇가지로 벽 따위를 두드리며 무작정 걷다가 거기까지 갔다. 고개를 들고 보니 인적 없이 심란하게 부서진 집들이 즐비한 동네에 홀로 서 있었다. 벽들은 뜯어지거나 터져 있었고 집들은 치열도 고르지 않은 거대한 입에 베어 먹힌 것처럼 들쭉날쭉 부서진 채로 예전에 내부였던 것들을 노출하고 있었다.[16]

「옹기전」에서도 재개발이 진행되고 있는 철거 현장의 황량한 풍경이 배경으로 펼쳐져 있는데, 그것만으로 '용산'의 영향을 이야기하는 것은 무리일지 모른다. 그런데 그보다 더 심층에서 작용하고 있는 발생

---

15 같은 책, 66쪽.
16 황정은, 「옹기전(甕器傳)」, 『현대문학』, 2010년 6월호, 77쪽.

적 맥락을 우리는 '입'이라는, 일종의 상징적 오브제 역할을 하는 기표의 상호텍스트성을 통해 확인해볼 수 있다. 『문학동네』 2009년 겨울호에 발표된 '용산' 사건의 이후 추이에 대한 황정은의 리포트 제목 '입을 먹는 입'은 『百의 그림자』의 세 번째 챕터 제목이기도 하며, 앞서 살펴본 것처럼 그 소설 속에서도 압축과 전위의 과정을 거쳐 다른 형상으로 제시된 바 있다. 그 '입'의 이미지는 앞의 장면에서도 "거대한 입에 베어 먹힌 것처럼"이라는 표현을 통해 변주되어 다시 등장하고 있다. 말하자면 황정은의 서로 다른 텍스트들에 변형되어 반복적으로 등장하는 '입'의 이미지들은 그 현상텍스트들의 심층에 자리 잡은, 재현되지 않는 어떤 추상적 관념체의 형상들이라고 할 수 있는데, 우리는 상호텍스트들을 검토하면서 그 관념체가 형성되는 과정에 '용산'이 개입해 있음을 추측해볼 수 있다. 물론 이는 단정적으로 증명해 보일 수 있는 문제는 아니지만, 그 관념체가 재현되(지 않)는 과정에서 남긴 기호 작용의 흔적들로부터 그 현실적 연원을 생각해볼 수 있다.

그 항아리, 끔찍하게도 생겼구나. 너 그런 몰골의 항아리 같은 것만 유심히 보고 있다가는 뒤처진다. 사람이 매사 나쁜 쪽으로만 생각하게 되고 못쓰게 된다. 못쓰는 사람이라는 게 어떤지 너 아냐. 변변한 직장도 없어 돈도 못 벌고 비웃음당하고 사람 구실 못해 친척들에겐 무시당한다. 너 그런 어른 되고 싶으냐. 항아리 같은 것을 따지면서 그렇게 살고 싶으냐. 그런 것 말고도 좋은 게 얼마나 많은 세상이냐. 내가 너만 한 나이였을 때는 온갖 난리에 살기가 어려웠어도 지금은 말이다, 터널도 파고 지하철도 뚫고 고속도로도 만들어서 이 나라 벌써 선진국 아니냐. 이 좋은 곳에서 좋은 것만 보고 살아도 인생이 모자라거늘 하물며 꼬마

가 말이다, 그런 것을 가지고 다니는 것이 아니다. 어디 내버려라.[17]

이 소설에서 '항아리'의 의미는 단일하지 않다. 그것은 여러 방향으로 뻗어나가는 의미 연쇄를 압축하고 있는 기표이다. 여러 겹의 압축과 전위의 과정이 그와 같은 불명료함을 생산해냈다고 할 수 있다. 그런 의미에서 '항아리'는 라캉의 개념으로 말하면 '교점(point nodal)'과 같은 것이라고 할 수 있다. '항아리'라는 기표를 중심으로 1차 과정에서 일어나는 압축과 전위의 놀이로 이어지던 기호 연쇄는 어느 순간 2차 과정의 지대로 진입하여 앞의 인용에서처럼 '항아리'라는 기표의 기의를 사회적 맥락으로 해석하도록 추동하고 있다. 무의식의 차원과 의식의 차원, 힘의 차원과 의미의 차원을 분명하게 단절시키지 않고 둘 사이의 연관과 교차를 역동화하는 방식, 그러하되 그것을 자연스럽게 형상화하는 방식이야말로 황정은 소설의 특징을 이루는 것이었는데, 여기에서도 그와 같은 면모가 유감없이 드러나 있다.

한편 황정은은 체념적 비관에 물든 인간들과 그들의 삶의 실상을 표현하는 데 특별한 감각을 보여왔지만, 어느 시점 이후에는 그와 같은 회의적 감정의 상태를 돌파하는 장면들을 통해 그 극복의 방향을 암시하고 있는데,『百의 그림자』의 결말 부분도 그렇지만「옹기전」에서도 앞에서처럼 의식의 사회적 측면이 드러나 있다. '용산'이 텍스트 생산에 참여함으로써 발생한 효과는 그와 같은 방향에 새로운 성격을 부가하고 있는 듯하다.

김애란과 황정은의 소설에서 '용산'은 사회적 의식, 의지의 대상이

---

17 같은 글, 87쪽.

192

라기보다 결코 외면할 수 없는 어떤 대상, 아니 의식이 그냥 넘어간다고 해도 그 존재의 흔적이라도 남겨야만 하는 어떤 무의식의 대상일 것이다. 기표의 차원에서 작용하는 이 무의식 역시 사회적인 발생 근거와 그 표현의 사회적 효과를 갖는다는 것을 그들의 소설은 말해준다.

6. '용산'이라는 화두

지금까지 '용산'을 모티프로 해서 쓰인 이야기들의 폭과 그 성격에 대해 살펴보았다. 그 텍스트들에서 '용산'은 사회적 의식에서 무의식에 이르기까지, 의식의 전 스펙트럼에 폭넓게 그 흔적을 드리우고 있었다. '용산'이라는 사건이 구체적으로 적시되면서 그 실상을 드러내는 데 주력하는 이야기가 있는가 하면, 여러 가지 문학적 관습과 장치에 의거해 그 사건을 형상화하는 이야기도 있고, '용산'이 이야기의 대상은 아니지만 텍스트의 생산에 개입해 기표의 차원에 그 흔적을 남기고 또 그에 대응되는 사회적 효과를 발생시키는 이야기의 유형도 있었다. 이러한 현상은 한 가지 역사적 사건에 다각적으로 접근할 수 있는 다양한 이야기가 병존하게 되었다는 점에서 의미를 지닌다고 생각된다. 달리 말하면, '용산'에서 파생된 다양한 이야기들은 하나의 기표가 의식의 표층으로부터 그 심층의 무의식에 이르는 여정을 보여주고 있는 것이다.

이러한 흐름은 이야기 생산의 영역에서뿐만 아니라 비평의 영역에서도 문학과 정치의 관계에 관한 활발한 논쟁을 유발했다. 그 논쟁들은 랑시에르, 아감벤, 바디우 등 유럽 사상가들의 수용에서 촉발된 논의를 우리의 현실적 상황에서 다시 구체적으로 살피는 중요한 계기로서 작용했다. 그리하여 우리는 문학의 자율성의 문제에 대해, 문학 텍스트의 내부와 외부 사이의 경계에 대해 현실의 실감을 갖고 보다 깊이 들여다보는 중이다.

그렇다면 '용산'은 '문학과 현실', '문학과 정치'라는 일반적인 문제를 지금 이곳의 상황에서 구체적으로 현실화하는 방식에 대해 사유하도록 이끄는 화두를 제시한 것이고, 소설과 비평 등 우리가 생산하는 이야기들은 역사의 어떤 국면에서보다도 민감하게 이 문제에 반응했던 것이다. 그 원인은 무엇일까. 일단 그것은 2008년의 촛불시위 국면에서부터 이어져온 한국의 정치적 상황의 영향으로 이해될 수도 있겠고, 더 근원적으로는 1990년대 중반 이후 문학이 현실에 대해 갖는 부채 의식에 그 무의식적 원인이 놓여 있다고 설명할 수도 있을 것이다. 만일 그와 같은 부채 의식이 원인이라면 최근 '용산'을 둘러싸고 우리 문학에 나타난 어떤 종류의 변화들은 그 청산을 위한 시도라고 볼 수도 있을 것이다. 그런 맥락에서, 최근 우리의 이야기에 나타난 '용산'의 흔적들에 주목하여 그 의미를 더듬어본 이 글의 시선 역시 '용산'의 효과라고 볼 수 있을지도 모르겠다. 만일 그렇다면, '용산'은 우리에게 관심이 인식을, 그리고 그 표현을 규정한다는 사실을 새삼 일깨워주고 있는 것이다.

메타포, 알레고리, 아날로지

1. 실화에 바탕을 둔 이야기의 유행 — 새로운 사회성의 출현인가?

최근 들어 사회적 이슈에 대한 대중의 반응이 이전과는 다른 양상으로 나타나는 조짐이 보이고 있다. 이러한 변화에는, '나꼼수' 열풍이나 실화에 근거한 영화들이 논쟁을 불러일으키며 현실적 영향력을 발휘하는 과정에서 보듯, 팟캐스트나 페이스북, 트위터 등 이른바 '소셜 미디어'의 등장이 결정적인 역할을 하고 있다. 국가인권위원회가 문제를 제기한 바도 있었고 또 소설화되어 상당한 독자를 불러 모으기도 했지만 그 단계에서는 그리 큰 사회적 반응이 없었던 사안이 대규모 제작사에 의해 영화로 만들어지자 급작스럽게 공론화되는 사태나, 또 방송과 신문, 잡지 등에서 수차례 다뤄졌던 한 판결이 영화화되면서 비로소 커다란 사회적 반향을 불러일으키고 있는 최근의 상황을 보면, 사회적 미디어의 분화와 상호 연관의 네트워크가 이제 새로운 방식으로 재구성되어가고 있다는 느낌도 든다. 그리고 그 과정에서 사회적 사건의 새로운 용도가 발견되고 있는 것인지도 모른다.

소설 역시 그와 같은 미디어 네트워크의 체계 속에서 다른 미디어들과 점점 더 빈번하게 서로 영향을 주고받으며 이전과는 다른 좌표 위에서 유동하고 있는 상황이다. 현실적 사건이 소설 속에 흘러드는 경로 또한 미디어와의 교섭을 통해 마련되는 경우가 많고, 소설 속 사건의 의미가 다른 미디어들과의 연관을 통해 현실화되는 부분도 점점 커지고 있다. 표면상 그 외연이 확장되는 듯 보이는 것과는 달리, 실질적으로 현실에 대한 소설의 자율성은 점점 줄어들고 있는 것이다. 이러한 맥락에서 문제성을 띠는 몇 편의 소설을 살펴보면서 현실에 반응하는 최근 한국 소설의 몇 가지 방식과 그것이 내포하고 있는 문제들을 짚어보는 것이 이 글의 목적이다.

2. 메타포에 은폐된 사건의 단독성

우선 서두에서 제기한 문제와 직접적으로 관련되는 소설로 정찬의 「흔들의자」(『문학사상』, 2012년 1월호)와 정미경의 「남쪽 절」(『자음과모음』, 2011년 겨울호)을 살펴볼 수 있다.

먼저 자신이 일하던 공장의 굴뚝에서 목을 맨 한 해고 노동자의 아내가 서술하는 이야기인 「흔들의자」에는, 개별적으로 특정되지는 않았지만 '용산', '쌍용자동차', '한진중공업' 등 최근에 우리 사회에서 발생한 일련의 첨예한 사건들로부터 연유한 장면들이 담겨 있다. 그런 의미에서 이 소설은 '용산'을 직접적인 모티프로 취한 작가의 전작 「세이렌의 노래」(『문학과사회』, 2010년 여름호)에 이어져 있고, 더 넓게 보면 '용산' 등 근래의 사회적 이슈는 그의 초기 소설에서 '광주'가 차지하고 있던 자리를 복원하고 있는 인상을 주기도 한다.

이 소설에서 사건은 원숙한 소설적 기교에 의해 형상화되어 있는데, 그 기술적 방식은 작가의 작품 세계 및 소설사의 전통에 닿아 있는 것이어서 자연스러운 대신 낯익은 면도 있다. 동시대의 사회적 사건을 존재의 부조리라는 실존적·신학적 질문과 연결시킨다거나, 남편/아버지의 죽음을 받아들이는 태도를 둘러싼 모녀의 갈등이 마침내 해소되는 상징적 결말, '타워팰리스'와 '굴뚝', 그리고 '흔들의자' 등 서로 은유적 연관을 맺는 이미지들의 대응 관계 등에서 그런 측면을 확인해볼 수 있다. 기법상으로는 최근으로 올수록 세련된 경향이 있지만, 그럼에도 초기작의 기법이 해당 사건을 소설화하기 위한 고투 끝에 찾아낸 상대적으로 미숙하지만 생생한 것이었다면, 최근 소설들에서의 그것은 이전의 방식을 이어받고 다듬어 새로운 대상에 적용하는 편에 가까워 보인다.

여기에서 문제는 이처럼 문학적으로 완숙하게 처리된 형상화로 말미암아 사회적 사건 그 자체의 단독성은 상대적으로 희미해진 느낌을 준다는 점이다. 이 소설에서 그 사건들이 개별적으로 호명되지 않고 있는 것도 그 사건들에 대한 개입의 의지보다 그 모티프들에 의거한 소설적 문제의 설정 쪽으로 더 관심의 무게가 기울어져 있기 때문이라고 할 수 있을 것 같다.[1] 만일 '용산'의 '컨테이너'를 단독성의 시선으로 바라본다면, 그것이 전혀 다른 역사적 맥락 속의 '트로이의 목마'(「세이렌의 노래」)로 치환되기는 더 어려웠을지도 모른다. '흔들의자'는 공장 굴뚝이라는 현실 속의 대상으로부터 치환된 이미지로 볼 수 있지만, 다른 한편으로는 작가가 전작들에서 보여주었던 방식, 가령 「녹슨 자전거」(『좋은 소설』, 2010년 봄호)에서 '녹슨 자전거'의 이미지를 구성하는 방식을 반복, 변주하는 측면도 커 보인다.[2]

한편 「남쪽 절」(『자음과모음』, 2011년 겨울호)에는 '용산'이라는 특정 사건이 배경으로 놓여 있다. 자신이 만들기 원하는 책을 내고 싶어 안정된 메이저 출판사를 나와 직접 조그만 출판사를 차린 '김'은, 그러나 막상 현실적인 어려움에 직면하자 처음의 의지를 스스로 배반한다. 베스트셀러 필자이지만 대필 의혹으로 곤궁에 처한 '백'과의 거래에 필사적으로 매달릴 만큼 '김'은 윤리적 문제에 무감각해져 있다. 동업자이자 아내인 은애의 비판에도 무신경하다. 소설은 '김'의 윤리적 무감각에 '용산'의 불편한 이미지들을 반복적으로 대비시키면서 주제가, 이야기되는 것이 아니라, 드러나게 만든다. "자기기만과 무감각의 장막을 걷어내고 지극히 사소한 타락의 계기를 놓치지 않고 포착"[3]하고 있다는 분석은 이 소설의 내용과 기술적 수준을 동시에 적절하게 지적하고 있어 보인다.

이렇게 보면, 이 소설에서 '용산'은 단지 배경에 머무는 것이 아니라,

---

1 역시 사망한 해고 노동자의 아내에 초점이 맞춰져 서술되고 있는 박혜상의 「그 사람의 죽음과 무관한 알리바이」(『21세기문학』, 2011년 여름호)는 '쌍용자동차' 사건을 보다 직접적으로 특정하여 지시하고 있는데, 이 서사는 자연스러운 독해를 방해하는 분열적 특성을 갖고 있다는 점에서 「흔들의자」와 대비되는 면이 있다.
2 이 소설에서, 특히 공장 굴뚝에서 남편이 목을 매는 장면에서 『난장이가 쏘아올린 작은 공』(1978)의 이미지를 읽어내고 "이미지(환각)가 소설을 창출하는 형국. 이미지가 글쓰기의 현실로 작동하는 것"(김윤식, 「한글로 쓴 어떤 멜랑콜리의 계보」, 『문학사상』, 2012년 2월호, 219쪽)이라 분석하는 방식 역시 이 소설이 특정 사회적 사건에 대응되는 역사적 단독성의 측면이 희미하기 때문에 가능한 독법이라고 할 수 있을 듯하다.
3 이소연, 「보지 못하는 자들에게, 임할 것이다」, 『창문(창비 문학블로그)』, 2012년 1월 10일자.

'김'이 자신의 이해를 좇느라 바라보지 못하는 사각지대, 곧 내부에서는 양심이라고 부르는 어두운 지대에 대응되는 장소를 표상한다고 할 수 있다. 하지만 '용산'이라는 사건으로부터 윤리적인 맥락을 이끌어왔기 때문에 소설 속에서 그 문제의식을 직접 구성할 필요는 줄어든 측면도 있다. 전작 「파견근무」(『문예중앙』, 2011년 봄호)에 나오는 도박에 중독된 판사 '강'에 비해 「남쪽 절」의 '김'의 행동이나 심리가 다소 작위적인 인상을 주는 것도 그 점과 관련이 있어 보인다.

이때 '김'으로 하여금 그 이미지들을 다른 방식으로 체험하도록 만드는 것이 '미나미 테라(南寺)'(안도 다다오)라는 설치미술에 의거하여 만들어낸 소설 속의 전시 공간이다. 그런 맥락에서 보면 '남쪽 절'은 '빛을 내장한 어둠'이라는 속성을 공유하면서 '남일당(=용산)'이라는 현실을 표상하고 있는 소설적 메타포라고 할 수 있을 텐데, 문제는 소설 속에서 메타포의 무게가 사건 자체의 무게보다 더 크게 느껴진다는 점에 있다.[4]

---

4 이 기술적 방식이 지나치게 비대해질 때 텍스트에 도입된 역사적 사건이나 사회적 이슈는 수단화될 우려가 있다. 실화에 근거를 두고 흥행에 크게 성공한 최근의 상업영화들의 문제 역시 그 메커니즘에 비춰볼 때 그 사건의 단독성을 드러내는 데 궁극적인 목적을 둘 수 없다는 점으로 인해 발생한다. 가령 〈부러진 화살〉(2011)에 나오는 '석궁 교수' 김경호의 감옥 생활 장면과 〈쇼생크 탈출〉(1994)에서 앤디(팀 로빈스)가 감옥에서 겪는 에피소드들의 유사성을 비교하는 상당수의 감상 후기를 인터넷에서 확인할 수 있는데, 그 역시 장르적 코드가 사건의 단독성을 대신하고 있는 상황에 대한 대중의 반응으로 볼 수 있다. 이럴 경우 텍스트는 근본적으로 현실의 사건을 구체적으로 지시할 수 없고, 그렇게 막연하게 던져진 상황을 둘러싸고 발생하는 논쟁 속에서 사건의 단독성은 소비되면서 휘발될 우려가 있는 것이다.

3. 알레고리 효과의 이면, 혹은 비판의 아이러니

앞의 소설들에 나타난 해고, 시위, 폭력적 진압이라는 악순환의 양상이 자본주의 현실의 어두운 한 표정임에 분명하지만, 자본주의가 그 한 가지 억압적인 얼굴만 가지고 있는 것은 아니다. 물론 그런 대가를 통해 이루어진 것이겠지만, 그 반대편에는 풍요와 관용, 비판과 진보의 가능성을 약속하는 또 다른 세계가 미디어에 의해 연결된 세계화의 동시대성 속에서 우리 현실의 한 층위를 이루고 있다. 박민규의 「버핏과의 저녁 식사」(『현대문학』, 2012년 1월호)에 나오는 구절을 인용하여 말하면 자본주의의 "맨 앞의 풍경"[5]인데, 이 소설은 그 화려한 풍경 이면의 허세와 불안을 그 유명한 '버핏과의 점심 식사'를 모티프로 취하여 작가 특유의 유머와 풍자의 시선으로 그려 보이고 있다. 말하자면 이 소설에서 '버핏'은 자본주의의 한 영역을 상징적으로 보여주는 일종의 은유라 할 수 있는데, 이 소설에는 그러한 '상징'과는 구분되는 또 다른 서사의 차원이 더불어 제시되어 있다.

우선 '점심 식사'가 '저녁 식사'로 연기된 것은 대통령의 갑작스러운 호출 때문인데, 이 간극으로 인해 소설은 현실에 대응되면서도 그와 어긋나 있는 가상적 상황을 마련할 수 있게 된다. 처음에는 현실 관찰의 지평을 세계적 범위로 확장하여 동시대의 자본주의적 현실을 풍자적으로 다루는 듯했지만, 이 대목에서부터 이야기는 현실과 단절된 알레고리적 공간으로 비약하게 된다. 이로써 거액의 기부금을 내고 버핏과 함께 식사할 기회를 얻은 인물로 28세의 한 한국인 청년이 등장할 수 있

---

5 박민규, 「버핏과의 저녁 식사」, 『현대문학』, 2012년 1월호, 191쪽.

는 조건도 마련된 셈이다. '안'이라고만 알려진, 버핏으로 하여금 '한국의 빌 게이츠인가?' 생각하게 만드는 이 인물의 정체가 이야기의 진행에 따라 조금씩 드러난다. 평범한 '시민'을 자처하면서 172만 달러를 기부한, 놀랍게도 버핏과의 식사에 나이키 '츄리닝'을 입고 나온, 알고 보니 2대째 편의점 알바를 하고 있는, 그런데도 복권 당첨금 전부를 아낌없이 기부하는, '그 누구도 이해할 수 없는 미래'[6]를 상징하는 이 '외계인' 같은 인물에 의해 버핏이 믿는 '가치'[7]와 '위대한 투자의 시대'[8]는 종말의 예감을 떠안게 된다.

이처럼 마지막에 가서야 이 인물은 자본주의적 욕망의 타자를 상징하는 존재로 뚜렷해지는데, 전작 「루디」(『창작과비평』, 2010년 봄호)에 나온 '루디'를 떠올리게 만드는 이런 인물을 등장시키는 것도 박민규답지만, 이번에는 그런 인물에 '안'이라는 이름을 붙이는 대담한 상상력까지 더해져 있다. '안'이라는 고유명 때문에 이 알레고리는 현실 지시성을 갖게 되는데, 이 알레고리적 간극이 즉각적인 의미화를 지연시키면서 서사의 긴장을 유발하고, 단일한 의미화의 회로를 교란시키면서 자유로운 해석의 가능성을 열어놓고 있다. 뉴욕을 배경으로 한 이 소설에서는 한국인이 등장해서가 아니라 바로 그 인물의 이름이 '안'이기 때문에 지금-이곳의 우리 현실을 대상으로 한 알레고리가 성립한다고 해석해볼 수 있다. 자본주의에 대한 비판은 초기부터 지속되고 있는 박민규 소설의 중심축 가운데 하나인데, 「버핏과의 저녁 식사」는 자본주의적 욕망에 오염되지 않은 타자로 '안'이라는 캐릭터를

---

6 같은 글, 187쪽.
7 같은 글, 183쪽.
8 같은 글, 184쪽.

내세우는 능청스러운 알레고리를 통해 그 새로운 한 방식을 보여주고 있다. 다만 이때 이 자본주의 비판을 담은 알레고리는 정치적·사회적 의미화를 향한 적극적인 장치라기보다, 텍스트의 층위에서 상상력 및 스타일의 자유로움과 쾌락을 자극하는 소설 기법적 차원에 더 가까워 보인다.[9]

4. 현실을 매개로 한 수학과 글쓰기 사이의 아날로지

박형서의 「Q. E. D.」(『문학동네』, 2011년 겨울호)가 상대하는 현실은 공동체 내부의 사회적 사건이나 동시대의 세계 질서 정도의 차원이 아니라, 그보다 훨씬 더 방대하고 추상적인 수학의 세계이다.[10] 동서고금의 수학적 천재들의 이름과 공리가 나올 뿐, 원주율 파이(π)의 원리를 밝히는 데 평생을 바친 주인공은 그냥 '여자'라고만 지칭되어 있고, 그녀가 관계를 맺었던 세 명의 남자들 또한 '멍청한 기계', '손가락 마술사', '귤

---

9 현재의 상황에서 보면 여러 매체를 통해 이루어지고 있는 자본주의에 대한 비판 또한 자본주의적 생산의 메커니즘 외부에서 이루어지는 일이 아니다. 〈화씨 9/11〉(2004), 〈식코〉(2007), 〈자본주의: 러브 스토리〉(2009) 등 줄곧 자본주의에 대한 강렬한 비판을 담은 다큐멘터리를 제작해온 마이클 무어(Michael Moore)가 정작 "가뜩이나 열기가 번지고 있는 반월가 시위"(「버핏과의 저녁 식사」, 188쪽)에서 1퍼센트로 공격의 표적이 되고 있는 상황은 그 같은 아이러니를 단적으로 보여준다.

10 소수의 원리라는 증명 과제가 서사의 중심에 놓인 오나영의 「세 개의 세계」(『문학동네』, 2011년 봄호)도 수학적 모티프를 바탕으로 한 유사한 계열의 소설인데, 이 소설이 리만의 가설과 에서의 〈세 개의 세계〉(1955), 그리고 쌍둥이 형제와 221년 만에 만나는 두 종의 매미 등의 서로 다른 차원을 하나의 맥락으로 엮는 구성의 내적 완결성에 치중하고 있는 반면, 「Q. E. D.」에서는 현실에 대한 아날로지를 유발하는 서사의 원심력이 강한 편이라고 할 수 있다. 그러한 측면은 일본 드라마 〈Q. E. D.(證明終了)〉(NHK, 2009. 1. 8~3. 12)나 그 원작인 가토 모토히로의 만화 『Q. E. D.』 등이 그 같은 제목과 비슷한 모티프에도 불구하고 좀처럼 공유하기 힘든 소설적 영역이라고 할 수 있다.

의 난장이'라고 되어 있으니 이 이야기 안에 '지금-이곳'의 현실에 상
응하는 고유명의 지표는 없는 셈이다. 이런 이야기에서 어떤 현실과 현
실에 대한 태도를 읽어내는 것이 가능할까.

우선은 이 이야기에서 인간 삶의 보편적인 행로를 읽어내고 그 가운
데에서 우리 자신의 모습을 유추해보는 방식이 가능할 것이다. 소설 속
에서 '여자'는 삶의 대부분의 시간을 일상에 대한 욕망을 돌보지 않고
수학적 난제를 증명하는 데 바쳤다. 그런 그녀가 삶의 마지막 국면에서
그 허무를 자각하고 일상의 사소한 일들에서 기쁨을 느끼게 된다는 결
말로 이 이야기는 맺어져 있는데, 이러한 드라마는 우리 내부에 존재
하는 상반된 두 욕망 사이의 갈등과 쉽게 연결될 수 있다. 소설의 마지
막에서 서술자는 자기만의 가치 추구와 일상적 감각이라는 두 대립되
는 항이 "인간 삶을 정의하는 두 종류의 상호 보충적인 근"[11]이라는 사
실을 확인하면서, 그것이 결국 삶의 방정식에 대한 증명 종료를 의미한
다는 해석을 친절하게 덧붙이고 있다. 이런 맥락에서 "이 소설에 등장
하는 수학은 여자의 생과 함수관계를 맺는다"[12]고 해석하는 방식도 가
능할 것이다. 지금 이곳에서 살아가고 있는 우리 역시 미래라는 무리수
(無理數)에 현재의 삶을 저당 잡힌 채 관성에서 벗어나지 못하는 무리수
(無理手)를 두고 있으니 말이다.[13]

그러나 소설의 이야기에서 조금 벗어나 생각해볼 때, 과연 그녀의
삶을 두고 오류였다고 할 수 있을까. 그녀의 수에 대한 집념은 일상의
욕망을 좇지 않을 경우 남아 있는, "달리는 어쩔 수 없는" 불가피한 선

---

11 박형서, 「Q. E. D.」, 『문학동네』, 2011년 겨울호, 277쪽.
12 김나정, 「한 '생(生)'의 조감도」, 『웹진 문지』, 2012년 1월 3일자.
13 조연정, 「삶이라는 무리수(無理數/無理手)」, 『웹진 문지』, 2012년 1월 31일자.

택이 아니었을까. 증명에 몰두하는 것이 그녀에게 중요했던 것은 그것이 일상의 욕망에 따라 살지 않을 수 있는 방향이었기 때문이다. 그런 의미에서 '여자'는 사람들이 더 이상 단식이라는 퍼포먼스에 관심을 갖지 않게 된 상황에서도 굶기를 고집했던 어느 광대의 후예라고 할 수 있다.[14] 이 맥락에서는 증명의 완료 따위는 그리 중요하지 않다. 그렇게 보면 삶의 마지막 국면에 이르러 '여자'가 사소한 일상에서 그 가치와 그것을 누리는 기쁨을 새삼 발견한다는 설정은 다른 맥락에서 이해해볼 수 있다. 카프카의 논리를 따른다면, 그녀가 과오를 뉘우치고 일상에서 기쁨을 얻는 듯 행동한 것은, 오디세우스를 향한 '세이렌의 침묵 (Das Schweigen der Sirenen)'처럼, 오히려 자신을 거부했던 신을 향한 일종의 조롱 같은 것일 수도 있다. 물론 신은 인간들의 그런 행동과 속성을 이미 훤히 알고 있었을 테지만 말이다.

이런 관점에서는 마지막의 미심쩍은 결론보다 세속적인 관계를 모두 포기하면서 한 가지 증명에 매달렸던 '여자'의 태도 자체가 더 큰 의미를 띨 것이다. 현실적 욕망을 추구할 수도, 그렇다고 그 욕망에 대한 비판을 지향할 수도, 그러나 또 그렇다고 죽음 충동으로 비약할 수도 없는 주체라면, 과연 어떤 선택이 그에게 가능할까. 이 글이 서두에서 던졌던 물음과 관련시켜 좀 더 구체적으로 접근해본다면 '여자'의 행위로부터 이 시대의 글쓰기 상황을 유추해보는 것도 가능하지 않을까.[15] 증명에 대한 포기는 곧 자신에 대한 부정을 의미하기에 거기에 매달리

---

14 이처럼 세속적 욕망과 반비례하는 어떤 추구에 대한 의지는 일찍이 카프카의 「단식광대(Ein Hungerkünstler)」(1922)에서 매우 간명한 원형을 드러낸 바 있다. 권리의 「폭식광대」(『한국문학』, 2011년 겨울호)에 등장하는 '폭식광대' 역시 그와 같은 원리에 의해 상상된 캐릭터인데, 이 소설은 그런 캐릭터를 통해 동시대 현실의 문제를 환기하고 있다는 점에서 「Q. E. D.」와는 해석의 방향이 다르다.

는 것 이외의 다른 선택이 없었던 '여자'에게서 우리는 더 이상 대중이 원하지 않는다 해도 그 글쓰기를 멈출 수 없는 어떤 허무적 열정을 겹쳐볼 수 있는 것이다.[16]

5. 현실에 대한 글쓰기는 가능한가?

이처럼 최근의 한국 소설은 메타포, 알레고리, 아날로지 등의 다양한 방식으로 현실에 대한 반응을 드러내고 있다. 그 방식들은 각각 오늘날 우리의 사회적 상황과, 시대적 환경과, 실존적 조건 등을 드러내기 위한 소설적 수단이며, 이러한 다양성은 한국 소설의 현실 인식의 욕망을, 하지만 그 어려움을 동시에 보여주는 현상으로 해석해볼 수 있다.

그와 더불어 이 소설들은 그 완숙한 기술과 잘 다듬어진 서사만이 줄 수 있는 독서의 즐거움을 선사하고 있기도 한데, 그로 인해 현실을

---

15 한 블로그(http://blog.aladin.co.kr/musil1)의 글(마이 페이퍼 코너에 2011년 12월 8일 포스팅된 '우리는 무엇을 세고 있는가')에 달린 댓글(poptrash)은 이 소설을 "소설가의 곤경을 수학의 언어로 번역해놓은 일종의 예술가 소설"로 규정하고 있는데, 이 역시 주인공의 행위로부터 글쓰기의 아날로지를 읽어내고 있는 것이다.

16 이런 맥락에서 「Q. E. D.」의 '여자'에 대응되는 삶의 형식을 최근 소설에서 자주 발견하게 되는 일은 우연이 아니라고 할 수 있다. 가령 김훈의 『흑산』(학고재, 2011)의 유배 지식인 정약전과 미셸 우엘벡의 『지도와 영토』(문학동네, 2011)의 은둔하는 예술가 제드 마르탱을 그 사례로 들 수 있는데, (물론 세 소설에서는 인간, 기호, 자연 사이의 관계가 각기 다른 방식으로 전개되고 있고, 거기에 서로 다른 세계관이 전제되어 있지만) 그들은 모두 공통적으로 인간의 세계를 버리고 기호의 세계 속에서 살아가기를 선택한 존재들이다. 한편 Garth Risk Hallberg는 Jeffrey Eugenides, Jonathan Franzen, Zadie Smith, David Foster Wallace, Nathan Englander 등 영미문학의 새로운 중심 세대의 문학적 특징에 대해 이야기하면서 아이패드 시대의 문학적 미학을 추동하는 중심적 질문은 더 이상 '소설이 어떻게 되어야 하는가'가 아니라 '왜 소설을 쓰는가'라고 이야기하고 있는데("Why Write Novels at All?", *The New York Times Magazine*, January 15, 2012) 이 문제는 우리만이 아니라 이 시대 글쓰기의 보편적인 상황이라고 볼 수 있을 것 같다.

향하는 이 소설들에서 그것이 대면하는 현실보다 그것을 그려내는 기술과 역량의 풍부함이 먼저 보이는 역설이 발견되기도 한다. 아직까지 우리 소설은 다른 매체에 비해 그 자체의 예술적 완성을 추구하는 경향이 상대적으로 강한 편이라고 할 수 있지만, 그럼에도 전반적으로 한국 문학의 중심축 자체가 이전에 비해 점점 더 현실의 제도에 이끌리고 있는 것도 사실이다. 완성도는 훨씬 높아졌지만 그에 대응되는 사건의 단독성은 희미해진 서사적 특성에서 현재의 한국 소설이 놓인 상황과 그 성격을 새삼 확인해볼 수 있다.

"고유명이 없는 역사는 역사가 아니다"[17]라고 했던 가라타니 고진의 관점에 따르면, 최근 한국 소설이나 영화 등의 내러티브에 역사 속의, 그리고 현실 속의 사건이 더 빈번하게 소재로 도입되고 있음에도, 그만큼 역사성·현실성이 더 뚜렷해지고 있다고 말하기는 어려울 것 같다. 지금의 상황에서 문학이 그 바깥의 타자를 담기 위해서는 현실과 역사에 대해 이야기하는 것만으로는 부족할 수 있다.

---

17 가라타니 고진, 『역사와 반복』, 조영일 옮김, 도서출판 b, 2008, 113쪽.

미와 이데올로기 사이의
반(反)변증법

1. 단순하고 소박해짐으로써 새롭게 현실에 접근하고자 하는 최근 소설의 한 경향

새로운 세기를 전후로 하여 한국 소설은 점점 복잡한 구성을 실험하는 방향으로 진행되어온 듯한데, 그와 같은 추세는 포스트모더니티의 상황 속에서 현실의 복잡성이 증대하는 현상에 대한 소설적 반응으로 이해될 수 있다. 하지만 어느새 돌아보니 현실 변화의 속도는 그와 같은 소설적 구성의 의지를 훨씬 초과하여 앞서 나가버린 느낌이고, 그리하여 과도한 구성이 현실 재현의 관점에서는 오히려 부자연스러운 구축물처럼 보일 수 있는 상황이 초래된 것이 아닌가 싶다.

이런 상황에서 서사가 취할 수 있는 한 가지 방향은 그 자신을 더 극단적으로 해체하여 그 불가해한 현실을 닮은 문체와 스타일을 추구하는 방식일 것이다. 그럼에도 근본적인 차원에서 보면 그 방향 역시 이전의 방식과 동일한 공식에 의거한 것이고, 그런 점에서 그 역사적 시의성이 약화되고 나면 그 관념성이 드러나게 마련이다.

최근 소설에서는 그런 관념성의 방향을 관성적으로 취하지 않고, 오히려 구성이라는 계기에 크게 의존하지 않음으로써 현실을 향한 새로운 통로를 개척하고자 하는 새로운 시도들의 흐름이 확인되는 것 같다. 대체로 한 가지 사건의 추이를 시간적 순서에 따라 서술하는 단순한 구성 방식에 입각해 있는 이 이야기들에서는 구성의 복잡한 회로 대신 그 소박한 구성의 틈 사이로 현실의 파편 혹은 단면이 직접 드러나는 효과가 발생하고 있는데, 그와 같은 효과는 바로 그 단순하고 소박한 이야기들이 자각적으로 의도하는 바이기도 하다는 것이 이 글의 기본적 관점을 이룬다.

2. 환상적 알레고리 속의 현실 의식

최진영의 「어디쯤」(『현대문학』, 2012년 3월호)은 아버지가 준 약도를 들고 낯선 곳을 찾아가는 한 젊은 직장인 '나'의 행로를 담고 있다. 이 행로의 출발점은 '나'가 빠져나온 지하철역의 한 출구인데, 이 시작 지점에서부터 문제가 하나씩 나타난다. 가장 먼저 등장하는 문제는 약도에 적힌 아버지의 글씨와 한자를 제대로 읽기가 힘들다는 것이다. 대략 '성원빌딩'이라고 읽히는 것 같은데 확실하지 않다. 그러니까 어디에 있는지 모를 뿐만 아니라 그 목적지가 정확하지도 않고 더구나 왜 그곳에 가야하는지도 전혀 알지 못하고 있는 난감한 상황인 것이다.

그런데 지하철역을 나와 걸어가다가 뒤를 돌아보자 방금 전 빠져나왔던 역이 보이지 않는다. 어느 동네에나 있는 가게들이 들어선 거리에서는 이상하게도 낯선 기분이 느껴진다. 거리에서 마주친 평범하거나 혹은 어두운 얼굴의 사람들 모두 길을 묻는 '나'의 질문에는 시원하게 답을 해주지 않는다. 길을 잃어버렸을지도 모른다는 의심은 점차 현실화되고, 그것은 곧 원래 왔던 곳으로 되돌아갈 수 없을지도 모른다는 더 절망스러운 예감으로 이어진다.

이 환상의 공간에 갇힌 '나'를 현실과 이어주는 것은 휴대전화뿐이다. 그 너머에서 아버지와 어머니, 그리고 "사랑한다고 믿는 사람, 안"[1]의 목소리가 들려온다. 그들의 목소리는 정신을 차려 길을 찾아갈 것을(아버지), 7급 공무원이 되기를(어머니), 좀 더 번듯한 직장으로 옮길 것을(여자 친구) 요구하는 현실원칙의 지시를 담고 있다. 어쩌면 '나'가 길을 잃은 상황은 그와 같은 현실원칙으로부터 벗어나고자 하는 쾌락원칙이 낳은 환상일지도 모른다.

사실 쾌락원칙에 의거한 환상이라든가 주인공이 영문도 모른 채 낯선 지령을 수행하게 되는 모티프는, 카프카를 비롯한 모더니즘 소설들을 경험한 지금의 시점에서는 결코 낯선 것이 아니다. 다만 그 모더니즘 소설들의 경우 환상적 모티프를 통해 드러내고자 했던 것이 현대적 상황 속에서의 추상적인 인간 실존의 부조리였다면, 최진영의 소설에서는 구체적인 지금-이곳의 현실이 그 모티프의 대상이라는 점에 차이가 있다.[2] 가령 다음과 같은 소설 속의 대목을 보면 이 소설에서 환상적인 알레고리의 상황을 설정한 이유를 분명하게 확인할 수 있다.

---

1 최진영, 「어디쯤」, 『현대문학』, 2012년 3월호, 146쪽.

이직 생각은 없지?

안이 묻는다.

……응. 아직. 근데 이직하기 전에 잘릴지도 몰라.

왜?

우리 회사에서 만드는 제품을 더 큰 회사에서도 만들기 시작했거든. 더 싼 값에 대량으로.

그래서 나는 화가 난다. 사람들이 내가 다니는 직장을 얕잡아 봐서가 아니라, 자기들이 얕잡아 보는 그 일자리마저 뺏으려 해서.

이직해. 그럼.

…….

내 말 들려?

싫어.

왜?

난 지금이 좋아.

없어질지도 모른다며.

큰 데 가도 더 큰 게 잡아먹을 텐데.

---

2 이런 맥락에서 편혜영의 「가장 처음의 일」(『세계의 문학』, 2012년 봄호)을 「어디쯤」과 비교해서 살펴볼 수 있다. 이 소설에서는 이전의 편혜영 소설과는 다소 다르게 '한윤수'라는 주인공의 이름을 비롯하여 '서울', '연합뉴스' 등의 고유명이 등장하고 있어 현실에 대한 새로운 태도가 드러나 있는 한편, 부모의 억압이라는 삶의 환경과 그 영향으로 말미암아 이미 돌이킬 수 없을 만큼 고정되어버린 자기 정체성의 한계를 확인하는 장면 등이 인간 존재의 심층을 건드리는 듯 정확하게 서술되어 있어 전작들에 비해 한층 강화된 현실성의 면모를 보여주고 있다. 그럼에도 편혜영 소설 속의 환상적 알레고리에서 구체적 시공간의 현실과 대응되는 면은 제한적이라고 할 수 있다. 궁극적으로 그의 소설은 알레고리를 미학화하거나 혹은 인간의 부조리한 실존성을 드러내는 데 사용하고 있는 것으로 이해된다. 그렇기 때문에 이 소설을 비롯한 최근의 편혜영 소설에서 생활인으로서의 주인공의 조건은 현실 탐구의 일부라기보다 예기치 않게 발생한 사건으로 균열되기 시작하는 일상을 위한, 혹은 그 상황에서 발생하는 불가해한 감정의 생성을 위한 설정 쪽에 더 가까워 보인다.

그럼 제일 큰 데로 가면 되지.

……

자신 없어?

나는 내가 있는 곳을 지키고 싶다. 더 높은 곳으로 가고 싶은 게 아니라.[3]

여기에서 특히 방백의 형태로 '안'과의 대화 속에 삽입된 '나'의 현실에 대한 태도, 곧 "자기들이 얕잡아 보는 그 일자리마저 뺏으려" 하는 약육강식의 생존 논리가 지배하는 현실에 대한 분노와 "내가 있는 곳을 지키고 싶다"는, 현실 논리에 대한 저항의 의식이 주목되는데, 그것은 그와 같은 감정과 의식이 추상적인 현실을 향한 일반적인 태도가 아니라 지금-이곳의 현실을 염두에 두고 수행되는 구체적인 발언으로 느껴지기 때문이다. 그렇기 때문에 그 목소리는 비록 소설 속 인물의 내적 의식과 결의에 지나지 않지만, 거기에서는 소설 속의 허구적 상황 바깥을 향한 발화의 의지가 감지된다.

이와 같은 현실 의식을 이끌어내기 위해 부모 및 '안'과의 갈등이, 그리고 더 근본적으로는 부조리한 지령의 수행이라는 모티프와 환상의 알레고리가 필요했던 것이다.[4] 그 장치들은 평범하기 짝이 없는 한 젊은 인물('나')이 고립되는 상황을 연출하고 그의 의식을 집중적으로

---

3 최진영, 앞의 글, 152~153쪽.
4 불안한 경제적 상황이 불면의 상황으로 알레고리화되어 있는 염승숙의 「완전한 불면」(『실천문학』, 2012년 봄호) 역시 환상이라는 계기를 통해 미취업 세대의 현실을 드러내고 있는 소설인데, 이 글에서 다루는 소설의 경향과 간략하게 구분하자면, 여기에는 '잠'이라는 가상적인 수면 보조제를 둘러싼 염승숙 소설 특유의 질박한 환상의 유희가 펼쳐져 있다는 점에서 현실 형상화 방식의 차이를 보여주고 있다고 하겠다.

부각시켜 조명하기 위한 것이라고 할 수 있는데, 이처럼 이 소설은 전형적인 상황과 인물을 통해 현실의 리얼리티를 생산하는 완미한 방식 대신, 환상이라는 알레고리를 통해 현실에 맞서 그 압력을 감당하고 있는 한 주체의 상황에 초점을 모아 한순간 현실에 대한 의식이 분출하도록 만들고 있다. 고전적인 데다가 평범하고 단순한 마스터플롯을 채용한 이 이야기는, 그러나 그 덕분에 과도한 플롯의 무게를 줄이는 대신 현실 인식과 그에 대한 태도를 분명하게 드러낼 수 있게 된 면이 있어 보인다.

여기에서 한 가지 더 주목할 점은, 그와 같은 단순하고 직접적인 서사의 성격이 현실을 마주하고 있는 인물의 성격에 대응되면서, 이 작가의 고유한 스타일을 구성하고 있다는 사실이다. 최진영 소설 속의 인물들은 낭만적 저항의 감정에 휩싸이거나 억압된 의식의 분출을 허용하지 않으면서 자신의 처지를 직시하고 현실에 대한 분명한 윤리적 태도를 표현하고 있다. 한국 소설에서는 좀처럼 보기 어려웠던 우직하고 평면적인 성격의 이러한 인물형을 최근에는 김미월, 황정은, 최진영 등의 소설에서 만날 수 있는데, 그와 같은 인물들은 젊은 세대의 현실적 입장을 대변하면서 한국 소설의 한 가지 새로운 인물형을 이루고 있는 듯 보인다.[5]

3. 서술 형식과 내용 사이의 아이러니가 드러내는 현실

최진영의 「어디쯤」이 고전적인 알레고리를 활용하면서 그 상황에 놓인 인물의 의식을 매개로 현실에 대한 태도를 텍스트 바깥을 향해 드러내고 있다면, 장강명의 「모두, 친절하다」(『문장 웹진』, 2012년 1월호)는 특별한 서사의 프레임을 활용하지 않고 있어서 얼핏 소설적 구성에 미달하는 콩트처럼 느껴지는 이야기를 통해 또 다른 현실의 단면을 보여주고 있다.[5]

「모두, 친절하다」가 콩트와 같은 인상을 주는 것은 무엇보다 서술자의 특징적인 목소리 때문일 것이다.

사실 '문가에 둬라'는 정도로 확실하게만 말씀하셔도 좋은데, 저희 차장님 화법이 그렇지가 못해요. 매번 "내가 보기에는 창가보다 문가가 나은 것 같은데, 임 과장 생각은 어때?"라고 저에게 물어보시는 거예요. 창가에서 문가로 테이블을 들고 간 이삿짐센터 직원들은 그러면 실낱같은 기대를 걸고 저를 바라보죠. 그런데 제가 거기서 어떻게 창가가 더 낫다고 말합니까. 차장님의 '숨은 니즈'를 재빨리 파악하고, "그렇네요, 테이블을 저 자리에 두면 회의할 때 너무 직사광선을 받아야 돼서 눈이 부시겠습니다"라고 맞장구를 쳐드려야죠. 저도 사람이 좀 여려서, 저는

---

5 물론 이 세대 의식이 동일한 한 가지 유형으로 정리될 리는 없다. 가령 「어디쯤」과 유사하게 '몰'에서 길을 잃은 아이들의 모티프를 담고 있는 김사과의 「몰」(『문학동네』, 2011년 가을호)은 '몰'로 상징되는 포스트모던의 상황과 그로 인한 욕망으로 분열된 의식에 의해 서술이 이루어지고 있다는 점에서 이미 현실원칙의 압력으로부터 벗어나 있는 이야기라고 할 수 있는데, 그 점에서 「몰」의 서술 주체는 현실원칙과 쾌락원칙 사이에 놓인 「어디쯤」의 주인공과는 다른 의식의 지점에서 현실 발화를 수행하고 있다. 어쨌든 「어디쯤」과 「몰」은 세계의 불투명성을 이미 삶의 조건으로 받아들이면서 성장한 세대가 가질 수 있는 두 극단적인 현실 반응의 방식을 보여주고 있어 흥미로운 대조를 이루고 있다.
한편 이 세대에게는 현실뿐만 아니라 역사조차 풍문처럼 불확실하다. 역시 이 맥락에서도 이 세대의 반응은 획일적이지 않은데, '광주'를 역사적 실감으로 받아들일 수 없는 세대의 자의식이 박솔뫼의 「그럼 무얼 부르지」(『작가세계』, 2011년 가을호)에 드러나 있다면, 최진영의 『끝나지 않는 노래』(한겨레출판, 2011)에서는 그 역사를 그 세대 나름의 방식으로 전유하고자 하는 시도가 나타나 있어 대비를 보여주고 있다.

가만히 서 있으면서 땀 뻘뻘 흘리는 이삿짐센터 직원들에게 이리 가라, 저리 가라, 다시 이리로 가라, 여기서 딱 3센티미터만 오른쪽으로 밀어 줘라, 아니 너무 많이 갔다, 딱 0.5센티미터만 왼쪽으로 다시 밀어라, 이렇게 지시하려니 여간 미안한 게 아니었습니다. 나중에는 상은 씨가 나서서 인부들에게 이것저것 지시하는 걸 거의 도맡아 했어요. 상은 씨도 저의 숨은 니즈를 알아챈 거죠.[6]

앞에서 보듯, 이 이야기는 피서술자(narratee)가 전제된 서술 형식을 취하고 있다.[7] 이와 같은 서술 형식은 서술자와 인물 사이의 거리를 소거시키는 효과가 있다. 피서술자의 자리는 있지만 그 실체는 거의 없다시피 해서, 독자들은 서술자를 통해 인물의 상황을 관찰하는 것이 아니라 피서술자의 자리 가까이에서 서술자=인물의 이야기를 직접 듣는 느낌을 받을 수 있다. 그렇기 때문에 인물의 성격이 서술 태도에 그대로 드러나는 한편, 인물을 둘러싼 현실이 허구화되지 않은 느낌 그대로 노출되는 효과가 초래되고 있다. 이 이야기가 소설에 미달하는 인상을 주는 이유도 그 효과와 관련이 있을 것이다.

소설은 "여태까지 살면서 가장 운이 없었던 날에 대해 이야기하라"는 피서술자의 주문에 '나'가 사무실 이사, PMP 단말기 수리, 인터넷 서점 택배, 피자 배달 등의 에피소드들을 겪느라 정신없이 보냈던 바로 그날의 이야기를 들려주고 있는 내용으로 이루어져 있는데, 이 이야기

---

6 장강명, 「모두, 친절하다」, 『문장 웹진』, 2012년 1월호.
7 김애란의 「서른」(『문예중앙』, 2011년 겨울호) 역시 서술자인 '나'가 피서술자인 '언니'에게 보내는 편지 형식 속에 특정 세대의 현실적 문제를 담고 있다는 점에서 비슷한 맥락의 서술 구조를 갖춘 소설이라고 할 수 있을 것 같다.

의 문제적 성격은 그와 같은 쇄말적인 일상사 속에서 검출되는 현실의 문제와 그것을 서술하고 있는, 표면상 매우 투명해 보이는 구어체 어조의 형식 사이의 아이러니에서 찾을 수 있다.

어느 맞벌이 부부의 하루 동안의 일상을 담고 있는 이 이야기 속의 에피소드들은 앞의 인용에서 확인할 수 있는 것처럼, 표면상으로는 예의와 배려의 형식을 취하고 있지만 실질적으로는 수직적 위계에 의거한 비합리적인 속성을 그대로 드러내고 있다. 커뮤니케이션은 기술적으로 발전했고 그를 통해 복잡한 체계로 구조화되었지만, 고장이 잦은 최신형 PMP 단말기나 시시때때로 끊기는 스마트폰처럼 항상적인 단절을 내포하고 있다. 서비스는 제도화되어 있지만 형식적인 면에 치우쳐서 실질적인 문제 해결은 기대하기 어렵고, 오히려 불필요하게 신경을 자극하는 한편 주체로 하여금 현실에 대한 불만을 그 의식 내부에 쌓도록 만들고 있다. 그런 의미에서 그런 문제들을 담고 있으면서도 시종일관 상냥하고 부드러운 구어체의 어조를 유지하고 있는 이 이야기의 서술 태도 자체가 바로 그러한 현실 속 아이러니의 표면을 형식화하고 있다고 할 수 있을 것 같다.

이처럼 표면상으로는 특별한 서사적 프레임을 구비하지 않고 있는 듯 보이는 이 소설의 서술 형식은 그 내부에 아이러니를 품고 있는 다분히 전략적인 것으로 보인다. 그리하여 전통적인 소설적 필터로는 포착하기 어려운 지금-이곳의 현실의 세부적인 단면이 그와 같은 새로운 서술 형식을 통해 드러나 있다고 하겠다.

4. 낯선 질감의 이야기 속에서 다시 발견되는 현실

「어디쯤」이 현실을 초과하는 고전적 환상의 틀을 차용하고 있다면, 「모두, 친절하다」는 리얼리즘의 계기들에 의해 구성되지 않은 일상을 그대로 드러내고 있었는데, 다음에 살펴볼 황정은의 「上行」(『문학과사회』, 2012년 봄호)은 리얼리즘적 계기에 포착되지 않은 일상부터 그것을 초과하는 환상까지 하나의 이야기 안에 포괄해내고 있다는 점에서 좀 더 본격적인 소설의 인상을 풍기지만, 이 소설 역시 이야기는 단순하다. 간추려보자면 '나'가 친구 오제, 그리고 그의 어머니와 함께 셋이서 오제 새 고모의 고추밭에 고추를 따러 갔다 다시 돌아오는 이야기이다. 그럼에도 이 단순하고 소박한 이야기 속에 지금-이곳의 현실이 도입되는 과정에서 다양하고 뚜렷한 서사적 장치들이 활용되고 있다는 것을, 그리고 그 장치들을 통해 독특한 서사의 질감과 특징이 생성되고 있다는 것을 다음 몇 가지 사항을 중심으로 확인할 수 있다.

우선 이 소설이 갖춘 독특한 서사적 질감의 원인으로 구성적 사건과 보충적 사건의 통상적 위계와 비중이 이 작가 특유의 방식에 의해 재조정되고 있다는 사실을 생각해볼 수 있다.

오제의 어머니는 외투를 말아서 베개 삼아 누웠다가 잠들었다. 나는 창을 열고 바싹 마른 토마토 꼭지를 바깥에 버렸다. 토마토 꼭지가 깃털처럼 기척도 없이 허공을 날아 뒤쪽으로 사라졌다. 터널을 몇 개 통과하는 동안 라디오에 잡음이 섞였다. 마침내 수신이 끊기자 오제는 라디오를 꺼버렸다. 맑고 쌀쌀해 고추를 따기에 좋은 날이었다. 국도를 벗어나 한적한 지방도로를 달렸다. 버려진 축사와 드문드문 선 배나무들 곁을 지나갔다. 산비탈 콩밭에서 서리를 맞은 콩들이 바싹 마르고 있었다.

　콩 봐라.

어느 틈에 깼는지 오제의 어머니가 뒷좌석에서 말했다.

　저 아까운 콩 봐라.[8]

이야기의 기본 줄거리와는 어느 정도 거리가 있는 장면들에 서술의 초점이 오래 머무르고 있다 보니 전체적인 서사의 윤곽은 희미하지만, 그 대신 각각의 장면의 느낌은 구체적이고 강렬하다. 그리고 그 덕분에 오제, 오제의 어머니와 새 고모 등의 성격도 그 외양은 희미하지만 그들의 행동과 발언 하나하나의 인상은 매우 특징적이고 구체적으로 전달되고 있다.

여기에 더하여 대화를 이 작가 특유의 독특한 형식 안에 담아내는 장치도 주목할 만하다.

　나 말이다. 실은 여기 내려온 목적이 있었거든.

　목적?

시골에서 살면 좀 나을까 싶어서 알아보러 내려온 거거든. 나, 도시에서 사는 건 이제 싫다. 너 육 개월 단위로 계약서 써가며 일해봤냐. 사람을 말린다. 옴짝달싹 못하겠어. 마땅하지 않은 일이 생겨도 직장에서 한마디 할 수 있기를 하나, 눈치만 보게 되고 보람도 없다. 미래도 없고 발전도 없다. 계약서 갱신할 날이 다가오면 가슴만 이렇게 뛴다. 이것저것 다 때려치우고 여기서 한적하게 살아볼까 싶었는데 만만치 않네. 시골에

<hr>

8　황정은, 「上行」, 『문학과사회』, 2012년 봄호, 163~164쪽.

서도 뭐가 있어야 산다. 내가 참, 뭐가 없는 놈이구나, 이런 생각만 들 뿐이고. 괜히 왔다.[9]

오제와 '나'의 대화를 통해 그들 세대가 마주한 현실의 단면이 앞에서 직접적인 언술의 형태로 제시되어 있다. 오제의 절망은 도시에 처자를 두고 시골에서의 새로운 생활을 꿈꾸다가 돌연 사망한 오제 새 고모의 남동생에게서 자신의 미래상을 보아버린 탓에 야기된 구체적인 것이다. 그 절망감이 도시에서 직장인으로 살아가는 숨 막히는 삶의 현실을 불러오고 오제와 '나'는 그 진퇴양난의 틈바구니에 갇혀버린다. 도시에도 농촌에도 발붙일 수 없는 그 막막한 현실은 일행이 귀환하는 여로의 중간에서 이야기가 중단되어버리는 소설의 종결되지 못한 결말과 호응을 이루고 있다.

이 세대적 절망의 내용 자체는 새삼스럽지 않다고도 할 수 있지만 그것을 담아내는 서사적 형식으로 인해 그 전언은 독서 과정에서 강렬한 인상과 더불어 전달되고 있는데, 여기에서 그 형식은 바로 황정은 소설에서의 독특한 대화의 표현 방식이다. 황정은 소설에서 대화는 전후의 서술과 분리된 독자성을 갖는 특징이 있다. 기본적으로는 자유간접화법의 스타일을 취하여 인용 부호나 서술자의 개입 없이 인물들의 대화를 서술의 표면에 그대로 드러내고 있는데, 그럼에도 그것은 서술 속에 묻혀 있는 것이 아니라 대화들만으로 이루어진 자율적인 장면을 연출하고 있는 것이다. 이 대화들은 과감하게 생략되거나 비약하기도 하며, 반복과 무의미를 그대로 수용하면서 현실 속 인물들의 상황에

---

9 같은 글, 174~175쪽.

대한 미메시스를 구현해낸다. 그리하여 그것은 일종의 액자 속 이야기처럼 서사의 다른 부분과는 분리되어, 독자의 의식에 직접적으로 가닿는 효과를 낳고 있다.

여기에 황정은 소설 특유의 강렬한 이미지들이 여러 지점에서 발광하고 있어 서사는 더욱 입체화되고 있다. "배설물로 노랗게 착색된", "바닥 창살을 딛느라고 발가락들이 벌어져 있는" 토끼들의 발, "평평한 바닥 같은 건 평생 디뎌보지 못한 발"[10]은 '나'와 오제가 속한 현실을 감각적으로 이미지화하고 있는 대표적인 오브제이다.

「上行」에서는 이와 같은 서술적 특징 때문에 현실에 대한 반응이 소설 속의 사건에 흡수되지 않고 더욱 선명하게 그 외부로 발산되는 효과를 발견할 수 있다. 황정은 소설에서의 서사 형식상의 특징들을 몇 가지 나열하고 각각 분석해보았지만, 사실 그 장치들의 근본적인 문제적 성격은 그것들이 어떤 기교를 전제로 한 것이라기보다 현실의 실상을 포착하고자 하는 의지가 그에 부합하는 형식을 불러온 자연스러운 결과처럼 느껴진다는 점에 있다.

5. 종결되지 않은 이야기에 남겨진 의식과 현실 사이의 긴장

이상에서 살펴본 소설들은 모두 하루 동안에 일어난 사건들을 복잡한 구성을 동반하지 않고 다만 순차적으로 기술하는 소박하고 단순한 서사 형식을 취하고 있다는 점에서 공통점을 지닌다. 그런데 표면상으

---

10 같은 글, 176쪽.

로는 단순·소박하게만 보이는 이 소설들을 잘 살펴보면, 그 속에 현실 발언의 의지와 내용만 앞세우는 것이 아니라 현실의 구체적인 실상을 이야기 속에 담기 위해 저마다의 특색 있는 서사적 형식이 활용되고 있다는 사실을 확인할 수 있었는데, 그럼에도 그 서사 형식의 완성도를 추구하기보다 오히려 그 이야기 형식을 소박하고 단순하게 조율함으로써 현실에 대한 태도를 부각시키는 방향을 추구한다는 점에서도 공통되는 면모를 보여주고 있다. 그 선택의 대가로 낯선 환상의 공간에서, 도시의 한복판에서, 농촌의 고추밭에서 보낸 시간들 사이로 지금-이곳의 우리 현실의 실상과 그에 대한 태도가 드러날 수 있었던 것이다.

한편 그 이야기 속의 인물들은 이전 시대의 인물들에 비해 미약한 욕망을 지니고 있어 보인다. 그러나 자세히 살펴보면 이전처럼 현실을 향한 외향적 욕망을 드러내고 있지는 않지만 그럼에도 자신의 처지와 욕망에 무관심하거나 무지하지 않다. 그 인물들은 그 여정의 중간에서 길을 잃은 채 이야기의 끝에 서 있다. 그것은 이 소설들이 인위적인 종결을 취하지 않고 현실의 막막함을 서사 형식에 그대로 수용하고 있기 때문일 것인데, 그로 인해 그 해소되지 못한 긴장감은 현실과 마주하는 소설 속 인물들을 둘러싼 채 더욱 강렬하게 남겨져 있다. 그리고 그 자리에 우리 역시 서 있음을 환기시키고 있다.

성적 소수자들을 바라보는
한국 소설의 시선

1. 미디어와 현실 속의, 그리고 소설 속의 성적 소수자들

얼마 전 두 번째 시즌의 방영을 마치고 조만간 세 번째 시즌(2011년 9월 21일 방송 예정)을 앞두고 있는 미국 드라마 〈모던 패밀리〉는 남매와 그 아버지로 구성된 한 가족의 이야기인데, 그들은 다시 각자의 가족을 이루고 있어 모두 세 가족의 이야기라고도 할 수 있다. 딸(클레어)이 남편(필)과 함께 세 자녀(클레어, 알렉스, 루크)를 키우는 정상적인(?) 가정을 이루었다면, 이혼 후 아들(매니) 딸린 콜롬비아 출신의 젊은 이민 여성(글로리아)과 재혼한 아버지(제이)는 일종의 다문화 재조합 가족의 일원이고, 남성 파트너(캐머런)와 베트남 출신 입양아(릴리)와 함께 사는 아들(미첼)이 이룬 가족은 다문화 동성 입양 가정이다. 그러니까 여기에서는 인종과 섹슈얼리티가 기존의 혈연과 더불어 '모던' 패밀리의 새로운 성립 요인으로 등장하고 있는 셈이다.

한편 마이클 커닝햄의 소설을 원작으로 한 영화 〈디 아워스(The Hours)〉(2002)는 서로 다른 시대에 살아가는 세 여성의 삶을 겹쳐서 보여주고 있다. 1923년 영국 리치먼드에서 버지니아 울프(니콜 키드먼)는 『댈러웨이 부인』을 '쓰고 있다'. 정신병에 시달리면서 고통스럽게 글쓰기에 몰두하고 있는 그녀 곁에는 그녀를 돌보면서 그녀의 원고를 책으로 만들고 있는 남편 레너드가 있다. 두 번째 시공간은 제2차 세계대전 직후인 1951년의 로스앤젤레스. 공황과 전쟁의 혼란이 지나고 찾아온 평화로운 풍요 속에는 권태가 깃들어 있다. 남편이 출근하고 아들 리치(리처드)와 함께 남겨진 임신부 로라 브라운(줄리안 무어)은 『댈러웨이 부인』을 '읽고 있다'. 그리고 세 번째 시간대인 2001년의 뉴욕에서 '댈러웨이 부인' 클래리사(메릴 스트립)가 '살고 있다'. 그는, 버지니아 울프를 돌보는 레너드와는 반대로, 에이즈로 죽어가고 있는 작가 리처드를 돌보고 있는 편집자이다. 클래리사와 리처드에게는 각각 동성의 애인 샐리와 루이스가 있다. 이 영화 속 인물 구도의 변화는 스스로 양성애자이기도 한 스티븐 달드리 감독이 바라보는 성적 관계의 변화에 대한 인식과 기대가 투영된 결과로 보인다. 세 시간대를 거치면서 남성/여성, 그리고 이성애/동성애의 구도가 정확히 전도되어 있다는 사실에서 그 점을 확인할 수 있다.

현실 속의 가족 관계에서 섹슈얼리티가 드라마에서처럼 3분의 1에 해당되는 비중을 차지하고 있다고 보기는 아무래도 무리일 것이고, 영화에서처럼 남성/여성, 이성애/동성애 관계가 전도되었다고 보기도 어렵지만, 그럼에도 섹슈얼리티가 가족 관계나 사회적 관계에서 점점 더 의미 있는 요소가 되어가고 있고, 그에 따라 성적 관계의 구도 또한 점점 복잡하고 혼란스러워지고 있는 것은 사실인 듯하다.

우리의 경우에도 일상적 현실에서는 그렇게 분명하게 드러나지 않지만, 적어도 드라마를 비롯한 대중문화 영역에서 재현된 현실에서는 그런 추세가 뚜렷하게 확인된다. 최근 한 대가족 가정이 게이 동성애 커플을 가족 구성원으로 받아들이는 과정을 모티프로 한 김수현 극본의 드라마 〈인생은 아름다워〉(2010)가 공중파를 타고 (논란도 일어나기는 했으나) 인기리에 방영된 바 있고, 서로 다른 연령대의 세 레즈비언 커플 이야기를 담은 드라마가 방송되기도 했다(〈클럽 빌리티스의 딸들〉, 2011. 8. 7). 2011년 3월에는 한 영화감독(김조광수)의 동성 결혼 선언이 미디어의 관심을 끌었다. 그 이전에 〈커피 프린스 1호점〉(2007)이나 〈바람의 화원〉(2008), 〈개인의 취향〉(2010), 〈성균관 스캔들〉(2010) 등의 드라마에서는 남장 여자와 위장 게이 등의 동성애 코드를 대중적 흥행 요소로 차용해서 성공한 바 있다. 그에 앞서서는 〈왕의 남자〉(2005)가 기록적인 관객을 동원하기도 했고, 그런 상황에 힘입어 애니 프루의 단편소설을 원작으로 한 이안 감독의 〈브로크백 마운틴〉(2005)이 이듬해 국내에서 개봉되어 역시 큰 대중적 반응을 얻은 적도 있었다. 그리고 더 거슬러 더듬어보면, 한 연예인의 커밍아웃(홍석천, 2000)이나 트랜스젠더 연예인의 출현(하리수, 2001) 같은 사건들을 경험한 바도 있었다. 이 과정을 되돌아보면 어느덧 대중문화의 차원에서 이미 동성애 모티프는 더 이상 낯설고 모험적인 것이 아니다. 그리고 그 영향으로 현실에서도 성적 소수자들에 대한 다문화주의적 차원에서의 관용의 태도도 점차 확산되고 있는 추세인 듯하다.[1]

동성애자를 비롯한 성적 소수자 문제에 대한 사회적 관심이 환기되기 시작한 1990년대 이후의 전반적인 문화적 추이에 비하면 한국 소설에서 그에 대한 관심과 그 결과는 대중문화 영역에서만큼 활발하지 않은 것으로 보인다.[2] 물론 1990년대 말, 이남희의 「플라스틱 섹스」 연작(1997)이나 윤대녕의 「수사슴 기념물과 놀다」(1999), 그리고 신경숙의 「딸기밭」(1999) 같은 작품들이 동성애 모티프와 관련하여 뚜렷한 인상을 남겼고, 그들 작품을 대상으로 하여 동성애의 관점에서 의미 있는 분석들도 이루어진 바 있었다. 이 소설들은 물론 그 나름의 발생 계기를 갖고 있겠지만, 하나의 계보로서, 혹은 동시대적 사건으로서의 분석 대상이 되기에는 개별적이고 일회적인 면이 컸던 것도 사실이다.

하나의 현상이라고 이야기할 수 있을 정도의 흐름이 만들어지기까지는 2000년대 중반 천운영, 백가흠, 강영숙, 배수아 등에 의해 발표된 소설들을 기다려야 했다. 이 시기의 소설들에서 성적 소수자 문제는 이전과 비교하면 상대적으로 본격적인 탐구의 인상을 준다. 그렇기 때문에 한국 소설에서의 퀴어적 상상력과 그 문제에 대한 의미 있는 분석들 또한 대체로 이 현상 직후에 이루어졌다.[3] 이 무렵 성적 소수자를 대상으로 한 한국 소설은 그 내용이나 경향에서 문화 일반의 취향과는 상당히

1 우리의 경우에 성적 소수자 문제는 서구에서와는 다르게 현실 속에서 당사자들의 직접적인 권리 투쟁의 형태로 경험되는 과정을 충분히 거치지 않은 채 미디어에 의해 비로소 표면화된 측면이 있는 듯하다. 지금도 상황은 크게 다르지 않아서, 성적 소수자의 문제가 환기되고 논의되는 것은 현실의 사건을 통해서라기보다 주로 대중문화의 현상을 통해서이다. 대중문화에서 성적 소수자 문제를 다루는 내용과 방식도 문제가 있을 수 있지만, 더 중요한 문제는 성적 소수자들의 삶의 현실과 그들의 권리를 비롯한 제반 문제들이 사회적으로 논의되고 그 해결의 모색이 적극적으로 추진되고 있지 않음에도, 우리는 그와 같은 미디어 효과에 의해 이미 성적 소수자들의 문제를 고민하고 있고 해결해나가고 있다는 환상이 만들어질 수 있다는 점이다. 성적 소수자의 문제를 다루는 소설 역시 그와 같은 미디어 효과를 경험해왔고, 또 하고 있는 독자들을 대상으로 한다는 사실을 고려하면서 논의될 필요가 있다는 것이 이 글의 전제이다.

2 가령 1990년대 이후 2005년까지 한국 단편소설을 논의 대상으로 삼고 있는 최병덕의 「현대 단편소설의 동성애 모티프 연구―1990년대 이후의 소설을 중심으로」(충남대학교 석사학위논문, 2007)에서는 열다섯 작가의 열일곱 작품이 그 대상으로 선별되어 있다. 전경린, 조경란 등의 작품들이 빠져 있다는 사실을 감안해도, 그렇게 풍부하다고는 말하기 어려운 수치이다.

다른 면모를 보여주었다. 천운영이나 백가흠처럼 대중문화에서는 좀처럼 접근하기 어려운 급진적인 섹슈얼리티의 면모를 보여주거나, 아니면 강영숙이나 배수아의 경우처럼 대중문화에서 수용되기에는 상당히 복잡하면서도 초월적인 면모를 보였던 것이다. 이러한 특징은 한국 소설이 호환 가능한 내러티브들의 네트워크를 구성하는 방향으로 점점 더 접근해오는 가운데에서도 어느 정도 자율적인 계열을 이루며 그 독립적인 세계를 유지해왔다는 사실을 우회적으로 보여주는 것이기도 하다.

그렇지만 그런 상황이 이후에 지속되지 못하고, 소설에서 성적 소수자의 문제는 다시 수면 아래로 가라앉아버리는 양상을 보여왔다. 그런데 최근 들어 상황이 또다시 변화하고 있는 듯한 조짐이 느껴진다. 본문에서 구체적으로 살펴볼 테지만, 얼마간의 공백기 이후 최근에는 성적 소수자들이 소설에 출현하는 빈도가 급격하게 증가하는 현상을 확인할 수 있기 때문이다. 그뿐만 아니라 그 양상 또한 다양해지고 있다. 이런 현상이 말해주는 것은 무엇일까? 성적 소수자와 그들을 둘러싼 사회 현실에 대한 소설의 관심이 증대하고 있다고만 판단할 수 있는 것일까? 앞에서 언급한 미디어 분야에서의 상황을 고려하며 생각해보면, 그렇게 단순하게 대답하기 어려운 복잡한 콘텍스트가 소설과 현실 사

---

3 김은하의 「유령의 귀환, 퀴어적 상상력의 스펙트럼」(『문학수첩』, 2008년 봄호)과 정은경의 「현대소설에 나타난 '동성애' 고찰—천운영과 배수아 소설을 중심으로」(『현대소설연구』 39, 2008) 등을 대표적으로 참조할 수 있다. 정은경은 육체와 영혼의 대비 구도 아래에서 천운영과 배수아 소설의 대립되는 추구 방식에 의미를 부여하고 있는 반면, 남성 동성애와 여성 동성애로 구분하여 고찰하고 있는 김은하의 논의는 동성애 문제에 대한 한국 소설의 관념적 접근 방식에 대해 다소 비판적인 분석을 수행하고 있다. 동시대의 소설뿐만 아니라, 이광수의 소설을 비롯한 근대소설에서의 동성애 모티프를 새로운 각도에서 분석하고 있는 학술적인 논문들도 이 무렵 활발하게 발표되었다. G. 실비안, 「이광수 초기 문학에서 드러나는 동성애 모티프에 관한 계보학적 연구」, 서울대학교 석사학위논문, 2007. 8, 신지연, 「이광수의 텍스트에 나타나는 동성 간 관계와 감정의 언어화 방식」, 『상허학보』 21, 2007. 8 등을 대표적으로 들 수 있다.

이에 가로놓여 있는 듯하다. 그렇기 때문에 그와 같은 문제들에 대답하기 위해서는 지금의 상황에서 소설과 현실의 관계에 대한 새로운 진단이 마련되어야 할 것이다. 그리고 그런 맥락에서 한국 소설에서의 성적 소수자의 문제에 대한 새로운 분석 방법도 요구되고 있는 듯하다.

그런 방향을 염두에 두면서, 일단 이 글에서는 2000년대 후반 이후의 소설들을 중심으로 성적 소수자 문제를 바라보는 한국 소설의 시선의 양상과 그 성격을 이념의 시선, 관계의 시선, 텍스트의 시선, 섹슈얼리티의 시선 등 네 가지로 나누어 분석해보고자 한다.[4]

2. 이념의 시선

한국 근대소설에서 동성애 모티프는 그 초기부터 간헐적으로 지속되어왔다. 가령 이광수의 「사랑인가」(1909)와 「윤광호」(1918)나 김동인의 「마음이 옅은 자여」(1919~1920) 등 근대 초기 소설들에서 동성애 모티프는 두드러졌고, 이효석의 『화분』(1939)에서는 당시로서는 파격적인 성적 관계와 동성애 모티프가 대중의 윤리 의식을 자극한 바 있었다. 「완구점 여인」(1968), 「주자(走者)」(1969), 「산조(散調)」(1970) 등 오정희의 초기 소설에 나타난 동성애 장면의 인상도 상당히 강렬했다. 이들 소설에서 동성애는 그 자체로만 보면 섹슈얼리티의 문제로서 존재

---

4 이러한 구분은 소설 속에 등장하는 성적 소수자와 관련된 모티프 자체의 성격이 이념, 관계, 텍스트, 섹슈얼리티라는 의미라기보다, 그 모티프가 소설 속에서 발생하는 맥락, 그리고 수행하는 기능과 효과에 의해 이루어진 것이라고 할 수 있다. 그렇기 때문에 한 편의 소설 내에서도 이 네 가지 시선, 혹은 계기가 함께 작동할 수 있다.

한다고 할 수 있지만, 부분적으로는 인물들 주변의 가족 관계의 영향도 얽혀 있고, 궁극적으로는 계몽의 기획, 계급 운동과 전향, 노동 및 민족 문제 등과는 대척적인 위치에서 그 이념의 타자로서 존재하면서 기존의 이념을 반성하고 새로운 이념을 예비하는 역할을 수행했다는 점에서 이념적·역사적 성격을 내포한다. 그러니까 근대소설의 국면에서 동성애의 섹슈얼리티는 그 발생 지점으로부터 분리되어 의미 부여와 수용으로 이행하는 과정에서 이념에 내속되는 양상을 보여왔던 것이다. 그 점에서 보면 1990년대 후반, 2000년대 초반 소설에 등장했던 동성애 모티프 역시 그런 맥락에서 크게 벗어나지는 않는다.

그때 그처럼 화사한 치마를 아랑곳없이 입고 다닐 수 있었던 사람은 유, 너뿐이다. 아무도 치마 따위는 입지 않는다. 아무도 머리에 롤 같은 건 말지 않는다. 사소한 일상에까지 스며 있던 억압, 웃다가도 슬몃 이렇게 웃어도 될까? 좋은 것을 가지게 되어도 이런 것을 가져도 될까? 마음껏 행복할 수는 없는 감정들이 그때 젊은이들이 공유한 감각이지. 웃음을 거두는 것, 좋은 것을 갖게 되고 행복하면 외려 불안한 것. 유. 너는 다르다. 내게 남아 있는 너의 이미지 속에 스며 있는 너의 투명함은 풀리지 않는 수수께끼. 어떻게 너는 그때 젊은이들이 마시는 공기 속에까지 포함되어 있었던 억압을 피해 그렇게 자유로울 수가 있었나. 어떻게 너는 그렇게 화사한 웃음을 웃을 수가 있었나. 어떻게 너는 그렇게 매끈한 종아리를 최루탄 가스 속에 드러내놓을 수가 있었는가. 어떻게 너는, 어떻게 너는?[5]

---

5 신경숙, 「딸기밭」, 『딸기밭』, 문학과지성사, 2000, 51쪽.

신경숙의 「딸기밭」의 한 부분이다. 여기에서 유의 이미지는, 적어도 '나'의 의식 범위에서는 억압으로부터 가장 먼 지점에 놓여 있다. 그런 점에서 유의 이미지를 욕망하는 것은 억압에 직접 맞서는 이념과는 반대되는 것이라고 할 수도 있다. 하지만 다시 생각해보면 유의 이미지는 억압의 풍경 속에서 발생했고 그 배경과 대비되기에 더 선명한 윤곽을 갖는 것이므로 이 경우에 '미'는 이념과 분리되지 않는 전체의 일부로서 존재하는 것이다. '나'의 욕망을 떠민 억압의 강도는 '나'가 그 반대편의 미에 도달할 수 있는 반동의 진폭을 결정하고 있다. 그렇기 때문에 이 경우에 미의 추구는 이념의 배제가 아니다. 표면적으로는 이념을 배제하는 듯하지만, 궁극적으로는 미를 통해 내면화하는 것이다. 이 소설에서 '나'와 유의 동성애 감정은 그처럼 억압에 대응되어 밀도를 높여가면서 이념에 대한 양가적인 태도를 표현하는 미의식의 일부라고 할 수 있다.

한편 앤서니 기든스의 '조형적 성(plastic sexuality)' 개념을 제목에서부터 앞세우고 있는 이남희의 「플라스틱 섹스」 연작은 같은 시기 신경숙, 윤대녕, 이응준, 백민석 등의 소설과는 동성애 문제에 접근하는 방식이 조금 다르다.

김희완이 무심히 말했다. 은명은 몹시 궁금했다. 그러나 운전사의 귀를 의식해서 한참을 주저하다가 물었다.

"저…… 그럼 김희완 씨도 좋아하는 상대가……"

"나요? 난 남자 쪽이죠. 남자 애인이 있구요. 난 사소한 차이가 있는 편이 좋더군요. 하지만 무슨 상관 있어요? 설혹 내가 그런다고 한들? 관계의 외형이 뭐 그렇게 중요하다고 남의 성생활에 그렇게들 관심을 보이나 몰라요. 이제 그만 거 고리타분하지 않아요? 시대가 바뀌면 섹스도 외형적인 모양새보다는 그 내용이나 마음의 참됨이나 거짓, 진정성 같은 게 더 중요하게 되지 않을까요? 불과 얼마 지나지 않아 그렇게 될 거예요…… 댁도 아마 우리 나이에는 변화를 요구하면서 청춘을 보냈겠죠? 우리하곤 다른 거였겠지만. 정치나 사회의 민주화니 하는 것들. 이젠 시대가 달라졌죠. 지금 우리에게 필요한 것은 사소한 일상성에서의 구조변동이 필요하다는 거죠. 일대일의 관계에서의 변화요."6

앞의 인용에서처럼 이 소설에서는 관념이 인물의 목소리를 통해 지나치게 직접적으로 드러나 있지만, 어쨌든 동성애가 이념의 타자 역할을 수행했던 경우와 달리 이 소설에서 섹슈얼리티의 추구는 1990년대 이후 새로운 사회운동의 이념적 방향에 직접적으로 대응된다는 점에서 특징적이다. 성, 가족 등 사적 공간의 문제들이 공적인 차원으로 전환되기 시작하면서, 소설에서의 성적 소수자의 문제도 미의식의 범주를 벗어나 직접적인 이념의 형태를 띠고 있는 것이다. 하지만 이론, 운동, 사상 등의 매개를 통해 현실과의 동반적 관계를 맺어왔던 연장선상에서 새로운 이념적 방향으로 동성애 문제를 탐구하고자 했던 이런 방식은 이후 소설 지형의 변화 속에서 더 지속되지 못한다.

이처럼 한국 근대소설에서 동성애 모티프는 미의식의 차원에서, 혹은 사회 이론을 수용하는 과정에서 이념적인 성향을 내포해왔는데, 그 주체가 노동자로부터 여성으로 확산되는 과정에서 변곡점에 이른 이념성 자체가 그 이후 한국 사회에서, 그리고 소설에서 급격하게 약화되

6　이남희, 「플라스틱 섹스」, 『플라스틱 섹스』, 창작과비평사, 1998, 46쪽.

는 상황 속에서, 성적 소수자 문제에 대한 소설적 탐색에서 이념적 성향은 외적으로 확산되기를 그치고 내적으로 굴절, 심화되는 양상을 보이다가 서서히 휘발되는 듯했다.

그런데 최근 소설의 양상을 보면, 한동안의 이념의 공백기를 통과해서 비록 뚜렷하지는 않으나마 이념의 회귀라고 할 만한 국면이 부분적으로 조성되고 있는 듯하다. 전반적으로 그것은 이념의 적극적·주체적인 실천의 산물이라기보다 소설의 현실적·사회적 성격에 대한 독자들의 요구와 기대에 의존하는 수동적인 성격이 큰 것으로 보이지만, 그럼에도 그 공간은 개별적으로 추구하는 글쓰기 주체의 이념을 소설적으로 추출하는 동기와 근거로서 작용할 수 있었다.

최근 소설에서 성적 소수자들이 다시 등장하기 시작하는 현상 아래에는 이처럼 소설 속에 이념의 문제가 완만한 형태로나마 재도입되는 흐름이 놓여 있는 듯하다. 가령 전경린의 『엄마의 집』(2007)에서 386세대 부부의 갈등에는 이념과 현실 사이의 거리에 대한 양가적인 반응이 착종되어 있는데, 여전히 이념에 집착하면서 현실에 적응하지 못하는 남편과 그럼에도 악착같이 현실을 살아가려고 하는 아내의 모습은 궁극적으로 그들이 각자 공유하는 양면성을 양편에 나누어 배치한 것으로 볼 수 있다. 그런 그들의 딸이 지닌 양성애적 성향은 아래에서 보듯, 부모 세대의 정치적인 이념으로부터 파생된 산물이라고 할 수 있다.

"엄만 내가 양성애자라면 어때?"
"어떻긴? 그런가 보다 하지."
엄마는 의외로 쿨했다.
"엄만 왜 그렇게 관대한 거야? 내 친구 엄마들은 끓는 물이라도 뒤집

어쓴 것처럼 펄펄 뛸 텐데. 잘못 발설했다간 집에 갇히거나, 쫓겨나. 그래서 다들 상자처럼 입을 꼭 닫고 최후까지 가족에겐 비밀로 하지."

"인간은 누구나 행복을 추구할 권리가 있어. 저마다 자기 생긴 대로, 행복을 찾아야 한다구. 그게 인생인걸. 범죄가 아닌 이상, 누구도 그걸 억압해서는 안 돼."

엄마는 말은 시원하게 하면서도 표정은 심각했다.

"그리고, 이성애자라는 정체성이 꼭 동성애자나 양성애자보다 덜 위험한 것도 아니야. 어차피 인생이란 숱한 기회들과 선택의 연속인걸. 난 네가 다른 사람들과 좀 다르게, 너의 방식으로 행복을 추구하고 삶의 진실들을 경험하는 것에 반대하지 않아."[7]

딸 호은의 시점으로 서술되고 있는 이 소설에서 더 크게 들리는 목소리는 엄마 윤진의 것이다. 윤진의 목소리에 담긴 이념성은 변화한 현실적 상황에 휩쓸리지 않으려는 악착같은 고투의 근거인데, 그처럼 주체의 내적인 윤리의 차원으로 치환된 이념은 자아와 세계 사이의 이분법적 대립을 강화하는 심리적 기제로 작용한다. 그 이념은 매우 선명해서 여기에는 현실적 갈등이 끼어들 여지가 별로 없어 보인다. 그렇기 때문에 모녀 사이의 대화에서는, 대화임에도 불구하고 독백적인 성격이 강하게 느껴진다. 그렇게 볼 수 있다면, 호은의 동성애적 성향 역시 그녀의 섹슈얼리티의 문제라기보다 '정치적으로 올바른' 윤진 세대의 이념에 의해 매개된 관념적인 것에 가깝다.

같은 세대 작가인 은희경의 『소년을 위로해줘』(2010)에서도 유사한

7 전경린, 『엄마의 집』, 열림원, 2007, 147~148쪽.

양상을 확인할 수 있다.

　　—아저씨 말야. 노래 잘하셔.

　　—주인아저씨?

　갑작스러운 채영의 말에 나는 잠시 어리둥절. 카운터 쪽으로 힐끗 눈
길을 보낸다.

　　—중창단이야. 다음 주에 공연 있대. 헤어졌던 애인이 구경 온다고
했나 봐.

　늘 그렇듯 채영의 말투는 무심하다.

　　—애인, 남자래.

　태수가 맞았군.

　　—아저씨가 중창단 이름도 알려줬어. 여섯 무지개 중창단.

　　—한 가지 색은 왜 뺐는데?

　　—모르겠어. 암튼 아저씨가 그러는데, 아저씨한테도 나처럼 여고 시
절이 있었대. 그 시절이 평생 가장 힘들었다는데.[8]

　이 소설 역시 아들 연우의 서술 시점으로 되어 있는데, 그 시점에 엄
마 민아와 그의 연하 애인 재욱의 목소리가 섞여 있고, 후반부로 갈수
록 그 목소리는 더 커져서 두드러져 보인다. 예술 분야에서 프리랜서로
일하는 민아와 재욱은 아웃사이더로서의 자의식을 강하게 가지고 있
는 편이고, 소설 곳곳에서 그런 자의식을 직간접적으로 드러내고 있다.
소설 속에 여성에서 남성으로 전환한 트랜스섹슈얼인 카페 주인이 등

8　은희경, 『소년을 위로해줘』, 문학동네, 2010, 322~323쪽.

장하는 것 역시 그런 맥락과 무관하지 않은 듯하다. 잘 알려진 바와 같이, 무지개는 다양성을 상징하는 성적 소수자들의 기치인데, 그 일곱 색깔 가운데 조화를 상징하는 남색을 공백으로 남겨둔 여섯 무지개가 그들의 엠블럼이다. 소설에서는 미성년 인물들의 일반적인 인식 범위를 고려하여 설명이 자제되어 있고 대화를 통해 부분적으로만 드러나 있다. 이처럼 간접화되어 있기는 하지만, 삽화처럼 등장하는 이 에피소드 역시 인물들의, 혹은 작가의 이념적 성향과 태도를 드러내는 기능을 부분적으로 수행하고 있다고 할 수 있다.

기본적 인권이라는 이념의 차원에서, 혹은 다원주의라는 자유주의적 관용의 관점에서 성적 소수자 문제를 이해하는 태도는 이성애 중심의 규범성에 대한 반성까지 포함하지 못하는 한계를 갖는데,[9] 그렇기 때문에 이 소설들에서는 동성애가 인물 당사자의 문제가 아니라 다른 인물들의 문제에 대한 이해와 공감의 차원에서 부분적으로 나타나고 있다는 공통점이 있다. 그렇다면 이념의 시선에서 성적 소수자 문제를 바라보는 다른 방식을 그들이 직접 주체로 등장하는 소설들에서 찾아볼 수 있을 것이다.

김이듬의 『블러드 시스터즈』(2011)에는 동성애자 여대생 정여울이 주인공으로 등장한다. 이 소설에서 특이한 점은 그 배경이 1987~1988년이라는 점이다. 그 무렵은 정치적 이념과 동성애 문제가 배치되는 것으로 인식되던 시기였기에, 그 시공간 속에서 두 문제는 서

---

[9] 성적 소수자들의 문제를 인권, 기본권의 시각으로 접근하는 방식은 그들의 권리 문제를 사회적 장에 포용한다는 점에서 긍정적이지만, 그것을 관용, 성 지향성, 프라이버시 등 사적 영역에 제한하는 한계를 더불어 갖는다고 비판되기도 한다. 그와 같은 비판의 구체적 맥락과 내용에 대해서는 서동진, 「인권, 시민권, 그리고 섹슈얼리티」, 『경제와 사회』 67호, 2005년 가을호 참조.

로 갈등을 일으킬 수밖에 없다. 하지만 이 소설은 그 갈등을 크게 문제 삼지 않는다. 여울의 동성 파트너이자 정치적 이념의 주체였던 지민 선배는 성폭행 사건 이후 자살의 방식으로 서사의 초반에서 사라지고, 그에 따라 이념의 문제도 희미해져버린다. 그 이후 휴학한 여울은 이념적 공간인 학교를 떠나 카페에서 아르바이트를 하며 청춘의 방황을 겪는다. 이념의 문제는 서사의 후반에 가서야 박솔이 남긴 편지를 통해 성해방의 이념으로 어색하게 다시 등장한다. 이 소설에서는 정치적 이념과 동성애 문제가 서로 연결은 되어 있지만, 그 둘의 관계에서 발생하는 문제들은 제대로 다루어지지 못하고 있다. 그렇기 때문에 이 소설에서 동성애 모티프는 이념을 다른 시선으로 바라볼 수 있는 장치로서의 역할을 효과적으로 수행하고 있다고 보기 어려울 것 같다. 그 점에서 『블러드 시스터즈』는 캔디와 '나'(둘 다 남성이다)의 동성애 관계의 추이가 1989~1991년의 정치적 상황과 지속적으로 맞물려 전개되면서 동시대 현실의 풍경을 기존의 소설과는 다른 독특한 질감으로 그려내고 있는 백민석의 『내가 사랑한 캔디』(1996)와 비교되는 면이 있다.[10]

조해진의 단편 「북쪽 도시에 갔었어」(2008)에 등장하는 네 명의 인물 역시 모두 동성애자들이다.

내 허술한 고시원에서도 쫓겨난 K와 나는 일주일에 두 번씩 그곳, K의 가구점에서 목마른 쎅스를 나눴다. 화요일과 금요일은 K의 아내가

---

10 이 문제와 관련해서, 감옥에서 만난 게릴라와 동성애자 사이의 대화가 이야기의 처음부터 끝까지 지속되는 마누엘 푸익의 『거미 여인의 키스』(1976)를 떠올려볼 수도 있겠다. 『내가 사랑한 캔디』가 기원이 다른 두 세계를 서로 겹쳐 하나의 그림 안에 담고 있다면, 『거미 여인의 키스』는 서로 분리되어 있던 두 세계가 점진적으로 소통해나가는 과정을 서사화하고 있다.

아이들을 위해 다른 때보다 일찍 퇴근하는 날이었다. 밤 열시, 가구점 문을 닫을 때쯤이면 K는 콘솔 서랍에서 패브릭 원단을 꺼내 앤틱풍의 킹싸이즈 침대 위에 깔았다. 쌘드위치 가게의 뒷정리를 한 후 가구점 근처를 배회하다 시간에 맞춰 내가 들어가면 K는 셔터를 내리고 실내조명을 껐다. 이딸리아에서 직수입한 마호가니 침대는 언제나 아늑했다. K와 부둥켜안은 채 그곳에 누워 있노라면 세상 모든 사람들이 내 지나온 삶을 속속들이 알고 있고 전적으로 이해하고 있으며 심지어 지금의 나를 가슴 깊이 동정하고 있을 거라는 행복한 착각에 빠져들 수 있었다. 실제로 나는, 그 침대에서 그런 꿈을 자주 꾸었다. 커밍아웃 이후 나를 정신병원에 보내려고 했던 아버지와 그런 아버지의 허리를 끌어안고 필사적으로 몸부림치며 울부짖던 어머니, 내 사물함 안에 여성용 속옷을 넣어놓고 내가 보일 행동을 지켜보며 천박하게 웃던 고등학교 동창들이 어느새 하나둘 몰려와 손을 내밀어 내 머리를 정성스럽게 쓰다듬어주는 꿈. 그런 꿈을 꾼 날이면 세상 전체가 따뜻한 혀가 되어 몇 번이고 내 몸을 부드럽게 핥아주곤 했다.[11]

이 소설에는 두 커플의 동성애자들이 등장한다. 앞에 나타난 '나'와 K 커플이 그 하나이고, 캐나다인 '너'(어처)와 한국인 입양아 출신인 칼박(박영훈)이 다른 커플이다. 떠나버린 칼을 찾아 한국에 온 '너'와 '나'가 쌘드위치 가게의 고객과 주인으로 만난 이후 함께 살게 되면서, 여전히 마음으로 보내지 못한 각자의 연인과의 사연이 한 겹씩 드러난다. 타자로서 살아왔던 그 시간들이 어땠는지는 다음 문장들에 잘 압축되

---

11 조해진, 「북쪽 도시에 갔어」, 『창작과비평』, 2008년 겨울호, 317~318쪽.

어 있다. "피곤했던 수많은 날들이 있었다. 열두 살 이후, 나는 나를 경멸하고 그 경멸의 양만큼 연민하는 힘으로 살아왔다. 마치 너처럼, 그리고 K처럼. 그게, 다였다."[12] 앞의 인용은 잠시 동안 허락된 밀회의 순간 '나'에게 찾아온 따뜻한 환상인데, 이 '행복한 착각' 역시 궁극적으로는 호모포비아의 견고한 사회적 시선을 드러내기 위한 반어적 장치라고 할 수 있다. 고독한 삶의 일상이 인물들의 동성애 관계로 인해 더 비극적으로 부조되었을 뿐이라고 말할 수도 있겠지만, 그럼에도 이 소설에는 소수자로서 그들이 겪는 고통에 대한 공감과 연민의 태도, 그리고 앞에서처럼 그 극복에 대한 기대가 일관되고 선명해서 성적 소수자에 대해 작가가 가지고 있는 단순한 소재 이상의 관심과 태도를 엿볼 수 있게 한다.[13]

그러나 "늘 죽음을 생각하는 부류가 있다"는 문장으로 시작하는 이 이야기의 결말은 결코 밝지 않다. 앞의 인용에서의 따뜻한 환상은 K의 아내가 셔터를 올리는 순간 무참하게 부서지고 만다. 이 소설에서 이념은 적극적으로 주장된다기보다 다만 동성애자들의 삶의 고통을 드러내는 방식으로, 혹은 앞에서처럼 환상을 통해 간접적으로만 제시될 수 있을 뿐이다.

황정은의 「뼈 도둑」(2011)에도 조와 장, 두 사람의 동성애자가 등장

---

12 같은 글, 316쪽.
13 이 작가의 첫 소설집 『천사들의 도시』(민음사, 2008)나 최근작 『로기완을 만났다』(창비, 2011)에서 사회적 소수자들을 관찰하고 서사화하는 태도에서도 그런 면을 확인할 수 있다. 한편 이 작가는 「북쪽 도시에 갔었어」 이후 게이 동성애 커플 경수와 준의 일상과 욕망을 서사화하는 가운데, 경수의 옛 연인 하경으로 인한 오해와 갈등, 그리고 그 극복의 과정을 극화하고 있는 장편소설 『한없이 멋진 꿈에』(문학동네, 2009)를 발표하는데, 이 작품에서는 오히려 이념적 요소가 거의 드러나지 않는다.

하는데, 이들은 그들을 차별의 시선으로 바라보는 현실에 대해 좀 더 분명하고 적극적인 태도를 드러내고 있다는 점에서 기존의 소설 속 성적 소수자들과 다른 특징을 보여준다.

그 주엔 교회에 가지 않을 줄 알았는데 장은 일찌감치 일어나 채비를 하고 있었다. 그는 장이 걱정되어서 동행했다. 예배 중간 중간 호기심을 숨기지 않고 돌아보는 노인들, 새침한 기색으로 장과 그를 등지고 앉은 피해자의 가족들, 근엄하게 입을 다문 사람들, 보라는 듯 친밀하게 인사해 오는 사람들 가운데 장은 재미있다는 듯 눈을 빛내며 앉아 있었다. 예배가 끝나고 모두 모여 점심을 먹는 시간이 마련되어 있었다. 숟가락과 젓가락이 왈그락 덜그락 쏟아지고 부딪치고 모두가 한 벌씩 나누어 받은 뒤 식사가 시작되었다. 어느 쪽에서 들려왔는지는 몰라도 거시기한 관계, 라는 속삭임이 들려왔고 짧은 침묵이 흘렀다. 다시 왈그락 덜그락. 장은 입에 든 것을 꼼꼼하게 다 씹은 뒤 장과 그를 바라보고 있는 부부를 향해 부드럽게 돌아앉았다. 그렇게 궁금하세요 그렇습니다 이 새끼가 나한테 넣고 내가 이 새끼에게 넣습니다 안심하세요 내게도 취향이라는 게 있어 나는 당신들에겐 조금도 넣고 싶지 않습니다.
장은 그 뒤로도 몇 주간 더 출석했고 마침내 목사로부터 더는 교회에 오지 말아 달라는 연락을 받았다. 장은 의기양양하게 알겠습니다, 라고 대답했다.[14]

동성 파트너인 '그'(조)와 장은 함께 영화를 보고 나서 손을 잡고 집

---

14 황정은, 「뼈 도둑」, 『문학사상』, 2011년 5월호, 81~82쪽.

으로 돌아오는 길에 장과 같은 교회에 다니는 중년 남자를 만난다. 취한 상태였던 남자는 '그'와 장이 남자끼리 손을 잡고 다니는 것에 불쾌감을 거칠게 드러냈고 그 바람에 시비가 붙었다. 시비 끝에 중년 남자는 넘어져 머리를 깼고 장은 가해자로 경찰에 연행되었다. 그리고 그 주 교회에서 앞의 사건이 일어났다. 이 장면은 '의기양양'한 장의 상징적 승리로 끝나고 있지만, 결국 장이 사고로 사망하고 장의 가족의 요구로 함께 살던 집을 돌려주고(이 점은 동성애자들의 법적 권리와도 관련되는 문제다) 외딴 집을 얻어 쓸쓸하게 지내고 있는 조의 상황을 염두에 두면 이 소설 전체의 어조 역시 결코 밝지는 않다. 그럼에도 불구하고 이 소설은 피해 의식만을 드러내거나 상징적인 해결로 끝내지 않고 문제를 정면으로 마주하는 의지를 분명하게 제시하고 있다는 점에서, 관성에서 벗어난 이야기가 갖는 특유의 신선함을 보여주고 있다.

조해진과 황정은의 소설에서 성적 소수자를 바라보는 방식은 1998년 미국 와이오밍 주 래러미에서 스물두 살의 대학생이 호모포비아의 폭행으로 사망한 사건 직전에 발표된 애니 프루의 단편 「브로크백 마운틴」(1997)[15]이나, 1993년 역시 미국 중서부 네브라스카 주 폴시티에서 한 트랜스젠더가 잔인하게 폭행당한 후 살해된 사건('티나 브랜든' 사건)을 영화화한 〈소년은 울지 않는다(Boys Don't Cry)〉(1999) 등 성적

---

15 영화에서도 이 사건은 이니스(히스 레저)의 회상 장면을 통해 제시되지만 그 인상은 두 남자 사이에서 펼쳐지는 섹슈얼리티의 장면들과 그들을 둘러싼 광대한 자연 풍경에 가려 희미하게 드러나 있다. 영화 〈브로크백 마운틴〉에서 동성애 문제가 화면 속의 자연미에 의해 굴절되는 양상에 대해서는 이형숙, 「동성애 영화에서의 '보는 즐거움'의 정치학」, 『문학과 영상』, 2009년 여름호 참조. 이선옥은 〈인생은 아름다워〉에서 제주도의 풍경이 수행하는 유사한 양상을 분석하고 있다. 이선옥, 「드라마와 동성애 담론─〈인생은 아름다워〉」, 『실천문학』, 2010년 가을호 참조.

소수자를 둘러싼 현실의 문제를 고발하는 서구 텍스트의 한 경향과 유사한 특징을 갖고 있는 듯하다. 그렇지만 그 텍스트들처럼 실제 사건과 그 사건을 둘러싼 상황에 대한 기록에 근거하고 있지 못하기 때문에 규모 있는 서사를 구축할 수 있는 핵심적 사건이 잘 보이지 않고 이야기의 실감과 구체성도 약한 편이다.

한국의 경우에도 세 명의 트랜스젠더 남성들의 이야기를 들려주는 〈3×FTM〉(2008)이나 레즈비언 국회의원 후보의 이야기를 담은 〈레즈비언 정치 도전기〉(2009), 그리고 네 명의 게이들의 삶을 조명하고 있는 〈종로의 기적〉(2010) 같은 다큐멘터리 영화의 실감은 창작의 주체와 대상이 성적 소수자라는 사실로부터도 연유하지만, 더 결정적인 것은 그 매체가 현실 속의 사건과 운동에 연결되어 있기 때문이라고 할 수 있을 것 같다. 그에 비해 한국 소설은 그 자체가 독립 예술이라고 일컬을 수 있었던 과거의 기억을 가지고 있지만, 지금은 현장에서 이야기를 생산할 수 있는 기능, 혹은 그러한 기능을 향한 의지를 매우 미약하게밖에 보유하고 있지 못한 상황이다.[16] 그런 맥락에서 2003년 4월, 동성애자의 인권 운동에 적극적으로 참여하다가 열아홉 살의 나이에 스스로 죽음을 택한 한 청년(소설 속에서 육우당은 주인공 정현의 자살한 동성 친구 상요로 나온다)의 삶을 허구화한 이경화의 『나』(2006)가 갖는 의미에 대해 다시 생각해볼 수 있다. 이 소설은 청소년 소설로 분류되어 문단 제도권에는 잘 알려져 있지 않은데, 이 사례에서 시장의 삶에 분주해진 한국

---

16 이와 관련하여 '용산' 사건에 대해 한국문학이 보였던 태도를 상기해볼 수 있다. 그 사건은 문학과 정치의 관계에 관한 일련의 논의를 촉발했지만 그 논의들은 현재의 상황에서 현실에 대한 소설의 관계를 구체화할 수 있는 후속적인 논의로 확장되지 못한 채 작품 해석의 문제로 귀착된 상황으로 보인다. 이에 대해서는 더 논의가 필요할 듯하다.

소설이 현실에 대한 민감한 촉수를 더 이상 갖고 있지 못한 사실을 새삼 확인하게 된다.

한편 전반적으로 한국 소설에서 성적 소수자들이 등장하는 이야기들은 낙관적인 희망으로 종결되기보다 비관적인 결말로 마무리되는 경우가 대부분이다. 성적 소수자 문제에 이념적으로 접근하는 한국 소설에서는, 〈필라델피아〉(1993)나 〈밀크〉(2008) 같은 미국 영화에서처럼 동성애자들의 피해 의식을 부각시키는 가운데에서도 가족의 이해와 인종을 초월한 법 정신의 이념을 통해(〈필라델피아〉), 혹은 정치적 권리 획득을 위한 동성애자들의 연대를 통해(〈밀크〉) 선명한 해결의 전망을 보여주는 방식은 찾아보기 어렵다. 〈메종 드 히미코〉(2005) 같은 일본 영화에서 게이 공동체를 중심으로 게이 아버지와 그로부터 버림받은 딸이 화해하는 과정을 통해 보여주고 있는 긍정적 결말도 우리의 경우에는 아직 낯설고, 병든 아버지와 어린 조카와 함께 힘겨운 일상을 살아가는 한 청년이 친구의 형과 동성애 관계를 맺게 되면서 겪는 심리적 갈등과 그 담담한 극복의 과정을 그린 조나 마코위츠의 〈셸터〉(2007) 같은 미국 독립영화의 방식도 현재의 우리 소설과는 아직 거리가 있어 보인다. 이 점은 우리의 경우 여전히 성적 소수자를 둘러싼 현실적 문제가 해결될 수 있는 전망이 불투명하다는 사실도 고려해야 하겠지만, 그와 같은 특징을 통해 성적 소수자 문제를 바라보는 한국 소설의 시선이 관성적인 한 방향에 제한되어 있는 것은 아닐까 생각해볼 여지도 있어 보인다.

3. 관계의 시선

성적 소수자의 문제는 그 자체가 현실적 상황에서 이념적 요소를 내포하고 있기도 하지만, 앞에서 살펴본 것처럼 근대소설의 장르적 속성상 그것이 섹슈얼리티의 문제만으로, 이념의 차원을 통과하지 않고 현실로부터 바로 소설에 현상하기는 어려웠던 면도 있다. 가령 지금 다시 읽어보면 이남희의 「플라스틱 섹스」 연작(1997)에서 초록이에 대한 은명의 욕망이나 서영은의 「시간의 얼굴」(1997~1998)[17]에서 소연과 현 여사의 관계에서 섹슈얼리티는 단순히 이념에 부수적인 것이라고 규정해버리기 힘든, 매우 선명한 것으로 느껴진다. 하지만 그 섹슈얼리티는 이념에 의해 포장되거나 아니면 섹슈얼리티를 비껴가는 식으로 해석되지 않고는 그 자체로 드러날 수 없었던 듯하다.[18]

다음으로 살펴볼 시선 혹은 계기의 층위는 앞서의 이념적 시선에 비하면 상대적으로 성적 소수자의 존재나 그들 관계의 보다 내적인 차원에 대응되는 것이다. 이념의 휘장이 한 겹 벗겨진 이후 더 분명하게 드러나기 시작하는 이 시선은 공동체라는 공적인 단위의 문제에서 벗어

---

17 2000년 문학사상사에서 단행본으로 출간되면서 '그녀의 여자'로 제목이 바뀌었으나 2005년 일송북에서 다시 간행될 때는 '시간의 얼굴'이라는 원래 제목을 되찾았다.

18 「플라스틱 섹스」 연작의 경우는 제목에 이미 이념적 코드를 내장하고 있는 반면 「시간의 얼굴」은 그렇지 않다. 이 소설이 처음 단행본으로 출간될 당시 해설에서 김정란은 "이 작품에 나타나 있는 사랑의 표면적 특성은 '동성애'처럼 보이지만, 이 작품에서 '동성애'가 큰 비중을 차지하고 있는 것처럼 보이지는 않는다"(김정란, 「사랑하는 나에게 매혹된 나」, 『그녀의 여자』, 문학사상사, 2000, 347쪽)고 서두에서 전제하고 그 이후의 내용은 소설 속의 동성애가 섹슈얼리티의 문제가 아니라 심리적·상징적 문제라는 사실을 증명하는 과정으로 채우고 있다. 애써 동성애를 부정하는 이러한 양상에서는 어떤 당혹스러움이 감지되는데, 이런 해석 이전의 당혹스러움은 섹슈얼리티의 독자적인 문제로 동성애를 설명할 수 있는 해석적 코드가 당시로서는 마련되어 있지 않았던 상황에 기인한 것이라고 할 수 있다.

나 개인과 가족의 사적 관계에 인식과 해석의 초점을 맞춘다.

(1) 대상의 상실로 인한 새로운 젠더 수행의 장면들

이 이행의 과도적 양상을 보여주는 사례의 하나로 김연수의 초기작 「구국의 꽃, 성승경」(1997)을 살펴볼 수 있다. 이 소설에서 시위 도중 사망한 누나 승경의 옷을 입고 다니는 남동생 승진의 성적 정체성의 혼란에는 이념과 관계의 문제가 얽혀 있다.

"똥구멍에라도 할까?"

담배 연기를 내뿜으며 망을 보던 사내가 흐물흐물 지껄였다.

"미친놈, 지랄한다. 에이즈 걸려서 좆 잡고 죽을 일 있냐? 좌우당간 이런 호모 새끼들은 죄다 죽여버려야 해. 사회가 썩어들어가면 이런 새끼들이 나온다니까. 어휴, 재수 없어."

뚱뚱한 사내가 다시 승진의 배를 걷어찼다. 검은 원피스에 하얀 먼지가 달라붙었다. 매순간 새로운 죽음이다, 고통을 느끼게 되면. 두 팔을 벌리고 죽음의 공기를 들이마시려고 원했던 사람도 매순간 새로운 죽음인 연이은 고통 앞에서는 몸을 움츠리게 된다. 승진은 두 팔로 배를 움켜쥐고 신음 소리를 냈다.

"야, 가자. 이런 호모 새끼 붙잡고 있는 것보다는 돈 내고 어디 똥집이라도 가는 게 낫겠다."

뚱뚱한 사내는 승진에게 침을 뱉으며 말했다. 망을 보던 사내는 약간 아쉬운 듯이 승진을 한번 쳐다보다가 뚱뚱한 사내를 따라 걷기 시작했다. 그 사내들에게 맞으면서 승진은 비로소 자신이 완전히 누나가 되었다는 느낌을 받았다.[19]

승진 개인의 차원에서 여장 행위는 누나의 죽음에 대한 애도를 수행하지 못하고 그 상실된 대상을 자기 안에 '합체(incorporation)'한 결과인데, 이 행위가 성적 소수자에 대한 사회적 편견의 폭력성에 노출되면서, 그리고 그 폭력성이 누나 승경에게 가해진 공권력의 폭력성에 대응되면서 관계의 문제는 이념의 문제와 하나의 맥락으로 연결된다. 그리고 누나의 죽음을 애도하지 못하고 있는 승진의 우울증적 합체의 상태가 이념 상실의 상황을 고민하는 재민의 시선에 의해 포착되면서, 승진의 여장 행위는 이념 상실의 상황을 서둘러 애도하고 새로운 이념으로 이행해나가는 현실에 대한 이데올로기 비판의 의미를 띠게 된다. 그런 의미에서 승진의 여장 행위는 이념적 문제의 영향을 받는 것이되, 동시에 그 이념과 마주하여 궁극적으로는 그 이념에 대한 회의를 드러내기 위한, 실로 간단하지 않은 소설적 장치라고 할 수 있다.

여기에서 이념의 문제를 제거하면 요시모토 바나나의 『키친』(1988)에 실린 「키친」, 「만월」, 「달빛 그림자」 등에 등장하는 성전환자나 동성애자들의 문제로 이동한다. 「키친」에는 아내를 잃고 그 상실감 때문에 여자가 되어 아내로서 살아가는 인물 에리코가 등장한다.[20] 그 속편인 「만월」에서 에리코는 그를 쫓아다니던 남자에 의해 살해당하고, 소설은 그의 아들 유이치와 그를 사랑하는 미카게가 죽음 충동을 견디며 그 애도의 상황을 통과하는 과정을 담고 있다. 상식의 시선으로 보면 비정

19 김연수, 「구국의 꽃, 성승경」, 『스무 살』, 문학동네, 2000, 225쪽.
20 성전환 여성이 된 아버지가 등장하는 모티프는 이후 〈지금 이대로가 좋아요〉(2008)나 〈아빠가 여자를 좋아해〉(2009) 같은 한국 영화에서도 발견된다. 이 글에서 규명할 수 있는 문제는 아니지만, 이 경우를 비롯하여 요시모토 바나나, 무라카미 하루키, 무라카미 류 등의 일본 소설이나 대중문화에서의 동성애 모티프는 우리의 내러티브에 동성애 문제를 등장시킨 압력의 한 부분으로 작용한 면이 있는 듯하다.

상적인 가족이고 미카게와 유이치의 관계 또한 잘 설명되지 않는 남녀 관계이지만 친밀성으로 연결된 이 관계에는 이념도 섹슈얼리티도 끼어들 틈이 없다. 「달빛 그림자」에는 형 히토시와 애인 유미코를 동시에 잃고 애인의 세일러복을 입고 다니는 여장 남자 히라기가 나온다. 히토시와 연인 사이였던 사츠키 역시 사랑하는 사람을 잃은 상실감으로부터 벗어나기 위해 아침마다 달린다. 히라기의 세일러복은 사츠키의 달리기인 셈인데, 그렇지만 히라기의 상실감은 달리기 정도로 해소되지 않을 만큼 깊은 것이다.

김연수의 「구국의 꽃, 성승경」의 승진이나 「키친」 연작의 에리코와 「달빛 그림자」의 히라기 등 여장 남자 혹은 트랜스섹슈얼 들의 '합체'는 내투사(introjection)와 달리 결국 애도를 수행하지 못하는 것이고 상실을 인정하는 데 실패한 결과이다. 요시모토 바나나의 인물들은 소설의 마지막에서 결국 환상 속에서나마 애도를 이루어내고 있는 데 반해, 김연수 소설 속의 인물들은 현실 속의 자아의 모습을 확인할 수밖에 없는 이념적·현실적 상황에 놓여 있다는 점에서 차이를 발견할 수 있다. 김연수 소설의 인물이 갖는 상실감은 이념과 관계의 문제에 이중적으로 얽혀 있기 때문에 그만큼 해소되는 데 더 복잡한 과정을 요구한다. 이 구도에서 이념의 문제가 옅어지면 결국 관계의 문제만이 남게 되는데, 그런 의미에서 김연수의 소설은 성적 소수자 문제를 둘러싼 우리의 소설사적 맥락이 이념으로부터 관계의 시선으로 이동(을 거부)하는 상징적인 장면을 보여주고 있다.[21]

(2) 오이디푸스 콤플렉스로 인한 욕망의 대상 변경

가족 구성원 가운데 한 사람을 상실한 이후 애도의 과정에서 발생하는 성적 정체성의 혼란을 성적 소수자를 바라보는 관계의 시선의 한 유형이라고 할 수 있다면, 또 하나 그 연장선상에서 살펴볼 수 있는 것이 바로 가족 관계 구도 속에서 발생하는 동성애의 소설적 사례들이다. 이 방면에서 우리는 일찍이 불구의 몸을 가진 완구점 여인과 '나'의 동성애 관계를 아버지와 새엄마가 된 식모, 사고로 죽은 남동생 등의 가족 관계가 둘러싸고 있는「완구점 여인」이나 '유'에 대한 '처녀'의 욕망에 부재하는 아버지에 대한 기억과 그 은유적 대상인 '남자'가 겹쳐져 있는「딸기밭」같은 소설을 그 전사로서 가지고 있다. 최근 소설에서도 그 맥락을 이어받고 있는 여러 변주의 양상을 확인할 수 있다.

정소현의「너를 닮은 사람」(2011)에서 '나'와 '너'는 성과 이름이 같다. 둘은 독일어 교실에서 처음 만났는데, 그래서 젊고 작은 '너'에게 클라인이라는 애칭이 붙었다. '너'가 '나'의 또 다른 자아라는 사실, 혹은 그렇게 인식할 수 있는 조건이 미리 주어져 있는 셈이다. 그렇기 때문에 '너'에 대한 '나'의 감정은 궁극적으로는 자기애의 소산이라고 볼 수 있다. 그런데 그 자기애적 동성애 감정의 기원에는 "빚쟁이들에게 쫓겨 거처를 옮겨 다니며 제 이름조차 못 쓰고 살았던 부모"[22]의 존재가 놓여 있다. 부모가 남긴 부채를 해결하기 위해 전략적으로 남편을 선택했고, 그로 인해 저당 잡힌 자신의 젊음에 대한 원한의 감정이 '너'와 유석에게 차례로 투여되었던 것이다. 소설에서도 그 점이 다음에서처럼 의식적으로 제시되어 있다. "너는 실재 인물이 아닐 수도 있었다. 내가 억눌

<hr />

21 「구국의 꽃, 성승경」은『현대문학』1997년 8월호에 처음 발표되었고,『키친』이 국내에 처음 번역되어 출간된 것은 1999년 2월이다. 가족의 죽음으로 인해 여성이 되거나 여장을 한다는 동일한 모티프에 접근하는 다른 방식에서 당시 두 문화권 사이에 놓여 있던 상황의 낙차를 확인해볼 수 있다.
22 정소현,「너를 닮은 사람」,『현대문학』, 2011년 1월호, 269쪽.

러두었던 죄책감과 내 자신을 경멸하는 마음이 너를 닮은 존재로 현현한 것이 분명했다. 너는 실재가 아니라 내게서 분열되어 나온 병리학적 인격체일지도 몰랐다."²³

설은영의 「듀엣」(2011)은 동성애 대상을 환상 속에서 만들어낸 한 여성의 이야기이다. 불우한 환경과 추한 외모를 가진 만정은 성북동의 허름한 목욕탕에서 손님들의 때를 밀어 생계를 해결하고 있다. 그런데 어느 날 재벌급의 재력과 눈부신 몸매를 가진 초등학교 동창 지연이 만정의 파트너가 되어 목욕탕에서 함께 일하는데, 그 과정에서 지연은 만정에게 자신들을 무시했던 고객을 살인하자는 제안을 하고 지연을 맹목적으로 연모하는 만정은 그 제안을 수락하지 않을 도리가 없다. 그 현장으로 가기 위해 함께 택시를 타고 가던 중 사고가 나고, 그 조사 과정에서 모든 것이 실은 만정의 판타지라는 사실이 드러난다. 그 판타지의 기원에도 역시 아버지, "그녀가 성인이 될 때까지도 인간 구실을 못했다"²⁴는 아버지와 주인집의 마늘을 까던 마늘댁 어머니가 놓여 있다.

이홍의 「단 한 번의 오후」(2011)에서 고등학교 동창인 세 명의 여성이 맺는 관계에도 그 아버지들은 영향을 미치고 있다. 제분 회사의 회장과 월급 사장, 그리고 공장장을 각각 아버지로 둔 하수진과 강수경('나'), 그리고 이무연(데데)의 관계는 그들 아버지의 권력관계에 민감하게 반응하면서 형성된 결과이다. 그 세 딸들은 아버지로부터 성폭행을 당했다는 위악적인 환상을 과시하면서 공모와 연대의 감정을 키워간다. 그 딸들 사이에서의 미시적 권력관계가 작동하면서 발생된 원한 감

---

23 같은 책, 294쪽.
24 설은영, 「듀엣」, 『현대문학』, 2011년 4월호, 183쪽.

정과 그로 인해 빚어진 오해가 겹쳐지면서 '나'와 데데의 동성애 관계
가 일시적으로 맺어진다.

나는 하굣길에 약국에 들러서 파스를 샀다. 이무연이 내 방으로 찾아
오면 등짝이나 어깨에 핀 멍 위로 파스를 붙여주었다. 방문은 꼭 잠가
두었다. 파스를 붙여주고 나면 이무연이 등 뒤로 다가와서 나를 안았다.
내키지 않았는데도 나는 저항하지 않았다. 이무연과 나는 세상으로 나
와 처음 숨을 터뜨리려는 갓난아기처럼 입을 비뚜름하게 벌리고 서로
의 혀를 건드렸다. 혀로 다른 혀의 가장 깊은 자리까지 탐닉했다. 발간
목젖 밑의 옹색한 구멍까지 핥았다. 이무연이 내 입내가 밴 혀로 목덜미
나 가슴을 애무해주었다. 브래지어를 끌어올리고 내 젖가슴을 만지기
도 했다. 팬티에까지 내려가려는 이무연의 손을 잡아서 홱 뿌리치면 그
위태로운 동작이 정지되었다. 시간이 거기서 정지되어도 이무연에게서
나는 화한 파스 냄새는 끝없이 내 후각을 괴롭혔다. 이무연이 돌아간 후
면 나는 샤워기 아래서 몸을 씻어냈다. 레몬 향의 거품으로 벅벅 문질러
닦아도 지워지지 않는 지독한 냄새였다.[25]

이무연에 대한 '나'의 관계는, 이무연 쪽에서는 어떤지 몰라도 적어
도 '나'의 측면에서는 섹슈얼리티에 기초해 있지 않다. 그렇기 때문에
그 위장된 관계는 향유의 대상이라기보다 위협과 불안의 근원이 된다.
레몬 향 거품으로 벅벅 문질러 닦아도 지워지지 않는 지독한 파스 냄새
는 '나'가 성인이 된 이후에도 사라지지 않고 귀환하여 '나'의 삶에 개입

---

25 이홍, 「단 한 번의 오후」, 『현대문학』, 2011년 1월호, 232~233쪽.

하게 된다. 이 경우 동성애 관계를 발생시키는 기원으로서의 아버지는 가족 구조의 한 지점에 위치한 생물학적 존재보다 더 넓은 범위에서의 상징적 팔루스라고 할 수 있다.

물론 이 소설들에서 더 중요하게 부각되고 있는 것은 아버지라는 기원이 아니라 그로 인해 인물들이 현재 겪고 있는 갈등의 양상이다. 가령 「너를 닮은 사람」에서는 자기애로서의 동성애가, 「듀엣」에서는 분열증적 환상으로서의 동성애가, 그리고 「단 한 번의 오후」에서는 동성 사회 내의 권력관계로 인한 갈등의 양상이 서사를 이루는 중심적인 모티프임이 분명하다. 분명히 최근 소설에서 가족 관계는 그 너머에 존재하는 현실로부터의 억압을 표상하기 위한 매개였던 이전 시기 소설에서의 속성으로부터 한참 벗어난 것이 사실이고, 여성 동성애자들을 인물로 등장시킨 이 소설들에도 그런 흐름이 반영되어 있다. 그럼에도 그 기원을 언급하지 않고 지나가지는 않는다는 점에서 여전히 관계의 시선이 발생의 계기로 놓여 있다는 사실을 확인할 수 있다. 이들 소설에서는 중심인물들의 동성애적 성향의 기원을 이루는 가족 관계에 서사의 일부가 분배되고 있고, 또한 기본적으로 동성애 문제 자체보다 그 코드를 도입함으로써 인물들의 관계를 불투명하게 만들고 서사의 긴장을 발생시키는 데 더 큰 목적을 두고 있기 때문에 섹슈얼리티로서의 동성애는 전면화되기 힘든 특징을 갖는다.

그런데 특징적인 것은 여성 동성애의 문제를 직접적으로 서사화하고 있는 경우에도 한국 소설에서는 가족 관계 속의 갈등의 문제가 동성애 관계에서의 섹슈얼리티의 문제보다 우위에 있는 경우가 많다는 사실이다. 앞서 살핀 김이듬의 『블러드 시스터즈』에서 고등학교 동창 현미, 대학 선배 지민, 동기 박솔 등으로 이어지는 주인공 정여울의 동성애 편력에도 역시 아버지와 계모, 그리고 생모가 얽혀 이루는 복잡한 가족 관계가 그 근원에 놓여 있고, 동성애 문학 인터넷사이트에서 활동하는 마이에렐의 「커밍아웃」(2005)에서도 주인공 소연이 레즈비언인 영주와 미란, 그리고 게이인 민호 등이 이루는 동성애적 관계 속에 진입하게 되는 과정에는 가부장적 아버지와 순종적인 어머니라는 전형적인 가족 구조가 그 원인으로 제시되어 있다.

최근 한국 소설들에서 여성 동성애의 관계가 여전히 주로 가족 구조에서 기원한다는 것은 비교적 선명한데, 남성 동성애의 경우 그에 비해 상대적으로 가족 관계의 영향은 희미한 편이다. 그렇지만 이 경우에도 그 근원에는 불완전한 가족 구조가 자리 잡고 있다.

민우는 예전처럼 다정했다. 이상하게도 그가 믿지 않았다. 너머할머니와 함께 있을 줄 알았는데 그는 혼자였다. 그의 방에 들어서자 마음이 이상한 방향으로 움직였다.

세키는 민우가 학교에 가고 없는 사이 편지를 썼다. 편지는 짧을수록 좋을 것 같았다. '가출했으니까 며칠만 봐줘.' 민우가 어떻게 반응할지 궁금했다. 민우는 학교에서 돌아와 편지를 읽고 고개를 끄덕였다.

세키는 방을 청소했다. 밥을 하고, 민우에게 도시락을 싸서 내밀었다. 민우는 학교가 끝나면 과일을 사 들고 집으로 왔다. 민우의 얼굴에 생기가 돌았다. 세키는 기분이 좋았다.[26]

박금산의 『아일랜드 식탁』(2011)에는 열다섯 살 이래 14년간 함께

---

26 박금산, 『아일랜드 식탁』, 민음사, 2011, 229~230쪽.

살아온 두 남성이 등장하는데, 앞의 인용은 바로 그들이 동거를 시작하는 장면이다. 여학교 교사인 민우와 야설 작가인 세키 두 인물 사이의 관계는 이들이 시각장애인 레지나와 여학생 아녜스 자매와 신분과 장애를 사이에 두고 맺는 성적 관계의 긴장과 더불어 서사를 이끌어가는 한 축이다. 그런데 민우와 세키가 함께 살게 된 계기에는 해군 장교에서 퇴출당한 후 정신병을 앓고 있던 민우 아버지의 죽음이 놓여 있다. 세키의 의도하지 않은 행동이 민우에게 상처를 주었고 민우는 세키를 감금함으로써 보복한다. 세키가 말을 할 수 없게 된 것도 그 사건으로 인해서이다. 그러나 그런 악연에도 불구하고 그 둘은 평생의 동반자적 관계를 맺게 되는데, 앞의 인용 부분은 그 이율배반의 감정을 통과하면서 정리된 두 사람의 관계를 보여주고 있다. 장애와 미성년 등의 조건과 더불어 이 불투명한 동성애 관계는 섹슈얼리티의 문제를 정상이라고 가정된 영역의 중심으로부터 매우 먼 경계까지 밀어붙이는 데 기여하고 있는데, 바로 여기에 동성애를 모티프로 채택하고 있는 작가의 전략이 있는 것으로 보인다.

구병모의 『아가미』(2011)에서 두 남성 강하와 곤이 맺고 있는 관계역시 유사한 면을 지니고 있다.

"날 죽이고 싶지 않아?"

그것은 강하가 원하면 그렇게 되어도 할 말 없다거나 상관없다는, 가진 거라곤 남들과 다른 몸밖에 없는 곤이 보일 수 있는 최소한의 성의였다. 그때 라이터에 간신히 불꽃이 일어났다.

"…… 물론 죽이고 싶지."

작은 불꽃이 그대로 사그라지는 바람에 곤은 그 말을 하는 강하의 모습을 볼 수 없었다. 곤한테 다시 후드를 씌운 뒤 조임줄을 당겨 머리에 단단히 밀착시키고 강하는 이어서 말했다.

"그래도 살아줬으면 좋겠으니까."

살아줬으면 좋겠다니! 곤은 지금껏 자신이 들어본 말 중에 최선이라고 생각했던 '예쁘다'가 지금 이 말에 비하면 얼마나 부질없는 것인지를 폭포처럼 와락 깨달았다. 언제나 강하가 자신을 물고기 아닌 사람으로 봐주기를 바랐지만 지금의 말은 그것을 넘어선, 존재 자체에 대한 존중을 뜻하는 것만 같았다.[27]

그의 아버지가 그를 안고 저수지에 뛰어드는 사건 이후, 몸에 아가미를 상처처럼 지닌 곤은 강하와 그 외할아버지를 만나 함께 살게 된다. 강하 역시 자신과 어머니 이녕을 버리고 떠난 아버지, 그리고 다시 자신을 버리고 떠난 어머니로 인해 외할아버지와 살고 있다. 이와 같은 서로의 처지는 두 인물 사이에 애증으로 얽힌 양가적 감정이 조성될 조건을 마련하고 있는데, 사사건건 곤을 경멸하고 위협하던 강하의 외면적 행동이 그가 곤에 대해 품고 있는 감정과 배리되는 것이었다는 사실이 앞의 인용에서 드러나 있다. 이 두 인물의 관계를 동성애의 관점에서 접근할 때, 곤의 아가미는 퀴어의 상징물과도 같은 것으로 해석될 수도 있다.[28]

이렇게 보면 한국 소설에서 동성애 관계는 그 발생적 맥락에서 대

---

27 구병모, 『아가미』, 자음과모음, 2011, 159쪽.
28 『아일랜드 식탁』과 『아가미』에서 남성 커플들 사이의 애증으로 얽힌 운명적 관계에서 영화 〈해피 투게더〉(1997)의 아휘(양조위)와 보영(장국영)의 관계를 떠올려볼 수 있다. 다만 낯선 이국땅(아르헨티나)에서 살아가는 그들에게는 가족 구조의 영향이 발견되지 않는다.

체로 가족 구조의 지반으로부터 크게 벗어나지 않는 면모를 보여주고 있다. 그 가족 관계 역시 사회적 설명 방식의 한 가지 유형이라고 할 수 있으며, 그런 맥락에서 동성애 관계에서 섹슈얼리티 문제는 여전히 부차적인 것으로만 작용하고 있다. 가족 갈등을 서사에 도입함으로써 현실적 리얼리티를 제고하는 효과는 분명 있을 테지만, 그럼에도 관습적으로 가족 관계를 삽입하는 방식은 동성애의 문제를 환경으로 인한 영향, 가령 여성 동성애의 경우 아버지를 비롯한 남성에 대한 부정으로 인한 결과로 고착시킬 우려 또한 가지고 있다.[29] 그리고 궁극적으로 동성애의 기원을 사회적 관계로 귀착시키는 이러한 방식은 성적 정체성을 고정화·단순화할 위험을 내포하고 있다. 그것은 오이디푸스 콤플렉스를 주체 형성의 과정에서 작동하는 무의식의 차원이 아니라 현실적 관계로부터 비롯한 사회적 의식의 차원에서 취급하는 결과를 발생시킨다.[30] 그렇지만 또 다른 한편으로, 이념이나 관계의 문제를 제거할 때 소설적 주제로서의 동성애의 성립 근거가 불투명해지는 측면이 나타날 수도 있다.[31]

---

29 이미 이런 설명 방식에 우리는 익숙하다. 가령 백가흠의 「사랑의 후방낙법」(2007)에서 유진에게는 새아버지의 상습적인 성폭행과 그에 대한 어머니의 묵인이라는 사건이, 민숙에게는 군대에서 의문사한 아버지의 존재가 설정되어 있다. 김영하의 「거울에 대한 명상」(1995)에서의 가희와 성현의 관계에, 그리고 백가흠의 「굿바이 투 로맨스」(2006)에서 미주와 영숙의 동성애 관계에는 남성의 성폭행이 그 기원으로 자리 잡고 있다. 우리의 경우만 그런 것은 아니다. 가령 돈 드릴로의 『마오Ⅱ』(1991)나 대런 아로노프스키 감독의 영화 〈더 레슬러〉(2008)에 등장하는 레즈비언 딸들도 아버지와의 관계로 인해 동성애자가 되었다는 것이 암시되어 있다.

30 가령 조안 러프가든은 동물과 인간 세계에 이미 유전적으로 성적 다양성이 존재한다는 논의를 제시하고 있다. 조안 러프가든, 『진화의 무지개』, 노태복 옮김, 뿌리와이파리, 2010 참조.

31 참고로 동성 간의 친밀성과 섹슈얼리티, 그리고 그로 인한 갈등과 해결만 드러나 있는 〈퀴어 애즈 포크(Queer as Folk)〉(영국판 1999~2000, 미국판 2000~2005)나 〈엘 워드(The L Word)〉(2004~2009) 같은 드라마들은 이념이나 관계에 대해 제시하는 바가 없다.

4. 텍스트의 시선

지금까지 최근 한국 소설에서 성적 소수자들이 등장하는 빈도가 급격하게 증가하는 현상을 분석하기 위해, 이념의 시선과 관계의 시선이라는 두 가지 시선의 유형을 통해 그 내용과 성격을 살펴봤는데, 이 두 가지 시선은 소설 속에 도입된 성적 소수자의 문제가 각각 사회적 이념이나 가족 관계로부터의 영향에 기원을 두고 있다는 점에서, 그러니까 성적 소수자의 문제가 그 외적 동기에 의해 발생한다는 점에서 공통점을 지니고 있었다. 여기에 한 가지 유형을 더 덧붙이자면, 외부의 다른 텍스트로부터 성적 소수자 모티프가 연유하는 경우를 들 수 있다.

성적 소수자들을 둘러싼 문제들에 대한 사회적 논의가 충분히 이루어지고 있지 않은 상황에서 그 문제들은 현실의 표면에 분명하게 드러나지 않고 수면 아래 은폐되어 있는 것이 일반적인데, 우리 역시 아직까지 그런 국면에서 크게 벗어나지 못하고 있다고 할 수 있을 것 같다. 그럼에도 대중문화의 차원에서는 어느덧 동성애나 트랜스젠더를 비롯한 성적 소수자 모티프가 더 이상 낯설지 않게 되었고, 그와 같은 상황에서 소설이나 각종 매체에서 동성애를 비롯한 성적 소수자들의 문제는 현실로부터 직접 유래하기보다 다른 텍스트들로부터 영향을 받아 성립되는 경우가 많을 수밖에 없다.

1990년대 후반이나 2000년대 초반 소설에서 동성애 코드를 도입하는 경우에도 다른 텍스트를 매개로 삼는 경우를 쉽게 발견할 수 있었다. 가령 전경린의 「다섯 번째 질서와 여섯 번째 질서 사이에 세워진 목조 마네킹 헥토르와 안드로마케」(1999)에는 금주가 동성애자 유경과 이한을 비교하면서 『거미 여인의 키스』(1976)의 몰리나를 떠올리는 대목이 있다. 그런가 하면 윤대녕의 「수사슴 기념물과 놀다」(1999)의 경우에는 제목에서 이미 드러나듯 백남준과 요셉 보이스의 미디어 퍼포먼스가 전거로서 작용하고 있다. 어떻게 보면 이 소설에서 게이 동성애는 〈조지 마치우나스를 위한 수사슴 기념비〉(1982)에 대한 서사적 해석 혹은 반응이라고 할 수 있다.

2000년대 중반 이후에는 그와 같은 부분적인 차원이 좀 더 확대되어 동성애 문제에 색다른 방식으로 접근하고 있는 사례들을 만날 수 있다. 대표적으로 듀나의 「대리전」(2006)과 박솔뫼의 『을』(2010)에서 그러한 시선을 확인할 수 있다.

듀나의 「대리전」에 등장하는 인물들은 (외계인들을 제외하면) 대부분 여성이다. 서술자인 '나'(은채)와 이야기 내에서 서술의 객체인 '너'(수미)는 한때 연인 사이였다. 그런데 그들이 맺은 관계에 대한 은채 스스로의 진단은 다음과 같다.

네, 우리가 갈 데까지 간 건 사실이에요. 하지만 절대로 제시나 케이티 같지는 않았어요. 우리에겐 그건 일종의 실험이었던 것 같아요. 당시엔 아마존으로 외국 영화 DVD를 주문할 수 있던 때가 아니라서 주로 제가 가지고 있는 자료들은 책이었어요. 굉장히 질 낮은 일어 중역본이었던 『제복의 처녀』, 피에르 루이스의 『빌리티스의 노래』, 레진 드포르주의 『마리 살라의 사랑을 위하여』, 겉장이 떨어져 나간 영문판 『올리비아』와 『결혼의 초상』… 뭐, 그런 것들이요. 감정과 경험은 이미 책들을 읽으면서 접했으니 그게 어떤 건지 한번 실험해보자는 거였죠. 결국 우린 갈 데까지 가긴 했는데, 섹스나 연애의 느낌보다도 '와, 우리도 이런 걸 했다!'는 식의 성취감을 더 강하게 느꼈던 것 같아요. 지금 생각해도

낯 뜨겁군요.[32]

두 사람 관계의 비교 대상인 제시와 케이티는 텔레비전 시리즈
⟨Once and Again⟩(1999~2002)에 등장하는 레즈비언 커플이다. 드라마
속 인물들과는 달리, 은채와 수미의 관계가 성립, 발전된 과정과 그 성
격이 레즈비언을 모티프로 한 다양한 텍스트들에 의거한 것이었다는
사실이 '나'의 고백의 형태로 진술되어 있다. 이것은 이와 같은 소설적
설정과 거기에 작용한 상상력의 기원에 대한 고백으로 볼 수도 있지 않
을까 싶다. 물론 이런 면모는 선행 텍스트들이 구축한 장르적 문법을
변형, 반복하는 경향이 강한 장르 소설의 특성과도 연관이 있는 것이겠
지만, 어떤 의미에서는 우리의 일상과 내러티브에서 성적 소수자 모티
프가 발생하는 한 가지 경로를 반성적으로 고찰하고 있다고 할 수도 있
을 것 같다.

박솔뫼의 『을』에 등장하는 프래니와 주이의 관계 역시 그런 맥락,
분위기를 갖고 있다.

씨안은 음악을 틀어놓은 채로 방을 나섰다. 방에서 멀어질수록 모리
세이의 목소리는 점점 작아졌다. 프래니와 주이는 사촌 사이였다. 씨안
은 그들의 실제 이름은 몰랐다. 프래니와 주이는 늘 자신들을 프래니와
주이라고 소개했고 호텔의 다른 사람들은 그것이 본명인 줄로만 알고
있거나 좀 이상하다고 생각해도 특별히 캐묻지 않았다. 씨안은 그들과
한방을 쓰고 꽤 오랫동안 같이 시간을 보냈기에 프래니와 주이가 책에

32 듀나, 「대리전」, 『대리전』, 이가서, 2006, 114쪽.

서 이름을 딴 것이라는 것을 알고 있었다. 프래니와 주이는 어릴 때부터 친구처럼 함께 지냈고 인형, 책, 영화, 음악 같은 것을 서로 나누며 자랐다. 그들은 샐린저의 『프래니와 주이』를 함께 읽었고 그 책을 미친 듯이 좋아하게 되었으며 그 이후로 프래니와 주이라는 이름을 나눠 가졌다고 했다. (……) 책 속에서 프래니와 주이는 남매라고 했다. 프래니는 여동생이고 주이는 오빠라고 했다. 프래니는 그냥 자신이 더 어리니 프래니를 하겠다고 했다. 주이는 이름이 동물원 같은 게 좋아서 자기가 주이를 하겠다고 했다. 그래서 그들은 프래니와 주이였다. 실제로 프래니와 주이는 둘 다 귀여운 여자아이들이고 사촌 사이이고 게다가 연인 사이이지만.[33]

소설 속에서 사촌 사이의 동성 연인으로 등장하는 프래니와 주이 커플의 정체성은 앞에서 보는 것처럼 그들이 함께 나눈 인형, 책, 영화, 음악 등에 의해 형성되었다고 할 수 있다. 프래니와 주이라는 그들의 별칭 자체가 샐린저의 소설에 기원을 두고 있기도 하다. 그리고 동성애의 분위기를 담고 있는 모리세이('The Smith'의 보컬)나 스스로 동성애자라고 밝힌 바 있는 케이디 랭(K. D. Lang)의 목소리가 마치 배경음악처럼 그들의 주위를 감싸고 있다. 그뿐만 아니라 소설 속에서 씨안이 들려주는 영화 이야기는 『거미 여인의 키스』에서 몰리나가 발렌틴에게 들려주는 여섯 편의 영화 이야기들을 떠올리게 만들기도 한다. 여기에서는 오이디푸스 구도의 아버지 자리를 텍스트들이 대신하고 있다. 그 자리에서 그 텍스트들은 인물들의 성적 지향을 촉발시키고 거기에 개념과

---

33 박솔뫼, 『을』, 자음과모음, 2010, 68~69쪽.

윤곽을 부여하는 역할을 수행한다.[34]

물론 텍스트와 현실의 관계는 일방적·단선적인 것이 아니다. 텍스트는 그로부터 파생된 새로운 현실을 생산하는 매개일 수도 있고, 어느 지점에서는 텍스트와 현실 사이의 구분이 불투명해지기도 한다. 특히 대중문화에서 표현된 성적 소수자 모티프들이 실제 현실의 문제를 앞서나가고 있는 우리의 현실 속에서, 성적 소수자 문제에 대한 소설적 접근은 그와 같은 텍스트와 현실 사이의 상호 참조의 구도 속에서 이루어지는 성격이 강하다고 할 수 있을 것 같다.

5. 섹슈얼리티의 시선

이처럼 우리 소설에서 동성애를 비롯한 성적 소수자의 문제는 이념이나 관계, 혹은 텍스트를 경유하여 발생하는 것으로 그려져왔다. 그것이 섹슈얼리티의 차원에서 등장하더라도, 소설을 둘러싼 현실적 상황이 그 장면에 이념성의 맥락을 부여하는 경우가 일반적이었다. 그런데 최근에는 성적 소수자 모티프를 외적 계기들에 의존하지 않고 섹슈얼리티의 문제 그 자체로 드러내는 장면들이 소설에서 점차 증가하는 현상을 확인할 수 있다.

여기에서 한 가지 점검하고 넘어갈 문제는, 섹슈얼리티의 문제로서

---

34 이 경우 그 텍스트들이 미국이나 서구 등에 편중될 때 그 문화권의 문화적 정체성을 모방, 전유함으로써 탈식민주의적 관점의 문제들을 발생시킬 수 있다. 미디어와 상품 순환 체계의 전 세계화 과정에서 국내의 동성애 문화가 내포하기 시작한 탈식민주의적 문제에 관해서는 서동진, 앞의 글, 72~81쪽 참조.

동성애를 다루는 것이 그렇지 않은 경우들에 비해 반드시 진전된 것이라고 볼 수는 없다는 점이다. 실제로 그렇게 단계적으로 이루어지고 있지도 않으며, 나중에 살펴보겠지만, 소설에서 성적 소수자의 문제가 섹슈얼리티의 차원에서 다뤄질 경우 발생하는 문제들도 무시하기 어렵다. 지금까지 살펴보았듯, 여전히 소설에서 동성애 문제는 이념이나 관계, 혹은 텍스트의 시선과 밀접하게 결부되어 있다. 전체적으로 섹슈얼리티의 문제가 점점 더 큰 비중으로 표면화되는 가운데, 이념과 관계, 문화적 영향의 문제들이 여전히 서로 얽혀 작동하고 있다고 보는 것이 실상에 가깝다. 그럼에도 이전에는 좀처럼 볼 수 없었던, 섹슈얼리티의 독자적인 문제로서 동성애자를 비롯한 성적 소수자들을 그려내는 이야기들이 나타나고 있다는 것, 그리고 전체적으로 성적 소수자 모티프를 도입한 소설 속에서 섹슈얼리티의 비중이 이념이나 관계, 혹은 텍스트에 비해 점점 더 커지고 있다는 사실만은 분명하다. 그것은 성적 소수자 문제를 바라보는 한국 소설의 시선에 어떤 변화, 재배치가 일어나고 있다는 사실을 말해주고 있다.

(1) 동성애와 이성애가 교차하는 삼각관계의 드라마

이시은의 「달팽이 행로」(2011)는 두 남성 인물 사이의 동성애적 관계를 한국 소설에서는 비교적 두드러지게 섹슈얼리티의 관점에서 그려내고 있다.

석기의 말랑한 새끼발가락이 내 몸 여기저기를 건드려대고 마침내 석기의 미끄러운 점액질에 내 음경이 잘근잘근 물리는 착각에 빠졌다. 묵직하게 아랫도리가 부풀어 올랐다. 차려진 식탁 밑에서 녀석과 나는 알몸이 되어 뒹굴었다.

"우린 자웅동체야."

섹스가 끝난 뒤에도 녀석은 내 가랑이에 붙어 나른하게 말했다.

"자식, 그러면 우리가 달팽이라도 된다는 거야."

나는 녀석의 시답잖은 말에 퉁박을 주곤 달라붙은 녀석을 떼어냈다.

"내 더듬이는 새끼발가락! 네 더듬이는 섹시한 손톱! 우린 예민한 더듬이를 지닌 한 마리의 달팽이."[35]

이 소설은 군대에서 처음 만나 관계를 맺은 석기와 영대 두 인물이 교도관과 사형수로 다시 만나는 사건을 서사화하고 있다. 사건의 성격도 그렇지만, 그 사건을 그리는 이 소설의 방식 역시 드라마적인 면이 강한데, 앞의 장면에서도 동성 사이의 섹슈얼리티의 문제를 전통적인 서사 방식으로 묘사하고 있다는 것을 확인할 수 있다.

이런 드라마적 특징이 가장 전형적으로 드러나는 경우가 바로 동성애를 삼각관계의 한 축으로 설정하는 구성일 것이다. 동성애 모티프를 도입한 서사의 상당수가 이런 전형적인 삼각관계의 구도를 취하고 있다.

동성애를 다룬 초기 소설 가운데 한 편에 속하는 방현희의 「연애의 재발견」(2006)에서 이미 그와 같은 구도를 목격할 수 있다. 이 소설은 디자이너 '그'와 연하의 모델 주성의 동성애에 여성 디자이너 매희가 개입되는 삼각관계의 구도를 취하고 있다. 다만 특이한 점은 매희가 둘의 동성 관계에 대해 질투라든가 일체의 경쟁적 감정을 갖고 있

---

35 이시은, 「달팽이 행로」, 『현대문학』, 2011년 4월호, 207쪽.

지 않다는 것인데, 그래서 이 셋은 섹슈얼리티에 관한 한 연대의 관계를 이루고 있다. 오히려 이 틀에서 자꾸만 튀쳐나가려고 해서 갈등을 일으키는 것은 주성이다.

조해진의 『한없이 멋진 꿈에』(2009)에도 실내디자이너인 경수와 모델 준, 그리고 그 관계에 개입하여 삼각관계의 한 축을 이루고 있는 유경이 등장한다. 여기에서 특이한 점은 염세적 성향의 유경이 이미 사망한 이후에 경수와 준의 관계가 시작되었다는 것, 그렇지만 유경의 존재로 인해 둘 사이의 갈등이 초래되고 마침내 극복된다는 점 정도일 것이다.

황지운의 「락큰롤에 있어 중요한 것」(2009)에도 동성 관계와 이성 관계가 교차하는 삼각관계의 갈등 구도가 나온다. 윤주와 사귀기 위해 엉겁결에 밴드를 찾은 요한이 리더 찬희의 관심을 끌지만 정작 윤주는 찬희를 흠모한다. 하지만 이 소설은 이 갈등 구도를 극단화하지 않고 각자의 거리를 유지하면서 관계를 지속해나가는 방향을 선택한다. 「스윗, 스윗 홈」(2010)에서 이 삼각관계는 변형되어 다시 등장한다.

정신을 차려보니 나는 그녀와 키스를 하고 있었다. 그녀의 가슴이, 배가, 허벅지가 내 몸에 밀착되었다. 얼굴에서는 연한 분 냄새가 났고 귀에서는 달콤한 과일 냄새가 났다. 나는 정신없이 그녀의 브래지어 속에 손을 넣었다. 처음 만져보는 그녀의 가슴은, 내 손을 위해 만들어진 것처럼 쏙 들어왔다. 그녀의 뾰족한 유두가 내 입으로 들어왔다. 오돌토돌한 돌기를, 분홍색 젖꽃판을 오래도록 혀로 매만졌다. 내가 막 여자의 치마를 벗겼을 때, 티브이 옆에 서 있는 거울로 얼이 빠진 듯한 형이 보였다. 형은 두 손 가득 든, 맥주를 바닥에 떨어뜨렸다. 맥주병이 산산조

각 나면서, 유리 가루가 섞인 맥주가 거실 전체를 빠르게 적셨다.[36]

　형과 '나', 그리고 그녀로 이루어진 삼각관계가 이 소설의 구도인데, 여기에서 특이한 점은 그녀의 남자 친구를 형이라 부르는 동생의 생물학적 성별이 여성이라는 사실이다. 이런 반전으로 인해 동성·이성 관계가 결합된 삼각관계는 탄력적인 변주의 양상을 띠고 있다.
　김성중의 「버디」(2010)에서도 세 명의 등장인물들은 다음처럼 복잡한 섹슈얼리티의 관계를 맺고 있다.

　어느 날 셋이 술을 마시다 곯아떨어지는 날이 온다. 새벽에 일어난 나는 R과 버디가 알몸으로 누워 있는 것을 발견한다. 버디의 팔이 R의 가슴 위를 가로지르고 있다. 나는 그 순간에도 버디의 육체에 시선이 먼저 간 것을 똑똑히 기억하고 있다.
　R의 눈 화장은 마구 번져 있다. 울면서 함부로 눈을 비벼댄 탓이다. 내가 그녀의 사랑을 거부하자 이렇게 복수한 것이다. 어때? 라고 묻는 듯 그녀의 유두가 뾰족이 솟아 있다.
　나의 사랑이 굴욕을 견딘다. 나는 버디와 헤어지지도, R을 집에서 쫓아내지도 않는다. R의 외로움도 굴욕도 견딘다. 그녀는 버디의 육체적 연인이라는 역할 외에 아무것도 주어지지 않는 자신의 위치를 참아낸다. 버디는? 사우나에 다녀와서 맥주를 마신다. 마침내 내가 R의 섹스 요구를 들어주었다는 고백도 꿀꺽, 맥주와 함께 넘기던 녀석이다.
　우리는 서로의 꼬리를 무는 뱀처럼 맞물려 있다.[37]

36　황지운, 「스윗, 스윗 홈」, 『문학과사회』, 2010년 겨울호, 167~168쪽.

여성 R은 '나'를 간절하게 원하지만 '나'는 동성의 연인 버디를 연모한다. 그러나 정작 버디는 '나'와는 다른 성적 취향을 갖고 있다. 이 소설의 독특한 점은 '서로의 꼬리를 무는 뱀처럼 맞물려 있'는 세 인물의 관계가 인간 수명이 늘어나면서 제한된 의료 혜택이 경제력에 의해 좌우되는 미래의 가상공간을 배경으로 펼쳐지고 있다는 점이다.

이처럼 한국 소설에도 이념이나 관계의 문제에서 벗어나 섹슈얼리티의 문제로서 성적 소수자의 문제가 등장하고 있다. 하지만 문제는 이념과 관계의 영역이 사라진 그 공백을 삼각관계의 전형성에 기초한 드라마가 채우고 있다는 점이다. 물론 그 삼각관계는 여러 형태의 변이와 변주를 보여주고 있지만, 그럼에도 그것은 성적 소수자 모티프에 대한 본격적인 탐구와는 거리가 있다.

(2) 섹슈얼리티의 변이와 그 다양화

성적 소수자 모티프를 차용한 최근 소설의 또 다른 특징은 동성애나 성적 소수자의 문제를 섹슈얼리티에 초점을 두고 서사화하는 가운데, 그 서사화의 양상이 다양해지고 있다는 점에서 찾을 수 있다. 이미 동성애를 둘러싼 삼각관계의 구도가 다양하게 변주되는 양상을 확인했지만, 그와 더불어 LGBT(lesbian, gay, bisexual, transgender) 이외의 성적 소수자들, 이른바 QIA(queer, intersexual, asexual) 범위까지 섹슈얼리티 탐구의 영역이 확장되는 양상도 확인된다.

김도언의 「의자야 넌 어디를 만져주면 좋으니」(2011)는 남성과 여성, 어느 한쪽으로부터도 온전한 성적 충족감을 느낄 수 없었던 양성애

---

37 김성중, 「버디」, 『자음과모음』, 2010년 가을호, 637쪽.

자인 주인공이 마침내 의자와의 섹스에 탐닉하게 되는 과정을 그리고 있다.

> 바로 그 순간이었다. 내가 앉아 있는 의자가 내 사타구니께로 손을 뻗어 왔던 것은. 분명히 의자에서 손 같은 것이 뻗어 나와 나의 다리를 부드럽게 애무하는 것이었다. 의자의 손은 매우 익숙하게 내 몸속에 숨은 열정의 점들을 하나하나 찾아내 일으켜 세웠다. 지금까지 단 한 번도 느껴보지 못한 압도적인 침투였다. 나는 곧 무장해제된 사람처럼 감각의 세계로 빠져들었다. (……) 나는 의자를 꼭 끌어안았다. 나는 의자의 성기에 내 성기를 밀착시켰다. 의자의 성기는 호리병처럼 돌출된 형태에 구멍이 나 있는 모양이었다. 그러므로 의자는 남자도 여자도 아니었다. 의자는 밀림도 사막도 아니었다. 의자는 의자였고 의자였기 때문에 의자였다. 나는 비로소 사람들로부터 변태성욕자라고 비난받던 내 양성애적 욕망이 처음으로 누군가에게 너그럽게 이해되고 있다는 위안을 받았다.[38]

앞의 인용은 성적 삶을 지탱해왔던 두 대상을 모두 잃어버린 채 방황하던 '나'가 의자와의 섹스를 처음 시작하던 장면이다. 이 소설에서 주인공이 독특한 성적 취향을 갖게 된 과정에는 양성애자로서의 불완전한 성적 정체성으로 인한 고민·고통이 가로놓여 있다.

안보윤의 「비교적 안녕한 당신의 하루」(2010)는 남성과 여성의 신체

---

38 김도언, 「의자야 넌 어디를 만져주면 좋으니」, 『남의 속도 모르면서』, 문학사상사, 2011, 105~106쪽.

적 특징을 함께 가지고 있는 이른바 인터섹슈얼(intersexual)을 모티프로 삼고 있다.

> 유진은 욕실에 들어가 더러워진 옷을 벗다 그것을 발견했다. 가랑이 사이로 쑥 빠져나온 슬픔. 애정과 미련, 설렘과 욕망이 한 덩어리로 뭉쳐 기어코는 슬픔이라는 껍질을 둘러쓴 채 구체화된 모습을. 유진의 슬픔은 아주 작고 말랑말랑한 죽순 모양이었다.
> 이건 성기군요. 비뇨기과 의사가 장갑 낀 손으로 슬픔의 끄트머리를 잡아당겼다. 고름이 끝까지 차올라 예민해진 종기를 손톱으로 긁는 것처럼 아슬아슬한 쾌감과 통증이 유진을 관통했다. 드물긴 하지만 이런 사례가 전혀 없는 건 아닙니다. 일종의 성기 기형인데, 외부로 돌출되어야 할 부분이 안으로 말려들어가 있다가 성장하면서 밖으로 빠져나오는 거죠. 요 막대만 나왔다는 건 음낭이 아직 안에 있다는 건데, 검사해 보고 수술하면 제대로 모양을 갖출 수 있을 겁니다. 눌려 있던 만큼 크기는 좀 작겠지만 치료만 제대로 하면 기능상 문제는 없어요.[39]

이 소설에서 유진은 여자로 태어났지만 성장 과정에서 자신의 몸속에 기형적인 형태로 남성의 성기가 자라고 있다는 사실을 확인하게 된다. 이미 가정환경에서 배태되어 있던 유진의 성적 정체성의 혼란은 이 사건으로 말미암아 더 증폭된다. 인용 부분에서 의사의 기술적인 진단은 유진의 불투명한 성적 정체성이 현실 속에서 전혀 배려받지 못하는 상황을 부각시키고 있다. 한편 전성혁의 「여유 있는 남자」(2010)

---

[39] 안보윤, 「비교적 안녕한 당신의 하루」, 『한국문학』, 2010년 겨울호, 82~83쪽.

는 안보윤의 소설의 경우와는 대조적으로 여유증(女乳症)을 앓고 있는 남성, 그러니까 남성 속에 내재된 여성성으로 인한 혼란을 그리고 있는 경우이다.

안보윤과 전성혁 소설에서 자연적·유전적인 사건인 간성이, 김이환의 소설 「너의 변신」(2010)에서는 인공적으로 이루어지고 있다.

네가 속옷을 내리는 동작은 낯익다. 함께 사는 동안 매일같이 본 동작이다. 하지만 나체는 다르다. 네 다리 사이에는 못 보던 것이 달려 있다. 남성의 성기가 없고, 여성의 성기가 있다.

"내가 원했던 몸이야."

너는 말했다. 이유는 모르겠는데 내 성 정체성을 알았을 때부터 여성 성기를 갖고 싶었어. 페니스가 싫은 건 아니야. 이걸로 느끼는 오르가슴이 좋으니까. 하지만 다른 남자의 페니스를 몸 안에 받아들일 때는 항문이 아니라 질로 받아들이고 싶었어. 남자의 몸에 여성의 성기를 갖는다는 생각을 받아들이느라 애를 먹었어. 겁이 났지. 음경과 고환이 없어지면 후회하지 않을까 하고. 하지만 지금은 여성의 성기가 더 좋아. 처음에는 나도 보는 게 무서웠는데……[40]

이 소설은 SF 형식을 활용하여 섹슈얼리티의 '변신'을 그리고 있다. '나'와 '너'의 첫 번째 관계는 남성 사이의 동성애적 관계였다. 문제는 자신의 몸에 콤플렉스를 갖고 있는 '너'가 성형수술을 하면서 시작된다. 처음에는 길이가 다른 팔을 고치더니 키를 늘리고 점점 완벽한 몸

---

40 김이환, 「너의 변신」, 『문학동네』, 2010년 겨울호, 240쪽.

을 꿈꾸다가, 결국 '너'는 앞의 장면에서 보는 것처럼 남성의 몸에 여성의 성기를 성형하는 수술을 받기에 이른다. 하지만 '너'의 변신은 여기에서 그치지 않는다. 소설은 '너'가 끝내는 몸을 버리고 투명한 액체로 플라스틱 봉지에 담기어 무성(無性, asexual)에 이른 상태를 보여주면서 결말에 이른다.

성적 소수자의 문제를 다소 충격적인 장면에 담아 제시하는 이와 같은 이야기들은 대중문화의 차원에서 이미 익숙해진 성적 소수자의 문제를 새로운 모티프를 통해 새삼 환기하고 있다. 그럼에도 이 경우에 과도한 섹슈얼리티 장면의 묘사는 성적 소수자의 문제를 소설적 소재의 차원에 제한할 우려가 있는 것도 사실이다. 이렇게 본다면, 섹슈얼리티만으로 성적 소수자 문제를 재현하는 것은 아직 한계가 있어 보인다.

(3) 불투명한 성적 정체성에 대응되는 분열된 서사

동성애와 연관된 의식이 서사의 표면이 아니라 서사 이면에 희미하게 자리 잡고 있는 양상들도 한 유형으로 살펴볼 수 있다. 김유진의 「희미한 빛」(2010)이나 「여름」(2010) 같은 최근 소설들에서 그런 장면들을 확인할 수 있다.

아저씨 한 명이 몰래 창문을 열었어. 내가 그걸 발견하고 창문 닫으라고 주의를 주는데, 그 순간 흑인 녀석 하나가 창틈으로 손을 집어넣어서 차 문을 열어버린 거야. 잽싸게 차 안으로 들어와서 다짜고짜 제일 덩치 작은 아저씨를 골라 아랫도리를 붙잡고 허리띠를 풀기 시작했어. 상상이 가? 차 안에 말 한 마리가 뛰어들어온 것 같았어. 야광 비키니를 입은 흑마 말이야. 그때 카메라를 가져갔어야 했는데! 그 좁은 차 안에서 날뛰는데 불곰한테 습격당한 인간이랑 다를 바 없었어. 아비규환이었거든. 바지춤을 잡힌 아저씨는 자기보다 덩치 큰 놈이 위에 올라타니까 기겁을 했지만, 반항도 못했어. 무서웠을 거야. 가슴이 아저씨 머리통만 했거든. 그 아저씨 완전히 포기했는지 넋 놓고 그놈 가슴이랑 얼굴만 번갈아 보더라.[41]

「희미한 빛」의 한 부분이다. 화자인 '나'는 실직 중인 젊은 여성으로, 예전에 사귀던 L의 집에 세를 지불하고 방을 빌려 살고 있다. L의 집에는 L의 여자 친구가 일주일에 3일 이상 찾아온다. L의 여자 친구의 신체는 중성적 이미지를 지니고 있고, L의 성별은 분명하게 나와 있지 않다. L, 그리고 L의 여자 친구와의 일상이 서사의 한 축이라면, 다른 한 축은 자신의 고향을 찾아 이 나라에 왔지만 적응하지 못하고 다시 자신이 자란 나라로 떠난 B와의 기억이다. 소설은 이 두 서사가 연관성 없이 교차되는 구조로 이루어져 있다. 그리고 이 서사에 담긴 작은 이야기가 바로 앞의 인용인데, 아르바이트로 여행 가이드 일을 하는 L이 들려준 그날의 경험으로 '그 숲'에서 쉬메일(shemale)과 맞닥뜨린 사건이다. 이 사건은 이야기 전체와 직접적인 연관이 없지만, 그럼에도 두 방향으로 분절된 서사 내에 또 하나의 구멍을 파놓고 있다.

욕조 안에서, Y는 비로소 발뒤꿈치를 바닥에 내려놓았다. 그것은 Y의 이해하기 어려운 습관 중 하나였다. Y는 바닥에 온전히 맨발을 내려놓는 법이 없었다. Y는 샤워기의 물이 카펫에 튀지 않도록 꼼꼼히 샤워커

---

41 김유진, 「희미한 빛」, 『창작과비평』, 2010년 봄호, 194쪽.

튼을 쳤다. 욕조와 맞닿은 양쪽 타일에 물을 살짝 뿌려, 비닐을 벽에 고정했다. 샤워커튼을 완전히 펼치자, 서로 덤벼드는 두 남자의 삽화가 나타났다. 그들은 크고 붉었으며, 나체였다.[42]

이 부분은 「여름」의 한 대목이다. 이 이야기에는 녹음된 인터뷰 내용을 녹취하는 일을 하는 Y와 목공 일을 하는 B 두 사람이 함께 살아가는 일상이 담겨 있다. 여기에서도 전경에는 Y와 B의 일상이 부조되어 있지만, 앞에서 보는 것처럼 그 후경에는 동성애의 분위기가 배치되어 있다. 이 소설에서도 인물들의 성별은 분명하지 않은 가운데 전반적으로 B는 남성, Y는 여성으로 추정되지만, Y를 묘사하면서 "빗장뼈와 갈비, 골반이 툭 불거져 있는 몸은 무성에 가까웠다"[43]고 서술하는 대목 등은 인물들의 성적 정체성을 모호하게 만들고 있다. 인용 부분은 Y와 B가 거주하는 집 욕실의 샤워 커튼에 그려진, 두 나체의 남자가 서로 덤벼드는 삽화를 묘사한 것인데, 비록 후경에 희미하게 숨겨져 있지만 이 모티프는 전면에서 진행되고 있는 서사를 감싸면서 그 분열의 조짐을 조장하고 있다. 그리하여 이 이야기는 조각난 거울의 몇 조각들처럼 존재한다.

김유진의 장편 『숨은 밤』(2011)은 퇴락한 강촌을 배경으로 어린 소녀인 '나'가 여관 잡역부인 떠돌이 소년 기(基)와 어탁을 뜨는 일로 생계를 이어가는 고독한 중년 남성 안(雁)과 맺는 관계를 기본 구도로 삼는다. 그런데 이 불투명한 관계는 불안을 체화하고 있는 연상의 여성 장(薔)

---

42 김유진, 「여름」, 『문학동네』, 2010년 가을호, 217~218쪽.
43 같은 글, 230쪽.

과 '나' 사이의 모호한 감정에 의해 더욱 복잡하고 몽환적인 색채를 띠고 있다.

강윤화의 「세상에 되돌릴 수 있는 건 아무것도 없다」(2010)에서 동성애는 실체가 아닌 소문으로만 존재한다.

형이라는 새로운 아이템이 추가된 건 작년 여름부터였다. 생각해보면 별것도 아니었다. 형과 내가 실제 형제 관계가 아니다. 사촌 관계인데 집에 문제가 있어서 날 맡게 되었다. 아니다, 사실 나는 아예 생판 남인 입양아다. 그래서 어렸을 때부터 삐뚤어진 거다. 그걸 고치려 형이 나서다가 둘이 눈이 맞은 거다. 사실 알고 보니 입양도 형이 날 맘에 들어 해서 하게 된 거다. 둘이 밤늦게까지 동네를 쏘다니는 것도 부모님 몰래 연애질하려 그러는 거다. 공부도 안 하는 내가 야자 때마다 꼬박꼬박 남아 있는 것도 형을 기다리려 그러는 거다. 형은 자기가 여자친구라도 사귀게 되면 내가 학교를 뒤집어놓을까 봐 지저분하게 하고 다니는 거다 등등.

쓸데없는 소리들이었지만, 그 속에는 완벽한 사실도 있었다. 그렇지만 형은 흔들리지 않았다. 그 태연한 모습이 오히려 소문을 부풀린단 것도 모르고.[44]

이 이야기에서 서술의 주체는 해우인데, 그는 거친 행실로 인해 어렸을 적부터 문제아 취급을 받아온 인물이다. 그런 그를 걱정하며 늘 동생을 감싸 안았던 형 명우가 있다. 그러던 그가 어느 날 폭행을 당해

---

44 강윤화, 「세상에 되돌릴 수 있는 건 아무것도 없다」, 『실천문학』, 2010년 겨울호, 133~134쪽.

사망하는 사건이 일어났다. 이 사건 이후 "김명우가 여자애랑 바람난 거에 욱해서 죽인 것"[45]이라는 소문이 덧붙여진다. 형의 죽음 이후 명우 주위에서는 시도 때도 없이 기상이변이 일어난다. 놀이터에서 만난 상급생 사하는 100일 동안 오징어 다리를 씹고 타임슬립을 일으켜 아직 소년과 소녀의 상태인 자신의 부모를 없애러 가면서, 그 비법을 명우에게 전수해준다. 이 소설에서 특이한 사항은 이야기의 처음부터 끝까지 동성애가 긍정되지도 부정되지도 않는다는 점이다. 이 이야기는 동성애 소설도 아니고 동성애 소설이 아닌 것도 아니다. 그럼에도 동성애는 서사를 감싸 안고 있으며, 이야기를 불투명하게 굴절시키고 있다.

지넷 윈터슨의『오렌지만이 과일은 아니다』(1985)에서 주인공 지넷의 불투명한 성적 정체성은 세상과 마주하는 그의 분열된 의식을 형성하고 있고 그것이 다시 소설의 문체에도 투영되어 있다. 김유진과 강윤화의 소설에서도 우리는 인물의 성적 정체성과 서사 사이에서 작용하는 그와 같은 상관관계를 확인할 수 있다. 앞서 살핀 섹슈얼리티의 시선들에서 성적 정체성에 대한 탐구가 수평적으로 확장되는 사례들을 확인할 수 있었다면, 이 시선은 성적 정체성의 문제가 의식의 심층에서 작용하는 수직적 차원을 향해 드리워져 있다고 할 수 있다.

6. 복합적인 시선의 등장과 그 의미

지금까지 최근 소설 속에 등장하는 성적 소수자 모티프들을 그 발생 동

---

45 같은 글, 135쪽.

기의 관점에서 외적인 차원과 내적인 차원 두 유형으로 나눠 살펴왔다. 그것들은 다시 전자에 속하는 이념의 시선, 관계의 시선, 텍스트의 시선 등과 후자에 속하는 섹슈얼리티의 시선 등으로 더 세부적으로 구분될 수 있었다. 편의상 나누어 살펴보았지만 실제로 개별 작품에서 이 시선들은 부분적으로 겹쳐져서 나타나는 경우도 적지 않다. 그럼에도 전반적으로 1990년대까지는 성적 소수자 모티프에 이념적 성격이 지배적이었다고 할 수 있고, 그 이후 이념성이 약화되면서 관계나 텍스트의 시선이 상대적으로 부각되는 흐름을 확인할 수 있었다. 그러다가 최근에 들어서면서 성적 소수자의 문제를 순수하게 섹슈얼리티의 시선으로 포착하여 소설 속에 도입하는 사례가 점차적으로 증가하는 경향을 보이고 있다.

이처럼 성적 소수자 문제를 이루는 여러 층위가 번갈아가면서 차례로 부각되는 일련의 과정을 거치면서, 이제 그 여러 차원이 하나의 작품 속에 복합적으로 자연스럽게 결합되어 드러나는 장면이 늘어나는 추세를 확인할 수 있다. 이 장에서는 이 새로운 흐름을 두 가지 방향으로 나누어 살펴볼 것이다.

(1) 성적 소수자 서사의 창작 주체와 대상의 확장

이른바 문단이라고 불리는 제도 안에서 생산되는 소설에서도 성적 소수자가 빈번하게 등장하는 추세를 확인할 수 있었지만, 또 다른 한편에는 성적 소수자에 의해 직접 창작된 이야기들이 있다. 주로 성적 소수자의 이야기를 올리고 읽는 인터넷 공간을 중심으로 진행되고 있는데, 그 가운데 일부는 단행본으로 출간되어 있기도 하다. 대표적으로 『남남상열지사』(2003), 『레인보우 아이즈』(2005) 등의 단편 앤솔러지를 들 수 있고, 트랜스젠더 여성 '연'과 그와 서로 사랑하는 남성 '인태'의 이야기를 그린 김비의『플라스틱 여인』(2007)은 한 여성지의 소설 공모 당선작으로, 작가 자신이 트랜스젠더 여성이다. 성적 소수자에 의한 창 작은 한때 상징적·상업적 문학 제도에 의거하지 않은 자발적이고 적 극적인 이야기 생산의 언더그라운드의 대표적인 영역 가운데 하나라 고 할 수 있을 정도로 활발한 편이었지만, 최근에는 그 자취가 희미해 졌다.

청소년 문학으로 분류되는 영역에서도 동성애 모티프를 찾아볼 수 있다. 앞에서 살펴본 이경화의『나』와 더불어 강미의『겨울, 블로그』 (2007)에 실린 단편「겨울, 블로그」와「사막의 눈기둥」에도 청소년 사 이에서의 동성애가 중요한 사건으로 도입되어 있다. 권하은의 장편 『비너스에게』(2010)에서는 동성애자로서의 정체성을 드러낸 대가로 학교에서 쫓겨난 성훈이 청소년 상담소에서 레즈비언 양나 씨, 게이 현 신을 만나 다른 상처받은 아이들과 함께 고통을 치유하고 성장해나가 는 과정을 따뜻한 시선으로 그려내고 있다.

성적 소수자 서사의 주체와 대상의 확장 현상은 그 자체로도 의미 있는 사건이지만, 또한 그로 인해 이야기 속에 담긴 섹슈얼리티의 문제 가 자연스럽게 현실적 맥락 속에 놓이게 되는 효과를 발생시킨다는 점 에서 또 다른 각별한 의미를 갖고 있다.

(2) 일상 속의 성적 소수자들

성적 소수자 모티프를 서사화하는 주체의 영역이 확대되면서 이념 성과 서사성이 자연스럽게 결합되는 경우를 앞에서 살펴봤는데, 그처 럼 서로 다른 문제의 요소들이 결합되고 있는 또 다른 흐름으로는 장편이라는 상대적으로 규모가 큰 서사 형식 안에 성적 소수자의 문제가 일상의 상황 속에서 매우 자연스럽게 그려지고 있는 소설들을 들 수 있다. 대학 입시에 연거푸 낙방한 은미와 그의 트랜스젠더 친구 민이가 그들의 꿈을 찾아 낯선 곳으로 함께 떠나 여행하는 정한아의 『달의 바다』(문학동네, 2007)에서 그 가능성을 확인할 수 있었거니와, 이은조의 『나를 생각해』(2011)와 안보윤의 『사소한 문제들』(2011)에서 그 가능성은 더욱 전면화되어 있다.

먼저 이은조의 『나를 생각해』에는 형편이 넉넉하지 않은 극단의 살림을 도우면서 연극 대본을 쓰기도 하는 미혼 여성 유안이 주인공으로 등장한다. 그가 극단에 관계하는 여러 인물들 사이에서 겪는 사건들이 갈등의 한 축이라면, 다른 축의 갈등들은 가족을 비롯한 그의 사적인 관계로부터 야기된다. 오랜 기간 연애 상태를 지속해오면서도 결혼에는 서로 미온적인 남자 친구 승원과의 관계도 유안에게 늘 고민거리인데, 여기에 더하여 어머니와 언니 사이에서 두 사람의 갈등을 조정하는 역할 또한 그에게 항상 힘겨운 일이다. 그 둘 사이의 갈등은 언니 재영이 유미연과 예연 모녀와 함께 근처 빌라에서 동거하기 시작하면서 비롯된 것이다. 그런데 아이러니한 것은 현역 배우이기도 한 어머니 강지원 역시 어린 시절부터 친구인 한주와 심리적으로 서로 의존하는 관계를 맺어왔다는 사실이다.

수화기 너머에서 기침 소리가 들렸다. 한주 아줌마가 잠이 깼거나 기척을 하는 모양이었다. 기침 소리는 틈틈이 이어졌고 그럴 때마다 엄마가 한주 아줌마에게 이불을 덮어주고 자리를 돌봐주는 모습이 그려졌다.

"그런데 말이야."

전화기 너머에서 부스럭거리는 소리가 들렸다. 엄마가 밖으로 나온 거 같았다.

"한주가 이제 나랑 한주 사이가 동등해졌대."

엄마는 낮은 목소리로 말했다.

"그러니까 나는 남편이 없고 한주는 몸이 불편해졌잖아. 하나씩 잃은 것이 있으니까 동등해진 거래."

"너무 가혹하다. 엄만, 그 말이 이해가 돼?"

"다른 건 몰라도 지금이 딱 좋아. 내가 아프지 말아야겠다는 생각을 했어. 동등한 관계를 깨고 싶지 않으니까……. 한주가 두 번째 수술하고, 재활 치료 잘 끝낼 수 있도록 도와야겠다는 생각뿐이야."

한주 아줌마 곁으로 가는 것이 자신 없던 엄마를 떠올렸다. 생을 마감하는 건 혼자의 일이지만 결국 살아가는 동안은 누군가와 함께해야 하는 것이다.[46]

앞의 인용에서 보듯, 어머니와 한주 아줌마 사이의 관계가 모녀 관계로 이루어진 가족 속에서 이해되는 과정은 어머니 역시 딸의 동성애 관계를 담담하고 솔직하게 받아들이는 과정과 나란히 진행되고 있다. 이와 같은 상호 이해의 바탕 위에서 한주 아줌마의 어머니인 용순 할머니와 유안의 외할머니 사이에서 발생했던 감정의 흐름도 밝혀진다. 세 세대에 걸쳐 진행되어온 동성 사이에서의 관계는 현실 속에서 조금씩 이해의 폭을 넓혀가고 있는데, 이 소설은 이 관계의 성격을 관념으

---

46 이은조, 『나를 생각해』, 은행나무, 2011, 298~299쪽.

로 규정하지 않고 일상 속에서 자연스럽게 그 자체로 드러나도록 차분하게 그려내고 있다는 점에서 인상적이다. 이 소설은 동성 사이의 관계를 이념에 의해 동기화하지 않지만 그럼에도 공감과 이해를 자연스럽게 이끌어내고 있다는 점에서 서사의 외부를 향한 현실성을 내포하고 있다고 생각된다.

안보윤의 『사소한 문제들』 역시 성적 소수자의 문제를 평범한 게이 남성의 일상을 통해 자연스럽게 그려내고 있는데 그러면서도 여기에서는 이념성의 요소가 이야기 안에 상대적으로 선명하게 각인되어 있다.

"나 게이는 처음 봐요."
"나도 너처럼 뻔뻔스러운 애는 처음 본다."
"근데 좀 다르네요. 만화에 나오는 거랑."

아저씨는 만화에 나오는 어떤 주인공과도 닮지 않았다. 몸에 꼭 맞는 슈트를 입은 엘리트 사원이라든가 잘 웃고 잘 우는 팔다리가 긴 소년이라든가 하는 주인공들을 아영은 차례로 떠올렸다. 그들은 쾌활하고 가볍고 자유로웠다. 아저씨처럼 무겁고 느릿느릿하지 않았다. 상대방과 마주 보는 눈이 따스하고 행복해 그들이 동성이라는 사실조차 잊을 정도였다. 그런데 아저씨는 왜 그렇게 보이지 않을까. 같은 게이라면서. 대꾸 없는 아저씨의 어깨가 더욱 좁아졌다. 헐렁한 흰색 셔츠가 아저씨 등을 더 휑하고 쓸쓸하게 만들고 있었다.[47]

---

47 안보윤, 『사소한 문제들』, 문학동네, 2011, 133~134쪽.

두식이 헌책방을 운영하면서 홀로 고독하게 살아가고 있는 상황은 그가 게이라는 사실에서 연유한다. 소설은 그가 살아온 과정을 그리면서 성적 소수자로서는 온전한 삶을 영위하기 어려운 현실의 문제들을 자연스럽게 부각시키고 있다. 그러면서 이 소설은 성적 소수자가 겪는 문제들을 드러내는 데 그치지 않고 그 문제 해결을 모색해나가는 과정을 보여주고 있는데 그 계기는 학교에서 따돌림당할 뿐만 아니라 불량한 패거리에게 성적인 착취까지 당하는 아영의 존재이다. 생의 벼랑 끝까지 몰린 중년의 게이와 누구로부터도 보호받지 못하는 초등학교 여학생이 서로의 존재를 통해 삶의 온기를 얻고 자신이 살아가야 할 이유를 확인하는 일련의 과정을 통해 이 소설은 그 '사소한 문제들'이 결코 사소한 문제들일 수 없음을 역설적으로 드러내고 있다.

7. 성적 소수자들을 바라보는 한국 소설의 특징과 문제들

푸코의 『성의 역사』(1976)의 관점에 의거하면, 성에 대한 억압이 있고 해방이 있는 것이 아니다. 계보학자의 시선으로 보면, 성에 대한 담론의 배치가 있고 그것의 재배치가 있을 따름이다. 『성의 역사』에서 푸코가 여러 차례 강조하고 있듯이, 근대는 이전 시대의 자유분방한 성을 억압하고 금지하는 시기가 아니라, 오히려 성에 관한 담론이 증가하는 시기이다. "검열보다는 오히려 담론, 즉 구조 자체로 인해 작동하고 효력을 갖는 점점 더 많은 담론을 섹스에 관해 산출하는"[48] 시대인 것이

48 미셸 푸코, 『성의 역사 1 — 앎의 의지』, 이규현 옮김, 나남, 2004, 44쪽.

다. 금지나 사법적 제재의 대상이었던 동성애가 심리학·정신의학·병리학에 의해 탐구의 대상이 되고 담론화되는, 그리하여 동성애자가 하나의 종이 되는 국면이 이루어진다. 그리고 성이 과학에 의해 담론화되는 그 과정에서 권력의 새로운 배치가 일어난다. 권력은 금지와 억압이 아니라 바로 그 배치와 관계 속에서 작동하는 보이지 않는 힘이 된다.

푸코의 논의의 맥락에 의거하면, 성적 소수자들을 소설에서 배제하는 것과 그들을 등장시키는 것의 차이는 그렇게 절대적이지 않을지도 모른다. 그것은 다만 종이 한 장 차이에 지나지 않는 것일지도 모르는 것이다. 지금의 상황에서 성적 소수자의 이야기는 억압되고 있지 않다. 대중문화는 동성애를 상업적으로 활용하고 있고, 그 문제와 관련된 관용의 가치는 정치적으로 이용되기도 한다. 그렇기 때문에 성적 소수자들을 소설에서 다룬다는 것만으로 손쉽게 의미를 부여하기는 어려운 상황이다. 문제는 이제 성적 소수자의 문제가 이야기에 등장하는가, 그렇지 않은가의 문제가 아니라 그 특정 담론이 담론의 전체적 구도와 권력 배치 속에서 어떤 기능을 수행하고 있는가에 맞춰져야 할 것이다.

한국 소설 속에 성적 소수자들을 둘러싼 문제들이 빈번하게 등장하고 있는 현상은 섹슈얼리티 방면의 서사소의 성격과 그 배치 구조에 어떤 변화가 일어나기 시작하는 징후를 보여주고 있다고 할 수 있다. 한국 소설에서 동성애를 비롯한 성적 소수자의 모티프는 은밀하게 잠복되어 이념, 관계, 텍스트의 외피를 쓰고 간헐적으로 출몰한 바 있다. 그러던 것이 어느 순간 서사의 표면에 드러나기 시작하자 다양한 변이들을 생산해내면서 성적 소수자 문제의 서사화는 이전과는 다른, 새로운 배치의 구도 아래 놓이게 된 듯하다. 특히 이념이나 관계 등 근대소설의 근간을 이루는 요소들이 배제되고 섹슈얼리티의 문제를 중심으로 서사의 생산이 이루어지면서, 그 이야기들은 포스트모던 서사의 특징과 결합하는 양상을 보이고 있다. 이념과 관계 등 근대소설적 면모가 약화되면서 섹슈얼리티만 남은 이야기들은 대중적 드라마와 유사한 양상을 보이는 한편, 근대소설로부터 이탈하는 서사적 특징을 보이기도 한다.

이러한 양상은 문학이 한편으로 시장의 현실에 점점 더 흡수되는 상황에 대응되는 것이면서, 동시에 그에 대한 저항 또한 이전과는 다른 새로운 방식으로 이루어질 수밖에 없다는 것을 말해준다. 소설에서 성적 소수자 문제 역시 그렇게 두 방향으로 분화되어갈 조짐을 보여주고 있다고 생각된다.

한편 어느 시점까지 한국 소설은 현실의 문제, 그리고 현실 속의 개인의 문제를 비추는 가장 선명한 거울의 기능을 했다. 이야기의 생산 주체들이 자신의 삶을, 그리고 자신이 속한 현실을 왜곡 없이 현상시킬 수 있는 대표적인 매체가 곧 소설이었다. 하지만 다른 미디어들의 성립과 발전 속에서 문학에서 더 이상 그런 면모를 찾아보기 어렵게 되었다. 예술 분야에서도, 독립영화 장르에서는 여전히 그런 르포적 기능을 수행하고 있는 데 반해 소설에서 그와 같은 기능은 급격하게 약화되어온 것이 사실이다. 한국 소설에서 성적 소수자 문제가 직접적으로 주제화되는 경우는 적고, 그 모티프가 미학적으로 활용되는 방향으로만 치중된 현상은 그런 맥락에서 발생한 결과라고 할 수 있을 것 같다. 2000년대 중반 무렵, 천운영, 백가흠, 강영숙, 배수아 등의 소설을 중심으로 전개되었던 성적 소수자 모티프의 소설에서는 섹슈얼리티의 새로운 존재 방식에 대한 소설적 탐구가 그 자체로 소설적 추구의 중요한 대상이었다면, 2000년대 후반 이후 새로운 세대의 이야기에서 동성애

모티프는 그 자체의 탐구 대상이라기보다는 다른 미의식을 위한 수단
으로 차용되는 경향이 있다. 그리하여 기존 모티프의 다양한 변이는 쉽
게 발견되지만, 그 문제에 대한 지속적인 심화나 극복의 양상은 좀처럼
보이지 않는 편이라고 할 수 있다.

그런 점에서 소설에서 동성애 문제를 비롯한 성적 소수자들의 문제
를 처리하는 방식은, 포스트모던의 상황에서 문학이 점유하는 위상과
기능을 측정하는 한 가지 바로미터라고 할 수 있다. 성적 소수자의 권
리에 대한 여러 문제가 해결되지 않고 있는 상황에서, 그 문제 해결의
노력과 문학이 어떻게 관계를 맺을 수 있을지에 대해 한국문학은 적절
한 대답을 갖고 있지 못하다. 또한 관용이라는 가치 자체가 시스템의
권유 사항이기도 한 상황에서 그것을 비판하는 시각으로 동성애 문제
를 다루는 것이 어떻게 가능한 것인지 한국문학은 아직 충분히 고민하
지 못하고 있는 상황이다. 최근 한국 소설에 빈번하게 드러나고 있는
성적 소수자들의 문제는 그러한 새로운 고민들을 던지고 있다.

신종 바틀비들이 생성되는 원인

1. 바틀비의 흔적들

최근 우리 문학작품과 인문학 담론에는 '바틀비적인 것'이라고 할 만한 모티프가 자주 등장하는 것을 볼 수 있다. 본론에서 그것들을 세 유형으로 나누어 구체적으로 살펴볼 예정인데, 미리 말해두자면 바틀비의 흔적은 영문학 연구 논문은 물론이고, 시, 소설, 수필, 평론 등의 문학작품, 그리고 기사와 칼럼 등의 시사적인 산문 등에 걸쳐 폭넓게 나타나고 있다.

1853년에 발표된 미국 소설 속 인물에 대해 왜 이런 새삼스러운 반응이 일어나고 있는 것일까? 여기에는 들뢰즈, 지젝, 네그리와 하트, 아감벤, 주판치치 등의 이론가들에 의해 이루어진 바틀비에 대한 논의가 결정적인 동인으로 작용한 면이 없지 않은 듯하다. 바틀비에 대해 글을 쓴 바 있는 한 시인은 그 논의들을 동기로 바틀비와 대면하게 된 경위에 대해 말하면서 "그 글들은 바틀비를 몹시 만나고 싶도록 유혹했다"[1]고 적은 바 있다. 대체로 우리는 그와 비슷한 경로를 통해 바틀비와 새삼 조우하고 있는 것이 사실이다.

그런데 '바틀비적인 것'에 대한 요구가 과연 그러한 담론의 수용 차원에서만 이루어진 것일까? 그것은 단지 외국 이론의 수용으로부터 파생된 담론적 신상품일 뿐인가? 그 나름의 현실적 근거를 가진 징후적 현상으로 볼 수 있는 면은 전혀 없는 것일까? 이 글의 문제의식은 그와 같은 질문들로부터 비롯되었다.

이 글은 우선 최근 우리의 문학작품과 인문학 담론에 나타난 바틀비의 흔적들을 탐색해볼 것인데, 특히 그것들이 기원에서 파생되어 형성한 변형의 양상과 성격에 주목하여 살펴보고자 한다. 그를 통해 마지막 부분에서는 바틀비 모티프가 우리에게서 나타나는 현실적 근거와 그러하되 그처럼 변형된 신종 바틀비들이 생성되는 원인에 대해서도 각각 생각해보고자 한다.

2. 전형으로서의 바틀비

바틀비는 『모비 딕(Moby-Dick)』(1851)의 작가 허먼 멜빌(Herman Melville, 1819~1891)의 소설 가운데 하나인 단편 「필경사 바틀비(Bartleby, the Scrivener: A Story of Wall Street)」(1853)에 나오는 인물의 이름이다. 이 소설

---

1 신해욱, 「프롤로그, 혹은 바틀바잉」, 『현대문학』, 2010년 3월호, 216쪽.

의 서술은 "편하게 사는 것이 제일이라는 확신으로 가득 찬"[2] 나이 든 변호사인 '나'에 의해 이루어지는데, 바틀비는 '나'가 운영하는 뉴욕 월가의 사무소에서 갑자기 업무량이 증가하면서 새로 채용하게 된 필경사이다. 창백하지만 단정한 인상의 그는 처음에는 기대대로 말없이 매우 성실하게 엄청난 양의 필사를 해내지만, 베껴 쓰는 일을 제외한 다른 지시에 대해 그 특유의 '안 하고 싶다(I would prefer not to)'는 어투로 반응하여 화자인 변호사와 동료 필경사들을 당혹스럽게 만들기 시작한다.

바로 이런 자세로 나는 앉은 채로 그를 부르면서 내가 그에게 바라는 것이 무엇인지를—즉 분량이 얼마 안 되는 서류를 나와 함께 검토하는 일을—신속하게 말했다. 바틀비가 자신의 구석 자리에서 움직이지 않고 그 특유의 온화하면서도 단호한 목소리로 "그렇게 안 하고 싶습니다" 하고 대답했을 때 나의 놀라움, 아니 대경실색을 상상해보라.

나는 놀라서 어리벙벙한 정신을 가다듬으며 잠시 동안 아무 말 없이 앉아 있었다. 즉각 떠오른 생각은 내가 잘못 들었거나 아니면 바틀비가 내 뜻을 완전히 오해했다는 것이었다. 나는 내가 구사할 수 있는 가장 선명한 어조로 그 부탁을 되풀이했다. 그러나 똑같이 선명한 어조로 "그렇게 안 하고 싶습니다"라는 종전의 같은 대답이 들렸다.[3]

관리자인 '나'와 다른 필경사들은 관례와 상식에서 벗어난 바틀비의

2 허먼 멜빌, 「필경사 바틀비」, 멜빌 외, 『필경사 바틀비』, 한기욱 옮김, 창비, 2010, 50쪽.
3 같은 글, 60~61쪽.

행동에 어이가 없었다. 당장 해고될 수도 있는 상황이지만, 그의 태도가 매우 진지한 데다 업무를 게을리하는 것도 아니어서, 그리고 그 나름으로는 합리적이라고 자처하는 변호사인 화자 특유의 공명심이 발휘되면서 바틀비는 계속 사무실에 남게 된다. 그렇지만 바틀비의 '안하고 싶습니다'는 계속 반복되고, 급기야는 필경 일까지 그 '안 하고 싶은' 항목에 포함되기에 이른다. 이쯤 되면 바틀비가 사무실에 남아 있어야 할 이유는 없다. 그렇지만 계속 아무 일도 하지 않고 벽만 쳐다보는 바틀비. 게다가 '나'의 온갖 권유에도 바틀비는 사무실을 떠나지 않고 싶어 한다. 결국 바틀비를 그대로 남겨둔 채 '나'는 사무실을 다른 곳으로 옮기고, 바틀비는 부랑자로 구치소에 수감되기에 이르는데, 결국 그곳에서 바틀비는 음식을 거부하고 죽음을 맞이한다.

이처럼 바틀비는 실제 현실에서는 물론 허구에서조차 좀처럼 보기 드문, 이해하기 어려운 캐릭터인데, 태기수의 「동굴의 알레고리」(『현대문학』, 2010년 5월호)에 등장하는 김 박사는 그런 바틀비의 어투와 행동, 그리고 비극적 결말을 따라가고 있다.

"안 하고 싶습니다." 숨 고르기를 하듯 한동안 눈을 감고 있던 그가 입을 열었다.

"그려. 우리 김 박사한테 어울리는 일은 아니지. 허지만 마을을 위해 자네가 좀 나서주면 좋겠어. 우리 마을 실적이 저조하다고 군청에서 자꾸 지적이 내려와서 그려."

"아니오. 안 하고 싶어요. 제가 할 수 있는 일이 아니잖아요!" 그가 벌떡 일어서며 마구 고함치듯 말했다. 그러더니 갑자기 고개를 뒤로 젖히고 미친 듯이 웃어대기 시작했다. 기괴한 웃음소리였다. 그리고 벽에 걸

어둔 예의 낡은 외투를 걸치고 냉큼 밖으로 나가버렸다.

　그런 수모를 당하고서도 이장은 몇 번 더 그를 찾아가 거듭 부탁했다. 그의 아버지를 내세워 설득해보기도 했지만, 그의 대답은 한결같았다. "안 하고 싶습니다."[4]

　이 소설의 서술자는 김 박사의 성공과 몰락의 과정을 지켜보면서 자란 '나'. '나'의 어린 시절 김 박사는 가난한 고향 마을에서 '개천의 용'으로 우러름을 받았던 인물이다. 그런데 박사학위를 받고 국가정책을 개발하는 연구소에서 일하고 있다던 그가 얼마 지나지 않아 고향에 내려와 칩거에 들어간다. 서울에서 내려온 젊은 여성이 그에게 울면서 하소연해도 그는 다시 서울로 가기를 거부한다. 그런데 그 며칠 후 서울에서 내려온 두 사내와 함께 사라졌던 그가 정신이 이상해져서 돌아온다. 앞의 인용 부분은 마을 사람들이 그런 그에게 새마을 지도자 일을 부탁하지만 그가 거절하는 장면이다. 그런데 이 장면에서 주목되는 것은 다름 아닌 그의 말투이다. '안 하고 싶습니다'라고 반복되는 그의 어투에서 바틀비의 뚜렷한 흔적을 발견할 수 있기 때문이다. 이 소설의 작가는 다음처럼 친절하게 그 어투의 연원을 분명하게 밝혀놓고 있기조차 하다.

　못하겠다는 게 아니라 안 하겠다는 것이었다. 할 수만 있다면 할 수도 있다는 일말의 가능성을 찾아볼 수도 있는 말이었다. 그가 허먼 멜빌의 『필경사 바틀비』라는 작품을 읽었는지는 모르겠지만, 그는 이 작품 속

4　태기수, 「동굴의 알레고리」, 『현대문학』, 2010년 5월호, 68쪽.

인물인 바틀비의 어법을 구사하고 있었다.[5]

　앞의 인용으로부터 이 소설의 김 박사 캐릭터가 「필경사 바틀비」로부터 연유했다는 사실을 확인할 수 있다. 어투뿐만 아니라 비극적인 결말 역시 유사하게 전개된다. 바틀비가 '툼즈(tombs)'라고 불리는 구치소에서 죽어간 것처럼, 김 박사 역시 마을 야산의 동굴에서 시체로 발견된다. 다만 김 박사는 바틀비처럼 최후까지 단호하고 견고하게 자신의 태도를 유지하지는 못했다. '나'는 어느 날 굶주림을 이기지 못하고 구걸 온 김 박사에게 왠지 모르게 화가 치밀어 배반당한 기분으로 소리를 쳐서 쫓아냈고, 그 사실은 '나'에게 죄책감으로 남았다. 그럼에도 같은 김씨인 데다 박사학위를 받고 정부 출연 연구 기관에서 일하고 있는 '나' 역시 어느새 '김 박사'의 인생을 반복하고 있다.

　　"그만두겠습니다. 안 하고 싶어요."
　　"안 하고 싶다…… 이유는?"
　　"팀장님도 잘 아시지 않습니까? 그냥, 안 하고 싶을 뿐입니다."
　　"이봐, 이런 일 하고 싶어 하는 사람이 몇이나 된다고 생각하나?"
　　팀장의 물음에 허를 찔린 듯 마땅히 할 말이 없었다.
　　"잔말 말고, 휴가로 돌려줄 테니 며칠 쉬도록 해."
　　안 하겠다는 것, 팀장의 말에 대답도 하지 않고 자리를 물러나면서 문득 내가 김 박사, 그의 어투를 흉내 내고 있다는 걸 알아차렸다.[6]

5　같은 글, 69쪽.
6　같은 글, 76쪽.

김 박사의 어투를 흉내 내어 '안 하고 싶어요'라고 말하고 자리를 물러나면서 고향으로 내려가는 '나'. '나'가 무의식적으로 따라하는 그 김 박사의 어투는 앞서 살펴본 것처럼 원래 바틀비의 것이었고, 사실 그러한 전염력 역시 바틀비 이야기로부터 유래한, 바틀비가 가진 특성의 일부이다.[7] 바틀비 이야기는 김 박사라는 캐릭터를 만들어냈고 또 소설 속에서 '나'에게까지 영향을 미치고 있다. 그리고 궁극적으로는 그 이야기 바깥의 작가로 하여금 그 소설을 쓰게 만들기도 한 것 같다. 무척이나 오래된, 그것도 낯선 배경 속에서 만들어진 인물이지만 바틀비는 그만큼 특이하면서도 매력적이다. 「동굴의 알레고리」는 그 인물에 대한 감상이 낳은 일종의 오마주처럼 보인다.

이후에 살펴볼 다른 텍스트들과 비교해볼 때 「동굴의 알레고리」에서의 바틀비의 영향은 직접적이고 그래서 소설 전체를 압도하고 있지만, 그렇기 때문에 그 인물에 대한 비판적 분석이나 창조적 오독의 측면은 그리 뚜렷하지 않은 듯하다. 이 소설만큼 분명하게 바틀비의 형상을 간직하고 있지는 않지만 그 대신 그것을 변형시켜 새로운 바틀비들을 만들어내고 있는 텍스트들에 시선이 더 끌리는 것은 그 때문일 것이다.

3. 변형으로서의 바틀비

서두에서 언급했던 것처럼, 바틀비의 영향은 소설에만 국한되지 않는

---

7 「필경사 바틀비」에는 변호사를 비롯한 사무실의 인물들이 자신도 모르는 사이에 바틀비의 어투에 전염되어 하는 말마다 '싶다(prefer)'는 단어를 쓰는 희극적인 대목이 나온다. 허먼 멜빌, 앞의 글, 77~78쪽.

다. 가령 김소연의 「오, 바틀비」는 시에서 바틀비의 상상력을 도입한 한 가지 사례이다.

모두가 천만다행으로 불행해질 때까지 잘 살아보자던 꽃들의 맹세가 흙마당에서 만개해요, 사월의 마지막 날은 한나절이 덤으로 주어진 괴상한 날이에요, 모두가 공평무사하게 불행해질 때까지 어떻게든 날아보자던 나비들이 날개를 접고 고요히 죽음을 기다리는 봄날이에요, 저것들을 보세요, 금잔화며 양귀비며 데이지까지 모두가, 아니오, 아니오, 고개를 가로저으며 하루를 견뎌요, 모두가 아름답게 불행해질 때까지 모두가 눈물겹게 불행해질 때까지, 온 세상 나비들은 꽃들의 필경사예요, 살아 있는 모든 것들이 한꺼번에 몰아쉬는 한숨으로 겨우 봄바람이 일어요, 낮달이 허연 구멍처럼 하늘에 걸려요, 구멍의 바깥이 오히려 다정해요, 반나절이 덤으로 배달된 괴상한 날이에요, 모두가 대동단결하여 불행해질 때까지 시들지 않겠다며 꽃잎들은 꽃자루를 꼭 붙든 채 조화처럼 냉정하구요, 모두가 완전무결하게 불행해질 때까지 지는 해는 어금니를 꽉꽉 깨물어요,[8]

시의 전문이다. 4월의 마지막 날 봄의 풍경 속에서 시인은 그 종말을 예감하고 바라본다. 나비들과 꽃들이 그런 운명에 거역하면서 견디는 포즈는 시인의 의식 속에서 바틀비의 거부하는 자의 이미지와 겹쳐진다. "금잔화며 양귀비며 데이지까지 모두가, 아니오, 아니오, 고개를 가로저으며 하루를 견뎌요"라는 구절에서 그 거부의 포즈가 뚜렷하다.

---

8 김소연, 「오, 바틀비」, 『문학과사회』, 2010년 여름호, 51쪽.

그리고 그와 같은 견딤의 의지는 꽃잎으로, 또 지는 해에게로 전염되어 간다. 그들 사이를 흐르고 있는 긴장이 잦은 쉼표의 호흡으로 묶여 있다. 이처럼 시적 상상력은 '바틀비적인 것'을 인간의 세계를 벗어나 사물과 자연의 우주 속에서도 발견한다. 바틀비 자체가 인간적 질서와 그 바깥의 경계 위에 서 있는 존재라는 점에서 그 상상력의 근거를 찾을 수 있을 것 같다.

한편 신해욱은 그의 연재 에세이 '비성년열전'의 프롤로그인 「프롤로그, 바틀바잉」에서 바틀비와 '바틀비-되기(bartleby-ing)'에 대해 이야기하고 있다. 그의 기획은 미성년을 지났어도 여전히 인간의 질서에 침윤되기를 거부하는, 혹은 침윤될 수 없는 이들을 '비성년'으로 규정하고, 그 사례들을 다양한 텍스트 속에서 찾아 그들에 대한 상상적 연모의 감정을 확인하고 기록하는 것이다. 그 기록의 첫머리에 바틀비가 놓여 있는데, 그에 이어진 『두더지』의 스미다, 『호밀밭의 파수꾼』의 홀든 콜필드, 〈신성일의 행방불명〉의 신성일, 『렛미인』의 호칸 벵손, 『조립식 보리수나무』의 김희영희(김희영, 김영희), 그리고 카프카 등 그 비성년의 계보를 이루는 인물들은 바틀비라는 병을 용기 있게 앓는 '바틀바잉(the bartlebying)'들이거나 혹은 바틀비라는 병을 운명적으로 앓고 있는 '바틀바이드(the bartlebied)'들이다. 그러니까 그 '앓음다운' 인물들의 원형적 모델로서 바틀비가 놓여 있는 것이다.

신해욱이 주로 애니메이션, 만화, 영화, 소설 등의 다양한 영역에서 바틀비의 후예들을 두루 탐색하고 있다면, 한윤정은 특히 국내 소설 가운데 여성 작가의 소설에서 '바틀비적 여성상'을 발견하고자 한다. 「결코 굴복시키지 못하는 '수동적 저항'」(『Weekly 경향』 889호, 2010년 8월 24일자)에서 그는 서영은의 「먼 그대」(1983)의 문자와 한강의 「채식주의자」

(2004)의 영혜를 우리 소설에서 대표적인 '여성 바틀비'로 꼽는다. 그의 논의에 따르면, 바틀비가 자본주의 체제의 얼룩이자 잉여인 것처럼, 문자와 영혜는 가부장제의 얼룩이자 잉여이다. 그 억압적인 질서를 비타협적으로 초월하는 그들의 수동적 저항의 태도는 그와 같은 소외라는 공유항으로부터 기원한 것이다.

이렇듯 바틀비는 시에서, 에세이에서, 그리고 기사 등의 소설 이외의 장르에서도 다양한 방식으로 새롭게 해석된 바 있다. 그처럼 다양한 장르의 글쓰기를 통해 해석되고 변형되고 확장되는 바틀비적인 것의 세계를 맥락으로 삼아, 한 편의 소설을 더 살펴볼 수 있을 것 같다. 권여선의 「팔도기획」(『세계의 문학』, 2010년 여름호)이 바로 그 작품이다. 앞서 살핀 「동굴의 알레고리」가 주로 한 인물의 성격에 국한하여 바틀비를 수용했다면, 「팔도기획」의 경우에는 성격을 포함한 '바틀비적 상황'이 이야기에 도입되어 있다. 바틀비 이야기에서 변호사와 터키, 니퍼즈, 바틀비 등의 필경사들로 이루어진 소송대리 사무실이 이 소설에서는 홍 팀장과 정 선배, 김 작가, 윤 작가 등의 대필 작가들로 구성된 집필대리 사무실로 전환되어 있는 것이다. 바틀비의 직업인 필경사에 해당되는 영어 단어 'scrivener'를 사전에서 찾아보면 거기에는 필경사 이외에 공증인, 무명작가, 금융업자 등의 의미도 담겨 있다는 것을 알 수 있다. 그렇다면 이 소설에 나오는 이름 없는 대필작가들 역시 넓게는 'scrivener'의 범주에 넣을 수도 있을 것이다.

유사한 상황이지만 몇 가지 면에서 차이를 보이기도 한다. 「필경사 바틀비」에서는 변호사이자 사무실의 관리자인 '나'가 바틀비를 관찰하고 또 그에 대해 서술하는 역할을 맡지만, 「팔도기획」에서는 관리자(홍 팀장)의 시선이 아닌 다른 대필 작가(김 작가)의 시선을 통해 이야기가 서술되어 있다. 이것은 「필경사 바틀비」에서 그려진 관리자의 성격과 우리 이야기 속에서 일반적인 관리자의 성격이 다르다는 사실과 연관이 있는 듯하다. 우리에게는 「필경사 바틀비」에서의 화자 역시 바틀비 못지않게 특이한 인물로 보인다. "바틀비 못지않게 이상한 것은 화자인 변호사의 행동이다. 마치 아비의 원수 앞에서 망설이는 햄릿처럼 그는 바틀비의 행동에 스트레스를 받으면서도 끝내 그를 내치지 못한다"[9]는 독해는 그 한 가지 예라고 할 수 있다. 반면 「팔도기획」에서는 홍 팀장이 '통상'이라는 단어를 자의적으로 사용해도 다른 인물들이 한마디 이의도 제기하지 못하고 관습적으로 받아들이는 장면에서 보듯 관리자와 대필 작가들 사이의 관계는 훨씬 더 수직적으로 위계화되어 있다. 그렇기 때문에 우리 소설의 경우 관리자의 시선에서 바틀비적 인물을 관찰하기가 쉽지 않은 것인지도 모르겠다. 그와 같은 시점의 설정은 다른 한편으로 우리 소설의 평균적인 시점이 사회계층의 수직적 위계 가운데에서 전반적으로 낮은 지점에 위치한다는 사실을 드러내주는 것이기도 하다. 그것은 수직적으로 위계화된 구조 때문에 위에서는 보이지 않는 영역이 너무 넓기 때문이다. 「팔도기획」에서 사무실의 핵심에 자리한 홍 팀장, 정 선배와 그에 대립하는 문제적 인물 윤 작가 사이에 놓인 '나'(김 작가)에게 관찰과 서술의 역할이 부여된 것은 그러한 맥락과 무관하지 않은 듯하다(이러한 시점의 위치는 앞서 「동굴의 알레고리」에서 바틀비적 인물인 김 박사를 '나'가 올려다보면서 관찰, 서술하는, 그래서 결국 바틀비에 대한 오마주로 귀결되는 방식과 비교될 수 있다). 이처럼 「팔도기획」은 인물 및 그들의 관계 설정, 그리고 시점의 측면에서 바틀비적 상

---

9   진중권, 「거절은 구원인가」, 『씨네21』 no. 769, 2010년 8월 31일~9월 7일, 99쪽.

황을 우리의 조건에 맞게 조정하여 현실화한 산물이라고 볼 수 있을 것 같다. 바틀비에 대응되는 소설 속 인물인 윤 작가가 남성이 아닌 여성이라는 사실 역시 그러한 현실화의 맥락과 어느 정도 연관이 있다고 할 수 있을 듯하다.

이런 차이가 있지만 두 소설은 여러 면에서 상응하고 있는데, 우선 문제적 인물을 성격화할 때 어투가 중요한 요소로 작용한다는 점을 들 수 있다.

> 카메라와 녹음기를 챙긴 정 선배가 내 책상 건너 왼쪽에 있는 윤 작가의 책상을 톡톡 쳤다.
>
> "갑시다."
>
> 고개를 숙이고 뭔가를 골똘히 들여다보던 윤 작가가 고개를 들었다.
>
> "어디를요?"
>
> "인터뷰 따러 가야죠."
>
> 윤 작가가 고개를 저었다.
>
> "저는 가지 않겠습니다."
>
> 정 선배의 작은 눈이 있는 힘껏 휘둥그레졌다. 정신 사납게 회전의자를 빙글빙글 돌리던 홍 팀장도 동작을 멈췄다. 나는 중간에 끼인 터라 오른쪽의 정 선배와 왼쪽의 윤 작가를 번갈아 힐끔거릴 수밖에 없었다.[10]

앞서 살펴봤던 「필경사 바틀비」의 한 대목, 그러니까 변호사의 지시에 처음으로 바틀비가 거절하는 장면을 떠올리게 하는 부분이다. 그 장

---

10 권여선, 「팔도기획」, 『세계의 문학』, 2010년 여름호, 92~93쪽.

면에서처럼 「팔도기획」에서도 사무실의 일이 늘어나는 바람에 새로 채용한 한 인물(윤 작가)이 풍파를 일으키고 있다. 바틀비가 필사하는 일 이외의 다른 지시들에 대해 '안 하고 싶다'고 반응했던 것처럼, 이 소설에서 윤 작가는 글을 쓰는 일 이외의 다른 일들의 지시를 거부한다. 작가는 이 인물에 "말하고 있다기보다 뭔가를 읽고 있다는 느낌을 강하게 주는 묘한 말투"[11]를 부여하여 바틀비와는 또 다른 새로운 특성을 덧붙이면서 현실감 있는 성격을 만들어내고 있다.

그런데 이 장면에서 「필경사 바틀비」와 비교되는 한 가지 차이점을 발견할 수 있다. 바틀비의 경우라면 '가지 않고 싶습니다'라고 이야기했을 대목에 「팔도기획」의 윤 작가는 '가지 않겠습니다'라고 말하고 있다. 물론 의미상으로만 보면 큰 차이가 없다. 하지만 최근의 철학적 담론에서 논자들은 '안 하고 싶다'와 '하지 않고 싶다'의 차이에 매우 중요한 의미를 부여하고 있는데, 그런 관점에서는 그 차이를 바라보는 시선이 민감해질 수 있다. 그리고 그 어구의 차이가 궁극적으로는 주제의 측면에서 「필경사 바틀비」와 「팔도기획」의 차이를 가져오고 있다고도 할 수 있기 때문에 좀 더 자세히 살필 필요가 있을 듯하다.

사실 'I would prefer not to'와 'I would not prefer to'의 어순 자체가 중요한 것은 아니다. 더 중요한 것은 들뢰즈의 분석에서 보는 것처럼 바틀비의 경우에는 '선호의 논리(logic of preference)'가 이성적이고 합리적인 차원의 '전제의 논리(logic of preassumption)'를 초월하고 있다는 점에 있다. 바틀비가 지시를 거부하는 데에는 특별한 이유가 없다. 합리적인 측면으로 따지자면 화자인 변호사가 매사에 더욱 합리적이다. 변

---

11 같은 글, 90~91쪽.

호사는 왜 바틀비가 원문 대조 작업을 하지 않으면 안 되는지 합리적으로 설명하며, 사무실을 떠나지 않겠다는 바틀비에게 여러 가지 가능한 대안을 제시하면서 합리적으로 설득하려고 한다. 하지만 바틀비의 문제성은 그러한 합리적인 이성이 닿지 못하는 순수한 공간, 주판치치의 용어로 말하자면 '바틀비의 장소'[12]를 만들어내고 있다는 데 있다. 주판치치는 들뢰즈가 그 공간을 '선인(good-guys)'과 같은 대안적 형상으로 채우고 있다고 비판하고 있지만, 넓게 보면 들뢰즈 역시 바틀비를 반역자나 반항자로 해석하여 그에게 어떤 사회적 역할을 부여하고 있는 것은 아니다. 그의 거절은 궁극적으로는 모든 발화 행위를 정지시키게 되며 결국에 그는 어떠한 사회적 상황도 주어지지 않는 순수한 추방자가 되기 때문이다.[13]

아감벤이 바틀비에게서 발견한 '잠재성' 역시 그 부정이 대상을 갖지 않는다는 사실을 근거로 한다. 그에 의하면 바틀비의 거부는 "할 수 있는 잠재성과 하지 않을 수 있는 잠재성 사이의 결정 가능성 자체에 저항"[14]하는 것이다. 아감벤은 바틀비의 거부에서 주권적 원리에 대한 가장 강력한 거부를 읽어내면서 거기에 정치적 맥락을 부여하고 있다. 그 방향에서 이루어진 네그리와 하트의 바틀비 해석은 그보다 더 적극적이다. 그들은 『제국』에서 바틀비와 쿳시의 『마이클 K의 생애와 시대』(1983)에서의 마이클 K에게서 절대적 거부의 표상을 발견하고, 그 거부의 정치가 집합적 지성과 공동체의 사랑과 결합될 때 해방 정치의

---

12 알렌카 주판치치, 「바틀비의 장소」, 『자음과모음』, 2009년 가을호 참조.
13 질 들뢰즈, 「바틀비, 혹은 상투어」, 『비평과 진단』, 김현수 옮김, 인간사랑, 2000, 135쪽.
14 조르조 아감벤, 『호모 사케르』, 박진우 옮김, 새물결, 2008, 117쪽.

단초가 될 수 있다고 주장한다.[15] 그 반면에 지젝은 바틀비의 논리에 대해 "그것이 부정하는 것에 기생하는 '저항' 또는 '항의'의 정치학으로부터 헤게모니적 위치 그리고 그 부정 밖의 새로운 공간을 여는 정치학으로 이행하는 방식"[16]이라고 하면서 네그리와 하트의 태도를 비판하고 있는데, "그의 거절은 명확한 내용의 거절이라기보다는 거절의 형식적 행동 그 자체"[17]이기 때문이다. 그것은 달리 말해 "어떤 것(something)으로부터 아무것도 아닌 것(nothing)으로의 이동"[18]이라고 할 수 있다. 네그리·하트와는 달리 지젝을 비롯한 다른 논자들은 바틀비의 행위가 그 자체로 본질적인 의미를 갖는다고 보고 있다. 그럼에도 네그리와 하트가 바틀비의 거부 자체에 제한적인 의미를 부여하고 있는 것 역시 거기에 대안적 이념이 비워져 있다는 사실과 관련이 있다. 그들 역시 바틀비의 태도를 '절대적인 거부', '자발적 예속에 대한 거부'로 파악하고 있다.

이렇듯 정치적 관점에 따라 해석의 차이는 있지만, 서구의 여러 논자는 바틀비의 거부가 특정 대상을 갖지 않는다는 점에 주목했고, 그렇기 때문에 그들에게 '안 하고 싶다'와 '하지 않고 싶다'의 차이는 결정적인 해석의 대상이다. 그런데 다시 「팔도기획」으로 돌아와서 비교해보면, 이 소설의 경우 윤 작가의 거부에는 바틀비의 그것에서와는 달리 합리적인 이유가 제시되어 있다. 인터뷰를 가자는 정 작가의 요청에 윤 작가가 거부한 것은 업무 분담의 효율성 때문이고("둘씩이나 갈 필요

---

15 안토니오 네그리·마이클 하트, 『제국』, 윤수종 옮김, 이학사, 2001, 272~274쪽 참조.
16 슬라보예 지젝, 『시차적 관점』, 김서영 옮김, 마티, 2009, 746쪽.
17 같은 책, 752쪽.
18 같은 책, 748쪽.

는 없잖아요? 정 작가님께서 다녀오실 동안 저는 이거 보면서 전체 틀을 고민하고 있겠습니다."[19]), 녹취 푸는 작업을 거부한 것은 개인적 특성에 대한 고려 때문인데 이 역시 효율성과 무관하지 않다("제 경우는 좀 특별한 편이라고 할 수 있습니다. 저도 소설을 쓸 때 취재를 하고 자료 수집도 합니다. 하지만 인터뷰나 녹취는 못해요. 저는 활자화된 자료만 볼 수 있어요. 대상을 직접 보거나 만지거나 그 소리를 듣거나 하면 글을 쓰지 못해요. 생생한 인상이나 감각이 저를 혼란에 빠뜨려서 어떤 단어도 떠오르지 않습니다."[20]). 윤 작가는 '입체적 인물'과 '평면적 인물'을 '동글동글한 인물', '밋밋한 인물'이라고 표현해서 사람들로부터 비웃음을 사는데, 그러한 직역투의 표현은 물론 관습과는 동떨어져 있지만 그렇다고 비합리적인 것은 아니다. 어떻게 보면 이해하기 쉬울 뿐만 아니라 자연스럽고 주체적인 표현의 효과도 있다.

바틀비의 거부가 변호사로 대표되는 이성적이고 합리적인 세계를 근본적으로 반성하게 만드는 장소를 제공한다면, 「팔도기획」에서 윤 작가의 태도는 융통성이 부족하기는 하지만, 우리의 비합리주의적 관행과 관성적 인식을 반성하게 하는 원칙주의자의 그것이라고 하겠다. 홍 팀장의 '통상'이라는 습관적 발화의 문제점을 윤 작가가 지적할 수 있었던 것도 관행을 용인하지 않는 그의 원칙주의에 기인한다. 또한 윤 작가의 거부에는 '소설을 쓴다'는 뚜렷한 목적의식이 가로놓여 있다. 그의 거부들은 "저는 소설을 씁니다"[21]라는 확고부동의 목표로부터 그 근거를 얻고 있는 것이다. 그렇기 때문에 이 소설에서 윤 작가가 '나'에

---

19 권여선, 앞의 글, 93쪽.
20 같은 글, 97쪽.
21 같은 글, 91쪽.

게 미친 바틀비적 전염력은 "이제 내 내부에도 뭔가를 또박또박 거부하고 싶은 마음이 싹트기 시작했는지 모르겠다"[22]는 '나'의 생각에서 보듯, 어투의 차원보다도 거부라는 내용의 차원에서 이루어지고 있다.

또한 「팔도기획」의 결말은 멜빌의 소설에서와 달리 비극적이지 않다. 굳이 구분하자면 긍정적인 방향을 향해 열려 있는 쪽이다. 바틀비의 화자는 바틀비에 동정적이었지만 결국은 그를 버리고 사회적 규범을 선택했다. 반면에 「팔도기획」의 홍 팀장은 윤 작가를 해고했지만 결국에는 그의 가치를 인식하고 인정한다.

이처럼 바틀비의 거부와 「팔도기획」의 윤 작가의 거부는 여러 면에서 차이가 있다. 그렇지만 이러한 차이가 「팔도기획」이 바틀비 이야기를 잘못 이해하고 있다는 것을 의미하지는 않는다. 「동굴의 알레고리」에서는 바틀비라는 모델이 김 박사에 직접적으로 대입되어 있어 김 박사 자체의 개성이 상대적으로 약한 편이다. 그에 비해 「팔도기획」에서는 어느 정도 거리를 두고 두 인물이 조응하고 있는 상황을 전제하면서도 윤 작가에게 바틀비와는 다른 독립적인 개성을 부여하고 있다. 여기에서는 바틀비를 차용한다기보다 그것을 염두에 두면서 새로운 성격과 상황을 만들어내는 데에 더 비중을 두고 있고, 결과적으로 그러한 설정은 우리의 현실적 상황에 대응하는 문제들을 고찰하기에 더 적합한 면이 있다. 그렇기 때문에 한편으로는 「필경사 바틀비」가 함축하고 있는 문제는 희석되었지만, 만일 윤 작가가 바틀비와 같은 태도를 가졌다면 「팔도기획」이 우리의 현실적 상황을 환기할 수 있는 이야기가 되기는 어려웠을 것이다. 이처럼 여러 면에서 「팔도기획」은 바틀

---

22 같은 글, 109쪽.

비 이야기와는 다른 공간, 그러니까 바틀비적인 것을 우리의 현실적 상황에 맞춰 굴절시켜 하나의 새로운 문제적 공간을 만들어내고 있다고 볼 수 있다.

4. 변종으로서의 바틀비

여러 장르와 방식으로 재현된 한국형 바틀비들을 살펴봤다. 대체로 그들은 특정 상황에 맞도록 굴절되고 변형되어 바틀비를 바틀비답게 만들었던, 그렇기 때문에 서구 이론가들의 주목 대상이 되었던 한 가지 중요한 요소는 상대적으로 희미해지는 면이 있었지만, 그 대신에 현실 속의 체제에 대한 저항으로서의 의미가 더 부각되는 경향이 있었다. 오히려 그 순수하고 절대적인 바틀비적 특성은 바틀비의 수동적 저항과는 정반대의 태도를 보여주는 박민규의 「루디」(『창작과비평』, 2010년 봄호)에서의 '루디'에게서 발견할 수 있다.

우선 「필경사 바틀비」와 「루디」를 연결시키기 위한 징검다리로 고골(Nikolai Gogol, 1809~1852)의 「외투」(1842)를 읽어볼 수 있다. 「외투」에 등장하는 아카키 아카키예비치(Akaky Akakievich)는 여러 면에서 바틀비와 유사한 특징을 가지고 있다. 환상적 결말에서 그가 보여주는 태도는 바틀비와 상반되지만, 그 이전까지 둘의 면모는 놀랄 만큼 흡사하다. '만년 9급 관리'(이 부분에서 바틀비 역시 필경사가 되기 전 배달 불능 우편물 취급소의 말단 공무원이었다는 사실을 떠올려볼 수 있다)인 그는 바틀비와 마찬가지로 필사하는 일에만 전념한다. 오랜 근무를 치하받아 평범한 정서 업무보다 더 중요한 직책을 맡게 되었을 때도 그는 승진을 거부하고 필사하는 일에 다시 매달린다. 집에 와서도 재미 삼아 필사를 하고, 쓸 만큼 다 쓰고 나면 내일은 하나님이 또 어떤 필사거리를 보내주실까 상상하며 미소를 머금고 잠자리에 들 정도다. 그러는 동안 그의 외투는 더이상 입지 못할 정도로 낡아버렸다. 그는 큰마음을 먹고 저녁도 걸러가며 모은 돈으로 새 외투를 장만한다. 하지만 외투를 처음 입고 출근한날 저녁, 그는 원치 않던 파티에 다녀오다가 광장에서 치한들을 만나외투를 빼앗기고 만다. 주위 사람들의 말을 따라 고위층 인사를 찾아가해결을 부탁해보지만 호통만 당하고 돌아온다. 그 일이 화근이었는지얼마 후 아카키 아카키예비치는 죽고 만다. 바틀비의 경우처럼 외롭고도 비참한 죽음이다.

그런데 바틀비의 죽음으로 종결된 「필경사 바틀비」와 달리 「외투」는 여기에서 끝나지 않는다. 아카키 아카키예비치는 유령이 되어 여기저기에 출몰해서는 사람들의 외투를 빼앗아 간다. 바틀비는 침묵과 굶기와 죽음으로써 현실을 거부했지만, 「외투」의 아카키 아카키예비치는유령이 되어 돌아와 현실을 향해 복수극을 펼친다.

그런데 흥미롭게도 「필경사 바틀비」에도 바틀비가 유령으로 비유되고 있는 장면들이 반복하여 등장한다. "세 번 주문을 외어 유령을 불러내는 마법에 응하듯 흡사 유령처럼 바틀비가 자기 은신처의 입구에 나타났다."[23], "깜짝 놀라서 내가 소리치자 황당하게도 안쪽에서 열쇠가돌아가더니 그 야윈 면상을 내게 들이밀고 조금 열린 문을 붙잡은 채바틀비가 유령처럼 나타났다."[24], "어떻게 해야 하나? 나는 이제 외투의

---

23 허먼 멜빌, 앞의 글, 68쪽. 강조는 인용자.
24 같은 글, 70쪽. 강조는 인용자.

마지막 단추까지 채우며 혼자 중얼거렸다. 어떻게 해야 하나? 어떻게 해야 하나? 양심상 이 사람, 아니 이 유령을 내가 어떻게 해야 하나?"[25] 등의 대목이 그것이다. 바틀비는 이미 이 소설에서 반쯤은 유령이었던 셈이다. 그렇기 때문에 "사실 바틀비 같은 존재는 주로 공포물이 선호한다. 도망쳐도 끊임없이 달라붙고, 달래도 구슬려도 위협해도 회귀하는 존재. 창백한 유령"[26]이라고 생각하는 것도 전혀 무리가 아니다. 그렇게 볼 수 있다면 바틀비와 아카키 아카키예비치는 한 운명의 다른 부분을 살고 있다고 할 수 없을까.

바틀비와 아카키 아카키예비치 사이의 유사하면서도 상반된 면모는 멜빌과 고골을 비교하기 이전에, 멜빌의 소설 세계 내부에서도 발견할 수 있다. 들뢰즈는 멜빌 소설에서 시도되고 있는 본원적인 것과 2차적인 인성(人性)의 양립, 조화에 대해 이야기하고 있다. 그것은 다르게 말해 바틀비로 대표되는 비인간적인 것(본원적인 것)과 변호사로 대표되는 인간적인 것(사회적인 것)의 양립 가능성에 대한 탐색이다. 그렇지만 멜빌의 소설에서 이 둘은 좀처럼 조화를 이루지 못한다. "오로지 흉악하고 탐욕스런 아버지들만이, 아버지 없는 화석처럼 굳어 있는 자식들만이 있을 뿐이다. 인간이 구원받을 수 있다면, 본원적 인물들이 서로 화해할 수 있다면 그건 아버지 기능의 해체나 분해를 통해서이다"[27]라고 들뢰즈는 분석한다. 하지만 구원은 좀처럼 일어나지 않는다. 아버지는 언제까지나 흉악하고 탐욕스럽고, 자식은 아버지를 거부하다가 결국은 받아들이고 스스로 아버지가 된다. 이른바 '미메시스적 적대 관

---

25 같은 글, 89쪽. 강조는 인용자.
26 신해욱, 앞의 글, 218쪽.
27 질 들뢰즈, 앞의 글, 153쪽.

계(rivalité mimétique)'이다. 그 구도를 거부하고 화석처럼 굳어진 자식 가운데 한 사람이 바로 바틀비라고 할 수 있다면, 변호사 화자는 아버지 가운데 한 명일 것이다.

그렇다면 박민규의 「루디」는 이 구도가 역전된 지점에서 새롭게 재편된 구도라고 할 수 있다. 여기에서 자식은 아버지의 법을 거부하지만 그렇다고 더 이상 화석처럼 굳어진 상태로 남아 있지도 않다. 뉴욕의 금융회사 부사장(이 대목에서 「필경사 바틀비」의 부제가 '월가 이야기'라는 사실을 떠올려볼 수 있다)인 미하엘 보그먼이 아버지의 자리에 놓여 있다면, 자식의 자리에 놓인 인물은 바로 우리의 문제적인 주인공 루디이다.

지금 미하엘 보그먼이 휴가를 얻어 알래스카의 고속도로를 달리고 있다. 그 길 위에서 보그먼을 향해 총을 겨누고 서 있는 사내가 루디. "누구도 몽따주를 그릴 수 없을 만큼 평범한 얼굴"[28]의 루디. "어찌나 해맑게 웃는지 짜다 만 여드름이며 보이스카웃 뱃지가 없다는 게 이상할 정도"[29]의 얼굴을 가진 루디. 이 표정들 역시 루디 내부의 바틀비의 흔적들이라고 할 수 있다.

그런 루디에게 인질처럼 끌려가면서 영문도 모른 채 루디에게 총을 맞아 귀가 떨어져나가고 루디의 학살극에 관객이 되어 몸서리를 쳐야 하는 보그먼. 루디가 총을 두고 자리를 비운 사이 회심의 반전 기회를 맞는 보그먼. 하지만 총을 맞아 피와 내장을 쏟아내면서도 루디는 죽지 않는다. 그는 「외투」의 아카키 아카키예비치처럼 유령 같은 존재이다. 이 경로를 통해 루디는 다시 바틀비와 연결된다.

---

28 박민규, 「루디」, 『창작과비평』, 2010년 봄호, 212쪽.
29 같은 글, 219쪽.

인간에게 선한 면과 악한 면이 모두 있다면 바틀비에게도 그에 대응되는 양면이 있을 것이다. 바틀비의 경우에는 집요하게 한 면만 드러나 있다. 아카키 아카키예비치에서는 양면이 모두 드러나 있다. 만일 바틀비에게 잠재되어 있다가 아카키 아카키예비치에게서 실현된 악의 측면만을 가지고 한 인물을 만들어낸다면 아마 루디의 형상이 아닐까. 그런 관계를 전제로 루디 속에 내재된 바틀비적인 면이 앞에서처럼 평범하고 해맑은 얼굴로 드러나 있다고 말할 수도 있지 않을까.

들뢰즈는 멜빌 소설에서 극단적으로 대립되는 두 부류의 인물군을 나누고 있다. 한쪽 극에는 에이허브, 클라카트, 바보(Babo) 등과 같은 편집증 환자와 악마가 놓여 있다면, 다른 한쪽 극에는 세레노, 빌리 버드, 바틀비 등 우울증에 걸린 천사나 성자가 있다. 이 두 유형은 모든 면에서 대조를 이루고 있지만, 그들은 동일한 한 세계를 떠나지 않고 있다는 것이 들뢰즈의 설명이다. 들뢰즈는 『모비 딕』의 에이허브와 바틀비를 두고 "오직 플러스 기호나 마이너스 기호가 달렸을 뿐인 동일한 창조물이다"[30]라고 그 관계를 분석하고 있다. 그런 맥락에서 바틀비와 루디 역시 동일 존재의 다른 면이라고 볼 수 있지 않을까.

앞서 살펴봤던 소설들과 달리, 「루디」의 시점은 관리자 쪽인 미하엘 보그먼을 1인칭으로 취하고 있다. 「필경사 바틀비」의 화자인 변호사에 비해 여러모로 더 현실적인 미하엘 보그먼. 그럼에도 갑작스럽게 불행한 운명에 휘말린 보그먼은 억울하다. 그 역시 그 나름의 합리적인 삶의 틀을 벗어나지 않았기 때문이다. 보그먼은 한탄한다. "이런 순간을 맞기 위해 예일을 졸업했단 말인가. 동물보호협회에⋯ 또 뉴

---

30 질 들뢰즈, 앞의 글, 146쪽.

욕경제인연합이 주최한 모피 반대 캠페인에 내가 낸 기부금이 얼마였던가…".[31]

왜 루디는 보그먼을 선택한 것일까. 바틀비가 왜 '안 하고 싶은'지 분명하게 밝히지 않았던 것처럼, 이 소설에서의 루디 역시 자기 행동의 이유를 명확히 밝히지 않는다. 바로 그 점이 앞에서의 다른 한국형 바틀비들과 루디의 차이점이다. 루디의 논리 역시 미하엘 보그먼 같은 합리주의자들이 믿고 따르는 '전제의 논리'가 아니라 바틀비식의 '선호의 논리'이다. '받은 만큼 돌려줘라!'라는 아버지의 목소리에 미하엘 보그먼은 '이자는 어쩌구요 아버지'라고 중얼거리는데,[32] 루디가 가장 싫어하는 것은 바로 그 이자놀이다. 주유소에서 기름을 넣기 위해, 드러그스토어에서 생수 한 병을 얻기 위해 루디는 필요 이상의 학살을 한다. 그러고도 태연하기 그지없다. 이유를 묻는 보그먼에게 루디는 대답한다. "대체 뭔 소리야? 기름은 늘 이런 식으로 얻어 온 건데."[33] "약하니까… 늘 그래 왔잖아?"[34] 이러한 발언을 미국 중심의 자본주의 체제에 대한 비판으로 읽을 수도 있겠지만,[35] 이 글의 맥락으로 보면 그 행동들에 인과적인 원인이 분명하지 않은 편이 훨씬 변종 바틀비인 루디답다.

그런데 보그먼과 루디 두 인물의 관계가 단지 대립적이기만 한 것은 아니다.

---

31 박민규, 앞의 글, 214쪽.
32 같은 글, 229쪽.
33 같은 글, 225쪽.
34 같은 글, 230쪽.
35 김형중, 「신기한 날, 이상한 날, 끝없이 계속될 날」, 『현대문학』, 2010년 5월호 참조.

그거 알아? 뭉친 가래를 퉤, 앞유리에 뱉으며 놈이 말했다. 두렵긴 나도 마찬가지란 거… 그래도 함께 가주겠다는 거야. 암, 이자놀이를 당해주면서도 말이지.[36]

소설의 후반부에서 밝혀지는 바로는, 루디는 12년간 보그먼의 회사에서 용역으로 일하던 청소부였다. 중간의 과정은 생략되어 불투명하다. 「필경사 바틀비」에서 바틀비가 배달 불능 우편물 취급소에서 일하다가 쫓겨난 사실과 그의 거부 행위 사이에 어떤 관계가 있는지 분명하게 드러나지 않았던 것처럼, 그래서 다양한 해석을 불러일으켰던 것처럼, 여기에서도 루디가 보그먼의 회사의 청소부였다는 사실과 루디의 극단적인 행위 사이에서 뚜렷한 인과적인 연관을 찾기는 어렵다. 그렇지만 어쨌든 그 현실적 관계가 지금 보그먼과 루디가 함께 가고 있는 이 여정의 근원이다.

앞에서도 언급한 것처럼, 바틀비에 대한 논의 가운데 일부는 바틀비와 더불어 그를 대하는 변호사의 독특함에 주목한다. 바틀비를 견디고 감당하는 변호사가 없었다면 바틀비의 존재 역시 실현되기 어려웠을 것이라는 생각이 그러한 주목의 시선에 담겨 있다. 변호사가 바틀비를 견디지 못하는 순간 바틀비는 죽음을 맞이한다. 반대로 변호사가 바틀비를 계속 견디는 어느 지점에서 그 역시 사무실 문을 닫고 '바틀비'가 되어버릴 것이다. 그렇다면 "바틀비를 죽게 한 그의 선택은 불가피했다"[37]고 볼 수도 있을 것이다. 그 점에서 변호사와 바틀비의 관계는 운

---

36 박민규, 앞의 글, 217쪽.
37 신해욱, 앞의 글, 221쪽.

명적으로 얽혀 있다고 할 수 있다. 그리고 같은 맥락에서 미하엘 보그먼과 루디 역시 운명적인 '러닝메이트'[38]일 수밖에 없다.

이처럼 「루디」에서 루디는 「필경사 바틀비」에서 드러나지 않았던 바틀비의 이면을 보여준다. 오히려 상반되는 그러한 성격과 행동을 통해 '바틀비적인 것'의 핵심을 형상화하고 있는 역설적 장면을 우리는 이 소설에서 마주할 수 있다.

5. 왜 바틀비인가?

이상에서 살펴본 것처럼 어느 순간부터 갑자기 우리 주위에 바틀비들이 몰려와 있다. 그렇다면 왜 바틀비적인 현상이 빈번해지고 있는 것일까?

지젝은 포스트모던 시대의 '외설적 아버지'에 대해 이야기한다. '외설적 아버지'는 주체의 욕망을 억압하던 근대의 그것과 달리 오히려 욕망을 부추기는 포스트모던 상황 속의 초자아이다. 금욕과 억제 대신 향락을 권유하는 아버지. 하지만 그 향락의 추구 끝에는 결국 억압이 자리를 잡고 있다. 웰빙 열풍이 결국 다이어트로 귀결되는 현상은 그러한 아이러니를 단적으로 보여준다. 그것이 바로 '전제의 논리'를 근간으로 하는 세계의 운명이다. 바틀비의 거부는, 더 정확히 말해 그에 대한 해석들은 그와 같은 세계에 대한 인식과 적어도 그러한 흐름에 휩쓸리지는 않는 어떤 추상적 방향을 제시하고 있다고 할 수 있을 것 같다.

---

38 박민규, 앞의 글, 236쪽.

우리의 소설과 담론에 바틀비적인 현상이 자주 등장하고 있다는 것은 우리의 경우에도 외설적 초자아에 의한 새로운 형태의 현실의 억압이 그만큼 증가하고 있고, 그에 대한 심리적인 거부와 반발 역시 그에 따라 강화되고 있다는 것을 의미한다고 볼 수 있을 것 같다. 그러나 그처럼 텍스트 차원에서 이루어지는 심리적인 반발이 현실 속에서의 실제적인 저항을 의미한다고 할 수 있을까? 오히려 현실 속에서 외설적 초자아의 유혹에 무기력하기 때문에 허구에서는 그와 반대되는 의지와 욕망이 더 강하게 표현되고 있는지도 모른다. 그러니까 소설 속의 인물의 대사 하나, 행위 한 부분만 가지고 이 사태에 대해 간단하게 이야기하기는 어렵다.

다만 앞에서 살펴본 것처럼 담론 영역에서는 주로 서구 이론가들의 해석과 전망을 수용하거나 비판하는 차원에서 바틀비 모티프의 유입이 이루어지고 있다면, 소설에서는 그 문제의식을 현실화하면서 새로운 바틀비의 형상들을 생산하는 경향이 있었다. 담론의 차원에서 현실을 설명하는 것과 소설의 차원에서 현실을 형상화하는 것은 그 내용과 방식도 다를 것이고 그렇기 때문에 그 현실적 기능도 다를 것이다. 담론에서 정초된 시각은 분명 우리의 현실 속에서 배태되고 있고, 그래서 점차적으로 실현되어가는 징후적 상황을 인식하는 수단을 제공해준다. 그 이론적 작업의 의의를 부인할 수는 없을 것이다. 그렇지만 현실 속에서의 실제 문제 해결의 진전은 그와는 별도의 과정을 필요로 한다. 그것은 근본적인 입장으로부터 보자면 한계가 있을 수밖에 없는 구체적인 실천의 장 속에서 이루어질 수밖에 없고, 또 기본적으로 물리적인 시간과 노력을 필요로 하는 일이다. "참여의 거부는 먹고살기 바쁜 대부분의 사람들이, 이미 열심히 실천하고 있다. 차이가 있다면 'not'이

'prefer' 앞에 오느냐 뒤에 오느냐에 따라 달라지는 마음가짐의 변화뿐인데, 그게 그토록 급진적이고 혁명적인 구별인지 모르겠다"[39]는 회의적 발언은 그와 같은 현실의 실천적 맥락에서 제기된 것으로 이해된다.

외부의 담론을 그와 다른 지금-이곳의 현실에 적용하는 문제 역시 신중하고도 지속적인 과정을 필요로 하는 듯하다. 보편적인 차원에서의 이론적 갱신의 작업이 우리 현실의 상황을 인식하고 설명하려는 과정과 연계되지 않는다면 그것은 결국 새로운 이론적 유행에 의해 쉽게 대체되어버릴 공산이 크다. 오히려 바틀비적 사유와 관련된 최근의 우리 소설들은 그 문제와 관련하여 우리 현실이 놓여 있는 상황을 좀 더 구체적으로 이해하고 표현하려는 경향을 보여주고 있는 것 같다. 그런 맥락에서 그 변형의 양상들과 그로 인해 발생하는 원본 바틀비와의 낙차는 결여나 미달이라기보다 새로운 생산으로 이해할 필요가 있지 않을까 싶다. 여기에 우리의 현실 속에서 여러 형상의 신종 바틀비들이 생성되는 이유와 그 의미가 있을 것이라고 생각한다.

그럼에도, 멀리 내다보면, 우리는 바틀비와 더불어 아버지의 체계를 대신하여 보편적 우애의 기능이 확산되는 방향으로 조금씩 나아가야 할 것이다. 그러기 위해서 우리는 무수히 '안 하고 싶다'를 때로는 마음속으로 되뇌고, 또 때로는 실제로 그렇게 이야기하지 않으면 안 될 것 같다.

---

39 진중권, 앞의 글, 99쪽.

역사에 접근하는 최근 장편의 형식과
그 정치적 무의식

1. 이념과 형식의 괴리

근래 새삼 역사적 사건을 모티프로 삼은 장편소설의 유행적 출현과 그에 대한 일련의 비평적 반응이 이어진 바 있다. 그 경향의 소설을 출간하기도 했던 한 작가는 "이게 비단 나만 느끼고 있는 것은 아니었구나, 하는 그런 든든함도 생겼고, 또 소설이 아직까지 이 땅에서 당대와 숨쉬고 있구나, 그런 장르였구나, 하는 생각도 많이 했"[1]다고 말하면서 최근 한국 소설의 흐름에 대한 연대감을 술회한 바 있다. 또한 그와 같은 현상의 원인을 "당면한 현실에서 무언가 꼭 막힌 듯한 느낌을 받으면서 현실의 뿌리, 연혁을 되짚어 성찰하고, 망각된 것, 버려진 가능성들

---

1 이기호·서희원, 「이기호 글발충만기(文發充滿記)」, 『자음과모음』, 2014년 겨울호, 246쪽.

을 일깨우려는"[2] 의지에서 찾는 경향도 일반적으로 확인해볼 수 있었다. 그 반응들을 통해 보면 이미 역사가 되었다고 생각했던 그 사건들이 현재의 소설들에 다시 나타나는 현상은 최근의 정치적 상황으로 인한 현실의 압력과 무관하지 않은 듯하다.

가령 2014년 4월에 일어났던 '세월호' 사건에 대한 한국 소설의 반응 또한 전례 없이 예민한데, 정찬의 「새들의 길」(『문학사상』, 2014년 8월호)이나 임철우의 「연대기, 괴물」(『실천문학』, 2015년 봄호) 등이 그 사건을 직접적으로 다루고 있다면, 황정은의 「웃는 남자」(『문학과사회』, 2014년 가을호), 정용준의 「6년」(『현대문학』, 2014년 10월호), 김연수의 「다만 한 사람을 기억하네」(『문학동네』, 2014년 겨울호) 등 역시 그 사건에 대한 의식을 바탕에 두고 있다는 사실을 어렵지 않게 확인할 수 있다. 이런 경향 또한 주로 장편에서 나타난 '역사의 귀환' 현상과 더불어 최근 한국 소설을 둘러싼 동향을 말해주는 한 가지 사례라고 할 수 있을 것 같다.

그런데 역사의 귀환이라는 현상, 그리고 그 현상의 현실적 근거와 더불어 이 지점에서 새롭게 생각해봐야 할 문제는 그 소설들의 형식이다. 즉 그 형식이 그런 주제에 어울린다고 여겨졌던 전통적인 리얼리즘 방식에 고정되어 있지 않다는 사실에 주목해볼 필요가 있다. 본문에서 살펴보겠지만, 오히려 거기에서는 루카치라면 서사의 특성보다 묘사가 우월하다고 비판했을 태도가 지배적인 양상을 띠고 있다. 역사적 현실보다는 그것을 통과하는 인물의 내적 상황이 더 주목되고, "서술자가 가졌던 포괄적인 비전과 전지전능함" 대신 서로 다른 인물들로 분열된 시점의 교차가 두드러지며, 그에 따라 현실의 총체성이 해체된

2　정홍수 외, 「이 계절에 주목할 신간들」, 『창작과비평』, 2015년 봄호, 299쪽.

"만화경과 같은 혼돈"[3]의 세계가 펼쳐져 있는 것이다.

역사적 사건이 다시 소설 속에 도입되면서도 이렇듯 그 방식에서 '서사'보다는 '묘사'에 가까운 태도가, 개별 작품의 특징의 차원이 아니라 일반적인 경향의 차원에서 나타나는 이유는 무엇일까. 그와 같은 균열, 즉 이념과 형식 사이의 괴리는 텍스트의 심층에서 작동하는 어떤 무의식의 발현은 아닐까. 이 글은 이와 같은 물음에 대한 대답을 모색하기 위해 시작되었다.

2. 이념과 거리 두기의 아포리아

최근의 장편에 나타난 역사적 시선이 그 이전의 유사한 방식의 이야기와 가진 차이는 그것이 현실의 압력으로 인해 생성되었다고 하더라도 특정한 이념적 동기와 연동되었다고 보기는 어렵다는 사실에서 찾을 수 있다. 이혜경의 『저녁이 깊다』(2014)와 성석제의 『투명인간』(2014)에서는 이념적인 성향의 문제들로부터 오히려 의식적인 거리를 취하고 있다고 느껴지는 대목들을 종종 발견할 수 있다.

일이 밀려서 교정지를 외부 아르바이트로 돌리던 날, 일감을 받으러 기주의 사무실에 들렀던 후배는 사무실의 정체된 분위기에도 감탄했다. "뭐랄까, 자본주의 사회에 물들지 않고 고집스럽게 정신적인 걸 지향하는 것 같잖아." 사람들이 왜 삶에 대해 고민하지 않을까, 그저 처자

---

3 게오르크 루카치, 「서사냐, 묘사냐」, 『리얼리즘과 문학』, 최유찬 외 옮김, 지문사, 1985, 203쪽.

식 먹여 살리는 걸로 만족하는가, 술자리에서 말하던 이전 출판사 사장과 후배가 닮은 데가 있다는 걸 기주는 그때 처음 깨달았다.[4]

전체 4장으로 된 『저녁이 깊다』는 3인칭 전지적 시점을 취하고 있는데, 세부적으로는 여성 인물 정기주가 초점자로 등장하는 1, 3장과 남성 인물 박지표와 부분적으로는 김형태가 초점자가 된 2, 4장으로 구성되어 있다. 즉 작가는 중요한 두 사람의 인물(기주, 지표)에게, 그리고 적어도 이 소설 내부에서는 그들과 가장 적대적인 관계에 놓인 인물(형태)에게까지도 어느 정도는 시점의 무게를 분산하여 할당하고 있다. 이와 같은 초점화 방식은 기본적으로 작가의 페르소나라고 할 수 있는 기주의 인생을 객관화하기 위한 장치로 이해되지만, 그런 구도 자체가 한쪽 방향을 지향하기 마련인 이념의 속성을 제어하는 근거가 된다고도 볼 수 있다.

이처럼 균형을 취하려는 감각은 역사적 사건을 대하는 인물의 태도에서 더 뚜렷하게 나타난다. 대표적으로 '광주'로 인해 휴교를 맞아 고향에서 무기력한 시간을 보내고 온 후 기주는 시국 집회에 참석하지만 결국 "이쪽에도 저쪽에도 속하지 못하는"[5] 회색인의 자화상을 확인하며 그곳을 빠져나오는데, 『저녁이 깊다』는 그와 같은 탈이념적 시선을 통해 역사적 사건이나 이념의 파장으로부터 멀리 떨어져 있는 인물들을 소설의 대상으로 호명할 수 있는 조건을 마련하고 있다.[6]

---

4 이혜경, 『저녁이 깊다』, 문학과지성사, 2014, 212쪽.
5 같은 책, 169쪽.
6 이 대목에서 문예지에 연재(『문학과사회』, 2009년 가을~겨울호, 2010년 여름~가을호)될 당시 이 소설의 제목이 '사금파리'였다는 사실을 상기해볼 수 있다.

『저녁이 깊다』가 지방 소읍에서 자란 인물들이 살아온 일상의 역사라면,『투명인간』은 산촌에 뿌리를 두었으나 시대의 흐름에 따라 도시로 나와 역사의 부침을 겪어야 했던 한 가족의 연대기를 펼쳐 보인다. 그리고『저녁이 깊다』가 이야기의 중심과 주변에 놓인 세 인물을 초점자로 삼았다면,『투명인간』은 김만수라는 평범하면서도 문제적인 인물에 대해 여러 1인칭 화자들이 차례대로 진술하는 시점 형식을 취하고 있다. 만수에 대한 여러 화자들의 진술은 대부분 긍정적이고, 동생 석수나 그의 아들 태석처럼 처음에는 부정적이었다고 하더라도 결국에는 만수의 순수한 심성과 흔들림 없는 의지에 동화되는 결과에 이르는데, 그럼에도 이데올로기적인 성향을 가진 인물들에게서만큼은 예외적으로 시종일관 비판적인 관점이 유지되고 있다.

— 올림픽하고 아시안게임을 유치한 뒤부터 경기장 짓네 도로공사 하네 하면서 얼마나 생돈을 썼어? 결국 국민이 낸 세금이지. 호텔이나 건설회사 가지고 있는 재벌들 아가리로 안 써도 될 세금이 다 들어갔지. 재벌들은 그 돈을 노동자들한테 나눠준 게 아니고 저희한테 일감 몰아준 권력자들한테 돈을 도로 갖다바쳤고, 군부독재 후계자들은 그 망할 놈의 올림픽을 업적으로 해가지고 역사적인 반민주, 반민족의 중대범죄에서 축재 같은 파렴치한 범죄까지 무슨 죄든 다 빠져나가고 있어요. 심지어 정권을 더 연장해서 평생을 국민들 위에 군림하고 있는 게 지금 현실이야.

— 예예, 그렇게도 정리가 되네요. 확실히 이해는 못하겠지만요. 저는 서울서 학교 다니는 동생들 공부시키고 시골 사는 부모님 누나 할머니한테 돈 보내느라고 그런 일에 대해 생각할 여유가 없었거든요. 그냥 나

라가 발전하니까 좋은 일이다 싶었지요.[7]

김만수가 들고 있는 가장으로서의 책임감이라는 튼튼한 우산은 시대의 하늘로부터 세차게 쏟아지는 이념의 소나기를 가뿐하게 막아주고 있는 듯 보인다. 심지어는 대학 시절 운동권에 가담하여 만수의 애를 태웠던 막내 여동생 옥희조차 사업에 성공한 이후에는 다음처럼 이념의 허식과 생활의 실질을 선명하게 대비시키고 있다.[8]

새벽에 찬거리를 사러 나온 아줌마들과 십원 가지고 옥신각신하며 깎는다 못 깎는다 하고 때 묻은 돈을 만지던 손을 씻지도 못한 채 아기를 안아들고 젖을 물리고 양푼이 열무김치와 밥을 비벼 먹던 그때가 그래도 내 인생에서 제일 행복했던 시절인 것 같다. 이러려고 대학까지 가고 이론을 배운다며 원서 복사해 읽고 밤새 실천 방안 토론하고 농활 떠나고 야학을 하고 공장에 들어가고 했는가 싶기도 했다. 하지만 내 품에서 배부르게 젖을 먹고 방긋 웃으며 잠든 아기 얼굴을 보면 만가지 시름이 다 녹는 기분이었다.[9]

작가는 한 인터뷰에서 『투명인간』을 포함하여 최근 소설이 역사를 향하는 흐름에 대해 "우리가 인간이었고, 인간으로 살았던 때를 되돌

---

7 성석제, 『투명인간』, 창비, 2014, 250쪽.
8 이념에 대한 이와 같은 태도를 한 평론가는 "『투명인간』에서 80년대 '운동권'에 대한 묘사는 지나칠 정도로 부정적이고, 실상과 어긋나는 대목도 더러 보인다"(정홍수, 「역사의 귀환과 '이름 없는 가능성들'의 발굴─성석제 장편소설 『투명인간』에 기대어」, 『21세기문학』, 2015년 봄호, 211쪽)라는 비판적인 지적을 하고 있다.
9 성석제, 앞의 책, 276쪽.

아보는 거"[10]라고 대답한 바 있다. 하지만 이 인간적 성격은 그 시선의 반경을 가족이나 친구처럼 사적 관계에 한정할 때에 한해서 유효하다. 이념 집단이라고 하더라도 그것이 사적 관계로 구성된 공동체로서 설정될 때 얼마든지 향수의 시선에 의해 인간적인 세계로 낭만화될 수 있고, 그런 소설 또한 없지 않다. 하지만 그 시선의 반경을 사회 전체의 차원으로 확대하면, 아이러니하게도 항상 인간적 차원의 순수함을 간직한 시대는 저개발 상태 특유의 비합리적 가치 체계와 정치적 시스템의 야만성과 결부되어 있는 것이 일반적이다.

최근의 현실적 상황은 과거를 되돌아보게 만드는 조건을 만들고 있지만, 그럼에도 과거의 시간을 역사화할 수 있는 이념은 현실 속에 존재하지 않는다. 이혜경과 성석제의 소설은 현실을 비판할 수 있는 이념을 전제하고 있다거나 혹은 특정한 이념적 시선을 비판적으로 바라보고 있다기보다, 과거의 시간을 되돌아보되 특정 형태의 이념의 시선에 갇히지 않으려는 태도를 취하고 있는 것으로 보인다. 그리고 그 태도는 그 시간에서 가급적 이념적인 부분을 제한하고 인물의 내적 의식과 사적 반경을 중심으로 한 관계에 초점을 맞추는 양상으로 나타나고 있다. 그런데 이념의 문제를 소거시키다 보면 탈이념의 순수한 공간에 도달하는 것이 아니라 어느 순간에는 과거의 가치를 낭만화하는 인상을 주는 장면이 발생하기도 한다. 바로 여기에 과거를 바라보는 시선에서 이념과 거리를 두는 태도가 가진 아포리아가 있다.

---

10 성석제·김영한, 「공감할 수 있는 이야기야말로 사람의 시선을 붙드는 장치」, 『부산일보』, 2014년 10월 20일자.

3. 이념의 공백을 메우는 '묘사'들

역사를 바라보는 최근의 장편 가운데에는 이념과 결부된 역사와 거리를 두는 것이 아니라, 그것을 이야기의 중심적인 배경으로 삼고 있는 소설들의 집합을 발견할 수 있다. 가령 김경욱의 『야구란 무엇인가』(2013)와 이혜경의 『사슴 사냥꾼의 당겨지지 않은 방아쇠』(2013)에 도입된 중심적인 역사적 사건은 '광주'이며, 권여선의 『토우의 집』(2014)과 이기호의 『차남들의 세계사』(2014)에는 1974년의 인혁당 재건위 사건과 1982년의 부산 미문화원 방화 사건이 각각 그 배경으로 자리 잡고 있다.

앞서 『저녁이 깊다』와 『투명인간』의 주요 등장인물이 현대사의 주요 시간을 통과해나가면서도 이념적인 경향의 사건들을 무심하게 지나치거나 그에 대한 회의의 시선을 던지고 있었다면, 이들 소설에서 인물들은 역사적 사건의 직접적인 영향을 피할 수 없었던 당사자들이다. 『야구란 무엇인가』의 사내와 『사슴 사냥꾼의 당겨지지 않은 방아쇠』의 한수는 '광주'에서 각각 동생과 친부모를 잃었다. 그들은 가해자를 향한 복수를 꿈꾼다. 『토우의 집』의 어린 주인공 원은 그 사건으로 아버지가 사형에 처해졌고 어머니는 정신을 놓았다. 그리고 자신 앞에는 가혹한 현재와 미래가 다가와 있다. 『차남들의 세계사』의 주인공 나복만은 그 사건에 연루되어 모진 고문을 받고 사고를 일으킨 후 어디론가 사라져버렸다.

이처럼 역사적 사건은 이 소설의 주인공들을 비롯한 인물들의 운명을 뒤바꿔놓지만, 그럼에도 이 소설들에서 역사적 현장은 이야기의 전면에 등장하지 않는다. 『야구란 무엇인가』에서 동생을 죽음으로 몰고

간 진압군인(염소)을 향한 사내의 복수는 어머니의 죽음 이후 우발적으로 실행되며, 『사슴 사냥꾼의 당겨지지 않은 방아쇠』에서도 한수 친부모의 죽음의 원인과 그 과정은 감춰진 채 다만 사건과의 모종의 관련성만이 뿌옇게 암시되어 있을 따름이다. 이 두 소설에서 '광주'라는 배경과 복수라는 구도는 서사의 뼈대 정도로 등장하는 일종의 마스터 플롯에 가깝다.[11] 『토우의 집』에서 인혁당 사건과 관련된 부분들은 아이의 시선과 서술자의 선별적 시선에 의해 굴절되거나 생략된 채 등장하고 있으며, 『차남들의 세계사』의 부산 미문화원 방화 사건을 비롯한 시대적 사건들은 자료들로부터 직접 가져왔다는 인상을 굳이 숨기지 않는다.

그렇기 때문에 이 소설들에는 역사적 사건이 등장하지만 그것은 후면에 부분적으로만 자리 잡고 있어서 나머지 부분은 거의 공백의 상태로 비워져 있는 것이나 다름없다. 그렇다면 그 공백의 자리를 채우고 있는 것은 무엇인가.

사내는 손바닥을 보며 전화를 건다. 이번 켄터키는 허스키 보이스고 시청 근처다. 사내는 위치를 묻는다. 허스키 보이스가 노래하듯 위치를 알려준다. 사내는 지도에 받아적으려다 만다.

책은 깨끗이. 어떤 책이든지 마찬가지. 그래야 동생에게도 새 책. 책을 더럽히지 않는 것은 사내의 또다른 재주. 물려줄 동생이 없으니 이제는 죽은 재주. 인삼껌을 훔쳤을 때 정직이라는 재주도 죽었으니 사내의

---

11 이 두 소설을 함께 분석한 서영채의 글(「광주의 복수를 꿈꾸는 일―김경욱과 이해경의 장편을 중심으로」, 『문학동네』, 2014년 봄호)은 주로 '광주'라는 사건이 촉발시킨 '복수'라는 정념의 양상과 정체에 초점을 맞추고 있다는 점에서 이 글과는 접근 방식이 달라 보인다.

수중에 재주라고는 꽝. 꽃이 피지 않는 나무가 있고 향기 없는 꽃이 있고 날지 못하는 새가 있고 비를 내리지 못하는 구름이 있듯 무엇에게나 누구에게나 하나씩 재주를 주는 하느님도 가끔은 깜박. 하느님은 저 아이를 빚을 때도 깜박? 그렇다면 저 토끼는 내 자식이 틀림없지. 눈에서는 눈, 이에서는 이.

웃긴 소리지만 어머니는 저 아이가 용왕의 아들이라고 했지. 어느 점집을 다녀온 뒤였어. 너무 귀한 분이라 팔아야 한다나. 아이의 배냇저고리를 인적 없는 들판에서 태웠지. 태워서 팔았지. 노래 못하는 바람에게, 눈물 없는 구름에게, 울지 못하는 폭포에게, 꽃이 없는 나무에게. 하느님이 깜박한 것들에게 귀하고 귀하신 분을 팔아넘겼지. 그래야 내가 무사할 거라고, 명대로 살 거라고.

시청을 가리키는 표지판을 따라가다보니 저기 켄터키 할아버지가 웃고 있다. 은퇴한 하느님처럼 인자하게 웃고 있다. 마침내 염병할 켄터키에 도착했다.[12]

『야구란 무엇인가』에서 서술은 처음부터 끝까지 초점자인 사내의 의식 내적 상태에 밀착하여 진행되고 있다. 의식의 흐름까지는 아니라고 해도, 앞에서 보는 것처럼 연상과 비약이 주조음을 이루고 있으며, 그리하여 이 소설의 문장은 산문임에도 일종의 시적 리듬을 띠고 있다. 그런데 이 이야기의 초점을 '광주'라는 사건에만 맞출 경우, 이 개성적인 문체의 실험은 안타깝게도 '서사'의 진행을 더디게 만드는 거추장스러운 '묘사'로만 간주되기 쉽다.

---

12 김경욱, 『야구란 무엇인가』, 문학동네, 2013, 100~101쪽.

한편 이해경의 『사슴 사냥꾼의 당겨지지 않은 방아쇠』에서 그 공백의 지대를 채우고 있는 것은 한수, 우진, 민호, 소영 등의 동시대 인물들이 겪는 성장의 과정이며, 그들의 일상에 밀착되어 그 과정과 나란히 진행되는 문화적 풍경의 변화 과정이다. 그런데 그 시간적 과정은 마치 몇 가지 굵직한 정치적 사건의 충격에 의해 조각나버렸다는 듯 파편화된 형태로 흩어졌다가 다음처럼 내포작가의 면밀한 계산에 의해 다시 조립되고 있다.

한수가 버스에서 귀를 후비고 있을 때, 한숙은 문오가 기다리는 술집으로 가고 있었고, 우진은 한숙을 만나고 집에 들어와 혼자 음악을 듣고 있었다. 닥터 정은 우진이 교회에서 성가대 연습을 하고 있는 것으로 알고 있었다. 닥터 정과 신검사는 호텔에서 정사 중이었는데, 닥터 정은 집에서 가까운 하얏트호텔에 있었고, 신검사는 직장에서 가까운 프라자호텔에 있었다. 프라자호텔에서 멀지 않은 무교동의 디스코텍 '코파카바나'에서는 민호가 파트너의 발을 밟아가며 블루스를 추고 있었고, 민호를 알기 전이었던 소영은 성가대에 새로 들어온 남학생을 눈여겨보며 교회 문을 나서고 있었다. 하늘에서는 눈이 내리고 있었다. 폭도에게 점령당한 서울이 화이트 크리스마스로 술렁이는 동안, 영만은 교도소 감방에서 동료에게 현존하는 최고의 도둑에 대한 얘기를 듣고 있었다. 눈을 맞으며 집으로 돌아온 한수는 자고 들어온다고 할 게 뻔한 누나의 전화를 기다리며 TV를 보다가, 안 보이는 미자 곁에서 잠들었다.

한수에게 미자가 보이기 시작한 것은 이듬해 5월, 미자가 죽은 지 백

육십 일째 되는 날이었다. 그날 한수는 휘경동에 있었다.[13]

이 소설의 서술은 시간적 과정에 따라 순차적으로 진행되다가도 다시 과거의 순간들로, 그리고 더 멀리 기원의 지점으로 회귀하는 양상을 보인다. 그 기원의 지점은 '이듬해(1980년) 5월'이며 그런 의미에서 이 소설의 시간은 그 출발점에 고착되어 있다.[14] 앞으로 나아가다가 다시 기원의 인력에 의해 되돌아오는 시간은 뒤이어 전개된 새로운 시간과 부딪혀 순간적으로 몇 겹의 시간이 뒤섞여 이루는, 파열과 결합이 교차하는 단면을 드러낸다. 여러 순간이 포개어진 그 시간적 지평 위에서 인과와 예기는 무기력한 포말처럼 흩어진다. 그렇기 때문에 『사슴 사냥꾼의 당겨지지 않은 방아쇠』의 시선은 과거와 현재, 그리고 동일한 시간의 서로 다른 공간적 지점들을 이어주기는 하지만, 결과적으로는 서로 다른 층위의 시간을 비약적으로 연결하면서 오히려 그 단절을 부각시키는가 하면 타자의 시간들과 운명적으로 단절된 인물들 저마다의 고립된 시간을 드러낸다. 그리고 그 시선은 사실적 테두리를 넘어서 삶의 세계 바깥까지 포함하면서 더 복잡한 겹을 갖게 된다. 이처럼 과거와 현재, 생과 사를 동시에 바라보면서 비대해진 시간 의식 또한 '서사'의 시선에서 보자면 '묘사'의 영역에 속하는 것일 터이다.

『토우의 집』의 경우에는 이 두 요소, 그러니까 인물의 의식에 밀착된 서술 방식과 인과적 연속성을 벗어난 새로운 시간 의식이 함께 활용

---

13 이혜경, 『사슴 사냥꾼의 당겨지지 않은 방아쇠』, 문학동네, 2013, 116~117쪽.
14 '작가의 말'을 참고로 하여 생각하면 이 시간 의식의 실질적인 고착 지점은 1986년 5월로 볼 수 있다. 우리는 이처럼 현상텍스트의 시간 속에 발생텍스트의 시간이 겹쳐져 어른거리는 장면을 앞서 권여선의 『레가토』(창비, 2012)에서도 경험한 바 있다.

되고 있다.

　새댁은 원이 먹을 분유를 스푼으로 저어주었다. 덕수는 커피를 한 모금 마시고 제수가 분유를 젓는 것을 지켜보았다. 원은 가루를 많이 풀어 죽처럼 걸쭉한 분유를 스푼으로 떠먹기도 하고 조금씩 마시기도 했다. 새댁은 손을 맞잡은 채 자기 몫의 커피 잔을 내려다보고만 있었다.
　"그 녀석이 여적도 정신을 못 차리고 경락인가 뭔가 시늉만 하면서 몹쓸 짓거리에 가담하고 있다고 들었는데⋯⋯."
　원은 분유 스푼을 빨다 말고 스파이답게 귀를 기울였다. 원의 귀에 '경락인가 뭔가'라는 말은 '경나귀인가 뭔가'로 들렸고, 경나귀는 나귀의 일종으로 생각되었고, 그러자니 자연스레 '아버지는 나귀 타고 장에 가시고' 하는 노래가 떠올랐고, 잇달아 안바바와 다섯 도둑이 경나귀를 타고 장에 도둑질하러 가는 모습이 떠올랐다. 아버지가 도둑이라는 걸 큰아버지도 알고 계시다니, 원은 흥분도 되고 안심도 되었다.[15]

　상황과 거리를 두고 인물들의 행동을 객관적으로 관찰하는 듯 보이던 서술의 초점은 이념적인 문제가 등장하는 장면에서 원의 머릿속에 떠오른 연상 작용과 그로 인해 성립된 새로운 내적 상태로 옮겨진다. 『토우의 집』은 언어를 매개로 하여 어린아이의 의식 내부에서 펼쳐지는 이 독특한 흐름을 역동적으로 표현해내고 있으며, 이와 같은 개성적인 서술 스타일은 소설에서 이념적인 문제 이외에도 충분히 감상할 만한 영역이 있다는 것을 입증하고 있다. 그런가 하면 이 소설은 특정의

---

15 권여선, 『토우의 집』, 자음과모음, 2014, 95~96쪽.

사물이나 공간이 주술적 힘을 발휘하는, 그리고 인물의 마음속 생각이나 발화가 실제 현실 속에서 실현되는 일종의 설화적 세계의 분위기를 품고 있는데, 이와 같은 특징 역시 어린아이의 내적 세계에 주된 초점을 두고 진행되는 이 소설의 서술 방식의 효과라고 볼 수 있다. 이처럼 이념의 문제를 서술의 프레임 바깥에 둠으로써 이 소설은 과거의 시간과 좀 더 자유로운 방식으로 대면할 수 있게 된 듯 보인다.[16]

한편 이기호의 『차남들의 세계사』의 서술자는 지금까지 살핀 소설들의 서술자에 비해 훨씬 활발한 성향을 지니고 텍스트의 표면에 등장하고 있다. 이 구연가적 특성을 가진 서술자는 빈번하고도 과도하게 이야기에 개입하면서 새로운 '묘사'의 영역을 생산해내는 데 몰두하고 있다.

　자, 이것을 허리를 뒤로 활처럼 꺾어 스트레칭 한 번 한 다음, 계속 들어 보아라.

　우리의 누아르 주인공 시절은 예지력 넘치고 날카로운 분석력과 판단력을 지닌 각종 요원들과 형사들이 전국 각지에 넘쳐나던 시기이기도 한데(바야흐로 형사들의 시대, 누아르의 시대가 만개한 것이었다.), 그들은 일단 자신들의 손에 넘어온 사람들이라면, 그 사람이 학생이든 직장인이든 주부이든 성직자든, 단 한 명도 빠뜨리지 않고 자신의 죄를

16　이 점에서 '광주'의 무게를 힘겹게도 직접 감당해야 했던 전작 『레가토』와의 차이를 발견할 수 있다. 물론 그 무렵에 발표된 공선옥의 『그 노래는 어디서 왔을까』(창비, 2013)와 더불어 『레가토』에서는 '광주'를 모티프로 삼은 이전 소설들에 비하면 '묘사'의 부분이 증식된 양상을 볼 수 있는 것이 사실이다. 하지만 『토우의 집』을 비롯하여 이 장에서 다루고 있는 소설들을 기준으로 생각하면 그 '묘사'의 비중은 매우 제한적이라고 할 수 있다.

인정하게 만드는, 아니 그 이상의 죄를 자백하게 만드는, 능숙하고 능란한 취조 기술을 보유하고 있었다. 그 취조의 힘은 대개 물과 전기와 그들의 성기와 주먹과 발끝에서 나왔는데, 어떤 사람에겐 그중 한두 가지만 쓰기도 했고, 또 어떤 사람에겐 그것들 모두를 한꺼번에, 여러 번에 걸쳐 사용하기도 했다. 그러니 그것들이야말로 우리의 누아르 주인공 시대를 가능케 했고, 또 번영케 했던 '5원소(물과 전기와 성기와 주먹과 발끝)'라고 해도 큰 무리는 없을 것이다.('7원소'를 말하는 사람들도 있는데, 그들은 거기에 수건과 밧줄을 추가했다.)[17]

앞에서 확인해볼 수 있듯이, 이 소설에서는 매 상황이 시작될 때마다 서술자가 독자를 향해 던지는 '자, ~ 들어보아라'라는 어구의 반복적 변주가 서사의 형식을 구성하고 있다. 구연적 특징이 강한 서술자를 앞세우고 진행되는 이 소설의 서술은 그 자체로도 기본적으로 만담적 성향이 강한데, 거기에 더하여 그 중간 중간에 괄호 안에 삽입된 한층 더 자유로운 방식의 서술이 결합됨으로써 이야기 속의 역사적 사건의 비극성은 입체적·다층적으로 구축된 유머의 어법 속에서 아이러니한 표정을 띠게 된다. 여기에서 우리는 역사를 바라보는 이야기에서 '묘사'가 증식되는 또 하나의 개성적인 사례를 확인할 수 있다.

이 장에서 지금까지 다룬 네 편의 소설에서는 이념의 문제와 직접 결부된 과거의 역사적 사건을 이야기의 프레임 내부에 도입하고자 하는 의지가 앞서의 『저녁이 깊다』나 『투명인간』에 비해 어느 정도 뚜렷하게 감지되는 편이다. 하지만 이 경우에도 현실적 상황에 대한 반응으

---

17 이기호, 『차남들의 세계사』, 민음사, 2014, 139~140쪽.

로 과거의 역사적 사건을 향한 의지가 설정되어 있음에도 그 과거의 세계를 소설적으로 구성할 수 있는 이념적 근거는 결여되어 있다. 물론 그것은 작가 개인의 역량의 차원의 문제가 아니다. 그렇지만 문제는 이 상황에서도 작가는 마치 대본 없이 무대에 오른 배우처럼 이 아포리아의 상황을 감당하면서 그 비어 있는 서사의 공간을 메워야 한다는 것이다. 서사보다 묘사의 영역이 비대해질 수밖에 없는 불가피한 이유를 이와 같은 조건 속에서 짐작해볼 수 있다.

그렇다면 그 묘사는 무의미한 것인가? 이념의 문제를 앞세워 생각한다면 그런 방향에서 이야기하게 될 것 같다. 하지만 서사를 구성할 수 있는 물질적인 토대가 부재할 때 공백의 형식으로나마 이념에 대한 지향성을 추구할 수밖에 없다면 이 시대는 불가피하게 묘사의 시대일 수밖에 없을 것이다. 이 장에서 다룬 소설들은 그런 의미에서 이 시대에 대응되는 산물이며, 그 비대해진 미적 세계가 우리 시대의 소설적 풍경을 이루고 있다고 말할 수 있다.

4. 다시 역사 속으로 다가가는 과정

지금까지 살펴온 소설들의 흐름에서 보자면 한강의 『소년이 온다』(2014)는 그 흐름과 방향을 같이하면서도 각도를 조금 달리하는 다소 예외적인 소설이라고 할 수 있을 것 같다. 이전에도 한강 소설에서는 시대의 흐름을 선도하며 앞서나가기보다 오히려 다소 시기가 지난 문제를 새삼 이제 다루고 있다는 느낌을 받곤 했는데, 이번 소설을 처음 접했을 때도 그런 느낌이 없지 않았던 듯하다. 그렇지만 결과적으로는,

이전에도 그랬던 것처럼 역시 이번에도 그렇기 때문에 더 문제적인 텍스트가 탄생했다.

앞서 살핀 소설들이 역사적 시간 속으로 거슬러 올라가되 이념적인 문제는 비우거나 혹은 이야기의 틀 바깥에 위치시키면서 그 남은 공백을 다양한 방식의 '묘사'들로 채우고 있었던 것에 비해, 『소년이 온다』는 '광주'로 인해 죽었거나 혹은 살아남은 사람들의 이야기로 직접 소설의 내부를 구축하고 있다. 역사적 시간을 정면으로 마주 바라보는 이 이야기에는 '묘사'가 펼쳐질 수 있는 여백이 그리 넓어 보이지 않는다. 창작 과정에 대한 작가의 이야기를 참고하면 조금은 우연적인 방식으로 찾아온 '광주'라는 사건의 무게와 깊이가 애초에 의도했던 미학적 목적의 제한된 울타리를 벗어나 작가가 새롭게 마주하게 된 낯선 영역을 발견하게 만들었던 것으로 짐작된다.

하지만 광주 이야기만 쓰면 힘들 것 같아서, 다른 이야기를 중심에 놓고 배음(背音)으로서 광주를 경험한 사람을 등장시키려고 했어요. 그렇게 광주 이야기와 현재의 이야기가 겹을 이루는 형태로 제목을 짓고 장도 배열해봤어요. 그러고선 자료를 조사해야 하니까 2012년 12월에 광주로 내려갔는데, 거기서 생각이 바뀌었어요. 『소년이 온다』의 에필로그에는 심장에 손을 얹고 망월동 묘역을 걸어나오는 게 스무살의 겨울로 나오는데, 실제로는 그때였어요. 묘지를 등지고 한참 걸어나오는데, 나도 모르게 심장에 손을 얹고 있었어요. 이걸 안 쓰면 안되겠다는 생각을 그때 했어요.[18]

---

18 한강·김연수, 「사랑이 아닌 다른 말로는 설명할 수 없는」, 『창작과비평』, 2014년 가을호, 319쪽.

작가 자신의 언급에 근거하여 생각해보면, 애초의 계획은 이념을 직접 문제 삼기보다 우회적으로 그 주변에 접근하는 방식이었던 듯하다. 그렇다면 그 방식은 앞서 지금까지 살폈던 소설들의 방식에서 크게 벗어나지 않는 형태일 것으로 짐작된다. 그렇지만 작가는 구상의 단계에서 세운 계획이 광주 방문을 계기로 변경되었다고 말하고 있다. 애초에는 '다른 이야기'가 중심에 있고 '광주 이야기'가 배음으로 배치될 예정이었다면, 모두 7장으로 이루어진 『소년이 온다』에서는 1장부터 6장까지 '광주 이야기'가 진행된 후 마지막 7장에 '현재의 이야기'가 덧붙여지는 형태로 변경되었고, 결국 '광주 이야기'가 중심에 놓인 소설이 된 것이다. 그렇게 보면, 사실 『소년이 온다』에서도 '광주 이야기와 현재의 이야기가 겹을 이루는 형태'는 그대로 실현되었다고 할 수 있을 것 같은데, 그럼에도 겹을 이루고 있는 두 이야기의 비중이 달라지면서 처음의 계획과 실현된 결과 사이에는 일종의 '인식론적 단절'이 일어난 셈이다.

　　'광주 이야기'와 '현재의 이야기'는 단지 겹을 이루고 있을 뿐만 아니라 각각 스토리 세계와 그것을 만들어내고 있는 서술 세계의 형태로 입체화되어 있다. 그리하여 7장에는 '광주 이야기'를 쓴 '나'가 소설에 등장하게 된다. 그런데 이 경우 현재라고 가정된 세계는 서술의 시간이 속한 허구 속의 또 다른 세계로 허구 바깥의 현실 세계와는 구분되는 것이 마땅하다. 물론 사실과 허구의 구분은 실체적인 것이라기보다 일종의 규약의 문제이지만, 그렇게 생각한다면 이 에필로그는 위상학적으로 허구의 영역에 놓일 수밖에 없다. 그렇기에 이 소설의 경우에도 앞에서 보는 것처럼, 심장에 손을 얹고 망월동 묘역을 걸어 나오는 사건이 소설 바깥의 실제 현실에서는 한참 후에 일어난 것이지만 소설 속에서는 스무 살의 겨울에 겪은 일처럼 기술하는 일이 가능한 것이기도 하다. 그런데 허구 내부와 그 바깥에 작가가 놓인 현실 사이에 어긋나는 지점이 있다고 해도, 이 소설의 독서 과정에서는 그 두 세계가 마치 하나의 세계처럼 보이는 착시 효과가 발생하고 있다. 그래서 이 '나'를 작가와 동일시하는 일이 쉽게 일어나는 것이다.

오빠가 가르친 애였어요?

초가을의 어느 일요일 막내고모가 식탁머리에서 아버지에게 물었다.

담임을 한 건 아닌데, 작문을 해서 내라고 하면 곧잘 쓰던 애여서 기억이 나. 중흥동 집 팔고 삼각동으로 이사 가면서 복덕방에서 계약을 했는데, 내가 ㄷ중학교 선생이라고 하니까 집 사는 사람이 활짝 반가워하더라고. 자기 막내아들이 1학년이라고, 몇반 누구라고. 그 반 가서 출석 부르면서 봤더니 아는 얼굴이었어.

그 뒤로 어떤 말들이 더 오갔는지는 기억나지 않는다. 다만 그들의 표정, 가장 끔찍한 이야기를 덮어두고 말을 이어가는 일의 어려움, 어색하게 이어지던 침묵을 기억한다. 아무리 말을 돌려도 어느새 처음의 오싹한 빈자리로 되돌아오는 대화에 나는 이상한 긴장을 느끼며 귀를 기울이고 있었다.[19]

에필로그(7장)의 앞부분에 놓인 앞의 상황은 시간상으로 이 이야기가 탄생한 최초의 순간을 담고 있다. 이 순간에 이어 '나'의 기억 속에 씨앗처럼 심어진 이 사건이 마침내 허구로 기록되는 일련의 과정이 기

---

19 한강, 『소년이 온다』, 창비, 2014, 193~194쪽.

술된다. 이 서술 상황의 개입으로 인해 지금까지의 이야기는 전부 이 서술 행위의 직접적인 결과로 다시 정립된다. 일반적으로는 그런 효과를 발생시키는 소설적 장치라고 생각하고 넘어갈 수 있지만, 『소년이 온다』의 내용과 서술의 어조는 자못 진지하기 때문에 긴 분량의 에필로그의 내용을 단순히 소설적 장치의 문제로만 바라볼 수 없게 만들고 있다. 게다가 이 에필로그와 그 이전까지의 '광주 이야기' 사이에 놓인 단절로 인해, 그리고 그 장이 소설의 마지막에 위치해 있기 때문에, 또한 한강과 같이 어느 정도 작가의 정보가 독자에게 제공된 상황에서는 작가의 연대기와 겹쳐지는 부분이 부각되는 경향이 있기 때문에, 결정적으로는 '광주'라는 사건이 무게와 심각성을 의식하지 않을 수 없는 이유도 있기에, 최종적으로는 그런 요인들을 포함한 여러 요소들이 복합적으로 작용하면서 이 에필로그는 독서 과정에서 마치 곁텍스트(paratext)의 일종인 '작가의 말'처럼 인식되는 소설적 효과를 발휘한다. 일반적으로는 사실적으로 전개되던 이야기를 일순간 허구로 전도시키는 소설적 장치로 사용되곤 했던 이 방식이 『소년이 온다』에서는 그 중심에 놓인 '광주 이야기'를 허구로 만들면서도 동시에 허구로서만 받아들일 수 없게 만들고 있다.[20]

---

20 물론 이 '광주 이야기'의 현실감의 가장 큰 요인은 이 이야기들이 실제 경험을 담은 구술 자료에 기초해 있다는 사실에서 찾을 수 있다. 구술 자료와 한강 소설 속 인물과 사건의 비교는 김정한의 「소설로 읽는 5·18, 그 언어의 세계」(『실천문학』, 2015년 봄호, 161~167쪽)에 상세하게 수행되어 있다. 『소년이 온다』에서 증언문학의 가능성을 읽어내고 있는 유희석의 「문학의 실험과 증언」(『창작과비평』, 2014년 겨울호)과 백지연의 「역사를 호명하는 장편소설—공선옥과 한강의 작품을 중심으로」(『21세기문학』, 2015년 봄호) 등의 글의 관점 역시 그와 같은 사실에 기초하고 있다. 그런데 같은 자료에 근거하는 경우라고 하더라도 그 소설적 효과는 다를 수 있다. 이 글에서는 실제 사실의 근거 여부와는 별도로 실재감을 생산하는 소설적 장치와 형식, 그리고 독서 과정에서의 효과의 문제로서 『소년이 온다』의 서술 방식을 바라보고 있는 것이다.

에필로그 속의 서술 상황과 텍스트 바깥의 현실이 하나로 인식되는 문제는 다시 『소년이 온다』 내부의 두 세계, 그러니까 '광주 이야기'의 스토리 세계와 '현재 이야기'의 서술 상황의 관계에도 영향을 미치고 있다. '나'가 살던 옛집에 새로 이사 온 집의 막내아들의 존재를 매개로 허구 텍스트인 '광주 이야기' 속의 '동호'는 서술 상황이 이루어지는 소설 속 현재의 시간에서 허구적 인물이 아닌 실존 인물의 느낌을 독서 과정에서 불러일으키고 있는 것이다. 기본적으로 에필로그 자체가 허구의 일부이고, 그 허구 속 존재인 '나'의 기억과 텍스트 안팎의 증언을 통해 구성된 허구적 존재가 '광주 이야기' 속의 동호이기 때문에 동호가 속한 세계와 작가가 살아가는 세계는 동일하지 않다. 그럼에도 『소년이 온다』에서는 이와 같은 문제가 크게 보이지 않는 대신 '광주 이야기'와 '현재 이야기', 그리고 허구 텍스트 바깥의 현실이라는 세 개의 세계가 하나의 지평으로 융합되는 효과가 나타나고 있는 것이다.

그런데 멀리서 연결의 구조만을 살피면 텍스트 내부의 두 세계와 그 외부의 현실 세계 사이가 트여 있는 듯 보이지만, 사실은 그 일부만이 와해되어 서로 다른 세계가 이어져 있는 듯 보이는 효과를 발생시키는 것이라서 그 세계들 사이에는 분명한 거리가 가로놓여 있다는 점을 이 시점에서 상기할 필요가 있겠다. 『소년이 온다』에서 '광주 이야기'는 서로 다른 시점으로, 그리고 서로 다른 인물에 의해 서술되고 있는데, 여기에서는 이 이야기들을 서술하는 '나'의 존재가 나타나 있지 않기 때문에 그처럼 자유로운 형태로 인물들의 이야기를 담아내는 일이 가능할 수 있었다. 그 덕분에 독자들도 전지적인 자리에서 인물들의 상황과 내면, 심지어는 '죽은 혼'의 상태까지도 근접 거리에서 확인할 수 있었던 것이다.

그런데 그 전지적 시점의 내포작가가 놓여 있던 자리가 7장에서는 '나'에 의해 채워지면서 여섯 개의 개별적인 증언들은 하나의 텍스트를 이루는 요소들이 된다. 그러니까 여섯 개의 증언이 내부의 액자 속에 함께 담기게 되고 그 증언을 서술하는 상황이 그 외부의 액자를 이루고 있는 것이다. '광주 이야기'와 더불어 그것을 서술하는 '나'의 존재가 함께 기입됨으로써, 만일 에필로그가 덧붙여지지 않았을 경우 3인칭의 순객관적 허구의 환상으로 존재할 수도 있었을 '광주 이야기'가 자료와 증언에 근거한 '나'의 서술 행위의 산물이라는 사실이 분명하게 드러나게 된다. 이렇게 보면 '나'는 '광주 이야기'와 '현재의 이야기'의 두 차원(텍스트 내부와 외부)을 연결시켜주는 매개이지만, 다른 한편으로 그 사이에 놓인 거리와 단절을 확인하게 만드는 계기이기도 하다.[21] '나'는 동호의 묘소 앞에서 램프를 밝힐 수는 있지만, 결국 동호의 세계로는, 그러니까 '광주 이야기' 속으로는 들어갈 수 없는 존재이기 때문이다. 다만 '나'는 현실과는 다른 세계를 만들어 그 속에 동호를 존재하게 하고 그 존재를 믿을 수 있을 따름이다. 이 단절은 '광주'에 대한 직접적인 체험을 갖지 않은 세대가 '광주'에 접근할 수 있는 한계를 분명하게 드러내고 있다.[22]

---

21 서술 상황 속의 화자가 스토리 상황에 등장하면서 두 세계 사이의 단절이 두드러지는 효과에 대한 생각은 오카 마리, 김병구 옮김, 『기억·서사』(소명출판, 2004)에서 수행된 팔레스타인 여성 작가 리야나 바드르의 『거울의 눈』(1991)에 대한 분석의 영향을 받았다.

22 백지연은 이 에필로그의 '나'를 '화자'로, 좀 더 세부적으로는 '증언을 듣고 기록하는 존재'로 규정하고 있다. '나'는 '광주'의 증언들로 허구를 구성한 존재이지만, 그리고 그 허구와 에필로그는 텍스트 내의 두 세계를 이루고 있지만 "엄밀하게 보면 '광주'를 직접적으로 겪지 않은 이 화자의 관찰자적 위치는 소설을 읽고 있는 독자의 위치와 크게 다르지 않다"(백지연, 앞의 글, 197쪽)라고 볼 수 있는 것이다. 이와 같은 관점 역시 '광주 이야기'와 에필로그 사이에 놓인 단절에 주목한 결과로 보인다.

5. 다가가지만 만지지 않는 이유

『소년이 온다』는 그에 앞서 살핀 다른 소설들에 비해 상대적으로 역사적 사건을 향해 한발 더 나아간 것처럼 보이지만 그럼에도 '광주'에 다가가되 그것을 전유하지는 않는다.[23] 그것을 가능하게 하는 장치가 바로 에필로그에 등장하는 '나'라는 화자이다. 그리고 그 점에서 보면 앞서 살핀 다른 소설들과 결정적으로 다르지는 않은 태도를 보여주고 있다고 생각된다. 현실의 압력이 그들을 과거의 역사로 향하게 만들었지만, 그리고 각자가 처한 인식 상황에 따라 그 접근은 다른 방식으로 이루어졌지만, 그럼에도 그들이 역사를 이념적으로 전유하지 않는 태도를 취하고 있다는 점에서 이전의 역사 이야기와는 구분되는 공통된 행보를 보이고 있기 때문이다.

그런 의미에서 최근 한국의 장편에 나타나고 있는 '역사의 귀환'은 '이념의 귀환'이라기보다는 '문학의 귀환'에 더 가까워 보인다. 역사적 사건을 이념적으로 전유하는 방식과 구분되는 방식, 이념에 의존하지 않고 역사에 다가가려고 하는 노력을 두고 문학적 방식이라고 부를 수 있다면 말이다. 그렇게 말할 수 있다면, 지금의 소설들은 역사와 현실을 매개로 하여 문학적인 것을 생산해내고 있는 중이라고 이야기할 수 있을 것이다. 그리고 이런 태도는 현실 속에서 이루어지고 있는 역사에 대한 접근 방식에 대한 의식적·무의식적 저항을 바탕에 두고 있는 듯 보인다.

---

23 이와 같은 태도에 대한 생각은 장 뤽 낭시, 이만형·정과리 옮김, 『나를 만지지 마라』(문학과지성사, 2015)의 영향을 받았다.

처음, 나는 그들의 고통에서 시선을 떼지 못한다. 그것을 어루만져 위로해야 한다고 생각한다. 그러나 이것은, 뭔가를 먹는 것, 이를테면 소비하는 건 아닌가 하는 생각이 든다.[24]

역사적 사건에 다가가되 그것을 손으로 잡기가 머뭇거려지는 것은 그럴 경우 표현되지 못한 채 '사건'의 상태로 존재하는 역사를 '소비'할 우려가 있기 때문이다. 지금의 우리는 '소비'가 아닌 방식으로 그 사건들을 감당할 수 있는 처지에 있지 못하다는 인식이 거기에는 작용하고 있다. 그리고 그 인식이 역사적 사건을 마주하는 최근 소설을 그 이전과는 다른 형식으로 만들고 있는 것은 아닐까 생각해볼 수 있다. 다음의 언급에서도 그와 같은 맥락의 태도를 확인할 수 있다.

소설은 위안을 줄 수 없다. 함께 있다고 말할 수 있을 뿐. 함께 느끼고 있다고, 우리는 함께 존재하고 있다고 써서 보여줄 뿐.[25]

분명히 이 방식은 수동적일 뿐만 아니라 추상적이다. 그렇지만 정직한 것이 아닐까. 과거의 역사를 바라보도록 만드는 현실적인 압력은 외면할 수 없지만, 그 역사를 현재의 관점에서 구성할 만한 이념적인 근거와 물질적인 토대가 없다면 그 빈자리는 그대로 두어야 하지 않을까. 하지만 그 자리를 떠날 수 없기 때문에 그 부근에서 서성거릴 수밖에 없는 것이다. 우리는 그 공허한 몸짓을 이념의 결여로 볼 것이 아니라

---

24 권여선, 『토우의 집』, 333쪽.
25 성석제, 『투명인간』 '작가의 말', 370쪽.

문학적인 행위로 감상할 수도 있지 않을까. 그리고 그 독서와 감상의
행위는 다음과 같은 기다림에 동참하는 일이 될 수 있다.

> 한밤중에도 잠을 거의 자지 못하는 새댁은 누워 있다 불현듯 일어나
> 앉아 몸을 도사렸다. 골목 어귀에서 남편의 발자국 소리가 턱 턱 들려
> 왔다. 그럴 리가 없다고 생각했지만 그럴 수도 있지 않을까 하는 생각
> 도 들었다. 그럴 수도 있다는 생각이 한 번 떠오르면 견딜 수가 없었다.
> 스스로 힘줄이 서고 몸이 벌떡 일어났다. 새댁은 방문을 열고 신도 신지
> 않고 밖으로 나가 우물가에 섰다. 턱 턱. 턱 턱. 발자국 소리는 멀어지지
> 도 가까워지지도 않았다. 새댁은 몽유 상태로 한 손은 우물을 짚고 다른
> 한 손은 주먹을 쥐어 가슴을 꾹 누른 채 옷자락을 휘날리며 텅 빈 골목
> 길에서 무언가 나타나기만을 기다렸다. 그게 무엇이든 제발. 턱. 턱. 턱.
> 턱. 오고 있었다. 턱. 턱. 턱. 턱. 무언가 오고 있었다. 여태 본 적 없는 무
> 섭고 찬란한 무엇이, 턱. 턱. 턱. 턱.[26]

죽은 자들을 충분히 애도할 수 없는 상황에서 할 수 있는 일은 '소년'
을, '아버지'를 잊지 않고 기억하는 것이며, 그들이 죽지 않고 다만 이곳
으로부터 사라져 여전히 우리와 맞닿은 세계 속에 존재하고 있다고 믿
는 것임을 앞의 장면은 암시하고 있는 듯하다. 그들을 기억하는 제단을
비우지 않고 마음을 모아 교대로 그 자리를 지키면서 그들이 다시 찾아
오기를 기다리는 일이 지속되는 어느 때 '여태껏 본 적 없는 무섭고 찬
란한 무엇'은 구원처럼, 천사처럼 우리를 찾아올지도 모른다는 것을 앞

---

26 권여선, 『토우의 집』, 307~308쪽.

의 장면은 이야기하고 싶어 하는 듯하다. 그렇다면 그들의 소설을 읽거나 공감하는 일 또한 '소년'이, '아버지'가 오는 소리를 놓치지 않도록 그 세계를 향해 함께 귀를 기울이는 행위일 것이다.

발표 지면

텍스트와 콘텍스트,
혹은 한국 소설의 현상과 맥락

ⓒ 2016 손정수

초판 1쇄 인쇄일 2016년 4월 18일
초판 1쇄 발행일 2016년 4월 25일

지은이   손정수
펴낸이   정은영
펴낸곳   (주)자음과모음
출판등록   2001년 11월 28일 제2001-000259호
주소   (04083) 서울시 마포구 성지길 54
전화   편집부 (02)324-2347, 경영지원부 (02)325-6047
팩스   편집부 (02)324-2348, 경영지원부 (02)2648-1311
이메일   munhak@jamobook.com

ISBN 978-89-544-3590-1 (03800)

이 도서의 국립중앙도서관 출판예정도서목록(CIP)은 서지정보유통지원시스템 홈페이지
(http://seoji.nl.go.kr)와 국가자료공동목록시스템(http://www.nl.go.kr/kolisnet)에서
이용하실 수 있습니다.(CIP제어번호: CIP2016009401)